KB175611

창신감의록

千년의 우리소설 13

창선감의록

정길수 옮김

2021년 3월 15일 초판 1쇄 발행

펴낸이 한철희 | 펴낸곳 돌베개 | 등록 1979년 8월 25일 제406-2003-000018호
주소 (10881) 경기도 파주시 회동길 77-20 (문발동)
전화 (031) 955-5020 | 팩스 (031) 955-5050
홈페이지 www.dolbegae.co.kr | 전자우편 book@dolbegae.co.kr
블로그 blog.naver.com/imdol79 | 트위터 @Dolbegae79 | 페이스북 /dolbegae

주간 송승호 | 편집 이경아
표지디자인 민진기 | 본문디자인 이은정·이연경
마케팅 심찬식·고운성·한광재 | 제작·관리 윤국중·이수민·한누리
인쇄 한영문화사 | 제본 경일제책사

ISBN 978-89-7199-832-8 (04810)
　　　978-89-7199-282-1 (세트)

책값은 뒤표지에 있습니다.

천년의 우리소설
13

창선감의록

정길수 옮김

돌베개

이 총서는 위로는 신라 말기인 9세기경의 소설을, 아래로는 조선 말기인 19세기 말의 소설을 수록하고 있다. 즉, 이 총서가 포괄하고 있는 시간은 무려 천 년에 이른다. 이 총서의 제목을 '千년의 우리소설'이라 한 이유가 여기에 있다.

근대 이전에 창작된 우리나라 소설은 한글로 쓰인 것이 있는가 하면 한문으로 쓰인 것도 있다. 중요한 것은 한글로 쓰였는가 한문으로 쓰였는가 하는 점이 아니다. 오늘날의 관점에서 볼 때 그런 것은 그다지 중요하지 않다. 정말 중요한 것은 문예적으로 얼마나 탁월한가, 사상적으로 얼마나 깊이가 있는가, 그리하여 오늘날의 독자가 시대를 뛰어넘어 얼마나 진한 감동을 받을 수 있는가 하는 점일 터이다. 이 총서는 이런 점에 특히 유의하여 기획되었다.

외국의 빼어난 소설이나 한국의 흥미로운 근현대소설을 이미 접한 오늘날의 독자가 한국 고전소설에서 감동을 받기란 쉬운 일이 아니다. 우리 것이니 무조건 읽어야 한다는 애국주의적 논리는 이제 더 이상 통하지 않는다. 과연 오늘날의 독자가 『유충렬전』이나 『조웅전』 같은 작품을 읽고 무슨 감동을 받을 것인가. 어린 학생이든 혹은 성인이든, 이런 작품을 읽은 뒤 자기대로 생각에 잠기든가, 비통함을 느끼든가, 깊은 슬픔을 맛보든가, 심미적 감흥에 이르든가, 어떤 문제의식을 환기받든가, 역사나 인간에 대한 이해를 증진시키든가, 꿈과 이상을 품든가, 대체 그럴 수 있겠는가? 아마 그렇지 못할 것이다. 그럼에도 이런 종류의 작품은 대부분의 한국 고전소설 선집 속에 포함되어 있으며, 중고등학교에서도 '고전'으로 가르치고 있다. 그러니 한국 고전소설은 별 재미도 없고 별 감동도 없다는 말을 들어도 그닥 이상할 게 없다. 실로 학계든, 국어 교육이나 문학 교육의 현장이든, 지금껏 관습적으로 통용되어 온 고전소설에 대한 인식을 전면적으로 재검토해야 할 시점에 이르렀다. 이 총서는 이런 문제의식에서 출발한다.

이 총서가 지금까지 일반인들에게 그리 알려지지 않은 작품들을 많이 수록하고 있음도 이 점과 무관치 않다. 즉, 이는 21세기의 한국인들에게 어필할 수 있는 새로운 한국 고전소설의 레퍼토리를 재구축하려는 시도인 것이다. 이 점에서 이 총서는 그렇고 그런 기존의 어떤 한국 고전소설 선집과도 다르며, 아주 새롭다. 하지만 이 총서는 맹목적으로 새로움을 위한 새로움을 추구하지는 않았으며, 비평적 견지에서 문예적 의의나 사상적·역사적 의의가 있는 작품을 엄별해 수록하였다. 그리하여 우리는 이 총서를 통해, 흔히 한국 고전소설의 병폐로 거론되어 온, 천편일률적이라든가, 상투적 구성을 보인다든가, 권선징악적 결말로 끝난다든가, 선인과 악인의 판에 박힌 이분법적 대립으로 일관한다든가, 역사적·현실적 감각이 부족하다든가, 시공간적 배경이 중국으로 설정된 탓에 현실감이 확 떨어진다든가 하는 지적으로부터 퍽 자유로운 작품들을 가능한 한 많이 독자들에게 소개하고자 한다.

그러나 수록된 작품들의 면모가 새롭고 다양하다고 해서 그것으로 충분한 것은 아닐 터이다. 한국 고전소설, 특히 한문으로 쓰인 한국 고전소설은 원문을 얼마나 정확하면서도 쉽고 유려한 현대 한국어로 옮길 수 있는가의 여부에 따라 작품의 가독성은 물론이려니와 감동과 흥미가 배가될 수도 있고 반감될 수도 있다. 이 총서는 이런 점에 십분 유의하여 최대한 쉽게 번역하기 위해 많은 고심을 하였다. 하지만 쉽게 번역해야 한다는 요청이, 결코 원문을 왜곡하거나 원문의 정확성을 다소간 손상시켜도 좋음을 의미하지는 않는다. 이런 견지에서 이 총서는 쉬운 말로 번역해야 한다는 하나의 대전제와 정확히 번역해야 한다는 또 다른 대전제—이 두 전제는 종종 상충할 수도 있지만—를 통일시키기 위해 많은 노력을 기울였다.

한국 고전소설에는 이본異本이 많으며, 같은 작품이라 할지라도 이본에 따라 작품의 뉘앙스와 풍부함이 달라지는 경우가 비일비재하다. 그뿐 아니라 개개의 이본들은 자체 내에 다소의 오류를 포함하고 있다. 따라서 하나하나의 작품마다 주요한 이본들을 찾아 꼼꼼히 서로 대비해 가며 시시비비를 가려 하나의 올바른 텍스트, 즉 정본定本을 만들어 내는 일이 대단히 긴요하다. 이 작업은 매우 힘들고, 많은 공력功力을 요구하며, 시간도 엄청나게 소요된다. 이런 이유 때문이겠지만, 지금까지 고전소설을 번역하거나 현대 한국어로 바꾸는

7

일은 거의 대부분 이 정본을 만드는 작업을 생략한 채 이루어져 왔다. 하지만 정본 없이 이루어진 이 결과물들은 신뢰하기 어렵다. 정본이 있어야 제대로 된 한글 번역이 가능하고, 제대로 된 한글 번역이 있고서야 오디오북, 만화, 애니메이션, 드라마, 영화 등 다른 문화 장르에서의 제대로 된 활용도 가능해진다. 뿐만 아니라 정본에 의거한 현대 한국어 역譯이 나와야 비로소 영어나 기타 외국어로의 제대로 된 번역이 가능해진다. 이런 점에서 본다면 작금의 한국 고전소설 번역이나 현대화는 대강 특정 이본 하나를 현대어로 옮겨 놓은 수준에 머무는 것이라는 한계를 대부분 갖고 있는바, 이제 이 한계를 넘어서야 할 시점에 이르렀다. 이 총서에 실린 대부분의 작품들은 내가 펴낸 책인 『한국한문소설 교합구해校合句解』에서 이루어진 정본화定本化 작업을 토대로 하고 있는바, 이 점에서 기존의 한국 고전소설 번역서들과는 전적으로 그 성격을 달리한다.

나는 『한국한문소설 교합구해』의 서문에서, "가능하다면 차후 후학들과 힘을 합해 이 책을 토대로 새로운 버전의 한문소설 국역을 시도했으면 한다. 만일 이 국역이 이루어진다면 이를 저본으로 삼아 외국어로의 번역 또한 생각해 볼 수 있을 것이다"라고 말한 바 있다. 바야흐로, 한국 고전소설을 전공한 정길수 교수와의 공동 작업으로 이 총서를 간행함으로써 이런 생각을 실현할 수 있게 되어 대단히 기쁘게 생각한다.

이제 이 총서의 작업 방식에 대해 간단히 언급해 두고자 한다. 이 총서의 초벌 번역은 정교수가 맡았으며 나는 그것을 수정하는 작업을 하였다. 정교수의 노고야 말할 나위도 없지만, 수정을 맡은 나도

공동 작업의 취지에 어긋나지 않게 최선을 다했음을 밝혀 둔다. 한 편 각권의 말미에 첨부한 간단한 작품 해설은, 정교수가 직성한 초고를 내가 수정하며 보완하는 방식으로 작업하였다. 원래는 작품마다 그 끝에다 해제를 붙이려고 했는데, 너무 교과서적으로 비칠 염려가 있는 데다가 혹 독자의 상상력을 제약할지도 모르겠다는 생각이 들어 이런 방식으로 바꾸었다.

이 총서는 총 16권을 계획하고 있다. 단편이나 중편 분량의 한문소설이 다수지만, 총서의 뒷부분에는 한국 고전소설을 대표하는 몇 종류의 장편소설과 한글소설도 수록할 생각이다.

이 총서는, 비록 총서라고는 하나, 한국 고전소설을 두루 망라하는 데 목적이 있지 않다. 그야말로 '千년의 우리소설' 가운데 21세기 한국인 독자의 흥미를 끌 만한, 그리하여 우리의 삶과 역사와 문화를 주체적으로 돌아보고 성찰하는 데 도움이 될 만한, 그럼으로써 독자들의 심미적審美的 이성理性을 충족시키고 계발하는 데 보탬이 될 만한 작품들을 가려 뽑아, 한국 고전소설에 대한 인식을 바꾸고 확충하고자 하는 것이 본 총서의 목적이다. 만일 이 총서가 이런 목적을 어느 정도 달성했다는 평가를 받게 된다면 영어 등 외국어로 번역하여 비단 한국인만이 아니라 세계 각지의 사람들에게 읽혀도 좋지 않을까 생각한다.

2007년 9월
박희병

차례

간행사 5
작품 해설 397

제1회   효자가 은거할 계책을 내고
        한 쌍의 옥으로 아름다운 인연을 정하다 | 15

제2회   추악한 아내는 사악한 마음을 드러내고
        문란한 아들은 음탕한 정을 토하다 | 37

제3회   청성산으로 배를 돌리고
        동정호에서 초혼하다 | 57

제4회   총계정에서 각자 뜻을 말하고
        백련교에서 홀로 의를 행하다 | 89

제5회   군자는 숙녀를 맞이하고
        요망한 첩은 흉악한 식객과 결탁하다 | 119

제6회   자비로운 관세음보살
        의기 높은 도어사 | 155

제7회   재주 많은 선비는 예쁘게 눈썹을 그리고
        아름다운 규수는 홍점을 보전하다 | 185

제8회 역참에서 열사를 얻고
        신선 마을로 장인을 찾아가다 | 219

제9회 광남에 백의종군하여
        부적으로 요망한 적을 깨뜨리다 | 245

제10회 원수는 황제의 조서를 받고
        미인은 비수를 던지다 | 279

제11회 의로운 선비는 좋은 배필을 만나고
        효녀는 간절한 소원을 이루다 | 303

제12회 금관루에서 군사들에게 잔치를 베풀고
        문화전에서 공훈을 기리다 | 325

제13회 효부는 옛집으로 돌아오고
        한을 품은 여인은 인연을 이루다 | 353

제14회 심부인의 장수를 빌고
        하춘해의 은덕에 보답하다 | 373

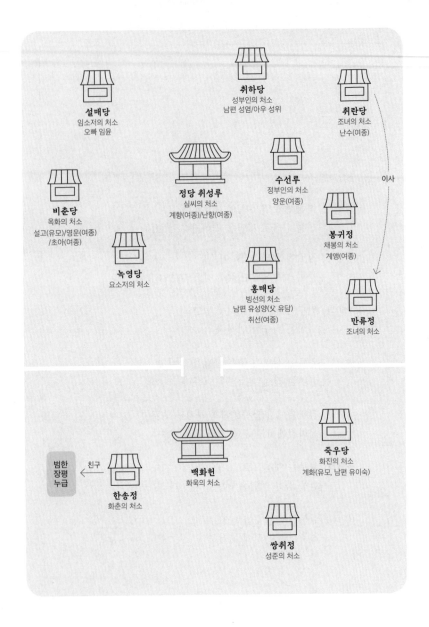

설매당
임소저의 처소
오빠 임윤

취하당
성부인의 처소
남편 성염/아우 성위

취란당
조녀의 처소
난수(여종)

비춘당
옥화의 처소
설고(유모)/영운(여종)
/초아(여종)

정당 취성루
심씨의 처소
계향(여종)/난향(여종)

수선루
정부인의 처소
양운(여종)

이사

녹영당
요소저의 처소

홍매당
빙선의 처소
남편 유성양(父 유담)
취선(여종)

봉귀정
채봉의 처소
계앵(여종)

만류정
조녀의 처소

범한
장평
누급

친구

한송정
화춘의 처소

백화헌
화욱의 처소

죽우당
화진의 처소
계화(유모, 남편 유이숙)

쌍취정
성준의 처소

소흥부 월왕성 화부花府

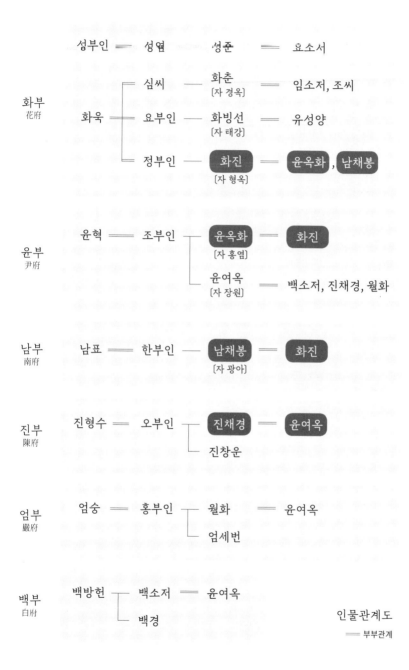

성부인 —— 성엽   성준 —— 요소서

화부
花府

화욱 ┬ 심씨 —— 화춘 —— 임소저, 조씨
　　　　　　　　[자 경옥]
　　　├ 요부인 —— 화빙선 —— 유성양
　　　　　　　　　 [자 태강]
　　　└ 정부인 —— 화진 —— 윤옥화 , 남채봉
　　　　　　　　　 [자 형옥]

윤부
尹府

윤혁 —— 조부인 ┬ 윤옥화 —— 화진
　　　　　　　　　 [자 홍엽]
　　　　　　　　　└ 윤여옥 —— 백소저, 진채경, 월화
　　　　　　　　　 [자 장원]

남부
南府

남표 —— 한부인 —— 남채봉 —— 화진
　　　　　　　　　 [자 광아]

진부
陳府

진형수 —— 오부인 ┬ 진채경 —— 윤여옥
　　　　　　　　　 └ 진창운

엄부
嚴府

엄숭 —— 홍부인 ┬ 월화 —— 윤여옥
　　　　　　　　 └ 엄세번

백부
白府

백방헌 ┬ 백소저 —— 윤여옥
　　　　└ 백경

인물관계도
　 === 부부관계

효자가 은거할 계책을 내고
한 쌍의 옥으로 아름다운 인연을 정하다

무릇 사람은 남녀와 귀천을 막론하고 반드시 충효를 근본으로 삼는다. 우애와 자비의 마음이며 선을 좋아하고 덕을 실행하는 마음에 이르기까지 모든 것이 충효로부터 나온다. 자손이 창성하고 부귀영화를 누리는 이들은 그 복이 먼 조상으로부터 온다. 그러므로 그 근본을 두텁게 세우면 아무리 위태로워도 반드시 안정되고, 그 근본을 두텁게 세우지 못하면 아무리 평안해도 반드시 위태로워지게 마련이니, 이는 당연한 이치다.

　내가 근래 담병痰病이 있어 요양하느라 가만히 누워 집안의 부녀자들더러 여항¹의 한글소설을 읽게 하고 들었다. 그중『원감록』寃感錄이라는 것이 있었는데, 원한에 따른 보응이 뼈가 시리도록 참혹했으나 선을 행한 자는 반드시 창성하고 악을 행한 자는 반드시 패망하는 내용이어서 사람들을 넉넉히 감동시켜 착한 일을 권장하고 악한 일을 징계하는 바가 있었다.

1. **여항**閭巷　서민들이 많이 모여 사는 마을.

옛날 화운[2] 장군이 태평부[3]에서 죽자 그 아내 고씨가 절개를 지키고자 강물에 투신해 죽었는데,[4] 그 어린 아들은 물에서 응애응애 울며 7일이 지나도록 죽지 않았다.[5] 이 어찌 하늘의 굽어살핌이 아니겠는가!

그 이야기는 다음과 같다.

2. **화운花雲**　생몰년 1321~1360년. 명나라의 개국공신. 원명 교체기에 훗날 명나라 태조가 되는 주원장朱元璋 막하에서 혁혁한 무공을 세웠으나 태평성太平城을 지키다가 원나라의 무장 출신으로 한왕漢王을 칭하던 진우량陳友諒 군대에 패하여 죽임을 당했다.
3. **태평부太平府**　지금의 중국 안휘성安徽省 마안산시馬鞍山市와 무호시蕪湖市 일대.
4. **고씨郜氏가 절개를~투신해 죽었는데**　태평성 전투 때 화운이 포로로 잡히자 화운의 아내 고씨가 절의를 지키기 위해 강물에 투신자살한 고사가 『명사』明史 「화운전」花雲傳에 보인다.
5. **그 어린~죽지 않았다**　『명사』 「화운전」에 의하면, 고씨가 세 살 된 아들 화위花煒를 시녀 손씨孫氏에게 맡기고 죽자 손씨는 화위를 안고 진우량 군대를 피해 달아났다. 손씨와 화위가 강을 건너다 진우량의 병사들에게 배를 빼앗기고 강물에 던져지자 나무에 매달려 작은 섬에 이르렀다. 섬에서 7일 동안 연밥을 따 먹으며 연명하다가 천신만고 끝에 주원장의 주둔지에 도착하자 주원장이 화위를 무릎 위에 앉히고 눈물을 흘렸다.

화운의 7대손인 병부상서[6] 여양후[7] 화욱花郁은 세종[8] 황제를 섬겨 가정 14년[9]에 과거 급제하고 거듭 승진하여 벼슬이 형부시랑,[10] 내각판사[11]에 이르렀다. 가정 24년(1545)에는 길낭[12]을 토벌한 공으로 여양후의 봉호封號를 받았다. 화욱은 사람됨이 준엄하고 단정하며 국정國政에 통달하여 황제가 중히 여겼다. 그 뒤로 또 여러 번 큰 공을 세워 병부상서, 도찰원 도어사,[13] 제독섬서군무사[14]가 되었다.

화욱의 서울 집은 황성皇城(북경北京) 만세교萬歲橋 남쪽에 있었다. 세 부인을 두었는데, 제1부인 심씨沈氏는 공부시랑工部侍郎 심확沈確의 딸이고, 제2부인 요씨姚氏는 태자소부[15] 요관姚瓘의 손녀이며, 제3부인 정씨鄭氏는 이부상서吏部尚書 정옹鄭雍의 딸이다. 심씨는 언변이 좋고 미모가 있었으나 속마음은 매우 시기심이 많고 음험했다. 심씨의 아들 춘瑃은 품격이 용렬해서 화욱이 사랑하지 않았다. 정부인은 단아하고 조용하며 정숙한 덕이 있었다. 요부인은 불행히도 일찍 세상을

꿈꿈꿈꿈

6. **병부상서兵部尚書** 군사 업무를 총괄하는 병부의 최고 장관.
7. **여양후汝陽侯** '여양'은 중국 하남성河南省의 현縣 이름으로, 지금의 하남성 낙양시洛陽市 동남부 일대.
8. **세종世宗** 명나라 제11대 황제. 재위 1521~1566년.
9. **가정嘉靖 14년** 1535년. '가정'은 명나라 세종의 연호.
10. **형부시랑刑部侍郎** 법률을 관장하는 형부의 차관.
11. **내각판사內閣辦事** 내각(명나라의 중앙 정무 기구)의 책임 대신.
12. **길낭吉囊** 몽골의 친왕親王 군빌렉 메르겐(Günbileg Mergen, 1506~1542)을 말한다. 명나라 세종 때 세력을 크게 떨쳐 하북성河北省과 감숙성甘肅省 등 명나라 변경 지역을 자주 침입했다. '길 낭'은 본래 진왕晉王을 몽골어로 발음한 '지농'(jinong)에서 유래하여 몽골의 친왕을 일컫는 말.
13. **도찰원都察院 도어사都御史** '도찰원'은 감찰·탄핵의 임무를 맡은 관서. '도어사'는 도찰원의 최고 책임자.
14. **제독섬서군무사提督陝西軍務司** 섬서성陝西省의 군사 총사령관.
15. **태자소부太子少傅** 태자의 교육을 담당하는 정2품 관직.

떴다. 요부인이 임종 때 자신의 외동딸을 정부인에게 부탁하자 정부인은 그 딸을 친자식과 다름없이 보호하고 가르쳤다. 화욱은 이 때문에 정부인을 각별히 공경하고 존중했다.

가정 23년(1544) 봄 2월에 화욱은 옥린[16]이 품속으로 들어오는 꿈을 꾸었다. 이날 정부인이 아들을 낳으니 골상骨相이 빼어나고 울음소리가 우렁찼다. 화욱은 이 아들을 매우 기특히 여겨 사랑했다.

이때 화욱의 누나인 태상경[17] 성염成琰의 아내가 젊은 나이에 과부가 되어 화욱의 집에 함께 살았다. 성부인成夫人은 현명하고 강직해서 집안을 다스리는 데 법도가 있었다. 화욱은 엄한 형님을 대하듯이 섬기며 성부인에게 일체의 집안일을 맡겼다. 성부인의 아들 성준成儁이 빼어난 재주를 지녀서 화욱은 정성스레 학문을 권했다.

심씨는 화욱이 정부인의 아들만 사랑하고 자기 아들은 사랑하지 않자 시기하는 마음이 컸지만 화욱과 성부인이 두려워 감히 드러내지 못했다.

정부인의 아들이 서너 살이 되어 두 갈래 다팔머리를 늘어뜨리니[18] 이마가 도드라져 귀한 상相이 완연했고, 지혜로운 말은 사람을 놀라게 했으며, 영특한 눈에서는 광채가 났다. 정부인이 『효경』[19]을 읽을

16. **옥린玉麟** 기린麒麟. 중국 고대 신화에 나오는 외뿔 짐승으로, 성현聖賢의 탄생을 알린다고 믿었다.
17. **태상경太常卿** 태상시경太常寺卿. 종묘 제사와 예악을 관장하는 태상시의 장관.
18. **두 갈래 다팔머리를 늘어뜨리니** 머리카락을 두 갈래로 갈라 앞머리를 눈썹까지 늘어뜨린, 옛날 중국 어린아이들의 머리 스타일을 말한다. 『시경』詩經 용풍鄘風 「백주」柏舟의 "늘어뜨린 저 두 갈래 다팔머리" 구절에서 따온 말이다.
19. **『효경』孝經** 효의 원칙과 규범을 수록한 유가儒家 경전.

때면 아들이 책상 곁에 모시고 앉아 가만히 듣고 속으로 외는데 글 뜻을 잘 이해하고 있었다. 화욱은 늘 이런 말을 했다.

"이 아이가 우리 가문의 연성지벽[20]이다!"

그리하여 화욱은 아들의 이름을 진珍, 자字를 형옥[21]이라 짓고 더욱 소중히 여겨 사랑했다.

요부인의 딸 빙선娉仙은 자가 태강太姜으로, 자태와 품성이 우아하고 영민했다. 화진花珍과 빙선은 함께 글공부를 해서 아홉 살에 이미 『시경』·『서경』書經·『논어』論語를 읽었고, 문재文才가 맑고 웅장하며 식견과 풍격이 웅대하고 고원했다.

하루는 화욱이 조회朝會를 마치고 돌아와 정부인의 침실로 들어서는데 얼굴에 근심스런 빛이 있었다. 정부인이 옷깃을 여미고 물었다.

"상공[22]께 무슨 불편한 일이 있습니까?"

화욱은 한참 동안 큰 한숨을 쉬고 말했다.

"황상께서 자애롭고 신실하고 인자하고 밝으시나 엄숭[23]이 정사政

꽃꽃꽃꽃

20. **연성지벽連城之璧** 여러 개의 성城과 바꿀 만큼 막대한 가치를 지닌 미옥美玉, 곧 화씨벽和氏璧을 말한다. 화씨벽은 춘추시대 초楚나라 형산荊山에서 발견되었다는 천하제일의 옥으로, 훗날 전국시대 조趙나라의 소유가 되었는데, 진秦나라 소왕昭王이 이 옥을 탐내 진나라의 15개 성城과 바꾸자고 제의한 일이 있었다.

21. **형옥荊玉** 형산의 옥, 곧 화씨벽을 뜻한다.

22. **상공相公** 아내가 남편을 부르는 호칭. 본래는 재상宰相을 높여 부르던 말.

23. **엄숭嚴嵩** 생몰년 1480~1567년. 명나라 세종 때의 문신으로, 이부상서·태자태사太子太師를 거쳐 수보首輔(수석 대학사大學士)로서 20여 년 동안 권력을 농단했다. 아들 엄세번嚴世蕃과 양자 조문화趙文華를 앞세워 국사를 조종하는 한편 자신을 탄핵한 양계성楊繼盛을 처형하는 등 반대 세력을 철저히 탄압했다. 매관매직 등의 방법으로 부정 축재를 일삼고, 하투河套(섬서성의 만리장성 이남, 황하黃河 이북 지역)를 점령한 거란을 공격하여 영토를 수복하자는 방책에 반대하는 등 실정을 거듭하여 명나라의 대표적 간신으로 지목되었다.

事를 주도한 뒤로 나라 일이 날로 잘못되어 갑니다. 어사[24] 남표南標가 홀로 상소하여 다투었으나 간언이 채택되지 않고 도리어 유배 가게 되었구려. 언로言路는 나라의 눈과 귀이거늘, 눈과 귀가 막히고도 망하지 않는 일은 드문 법이지요."

정부인이 그 말을 듣고 가만히 탄식하며 말이 없었다. 화진이 종종걸음으로 다가와 무릎을 꿇고 아뢰었다.

"『시경』에 '무지개가 동쪽에 있으나/감히 가리키지 못하네'[25]라는 구절이 있습니다. 지금 남어사南御史(남표)가 소인小人의 잘못을 지적하다가 도리어 위험을 면하지 못하게 되셨으니, 지금이 바로 군자가 기미를 살피고 떠나 처할 곳을 택해야 할 때[26]입니다."

화욱이 그 말에 깜짝 놀라 아들의 손을 잡고는 부인을 돌아보고 말했다.

"이 아이의 말은 만생[27]이 미칠 바가 아닙니다. 부인은 무슨 복이 그리 많아 이런 기이한 아이를 낳으셨습니까?"

이윽고 성부인이 오자 화욱이 조금 전의 대화를 전했다. 성부인은 화진의 등을 어루만지며 말했다.

"이 아이가 화씨 가문의 복성[28]일세!"

꽃무늬

24. **어사御史** 감찰·탄핵을 담당하는 벼슬.
25. **무지개가 동쪽에~가리키지 못하네** 『시경』 용풍 「체동」蝃蝀의 한 구절로, 음분淫奔의 악함을 사람들이 감히 말하지 못한다는 뜻. 『시경집전』詩經集傳에 의하면, '체동', 곧 무지개는 천지의 음기淫氣를 뜻한다.
26. **군자가 기미機微를~택해야 할 때** 『논어』 「향당」鄕黨에 나오는 말로, 새가 사람의 안색이 좋지 못한 것을 보면 날아가듯이, 사람도 기미를 보고 일어나 거처할 곳을 살펴 선택해야 한다는 뜻.
27. **만생晩生** 말하는 이가 자기를 낮추어 이르는 말.

22

화욱은 그 자리에서 성부인과 의논하여 은거를 결정했다.

며칠 뒤 화욱이 표[29]를 올려 사직을 청했는데, 글에 담긴 뜻이 매우 간절했다. 황제가 화욱의 재주와 덕을 아껴 손수 조서[30]를 내려 만류하려 했으나, 엄숭이 본래 화욱을 꺼렸던지라 황제에게 화욱의 요청을 윤허하도록 권했다. 그리하여 화욱이 지녔던 병부상서·도어사·섬서군무사의 인수[31]를 거두고 여양후로서 고향에 돌아가게 하면서 흰 비단과 화려한 무늬의 비단을 특별히 하사했다. 화욱이 대궐에 나아가 황제의 은혜에 감사한 뒤 그날로 온 집안이 소흥부[32]를 향해 떠났다.

이해에 화욱이 이미 맏아들 화춘의 혼례를 치러 형부상서 임준林俊의 손녀를 며느리로 맞았다. 임소저林小姐는 자색이 썩 빼어나지는 않았으나 자못 덕성이 있어서 화욱은 기뻐했으나 화춘은 몹시 불쾌히 여겼다.

화욱이 소흥에 도착했다. 소흥은 곧 「우공」[33]에서 말한 양주[34] 땅

---

28. **복성福星** 행운의 별. 길운吉運을 가져오는 사람을 비유하는 말.

29. **표表** 신하가 품은 생각을 적어 임금에게 올리는 글.

30. **조서詔書** 황제의 명령을 신하나 백성에게 알리기 위해 쓴 문서.

31. **인수印綬** 관인官印의 끈. 관인은 관리의 관직이나 작위를 표시하는 도장으로, 관인의 고리에 끈을 달아 관리가 항상 몸에 차고 다녔다.

32. **소흥부紹興府** 절강성浙江省의 부府 이름으로, 산음山陰·회계會稽·상우上虞 등 여덟 현縣을 관할했다. 소흥부의 중심지 소흥현紹興縣은 지금의 절강성 소흥시에 해당한다.

33. **「우공」禹貢** 『서경』의 편명. 우禹임금이 정했다는 중국 9주州의 경계와 지리에 관한 내용이 담겨 있다.

34. **양주揚州** 중국 9주의 하나. 지금의 강소성江蘇省·안휘성·강서성江西省·절강성·복건성福建省 일대.

으로, 북쪽에는 산음[35]이 있고, 서쪽에는 상우[36]가 있으며, 운문산[37]과 난저산[38]이 울창하고, 동남쪽에는 조아강[39]과 삼호[40]가 있어 천하의 명승지였다. 화욱의 선대로부터 소흥부 동쪽 30리 월왕성[41] 아래에 살 곳을 정해 산을 깎아 대臺를 만들고 물을 끌어들여 못을 이루었다. 화려한 집이 구름까지 솟고 채색한 기둥이 즐비하며, 진귀하고 아름다운 나무가 울창하게 늘어서고, 맑은 하늘에 학이 울고 황금빛 제방에 사슴이 노닐었다.

화욱이 굴레를 벗어던지고 훌쩍 고향으로 돌아와 두 아들 및 조카와 담소하며 유유자적 지내니 모든 일이 마음에 맞고 흡족해서 세상 만사가 뜬구름 같았다. 화욱은 늘 이렇게 말했다.

"내 만년의 안락은 진아珍兒(화진의 애칭)가 내려 준 것이다."

이때 심씨는 정당[42]인 취성루聚星樓에, 성부인은 취하당翠霞堂에 거처하고, 동쪽 가의 수선루壽仙樓에는 정부인이, 서쪽 가의 설매당雪梅堂에는 임소저가 거처했다. 녹영당綠影堂에는 성부인의 아들 성준의 아내

❀❀❀

35. 산음山陰 절강성의 현 이름.
36. 상우上虞 절강성의 현 이름.
37. 운문산雲門山 절강성 소흥현 남쪽에 있는 산 이름.
38. 난저산蘭渚山 절강성 소흥현 서남쪽에 있는 산 이름. '난정산'蘭亭山이라고도 한다. 동진東晉의 왕희지王羲之가 난정회蘭亭會를 벌였던 곳이며, 사안謝安이 벼슬하기 전에 살던 곳이기도 하다.
39. 조아강曹娥江 소흥현 동쪽에 흐르는 강 이름. '조아'曹娥라는 강 이름은 후한後漢의 효녀 이름에서 따온 것이다. 조아는 상우 사람으로, 14세 때 아버지가 강에 빠져 죽었는데 시체를 찾지 못하자 17일 동안 강을 따라가며 밤낮으로 호곡號哭하다가 강물에 투신하여 자살했다.
40. 감호鑑湖 소흥현 남쪽에 있는 호수 이름. '경호'鏡湖라고도 한다.
41. 월왕성越王城 소흥현 동남쪽, 회계산會稽山 북쪽에 있는 성 이름. 춘추시대 월왕越王 구천勾踐이 소흥현을 도읍으로 삼았기에 붙은 이름이다.
42. 정당正堂 한 집 안에서 가장 중심이 되는 집채. 정실부인의 거처.

요씨姚氏가, 수선루 왼쪽의 홍매당紅梅堂에는 빙선이 거처했다. 화욱은 백화헌白化軒에 기치하고, 두 아들은 각각 흰송정喜松亭과 국우당菊友堂에 거처하게 했으며, 쌍취정雙翠亭은 성준의 서재로 삼았다.

이듬해 3월 장남 화춘은 14세, 차남 화진은 10세, 성준은 19세였다. 화욱은 세 사람과 함께 뒷동산의 상춘정賞春亭에서 노닐다가 세 사람이 각각 7언 절구[43] 두 수씩을 짓게 했다. 세 사람이 분부에 따라 시를 지어 바치자 화욱이 먼저 성준의 시를 보고 탄복하여 칭찬했다.

"깊고 두터우며 온화하고 중후하니 참으로 군자의 글이구나!"

다음으로 화춘의 시를 보고는 별안간 소스라치게 놀라 시가 적힌 종이를 내던지며 말했다.

"어린 녀석이 이리 무도하니 우리 가문이 망했구나!"

화춘은 두려워 허둥지둥 갓을 벗고[44] 마루 아래로 내려갔다. 그러자 성준이 앞으로 나와 말했다.

"분부를 받고 갑자기 지은 시에 장단점이 있게 마련입니다. 설혹 만족스럽지 못한 점이 있다 할지라도 어찌 이런 말씀을 하십니까?"

화욱이 말했다.

"아니다, 아니야! 시가 졸렬한 것을 꾸짖는 게 아니다. 약빠르고 경박하며 경솔하고 음란한 태가 시에 넘쳐나니, 이 녀석이 장차 우리 가문을 어지럽힐 것이라는 게야."

---

43. 7언 절구七言絶句 한 구절에 일곱 글자씩 네 구절로 이루어진 한시 형식.
44. 갓을 벗고 사죄의 표시로 하는 행위.

화욱은 눈썹을 찌푸린 채 오랫동안 불쾌한 기색이었다. 이윽고 화진의 시를 보였다. 화욱은 딕이 빠지도록 기뻐하여 그 온화한 기운이 봄처럼 따뜻했다. 화진의 시는 다음과 같다.

버들가지 하늘하늘 푸른 그림자 비꼈는데
온화한 기운이 비단 창에 사뿐히 드네.
금빛 연못 원앙새는 짝 이뤄 목욕하고
섬돌에 핀 꽃 위로 나비 한 쌍 날아가네.

종려나무[45] 푸른 잎에 봉모[46]가 자라나고
새로 얽은 시렁 위로 포도 넝쿨 오르네.
난간의 앵무새가 봄소식 전하니
정을 품은 시녀가 벽도화碧桃花 지나가네.

화욱이 오랫동안 화진의 시를 손에서 놓지 못하다가 성준에게 건네주었다. 성준이 두어 번 읊조리더니 저도 모르는 사이에 단정하게 무릎을 모으고 존경하는 마음으로 탄복하여 말했다.

"한적하고 고원하며 아담하고 화려한 점은 정시지음[47]을 방불케

---

45. **종려나무** 야자과의 상록 교목. 손바닥 모양으로 깊게 갈라진 잎이 핀다.
46. **봉모鳳毛** 봉황의 털. 뛰어난 재주나 풍채를 뜻하는 말로 쓰이는데, 여기서는 '종려모'棕櫚毛, 즉 종려의 껍질이나 잎꼭지에 붙어 있는 갈색의 털을 가리킨다.
47. **정시지음正始之音** 위진시대魏晉時代의 문학. '정시'는 삼국시대 위나라의 마지막 황제인 조방曹芳(재위 240~249)의 연호.

하고, 무르녹고 풍성하며 맑고 힘찬 점은 왕건의 궁사[48]와 비슷합니다. 시인의 재주가 이보다 더할 수는 없을 것입니다."

화욱이 말했다.

"이 아이가 포대기를 벗어날 때부터 식견이 비범했는데, 이제 시재詩才 또한 이처럼 뛰어나니 그 천품天品이 참으로 기이하구나. 시 두 편 모두 왕공王公의 부귀한 기상이 있으니, 우리 가문을 망하게 할 자는 춘이요, 우리 가문을 흥하게 할 자는 진이다!"

화욱은 다시 정색하고 화춘을 꾸짖었다.

"우리 가문은 대대로 충효의 법도를 전해서, 마음을 잡고 본성에 처하기를 오로지 정도正道로 일관해 왔다. 그래서 술 마시고 농담하는 자리에서도 음란한 말이나 예에 어긋나는 말을 한 적이 없어. 지금 네가 아버지와 형 앞에서 지은 시에도 이처럼 법도 없이 방탕함이 나타나니, 실로 놀랍고 한심한 일이다. 앞으로는 모름지기 마음을 고치고 행실을 닦으며 모든 행동 하나하나를 네 아우에게 배워서 우리 화씨의 종사宗祀(조상의 제사)가 네 손에서 엎어지지 않게 해라!"

화춘은 부끄러워하며 물러갔다.

그날 밤 화춘이 심씨에게 말했다.

"소자가 사랑을 넘치게 받아서 놀이나 일삼으며 학업을 폐했으니

꿍꿍꿍

48. **왕건王建의 궁사宮詞** '왕건'은 중당中唐의 시인으로, 자는 중초仲初이다. 악부시樂府詩에 능했으며, 「궁사」宮詞 100수가 일세를 풍미했다. '악부시'는 민간의 노래를 옮기거나 본떠 만든 한시 형식을 말한다. '궁사'는 궁정의 자잘한 일을 소재로 하는 시 형식의 하나로, 한漢나라의 악부시에서 기원하여, 당나라 이백李白과 왕창령王昌齡을 거치며 형식이 완성되고, 이후 왕건에 이르러 크게 유행했다.

불초하다는 꾸지람이라면 달게 받겠습니다. 하지만 오늘 아버지께서는 저에 대한 노여움이 지나쳐서 화씨의 종사가 네 손에서 엎어질 것이라고 말씀하시기에 이르렀습니다. 아들 된 자로서 어찌 마음이 아프지 않겠습니까? 게다가 아우가 아무리 타고난 재주가 남다르고 행실이 훌륭하다고 하나, 아버지께서 소자더러 아우에게 무릎을 꿇고 매사를 모두 배우라 하시니, 천하에 아우에게 배우는 형이 어디 있단 말입니까?"

심씨가 그 말을 듣고 벌컥 화가 나서 말했다.

"상공이 본래 요사스런 정씨 계집과 그 간사한 아들에게 미혹되어 오래전부터 진헌공과 원소의 마음[49]을 품고 있지만 아직 기회를 얻지 못하고 있었다. 이제 서리를 밟으면 곧이어 단단한 얼음을 밟게 될 테니,[50] 내가 차라리 머리를 부수어 죽을지언정 동해왕처럼 힘없이 머리 굽히는 꼴[51]은 차마 보지 않겠다!"

그 뒤로 심씨와 화춘은 공공연히 정부인 모자를 원망하며 자나깨

꾸꾸꾸꾸

49. **진헌공晉獻公과 원소袁紹의 마음** 장남이 아닌 다른 아들에게 후계자 자리를 넘겨주려는 마음. '진헌공'은 춘추시대 진晉나라의 군주로, 총애하던 희첩姬妾 여희驪姬의 소생인 해제奚齊에게 나라를 물려주고자 태자 신생申生을 자결하게 하고 왕자 중이重耳 등을 축출하여 나라가 어지러워졌다. '원소'는 후한後漢의 군벌로, 자는 본초本初이다. 원소의 집안은 하남河南 최고의 명문가였는데 원소 사후에 막내아들인 원상袁尙이 가통家統을 이으면서 아들끼리 분란이 벌어져 몰락했다.

50. **서리를 밟으면~밟게 될 테니** 『주역』周易 곤괘坤卦의 한 구절. 어떤 일의 기미가 보이면 머지않아 큰일이 일어난다는 뜻이다.

51. **동해왕東海王처럼 힘없이 머리 굽히는 꼴** 장자長子의 지위를 스스로 버리는 일을 말한다. '동해왕'은 후한 광무제光武帝의 장남인 유강劉疆으로, 모친 곽황후郭皇后가 여태후呂太后(한나라 고조高祖의 비)의 기풍이 있다는 이유로 폐위되자 태자의 지위에서 스스로 물러나 동해왕이 되었다.

28

나 이를 갈았다. 심씨는 빙선 또한 정부인의 손에 자랐다는 이유로 미워했다. 성부인이 이 일을 알고 화진과 빙선의 앞날을 깊이 우려했다.

그렇게 한두 해가 지났다. 임소저는 화춘의 패악한 행동과 인륜에 어긋난 말을 날마다 보면서 감정이 북받쳐 울며 간했다.

"서방님은 법도 있는 가문에서 나고 자라셨으니 명교⁵²를 마땅히 아실 것입니다. 하지만 요사이 하시는 말씀이 인륜에 어긋나고 마음과 행실이 불미스러울 때가 있어 어리석고 사리에 어두운 제가 생각하기에도 한심합니다. 인생의 즐거움은 어진 아버지와 형이 계신 것인데, 지금 시아버님의 성대한 덕과 지극한 행실이며 아주버님(성준)의 지극한 효성과 공경은 모두 서방님이 직접 보고 훈도된 바입니다. 옛사람이 '삼밭 가운데 있는 쑥대는 붙들지 않아도 저절로 곧게 자란다'⁵³고 했거늘, 저는 정말 서방님의 행실이 이 지경에 이를 줄 몰랐습니다. 또 정존고⁵⁴는 태사⁵⁵의 덕을 지니셨고 소공자小公子(화진)는 자장⁵⁶의 절의를 지녔거늘 가당치 않은 근거를 들어 의심하시

❀❀❀❀
52. **명교名教** 유가儒家의 예교禮教.
53. **삼밭 가운데~곧게 자란다** 삼(麻)은 곧은 풀이고 쑥(蓬)은 굽은 풀인데, 삼밭 안에서 나는 쑥은 저절로 곧게 자란다고 해서, 환경에 의해 악이 선이 됨을 비유하는 말이다. 『순자』荀子 「권학」勸學에서 따온 말이다.
54. **정존고鄭尊姑** 정부인을 말한다. '존고'는 시어머니를 높여 부르는 말.
55. **태사太姒** 주周나라 문왕文王의 비妃요 무왕武王의 어머니로, 현숙賢淑한 여인의 대명사.
56. **자장子臧** 춘추시대 조曹나라 선공宣公의 아들로, 군주의 자리를 사양한 일 때문에 훗날 절의 있는 선비로 추앙되었다. 선공 사후에 공자 부추負芻(성공成公)가 태자를 살해하고 군주가 되자 진晉나라 여공厲公을 중심으로 한 제후들이 불의하다고 여겨 부추를 서울로 압송한 뒤 자장을 조나라 군주로 삼으려 했다. 자장은 자신이 군주가 되는 것은 분수에 맞지 않는 일이라며 조나라를

니, 저는 이 말을 듣고 귀를 씻지 못한 게 한스럽습니다."

화춘이 여전히 잘못을 고치지 않자 그 뒤로 임소저는 자신의 기박한 운명을 한스러워하고 남편의 무도함을 통탄하며, 마침내 자신의 몸을 깨끗이 지켜 화춘과 은근한 정을 나누지 않았다. 이 때문에 오래도록 자식이 생기지 않자 화춘은 매우 성이 났다.

화욱은 은거한 뒤로 산수에 마음을 붙였다. 때때로 돛단배에 몸을 싣고 약야[57] 물결을 거슬러 올라가 천모산[58]의 원숭이 울음소리를 듣기도 했고, 옛날의 유적에 감격해서 동산에서 사안을 찬탄하고[59] 오문에서 매복을 조문하기도 했다.[60] 이렇게 유유자적 즐기며 다시는 천하사天下事에 마음을 두지 않았다. 그러나 옛날의 역사를 읽을 때마다 국가의 흥망과 군신의 득실이 갈리는 대목에 이르면 격앙되어 눈물로 옷깃을 적시지 않은 적이 없었다.

하루는 화욱이 동자에게 단금[61]과 작은 술병을 들리고 두 아들과 성준을 데리고 동산 북쪽의 작은 언덕에 올라 단풍 든 시내와 국화

떠났다가 훗날 부차가 군주의 지위를 회복한 뒤에야 귀국하여 은거했다. 『춘추좌전』春秋左傳에 관련 고사가 전한다.

57. 약야若耶 소흥현 남쪽에 있는 약야산若耶山 아래로 흘러 감호鑑湖에 이르는 시내 이름. 춘추시대 월나라 서시西施가 빨래하던 곳이라 하여 '완사계'浣紗溪라 불리기도 한다.

58. 천모산天姆山 절강성 신창현新昌縣 동쪽에 있는 산. 동쪽으로 천태산天台山, 서쪽으로 옥주산沃洲山에 이어진다.

59. 동산東山에서 사안謝安을 찬탄하고 '사안'은 동진東晉 효무제孝武帝 때 재상을 지낸 인물로, 자는 안석安石이다. '동산'은 절강성 소흥현 남쪽에 있는 운문산雲門山을 말한다. 사안은 벼슬하기 전 조정에서 누차 불렀지만 응하지 않고, 동산에서 기녀들과 노닐며 풍류를 즐겼다.

60. 오문吳門에서 매복梅福을 조문하기도 했다 '매복'은 전한前漢 말의 학자로, 평제平帝 때 왕망王莽이 국정을 오로지하자 처자를 버리고 구강九江으로 떠났다. 그 뒤 그를 보았다는 사람이 있었는데, 이름을 바꾸고 '오문', 곧 소주蘇州의 문졸門卒이 되어 있더라고 했다.

61. 단금短琴 보통의 거문고보다 조금 작게 만든 거문고.

핀 언덕에서 휘파람을 불며 노닐었다. 단금을 타며 술잔을 주고받기
도 하고, 시를 읊고 역사를 논하기도 하면서 마음이 남락해서 집으
로 돌아가기를 잊었다. 그때 문득 언덕 가 소나무 아래에 귀인貴人 한
사람이 윤건야복[62] 차림의 청수淸秀한 모습으로 홀로 서 있는 것이 보
였다. 화욱이 그 얼굴을 자세히 보니 바로 이부시랑吏部侍郎 윤혁尹爀이
었다. 화욱은 놀랍고도 반가워 일어나 읍揖하고 말했다.

"영형[63]은 오셨으면 왔다고 하시지 왜 서서 보고만 계셨습니까?"

윤혁이 웃으며 자리로 와서 말했다.

"천상의 선동仙童이 영형 곁에 내려와 있는 게 참 보기 좋아서 잠시
가만히 있었습니다."

그러고는 화진의 손을 잡고 물었다.

"영형의 아드님입니까?"

화욱이 말했다.

"그렇습니다."

윤혁은 또 성준과 화춘을 가리키며 말했다.

"저 두 수재[64]도 영형의 아드님입니까?"[65]

"하나는 제 아들이고, 저 청년은 제 자형인 성태상成太常(성염)의 아
들입니다."

---

62. 윤건야복綸巾野服 '윤건'은 비단으로 만든 두건. 제갈공명諸葛孔明이 썼던 두건이라 하여 '제갈
건'諸葛巾이라고도 한다. '야복'은 촌야의 평민이 입는 옷.

63. 영형令兄 남의 형, 혹은 비슷한 연배의 상대방을 높여 부르는 말.

64. 수재秀才 젊은 선비를 높여 부르는 말. 본래는 향시鄕試에 급제한 사람을 일컫는 호칭.

65. 화욱이 말했다~영형의 아드님입니까 저본에는 빠져 있으나 만송본에 의거해 보충했다.

"태상이라면 백온伯溫(성염의 자字) 말씀입니까?"

"맞습니다."

윤혁은 성준을 이끌어 손을 잡고 한숨을 쉬며 말했다.

"영존[66]과 이별한 지도 어느덧 19년이 지났거늘, 빼어난 인물을 잃은 슬픔이 어느 날에야 사라질꼬?"

그러고는 화욱과 그간의 안부 인사를 나눴다. 윤혁이 격앙되어 탄식하며 말했다.

"영형이 조정을 떠난 뒤로 조정의 일이 날이 갈수록 망극해서 저도 벼슬을 그만두고 고향으로 돌아왔습니다. 비록 제 몸은 조금 편안해졌지만 왕실을 생각할 때마다 절로 눈물이 흐르니, 영형의 마음도 저와 다르지 않을 테지요."

화욱은 그 말을 듣고서야 윤혁 역시 이미 벼슬에서 물러났음을 알고 물었다.

"산동山東(산동성山東省)은 여기서 1천여 리나 떨어진 곳인데, 중회仲晦(윤혁의 자)는 무슨 일로 이 먼 길을 오셨습니까?"

윤혁이 말했다.

"산천을 두루 유람하려고 이리저리 돌다가 여기까지 오게 되었군요."

화욱이 윤혁과 손을 잡고 백화헌으로 돌아와 술과 식사를 내오게 한 뒤 흐뭇하게 마주앉았다. 윤혁은 화진을 사랑해서 곡진한 정을

<hr>

66. 영존令尊 남의 아버지를 높여 부르는 말.

드러내며 떨어지려 하지 않더니 화욱에게 물었다.

"아드님은 정혼定婚한 곳이 있습니까?"

"아직 없습니다."

윤혁이 매우 기뻐하며 말했다.

"제 나이가 마흔이 되도록 자식이 없다가 요행히 아내가 임신해서 아들딸 쌍둥이를 얻었는데, 이제 모두 열두 살로 재주와 용모가 보통 사람보다 못하지는 않습니다. 부모 된 자로서 좋은 짝을 얻어 주어야겠다고 생각해서 아들은 이미 진평중[67]의 딸과 정혼했으나, 딸은 아직 마음에 맞는 곳을 얻지 못했습니다. 이 때문에 제가 지금 천하를 두루 다니며 좋은 사위를 널리 구하고 있던 것인데, 오늘 다행히 아드님을 만나 차마 떨어지지 못하겠으니, 이는 아마도 하늘의 뜻인 듯합니다. 영형의 뜻은 어떠신지요?"

화욱이 흔쾌히 허락하며 말했다.

"아들이 장성해 가거늘 제가 궁벽한 시골에 살다 보니 규수를 찾으려 해도 쉽지 않았습니다. 영형이 제 아들을 비루하다 여기지 않으시고 동상東床(사위)으로 허락하시니 참으로 감사하고 다행스런 일입니다."

윤혁이 또 화진의 손을 잡고 기쁨을 이기지 못하더니, 문득 다시 서글픈 얼굴로 옷깃을 여미고 큰 한숨을 쉬며 말했다.

"저에게 또 구구한 마음이 있는데, 가련히 여겨 주실는지요? 지난

---

67. **진평중陳平仲** 제3회에 등장하는 진형수陳衡秀를 말한다. '평중'은 그 자字이다.

번 남자평[68]이 악주[69] 유배지로 가다가 온 가족이 수적水賊의 해를 입고 외동딸 하나만 화를 면했습니다. 제가 그 아이를 양녀로 거두어 지금 산동에 있는데, 나이는 제 딸과 같고 외모와 덕성은 옛날의 숙녀라 할지라도 그보다 뛰어나지 못할 겁니다."

화욱은 말을 다 듣기도 전에 눈물을 쏟으며 서글피 말했다.

"자평이 과연 위해危害를 당했군요. 황상께서 엄숭 하나로 말미암아 강직한 신하를 죽게 하셨습니다. 제가 오랫동안 자리만 지키며 제대로 보좌하지 못하여 군주의 허물이 이 지경에 이르게 했으니, 참으로 죽을죄를 지었습니다."

윤혁이 말을 이었다.

"제 딸이 남자평 딸의 자태와 덕성을 아끼고 그 사정을 안타까이 여겨 잠시도 차마 떨어지지 못하며 함께 살다 함께 죽는 것이 소원이라 하니, 참으로 가련합니다. 제 생각에 자평이 수국水國에서 한을 품고 죽으면서도 이 세상에 간절히 바란 것은 연약한 딸아이 하나뿐이었을 것이니, 만일 아드님처럼 천하의 아름다운 사위를 얻는다면 자평의 넋을 위로할 수 있을 것입니다. 그런데 천하에 아드님 같은 사람을 어디서 또 얻는단 말입니까? 제가 보기에 아드님은 영웅호걸의 빼어난 재주를 지녀 조만간 반드시 크게 귀해질 것이니, 부인 서넛을 두어도 참람하지 않을 겁니다. 영형은 제 정성스런 마음을 곡진히 살피시고, 자평의 지극한 원통함을 가련히 여기셔서 자평의 딸

---

68. 남자평南子平 어사 남표南標를 말한다. '자평'은 그 자이다.
69. 악주岳州 호남성湖南省 북부, 동정호洞庭湖 동쪽 물가의 고을 이름.

도 아드님에게 함께 시집보내도록 허락해 주십시오."

화욱이 그 말을 듣고 또한 흔쾌히 허락하자 윤혁이 매우 기뻐했다.

윤혁은 며칠 동안 머물며 화진을 극진히 사랑해서 은근한 정을 담아 손을 잡고 말을 건넬 때마다 사위라고 불렀다. 화진 또한 윤혁이 관후한 어른으로 청수淸秀한 처사處士의 품격이 있다고 여겨 우러러 존경해 마지않았다.

윤혁이 돌아가면서 화욱에게 말했다.

"영형의 두터운 은혜를 입어 두 딸을 아드님에게 시집보내게 되었으니 제 간절한 소원이 이루어졌습니다. 그러나 길이 멀어 소식을 전하기 쉽지 않으니, 대략 혼례 시기를 잡고 아드님의 신물信物을 얻어 두 딸에게 전하고 싶습니다."

화욱이 대답했다.

"우리 아이가 지금 열두 살이니, 앞으로 3년 뒤에 제가 무탈하다면 아이를 데리고 직접 산동으로 가서 길일을 택해 혼례를 올리도록 하겠습니다."

그러고는 화진으로 하여금 상자 안에서 홍옥천紅玉釧(홍옥 팔찌)과 청옥패靑玉珮(청옥 노리개)를 꺼내 오게 해서 윤혁에게 주며 말했다.

"이 물건은 저희 집안 대대로 전해 오는 소중한 보물입니다. 두 따님에게 전해 주십시오."

윤혁이 받아서 행낭 속에 간직하고 화욱과 화진을 돌아보며 거듭 연연하다가 떠났다.

추악한 아내는 사악한 마음을 드러내고
문란한 아들은 음탕한 정을 토하다

이날 화욱이 성부인과 정부인에게 윤혁과 정혼한 일을 이야기하자 성부인이 기뻐하며 말했다.

"남편이 생전에 윤중회(윤혁)의 사람됨을 늘 칭찬하셨으니, 그 딸도 반드시 덕성이 있을 걸세. 또 남어사(남표)는 맑은 이름과 곧은 절개가 있는 분이니, 그런 아버지의 딸이 어찌 평범하겠나?"

정부인이 묵묵히 말이 없더니 천천히 한숨을 쉬며 말했다.

"태강太姜(빙선)이 진아珍兒보다 한 살 위이거늘 상공께서 아직 혼처를 찾을 생각이 없던 터에 갑작스레 진아의 혼인을 먼저 정하시니 제 마음이 편치 않습니다. 제가 몇 년 전부터 정신이 아득해서 살날이 얼마 남지 않은 줄 아는데, 요부인이 임종 때 한 부탁을 생각할 때마다 지하에서 할 말이 없을까 걱정입니다."

화욱이 깊이 사과하고 즉시 매파媒婆들을 불러 훌륭한 사윗감을 널리 묻게 했다. 그중 한파韓婆라고 하는 매파가 광록소경¹ 유담柳儋의

꩜꩜꩜꩜꩜

1. **광록소경光祿少卿** 궁중의 제사와 연회에 쓰이는 물품을 담당하는 광록시光祿寺의 무책임사에 해당하는 벼슬.

아들 유성양柳聖讓이 군자의 풍모가 있다며 추천했다. 화욱은 본래 유담의 맑은 덕을 알고 있던 데다 동향同鄕 출신이기도 해서, 성준을 보내 신랑감을 보고 오게 했다. 성준이 돌아와 유성양의 사람됨이 온화하고 겸손하다고 아뢰자 화욱이 매우 기뻐하며 유담에게 혼인하고자 하는 뜻을 전했다. 유담 또한 빙선이 요조숙녀라는 소문을 익히 듣고 있었기에 매우 다행히 여기며 흔쾌히 승낙하고 내년 봄에 혼례를 올리기로 약속했다.

그해 겨울 11월에 화욱과 정부인 모두 병세가 위중했다. 그러자 화진 남매는 애타게 울며 음식을 입에 대지 않았고, 목욕재계하고 하늘에 빌며 온갖 정성을 기울였다. 그러나 화욱과 정부인의 천명이 이미 다하였으니, 화진 남매에게 장차 호천지통과 이상지원²이 닥쳐옴을 어찌하겠는가?

정부인이 죽음을 앞둔 밤에 빙선을 가까이 끌어 뺨을 맞대고 슬피 오열하며 말했다.

"내가 요부인의 부탁 중 한 가지도 성취하지 못하고 네게 이런 슬픔과 괴로움만 남긴 채 네 혼기를 어그러뜨리니, 돌아가 요부인을 무슨 면목으로 대하겠니? 모쪼록 너는 훗날 정숙한 절개를 지켜 남편을 잘 섬길 것이요, 덕을 기르고 복을 쌓으며 아들딸을 두어 요부인과 내가 지하에서 웃음을 머금게 해 다오."

꽃꽃꽃꽃

2. **호천지통昊天之痛과 이상지원履霜之寃** 부모를 잃은 고통과 장차 큰일을 겪게 될 원통함. '호천', 곧 하늘은 부모의 은혜를 비유하는 말이고, '이상'履霜은 '이상견빙지'履霜堅氷至(서리를 밟으면 곧이어 단단한 얼음을 밟게 된다)의 준말로, 머지않아 큰일이 일어날 조짐을 뜻한다.

정부인이 별세한 지 사흘 뒤에 화욱 또한 병이 위독해져 성부인에게 자녀들을 부탁하고 세상을 떴다. 화진과 빙선이 잠깐 사이에 거듭 혼절하자 성부인이 울며 화진 남매를 보호하는 한편 아들 성준과 함께 몸소 모든 절차를 다스려 화욱과 정부인의 장례를 치렀다. 성부인은 그 뒤로도 집안일을 빈틈없이 다스려 위엄과 덕을 나란히 행하니 집안의 법도가 화욱이 살아 있을 때와 다름이 없었다.

유담이 화욱의 부음訃音을 듣고 눈물을 흘리며 유성양에게 말했다.

"철인哲人(현철한 사람)이 갔구나! 지난번 화공花公(화욱)이 우리 집에 구혼했을 때 내가 흔쾌히 수락한 건 화공의 덕과 의리를 흠모해 오던 차에 인척을 맺게 된 것이 좋았기 때문이니, 지금 화공이 세상을 떴다고 해서 그 약속을 저버려서는 안 된다. 너는 모름지기 화씨 댁에 왕래하며 사위의 예를 다하도록 해라."

그리하여 유성양은 날마다 화부³에 갔는데, 슬픔으로 수척해진 화진의 모습을 볼 때마다 아끼고 경복하는 마음을 가졌다. 화진 또한 유성양의 신의에 감동해서 마침내 두 사람의 정과 의리가 돈독해졌다.

아아! 덕이 사람을 감동시키는 것은 월나라와 초나라⁴가 다름이 없거늘, 저 화춘은 무슨 마음을 가진 자란 말인가? 화춘은 아버지의 대를 이은 뒤로 잔혹하고 흉포한 짓을 일삼아⁵ 연약한 누이와 병든

---

3. **화부花府**　화씨 집. 성씨 뒤에 붙는 '부'府는 문벌 귀족의 집을 뜻한다.
4. **월越나라와 초楚나라**　춘추시대 월나라(지금의 절강성 일대)와 초나라(지금의 호북성湖北省과 호남성 일대) 사이의 거리에 빗대어 서로 멀리 떨어져 있는 존재를 비유하는 말.
5. **잔혹하고 흉포한 짓을 일삼아**　『사기』史記「백이 열전」伯夷列傳에서 천하의 악인 도척盜跖을 두고 했던 말을 옮긴 것이다.

아우를 을러대며 위협하는 데 힘을 아끼지 않았고, 하인들을 매질하여 입에 재갈을 물리고 위엄을 세우니 하인들이 두려워 감히 성부인에게 고하지 못했다. 그러나 화춘이 성부인을 꺼렸기에 큰 패악은 부릴 수 없었다.

하루는 성염成琰의 아우인 남경南京 추관[6] 성위成瑋가 벼슬에서 물러나 동성[7] 옛집으로 돌아와 지내던 중에 성부인을 초청했다. 성부인이 떠나면서 임소저에게 말했다.

"동성은 100리밖에 떨어지지 않은 곳이고 내가 집을 떠나 있는 기간도 열흘에 지나지 않지만, 진아 남매 때문에 내 마음이 참으로 두려워 안심할 수 없구나."

성부인은 화춘을 불러 주의를 주었다.

"『시경』에 이르기를 '언덕과 진펄 시체 쌓인 곳에 / 형제가 함께 찾아 나서네'[8]라고 했고, 또 '무릇 지금 사람들 중에 / 형제만 한 이가 없네'[9]라고 했다. 너는 왕상의 이복형제[10] 이야기를 듣지 못했느냐? 진아 남매의 한낱 실오라기 같은 목숨이 근근이 남아 아침저녁으로 보전하기 어렵거늘, 형제로서 어찌 손가락을 베어 짜낸 피를 먹여서

6. **추관推官** 형벌을 관장하는 관원.

7. **동성桐城** 안휘성安徽省의 현 이름.

8. **언덕과 진펄~찾아 나서네** 『시경』 소아小雅 「상체」常棣의 한 구절. 「상체」는 형제간의 우애가 무엇보다도 중요함을 노래한 시이다.

9. **무릇 지금~이가 없네** 『시경』 소아 「상체」의 한 구절.

10. **왕상王祥의 이복형제** 왕상과 왕람王覽 형제를 말한다. 왕상은 진晉나라 때 태보太保 벼슬을 지낸 인물로, 계모 주씨朱氏에게 효성을 다했으나 주씨가 왕상을 미워하여 자주 무고하고 늘상 무리한 일을 시켜 곤경에 처하게 했는데, 그때마다 주씨 소생의 이복동생인 왕람이 나서 왕상을 도왔다.

리도 그 목숨을 이어 주려 하지 않는단 말이냐?"

성부인이 말을 마치고 줄줄 눈물을 흘리자 화춘노 얼굴빛이 달라졌다.

성부인이 떠난 뒤 심씨는 주먹을 휘두르고 볼을 부풀려 씩씩대며 승냥이처럼 으르렁댔고, 정당正堂의 여종 계향桂香과 난향蘭香 등은 심씨의 사주를 받아 분주히 움직였다.

하루는 요부인의 유모 취선翠蟬이 빙선 앞에서 울며 말했다.

"선노야先老爺(화욱)와 선부인先夫人(정부인)께서는 지극히 인자한 덕을 지니셨으나 소저와 공자를 생각지 못하고 갑자기 별세하시어 결국 두 골육에게 독을 남기고 말았습니다. 옥이 부서지고 진주가 가라앉듯 목숨이 경각에 달렸으니, 늙은 쇤네는 참으로 먼저 죽어 그 모습을 보지 않고 싶습니다."

빙선은 눈물을 삼키며 아무 말도 하지 않았다. 취선이 또 울며 말했다.

"성부인께서 집을 떠나신 뒤로 수선루壽仙樓(정부인이 거처하던 곳) 시녀들 중에 혹독한 형벌을 받은 자가 무수히 많고 나머지 시녀들 모두가 겁에 질려 숨죽이고 있으니, 그물에 걸린 토끼 신세입니다. 애달파라! 정부인께서 남에게 무슨 악행을 하셨다고 우리가 이처럼 모진 고초를 당한단 말입니까?"

빙선은 여전히 대꾸하지 않았다. 난향이 창밖에서 이 광경을 엿보고는 얼씨구나 달려가 심씨에게 일러바쳤다. 심씨는 난향과 계향을 시켜 빙선을 붙잡아 오게 한 뒤 발을 구르며 욕을 해댔다.

"천한 계집 빙선이 감히 흉한 마음을 품고 도적놈과 한데 붙어 장자長子의 자리를 빼앗을 궁리를 하고는 먼저 정실 어미를 없애려고 친한 종년 취선과 치밀하게 모의를 했느냐?"

빙선은 정신이 아득해 말없이 구슬 같은 눈물만 줄줄 흘렸다. 심씨는 또 화진을 불러 마루 아래에 무릎을 꿇리고 철여의[11]로 난간을 때려 부수며 큰 소리로 죄를 물었다.

"천한 네놈 진은 성부인의 위세를 빙자하여 선친을 우롱하고 적장자嫡長子의 자리를 빼앗고자 했다. 하지만 하늘이 악을 돕지 않아 일이 어그러지자 도리어 요망한 누이, 흉악한 종년과 함께 불측한 일을 꾸몄으렸다?"

화진이 통곡하며 우러러 대답했다.

"사람이 세상에 태어나 오륜五倫이 중하며, 오륜 중에 부자 관계가 가장 중합니다. 아버지와 어머니는 한 몸이시거늘, 소자가 비록 불초하나 어머니께서 어찌 차마 그런 말씀을 하십니까? 소자가 선친의 피붙이로서 어머니 슬하에서 자랐거늘, 소자에게 어찌 그런 말씀을 하십니까? 누이가 취선과 말을 주고받았다고 하나 사사로운 정을 말하는 것은 본래 큰 죄가 아니요, 원망하는 말을 한 것은 취선에게 죄가 있지 누이는 관여한 바 없습니다. 게다가 규수의 처지는 남자와 다르니 악명惡名을 더하심은 더욱 차마 못할 일입니다. 어머니께서는 부디 측은히 여겨 주시기 바랍니다."

빙선이 격앙된 어조로 말했다.

꽃꽃꽃꽃

11. **철여의鐵如意** 철편鐵鞭. 자루와 채찍 끝의 추를 쇠로 만든 형구刑具의 일종.

"오빠와 동생이 모두 제 골육인데, 제가 한 사람의 자리를 빼앗고 다른 사람의 편을 든다니 대체 무슨 말씀입니까? 두 분 어머니가 돌아가시고 어머니(심씨) 한 분만 남으셨으니 아랫사람이 어른의 복을 기원하는 일은 사람의 마땅한 도리이거늘, 오늘 어머니의 말씀은 참으로 이치에 닿지 않습니다."

심씨가 매우 성이 나서 철편鐵鞭을 들고 급히 빙선 쪽으로 향하자 화진이 목 놓아 슬피 울부짖었다. 임소저가 심씨의 손을 잡고 울며 만류하자 심씨는 더욱 화가 나서 하인들로 하여금 화진을 붙잡아 내쫓게 한 뒤 임소저를 꾸짖었다.

"너도 악인들과 작당을 해서 나를 없애려 하느냐?"

이때 하인들이 두려움에 떨며 중문[12] 밖에서 울고 있는데, 유성양이 들어오다가 마침 화진이 상복이 찢긴 채 봉두난발로 쫓겨 나오는 것을 보고 깜짝 놀라 까닭을 물었다. 화진이 부끄러워하며 대답하지 못하자 유성양은 뭔가 변고가 있다고 생각하고 화춘을 만나 물어보기로 했다. 악차[13]에 가 보니 화춘은 자리에 없고 동자가 이렇게 아뢸 뿐이었다.

"큰 공자께서는 지금 한송정寒松亭(화춘의 처소)에서 낮잠을 주무십니다."

유성양이 한송정에 올라가 보니, 과연 '큰 공자'라는 자가 높은 창에 다리를 걸친 채 드르렁 코를 골며 깊이 잠들어 있고, 벗어던진 건[巾]

---

12. **중문重門**   중문中門. 안채와 사랑채 사이에 있는 문.
13. **악차堊次**   악실堊室. 벽에 진흙만 발라 상주가 거처하도록 만든 방.

이며 질[14]이 좌우에 널브러져 있었다. 유성양은 혀를 차고 탄식하며 말했다.

"도척과 유하혜 형제[15]가 어느 시대에나 있는 것이 아니거늘, 오늘날 이 형제에게서 다시 볼 줄 어찌 알았겠나!"

유성양은 화춘을 발로 차서 깨운 뒤 으르듯이 말했다.

"당신 집에 큰 변란이 있으니 어서 가 보시오!"

화춘이 말했다.

"무슨 변란이 났소?"

"가 보면 알 거요."

화춘이 급히 안채로 들어가니, 심씨는 바야흐로 계향을 시켜 빙선을 매질하는 참이고, 취선은 마루 아래 엎드린 채 벌써 곤장 오륙십 대를 맞아서 목숨이 위태로운 상황이었다. 심씨가 화춘이 온 것을 보고는 손뼉을 치며 펄쩍펄쩍 뛰고 몸을 부르르 떨며 빙선과 취선의 말에다 온갖 과장을 더해 화춘을 격노하게 했다. 화춘이 말했다.

"진 남매가 이런 마음을 품은 줄은 저도 오래전부터 알고 있었으나 저 둘이 고모에게 달라붙어 있어 갑자기 제거할 수 없었습니다. 조금 전 유생柳生(유성양)이 변고를 알고 안 좋은 기색이었고, 또 머잖아 고모가 돌아오면 틀림없이 큰 변이 생길 겁니다. 지금은 분을 참

---

14. **질経** 상복을 입을 때 머리와 허리에 띠는 띠.
15. **도척盜跖과 유하혜柳下惠 형제** 도척은 천하의 악인으로, 수천 명의 도적 떼를 이끌고 온갖 악행을 일삼았던 인물이다. 유하혜는 노魯나라의 대부大夫로, 공자가 거듭 그 어짊을 일컬었던 인물이다. 본래 이름은 전획展獲이며, '유하'는 식읍食邑 이름이고, '혜'는 시호이다. 『장자』莊子 「도척」에서 도척을 유하혜의 아우라고 했다.

46

고 넘어 두었다가 훗날을 기다리는 게 좋겠습니다."

심씨가 제 몸을 때리며 땅바닥에 엎어져 발악했다.

"성씨 집 늙은 과부가 내 집을 차지하고 살며 음흉한 생각을 품었으니, 필시 우리 모자를 죽이고야 말 것이다. 내가 비록 잔약하나 이 늙은 과부와 한번 사생결단을 할 테야! 또 유생은 남의 집 자식이 어찌 우리 집 속사정을 안단 말이냐? 분명히 진이 유생에게 고자질해서 내 부덕不德을 드러냈기 때문일 게야. 내가 이 분을 씻지 못한다면 네 앞에서 자결하고 말 테다!"

화춘은 어쩔 수 없이 화진을 잡아들여 혹독한 매질을 가했다. 화진은 그 어미와 형을 어찌할 수 없음을 알고 한마디도 변명하지 않다가 곤장 20여 대를 맞기에 이르러 혼절했다. 심씨는 화진을 끌어내 중문中門의 행랑에 가두게 했다.

임소저는 유모를 시켜 몇 가지 약을 가지고 가서 화진의 목숨을 구하게 하고 눈물을 흘리며 하늘에 빌었다.

"하늘이 화씨 가문을 망하게 하려 하지 않으신다면 제 몸으로 작은 공자의 목숨을 대신하게 하소서!"

밤새도록 슬피 곡하니 그날 밤에 과연 화진이 살길을 얻었다.

사오 일이 지나 동성의 성추관成推官(성위成瑋) 집 하인이 와서 성부인이 빙선과 화진 앞으로 보낸 편지를 전하며 안부를 살폈다. 화춘은 몹시 두려워 화진에게 직접 답장을 쓰게 하려고 화진이 갇힌 방에 갔다. 화진은 곤장을 맞고 쫓겨난 뒤로 한 번도 형의 얼굴을 보지 못해서 답답하고 서글픈 마음을 진정하지 못하던 터에 천만 뜻밖에도 형이 찾아온 것을 보고 기쁨이 극에 달해 눈물을 펑펑 흘렸다. 화진이 화춘을 마주해 모든 죄악을 자기 탓으로 돌리며[16] 마치 용서받지 못할 죄를 지은 듯이 말하니, 어리석은 화춘도 감동하지 않을 수 없었다.

육칠 일 뒤 성부인이 돌아왔다. 성부인은 심씨에게 안부를 물은 뒤 임소저를 돌아보고 말했다.

"내가 왔는데 왜 진아 남매가 보이지 않나?"

임소저가 부끄럽고 당황해서 대답하지 못하자, 화춘이 다른 말로 얼버무려 대답했다. 성부인이 즉시 몸종을 시켜 화진 남매를 불러오게 했다. 이때 화춘은 이미 화진을 옛 처소로 옮겨 놓고 심씨에게 이 일을 숨기고 있었다. 빙선이 분부를 받들어 즉시 이르렀는데, 옥 같은 얼굴이 참혹해져 예전 같지 않았다. 화진은 몸을 움직일 수 없어 거짓으로 회답하게 했다.

"감기를 앓고 있어 나아가 뵙지 못합니다."

성부인이 그 말을 듣고 엄중한 기색으로 화춘을 응시했다. 화춘은 제가 지은 죄를 알고 두려워 몸 둘 바를 몰랐다. 심씨는 일이 어그러져 탄로 나겠다 싶어서 먼저 성부인을 겁주어 동요시켜 보려고 대성통곡하며 말했다.

"부인께서 진아 남매에게 미혹되어 매사에 우리 모자를 의심하시니 저는 사는 게 죽느니만 못합니다!"

심씨가 칼을 들어 제 목을 찌르려는 모습을 지어 보이자 화춘과

---

16. 모든 죄악을 자기 탓으로 돌리며 『서경』 우서虞書 「대우모」大禹謨에서 순임금이 자신을 살해하려 했던 아버지에 대해 했던 행동을 서술한 구절을 옮긴 것이다.

누 소서가 급히 구했다. 성부인은 더욱 엄중한 얼굴로 돌아보더니 냉소하며 말했다.

"자네 스스로 반성해서 허물이 없다면[17] 이런 행동을 할 필요가 없지."

그러고는 성준에게 분부했다.

"네가 진의 처소에 가서 여종들더러 진을 실어 오게 해라."

성준은 감히 분부를 어길 수 없어 진을 실어 왔다. 성부인이 화진을 보고는 대경실색해서 직접 화진의 몸을 샅샅이 살펴보려 했다. 그러자 화진이 손을 가로막으며 말했다.

"제가 상을 치르며 몸이 상해 있던 중 독감에 걸려 자연히 몸과 정신에 큰 탈이 난 것이지 달리 다친 곳은 없습니다. 고모께서는 왜 이리 번거로이 마음을 쓰십니까?"

성부인은 화진의 몸에 혈흔이 낭자한 것을 보고 격분해서 곁에 있던 이들로 하여금 하인들을 부르게 한 뒤 하인들을 시켜 화춘을 붙잡아다 땅에 무릎을 꿇리게 했다. 성부인은 엄한 목소리로 크게 꾸짖었다.

"불초한 패륜아 녀석이 돌아가신 아버지의 뼈가 아직 차가워지지 않았거늘 대번에 동기간을 해치니, 이는 오랑캐나 짐승도 차마 하지 않는 일이다. 죽은 아우의 넋이 반드시 분을 머금고 고통을 씹으며 이 일을 돌아가신 조부와 부친께 고하여 네 명을 끊어 버릴 게야. 또

17. 스스로 반성해서 허물이 없다면 『논어』 「안연」顏淵에 나오는 말.

아우는 응당 나를 원망하고 탓하며 이렇게 말하겠지.

'내가 어린 아들과 잔약한 딸을 누이에게 맡겼거늘, 누이가 끝내 보전하지 못하고 악한 자식 춘으로 하여금 흉악하고 잔인한 짓을 제 멋대로 하게 했으니 질책하지 않을 수 없습니다.'

그러면 내가 무슨 면목으로 지하에서 죽은 아우를 보겠느냐? 이제 너를 매우 쳐서 네게 매 맞는 고통을 알려 주겠다!"

화춘은 머리를 푹 숙인 채 꾸짖는 말을 듣고 혼비백산했다. 심씨는 기가 꺾이고 간이 떨어져 감히 한마디 말도 하지 못했다. 화진은 엉금엉금 기어서 마당으로 내려가 머리를 조아리고 울었다. 성준이 앞으로 나와 간언했다.

"춘이 비록 무도하나 상복을 입고 있으니, 지금 만일 곤장을 치면 '상복 입은 사람을 만나면 반드시 공경하셨다'[18]는 공자孔子의 뜻에 어긋납니다. 어머니께서는 신중히 생각해 주시기 바랍니다."

성부인은 화진의 간절한 정을 가련히 여기는 한편 임소저를 생각해서 어쩔 수 없이 화춘을 용서해 주었다. 성부인이 화진의 손을 잡고 통곡하며 화춘에게 말했다.

"사람은 태어나 부모를 우러러 의지하고 살지만 부모가 세상을 뜨고 나면 외로이 의탁할 곳이 없다. 그래도 다행히 형제가 한둘 있다면 서로 의지가 되어 아프고 가려운 곳이 있을 때 도와주는 법이니, 옛사람이 형제를 팔다리에 비유한 데에는 참으로 그럴 만한 이유가

18. 상복 입은~반드시 공경하셨다 『논어』「향당」에 나오는 말.

있는 게다. 지금 어떤 사람이 칼을 들고 네 다리 하나를 벤다면 너는 틀림없이 매우 아파하며 어떻게 원수를 갚을까 생각할 게야. 그린데 너는 지금 네 손에 칼을 들고 네 다리를 벤 꼴이 아니냐! 나와 죽은 아우, 빙선과 진아는 모두 이복남매지만 진심으로 서로를 아끼며 죽으나 사나 잊지 못하는 사이라는 걸 네 눈으로 직접 다 보았거늘, 너는 대체 무슨 마음이란 말이냐? 성인께서 이런 말씀을 하셨지.

'사람이라면 누구인들 허물이 없겠는가? 고치는 것이 귀하다.'[19]

이제 네가 마음을 씻고 얼굴을 고쳐 예를 따르고 덕을 실천한다면 다시 군자가 되는 데 방해될 일이 없을 게다. 태갑도 자신을 다스렸고[20] 고수도 기쁨에 이르렀으니,[21] 너는 힘쓰도록 해라!"

화춘은 황송하고 두려워 "예예" 대답할 뿐이었다. 그 뒤로 화춘 모자는 성부인이 두려워 복종하며 감히 다른 행동을 하지 못했다. 아아! 부녀자는 천성이 유순하고 얌전해서 굳세고 용맹하게 자신을 지키기 어렵거늘 성부인 같은 사람이라면 참으로 육척지고를 맡길 만하다.[22]

---

19. 사람이라면 누구인들~고치는 것이 귀하다   숙종 때의 학자 김간金檊(1646~1732)의 「개과잠」改過箴에 나오는 구절과 동일한 표현으로, 앞 구절은 『춘추좌전』 선공宣公 2년조, 뒷 구절은 『논어』 「자한」子罕에서 따왔다.

20. 태갑太甲도 자신을 다스렸고   『맹자』孟子 「만장 상」萬章上에서 따온 말. '태갑'은 상商나라 태종太宗을 말한다. 상나라 임금 중임仲壬의 뒤를 이어 왕위에 올랐으나 향락을 즐기며 포악한 정치를 일삼자 재상 이윤伊尹에 의해 동桐 땅으로 쫓겨났다. 태갑이 유폐된 지 3년 만에 자신의 과오를 뉘우치고 선한 사람이 되자 이윤이 다시 태갑을 임금으로 맞아들였고 태갑은 이후 선정을 폈다.

21. 고수瞽瞍도 기쁨에 이르렀으니   『맹자』 「이루 상」離婁上에서 따온 말. '고수'는 순임금의 아버지로, 순임금을 미워하여 죽이려 했으나 순임금이 효를 다하자 끝내 제 잘못을 뉘우쳤다.

22. 육척지고六尺之孤를 맡길 만하다   『논어』 「태백」泰伯에서 따온 말로, 나이 어린 임금을 보좌하여

세월이 훌쩍 흘러 3년이 지났다. 화춘은 삼년상을 마치자마자 검은 삿[23]을 쓰고 수술을 달아 장식한 신을 신고 화려하게 옷을 차려입었다. 그러나 화진과 빙선의 부모 잃은 원한과 슬픔이야 어찌 다함이 있겠는가?

성부인은 집안일을 임소저에게 맡겼다. 임소저가 집안일을 다스리고 조정하기를 한결같이 성부인의 법도대로 하고, 어른을 섬기고 제사를 받드는 데 삼가 정성을 다하니 온 집안이 화목했다.

이때 유담의 집에서 심씨가 잔인하고 포악하다는 말을 듣고 날마다 빙선의 안위를 걱정하다가 빙선이 삼년상을 마치자 곧바로 길일을 가려 유성양이 100대의 수레로 빙선을 맞이했다.[24] 성부인은 지극한 슬픔과 기쁨을 동시에 느끼며 중계[25]에서 빙선을 전송했는데, 빙선의 옷고름을 매고 손수건을 허리에 채워 주며 훈계하기를 예법대로 했다.[26]

빙선이 유부柳府에 이르러 시부모께 폐백의 예를 올렸다. 유담은 빙선을 마주해 큰 한숨을 쉬고 말했다.

"돌아가신 영공令公께서 넓은 도량과 큰 덕을 지니셨으나 수壽를 다 누리지 못하셨기에 나는 나라를 위해 슬퍼했다. 지금 현부[27]를 보니

국정을 운영할 능력이 있다는 뜻. '육척지고'는 어린 나이에 부왕父王을 여의고 즉위한 임금을 뜻한다.
23. **검은 갓(玄冠)** 공자는 조문할 때 검은 갓을 쓰지 않았다는 말이 『논어』 「향당」에 보인다.
24. **100대의 수레로 빙선을 맞이했다** 고대 중국에서는 제후 간의 혼인에서 100대의 수레로 신부를 맞이했다고 한다.
25. **중계中階** 3단의 섬돌 중 중간 계단.
26. **옷고름을 매고~예법대로 했다** 고대에 여자들이 시집갈 때 어머니가 딸의 옷고름을 매고 '세'帨(여자가 허리에 차는 수건)를 몸에 묶어 주며 훈계하는 의식을 했다.

더욱 서글픈 마음이 드는구나!"

빙선의 뺨 위로 구슬 같은 눈물이 구르는데 마치 해당화가 이슬을 머금은 듯했다. 유담 부부는 빙선을 가련히 여기며 사랑했다. 그 뒤로 유성양은 더욱 화진을 친애해서 화부花府에 갈 때마다 온종일 화진과 함께 지냈으나 한송정에는 단 한 번도 가지 않았다.

이때 화춘에게 두 벗이 있었다. 승현²⁸ 사람 범한范漢이란 자는 주색酒色을 일삼아 방탕했는데, 흉악하고 교활하며 간사하고 속임수에 능한 데다 남의 아내를 도적질하는 일도 좋아했다. 여요²⁹ 사람 장평張平이란 자는 아비가 죽어도 장례를 치르지 않고 전국을 떠돌아다니면서 저포³⁰나 바둑 노름을 일삼아 남의 재물 빼앗기를 좋아했다. 두 사람은 어리석은 화춘이 많은 재산을 가진 것을 보고는 왕래하며 친밀하게 지내더니 스스로 생사를 건 막역지우라 일컫고 밤낮으로 모여 술을 마시며 환호했다.

하루는 화춘이 문득 장탄식을 하며 불평한 빛을 보였는데, 뭔가 고민하는 일이 있는 듯했다. 범한이 화춘의 자字를 부르며 물었다.

"경옥景玉(화춘의 자)! 자네는 제후 가문의 귀공자로 재물이 산처럼 많고 만사가 흡족하거늘 지금 무슨 생각을 하기에 이리 근심스러워하나?"

화춘이 잠시 주저하다가 말했다.

<hr>

27. **현부賢婦** 며느리를 대접하여 이르는 말.
28. **승현嵊縣** 절강성 소흥현 남쪽에 있는 현 이름.
29. **여요餘姚** 절강성 소흥현 동북쪽에 있는 현 이름.
30. **저포樗蒲** 나무로 만든 주사위를 던져서 승부를 다투는 놀이.

"내 평생의 소원은 아름다운 여인을 얻는 걸세. 하지만 아내 임씨는 자색이 없는 데다 근래에는 불화까지 있어 마음속에 울분이 쌓여 있네. 손바닥 위에서 춤추던 조비연[31]이나 걸음마다 연꽃을 피우던 반비[32] 같은 경국지색을 얻고 싶지만 내 견문이 넓지 못해서 지금껏 얻지 못했어. 그러던 차에 지난달 보름께 우연히 서쪽 동산의 이화정梨花亭을 배회하다가 동쪽 담장 아래서 미인을 보았네. 붉은 복사꽃 한 가지를 손에 들고 바람 따라 하늘거리는데, 그 기운이 마치 그윽한 난초 같아서 내 마음을 뒤흔들더군. 마침내 내가 옥 노리개를 던져 줬더니 미인이 주워서 품고 어여삐 한번 웃음 지으며 꽃나무 사이 작은 집을 가리켜 보이고는 떠났네. 그날 밤 내가 달빛을 받으며 담장을 넘어 들어가니 과연 비단 창이 있는 작은 방에 등불이 깜박였네. 그 여자는 이렇게 말하더군.

'저는 본래 사족士族인 조씨趙氏입니다. 집이 가난해서 아버지가 행상을 하다가 절강浙江(절강성浙江省)에서 돌아가신 뒤로 병든 어머니와 단둘이 타향살이를 하며 자수 일로 입에 풀칠하며 살고 있습니다.'

며칠 밤 사이 정이 깊어지고 맹세가 굳어져 첩으로 맞아들이고 싶은 마음뿐이네. 다만 우리 집 고모 성부인의 성품이 준엄해서 나를

꿍궁궁궁

31. **조비연趙飛燕** 한漢나라 성제成帝의 총애를 받던 후궁으로, 허후許后가 폐위된 뒤 후后가 되었다. 처음 가무를 배울 때 몸이 날씬하고 가벼워 비연飛燕이라 불렸고, 사람들은 이러한 조비연의 자태를 두고 능히 손바닥 위에서 춤출 수 있다고 했다.
32. **반비潘妃** 남조南朝 제齊나라 동혼후東昏侯의 비妃로, 자색이 빼어났다. 동혼후가 길에 황금 연꽃을 놓아두고 반비에게 그 위를 걷게 하여 걸음마다 연꽃이 피는 것처럼 보이게 했다는 고사가 전한다.

심하게 단속하니, 이 때문에 두려워 감히 입을 뗄 수가 없어."

범한이 입을 크게 벌리고 껄껄 웃으뎌 밀했다.

"경옥은 참 졸렬하기도 하군! 대장부라면 자기 집안일을 자기가 주관하는 거지 왜 다른 가문의 과부에게 조종을 받는단 말인가?"

장평이 그 말을 이어 웃으며 말했다.

"경옥은 얼굴이 매우 곱상하거늘 못생긴 아내에게 사랑받지 못하고, 어린 나이를 면했건만 할멈 하나에게 속박을 당하고 사니, 마음에 드는 미인이 동쪽 담장 밑에서 비웃고 조롱할 법하군. 자네가 갓과 갓끈의 먼지를 떨며[33] 사내대장부입네 하지만 마음에 부끄럽지 않은가?"

말을 마치고 두 사람이 박장대소했다. 화춘은 고개를 떨구고 한참 동안 말이 없다가 한숨을 쉬며 말했다.

"우리 집 형편을 자네들은 모르네."

그 뒤로 화춘은 조녀趙女에게 깊이 빠져 대낮에도 종종 만났으나, 성부인이 두려워 그 종적을 숨겼기에 범한과 장평 외에는 아는 이가 없었다.

그해 4월에 성부인이 화진에게 말했다.

"네가 이미 장성해서 혼기가 늦어지니, 산동에 가서 폐백을 올려 윤공尹公(윤혁)의 지극한 뜻을 저버리지 마라."

화진은 생각했다.

꽃꽃꽃꽃

33. **갓과 갓끈의 먼지를 떨며** 벼슬할 준비를 하는 것을 비유적으로 이르는 말.

'내 한 몸도 위태롭고 괴로워 의탁할 곳이 없거늘 혼인해서 두 아내까지 데려오면 일이 너욱 곤란하지 않겠나.'

마침내 온화한 목소리로 대답했다.

"제가 혼인할 생각이 없는 것은 아닙니다만 상을 치른 뒤로 기운이 쇠진해서 당장 위급한 병은 아니나 정신이 흐릿한 것이 늘 구름안개 속에 있는 것 같습니다. 제 생각에는 몇 년 요양을 해서 몸이 온전해진 뒤에 아내를 맞는 것이 좋겠습니다. 옛사람은 모두 서른살에 장가들었고,[34] 마흔이나 쉰에 장가들기도 했는데, 제 나이 이제 열다섯이니 몇 년 더 지나도 늦지 않습니다."

성부인이 화진의 속마음을 알아차리고 측은히 여겨 말했다.

"네 말에도 일리가 있는 듯하다만 아우가 살아생전에 윤공과 간곡히 약속하기를 '제 아들이 지금 열두 살이니 3년 뒤에 가서 혼례를 올리겠습니다'라고 했다. 이제 벌써 3년이 되었는데 종내 소식이 없으면 윤공이 저간의 사정을 모르니 노심초사 기다리다 매우 괴이하게 여기지 않겠느냐? 내가 이미 준아儁兒(성준의 애칭)에게 행장을 꾸려 너와 함께 떠나도록 분부했으니, 더 사양하지 말거라."

화진이 마지못해 분부를 받들고 성준과 함께 길을 떠났다.

꿏꿏꿏꿏
34. 옛사람은 모두 서른 살에 장가들었고 『주례』周禮에 "남자는 서른 살에 장가들고, 여자는 스무 살에 시집가게 한다"라는 구절이 있기에 한 말.

청성산으로 배를 돌리고
동정호에서 초혼하다

예전 윤혁이 서울에서 벼슬하던 시절에 남표와 이웃해 살며 사이가 좋았는데, 두 사람 모두 자녀가 없어 서로의 처지를 걱정했다. 윤혁이 응천 부윤[1]을 지낼 때 부인 조씨趙氏가 한 쌍의 별이 품속으로 떨어지는 꿈을 꾸었다. 이로부터 태기가 있어 달이 차자 아들딸 쌍둥이를 낳았다. 자녀의 용모가 눈부시게 빛나는 것이 마치 두 개의 홍옥紅玉 같았다. 윤혁 부부가 황홀하여 기특히 여기고 아끼며 딸의 이름은 옥화玉花, 자는 홍염紅艶이라 짓고, 아들의 이름은 여옥汝玉, 자는 장원長遠이라 지었다.

　　그해에 남표의 부인 한씨韓氏 역시 꿈을 꾼 뒤 달이 차서 딸 하나를 낳았다. 밝은 빛이 방을 환히 비추는 것이 마치 조가비가 벌어지자마자 진주가 광채를 발하는 듯했고, 청아한 울음소리는 단혈산의 봉추[2] 같아서, 남표는 딸의 이름을 채봉彩鳳, 자를 광아光娥라고 지었다.

---

1. **응천應天 부윤府尹**　　남경南京의 장관. '응천'은 남경의 명나라 때 이름이고, '부윤'은 수도나 수도에 준하는 도시의 시장에 해당하는 벼슬이다.
2. **단혈산丹穴山의 봉추鳳雛**　　'단혈산'은 『산해경』山海經에 나오는 전설 속의 산 이름이다. 이곳에 닭의 형상을 한 오색의 봉황이 산다고 한다. '봉추'는 봉황의 새끼를 말한다.

그 뒤로 두 집은 그늘진 골짜기에 봄이 찾아온 듯 화기가 가득했다.

여덟아홉 해가 지나자 옥화와 여옥의 말소리며 행동거지가 매우 흡사해서 간혹 여옥이 옥화의 옷으로 바꿔 입으면 옥화의 방에서 시중을 드는 몸종도 구별하지 못했다.

한편 한부인은 늦게 얻은 귀염둥이 딸이 기묘한 재주를 타고나서 문장이든 여자들이 맡아 하는 온갖 일이든 마치 귀신이 가르치고 신이 돕는 듯이 손대는 것마다 잘 익히는 데다 얼굴이 맑디맑아 한 점의 속기俗氣도 없었기에, 자신이 제대로 보호해 키우지 못할까 두려워 항상 딸의 복을 빌었으나 남표는 이런 사정을 알지 못했다.

하루는 한부인이 채봉과 함께 동산에서 꽃구경을 하고 있는데, 문득 몸종 춘앵春鶯이 와서 아뢰었다.

"부인께서 적선하기를 좋아하시니, 마침 서촉³의 여승女僧이 두루마리 종이를 들고 왔기에 쇤네가 감히 아뢰옵니다."

한부인은 즉시 채봉과 함께 중당⁴으로 돌아와 춘앵더러 여승을 맞아들이게 했다. 여승은 촉나라 비단⁵으로 지은, 소매가 넓은 도포를 입고, 목에는 백팔염주를 걸고, 손에는 비단으로 장정裝幀한 큰 두루마리를 든 채 중계中階에서 예를 올렸다. 한부인이 마루에 오르라 하고 자리를 내주자 여승이 합장하고 말했다.

"빈도⁶는 성도⁷ 화악산⁸ 자현암紫賢庵의 행각승으로, 법명은 청원淸

❧❧❧❧

3. **서촉**西蜀 삼국시대 촉나라가 있던 지금의 사천성四川省 지역.
4. **중당**中堂 집 중앙에 있는 방.
5. **촉나라 비단** 사천성 일대에서 생산되는 고급 비단.
6. **빈도**貧道 승려가 자기를 겸손하게 이르는 말.

※입니다. 지난채에 산적이 저희 암자를 불태워 관음대사觀音大師(관음보살) 금상金像과 그림 족자가 모두 불타고 말았습니다. 빈노가 발원하여 암자를 다시 짓고 금상을 다시 만들어 이제 거의 이루어졌습니다만, 그림 족자 한 가지 일이 가장 큰 난관입니다. 오늘날 그림으로 이름난 대가가 서너 사람 있기는 하나 모두 남자입니다. 관음보살은 다른 부처와 달라 반드시 그림에 뛰어난 여자가 붓을 잡아야 하는데, 빈도가 사방팔방을 두루 다녔으나 조금이라도 이에 걸맞은 사람을 만나지 못했기에 지금 근심하고 있습니다."

한부인이 소저를 돌아보고 웃으며 말했다.

"내가 소싯적에 본 보현암普見庵 관음 화상畵像이 지금도 눈에 선하구나. 이제 내가 작은 재주를 발휘해 스님의 바람을 위로했으면 하는데 어떨까?"

채봉이 미처 대답하기도 전에 여승이 몹시 기뻐하며 일어나 절하고 말했다.

"부인께서 정성스런 마음을 베푸시니 우리 산문山門(절)에 참으로 천만다행한 일이옵니다."

채봉이 말했다.

"어머니께서 이처럼 선한 말씀을 하시니 성대한 복이 무량할 것입니다. 다만 제 생각에는 불가佛家의 큰일인데 지금 이 자리에서 곧바로 그림을 그려서는 안 될 듯합니다. 목욕재계하고 경건하게 정성을

7. 성도成都 사천성의 중심 도시.
8. 화악산花蕚山 사천성 동북부 만원시萬源市에 있는 산.

다하시는 것이 좋겠습니다."

한부인이 말했다.

"네 말이 옳구나."

여승은 처음 채봉의 얼굴을 보았을 때부터 속으로 놀라고 기이하게 여기던 차에 그 총명한 말까지 듣고 한부인에게 물었다.

"소저의 방년芳年이 어찌 됩니까?"

"아홉 살입니다."

여승은 채봉을 한참 동안 주시하다가 갑자기 경악하여 안색이 달라졌다. 한부인이 깜짝 놀라 의아하게 생각했으나, 채봉을 깊이 아끼는 마음에 혹여 여승의 말이 상서롭지 못할까 싶어 감히 묻지 못했다. 여승은 향기 좋은 차와 진귀한 과일을 대접받고 한부인과 한가로이 담소하다가 이윽고 작별 인사를 했다.

"이레 뒤에 다시 와 뵙겠습니다. 부인께서는 오늘부터 재계하시기 바라옵니다."

이레 뒤 약속대로 여승이 오자 한부인이 별당으로 맞아들였다. 별당에는 비단 자리 위에 깨끗한 책상을 놓고 박산금로[9]에 침단향[10]을 피워 두었다. 채봉은 금니와 단벽[11] 등 여러 색의 물감을 받들었다. 한부인이 책상 위에 생초[12] 한 폭을 펼치고 정신을 모아 붓을 휘두르

---

9. **박산금로博山金爐** 금으로 만든 박산博山 모양의 향로. '박산'은 그릇 위에 산 모양을 조각하여 장식한 것을 말한다.
10. **침단향沉檀香** 침향목沉香木과 단향목檀香木으로 만든 향.
11. **금니金泥와 단벽丹碧** '금니'는 수은이나 아교풀에 갠 금박 가루. '단벽'은 붉은색과 푸른색 물감.
12. **생초生綃** 삶지 않은 명주실로 얇게 짠 옷감. 그림을 그리는 데 쓰였다.

니 오색구름이 영롱했다. 다 그린 그림을 벽 위에 걸고 보니 관음보살이 바다 위로 막 솟아 나온 듯했다. 여승이 합장하고 일어나 절하며 무수히 감사 인사를 했다. 한부인이 하얀 비단과 여러 옷감을 시주하니 여승은 거듭 만복을 빌며 그림 족자를 들고 떠났다.

이해에 남표가 예부낭중[13]에서 어사御史로 승진했다. 이때 엄숭이 권력을 농단하여 뇌물 3천 냥을 바친 구란[14]을 추천해서 대장군으로 삼고, 황제의 측근들과 결탁해서 황제의 동정을 염탐하는 한편, 조문화[15] 등으로 하여금 제멋대로 행동하며 온갖 이익을 가로채게 했다. 남표는 나라를 걱정하며 통분하다가 마침내 엄숭의 열세 가지 큰 죄를 열거한 상소문을 쓰고 한부인과 채봉에게 이별의 말을 했다.

"신하가 나라의 두터운 은혜를 입었으면 마땅히 생사를 걸고 보답해야 하는 법이거늘, 하물며 나는 간언하는 직책을 맡았으니 책임을 면할 수 없소! 내가 죽은 뒤 부인은 딸아이와 함께 윤중회(윤혁)에게 가서 의탁하시오."

말을 마치고는 소매를 떨치고 나갔다.

상소가 올라가자 황제는 크게 노하여 남표가 대신大臣을 모함한다

13. **예부낭중禮部郎中** 예부의 상서尙書, 시랑侍郎 다음가는 벼슬.
14. **구란仇鸞** 생몰년 1489~1552년. 명나라 세종 때의 무장으로, 감숙 총병甘肅摠兵을 지내다 파직당했으나, 엄숭의 아들 엄세번에게 뇌물을 주고 엄숭 일파가 된 뒤 중용되어 대장군으로서 수도 방위의 총책임을 맡는 한편 태자태보太子太保의 지위에 올랐다. 그 뒤 엄숭과의 알력으로 벼슬에서 물러나 생을 마쳤으나 사후에 반역죄를 받아 부관참시당했다.
15. **조문화趙文華** 생몰년 1503~1557년. 명나라 세종 때의 문신으로, 엄숭의 양자가 되어 공부상서工部尙書·태자태보·부도어사副都御史를 지내며 권세를 부리고 부정 축재를 일삼았으나 훗날 실각한 뒤 병사했다.

여기고 극형을 가하려 했다. 그러자 도어사 화욱과 소보[16] 서계[17]가 머리를 조아리고 간쟁했다. 황제는 본래 화욱과 서계를 중히 여겼기에, 마침내 감형하여 남표를 악주岳州로 귀양 보냈다.

이날 남부南府(남표의 집)의 모든 사람들이 어쩔 줄 몰라 울부짖고 펄쩍 뛰며 남표가 필시 죽음을 당하리라 여기고 있었다. 그러다가 남표가 죽음을 면하고 유배 가게 되었다는 소식을 듣자 한부인과 채봉은 매우 다행히 여기며 성문 밖으로 따라 나갔다.

윤혁이 와서 남표와 이별하며 큰 한숨을 쉬고 말했다.

"여기서 악주까지는 5,700리나 떨어져 멀리 강과 호수를 건너야 하니 형의 안위를 알 수 없습니다. 게다가 저 간사한 도적들은 분을 품고 이를 갈고 있어서 원하는 것을 이룬 뒤에야 해코지를 멈출 게 틀림없습니다. 형의 상소문은 일월과 빛을 다투니 죽어도 한 점 부끄러움이 없을 겁니다. 하지만 형에게는 다른 형제나 아들 조카가 없고 오직 어린 딸 하나뿐이니, 함께 사지死地로 가는 것은 아무 이로움이 없습니다. 딸을 여기 머물게 하시면 제가 마음을 다해 보호해서 형의 뒷일을 맡길 곳이 있도록 하겠습니다."

남표가 그 지극한 뜻에 감동해서 허락했다. 그러나 채봉이 한부인

---

16. **소보少保** 태자소보太子少保. 태자의 교육을 담당하는 종1품 관직으로, 태자태보에 버금가는 지위.

17. **서계徐階** 생몰년 1503~1583년. 명나라 세종 때의 문신으로, 예부상서, 문연각文淵閣 대학사大學士를 지냈다. 세종이 엄숭 부자의 부정을 인지하자 엄숭 일파를 탄핵하는 데 앞장서 엄숭을 실각시킨 뒤 수보首輔(수석 대학사)가 되었다. 명나라 세종 때는 수석 대학사가 승상에 해당하는 권력을 가졌다.

을 붙들고 울고 한부인 또한 차마 떨어지지 못하자 남표는 마침내 모녀와 함께 유배 길을 떠났다.

8월에 남표가 험한 길을 헤쳐 형주[18] 석문산[19]에 이르렀다. 해질녘 파수역[20]에서 배를 타고 순풍을 받아 쏜살같이 금사주[21]에 이르니, 동정호[22]에 안개가 희미하고 군산[23]에 달이 떠올랐다. 이때 붉은 두건을 쓴 사내 여덟아홉 명이 작은 배 한 척을 타고 남표가 탄 배 꽁무니를 빙글빙글 맴돌아 남표가 의심스러워했다. 과연 그자들이 고함을 지르며 남표의 배에 뛰어오르니 검광이 별처럼 번득였다. 남표는 엄숭이 보낸 자객임을 알아채고 반드시 화를 면할 수 없으리라 여겨 마침내 한부인과 함께 호수에 몸을 던졌다. 아아, 소인이 일으킨 재앙이 결국 이 지경에 이르렀다!

이때 함께 가던 남표의 하인들이 모두 자객의 칼에 죽고, 어린 몸종 계앵季鶯이 홀로 채봉을 안고 하늘을 향해 울부짖었다. 자객들은 이들을 가련히 여겨 강가에 던져두고 떠났다.

이에 앞서 일어난 일이다. 촉 땅 청성산[24] 운수동雲水洞에 곽선공郭仙

ꕮꕮꕮꕮ

18. **형주荊州** 중국 9주의 하나로, 지금의 호북성과 호남성 일대.
19. **석문산石門山** 호북성 석문현石門縣에 있는 산 이름.
20. **파수역巴水驛** 파역巴驛의 다른 이름. 호북성 동부의 황강시黃岡市에 있는 역 이름. '파수'는 호북성의 경계를 이루는 하천 이름.
21. **금사주金沙洲** 동정호 안에 있는 섬 이름. '용퇴'龍堆라고도 부른다.
22. **동정호洞庭湖** 호남성 북부에 있는 큰 호수. 악양루岳陽樓 등 수많은 명승고적을 가지고 있다.
23. **군산君山** 동정호 안에 있는 산 이름. 여기에 상군湘君(상비湘妃)의 묘廟가 있어 '군산' 혹은 '상산'湘山이라는 이류가 붙었다.
24. **청성산靑城山** 사천성四川省 성도시成都市 서남쪽에 있는 산. 장도릉張道陵·범장생范長生·두광정杜光庭 등 중국 역대의 이름난 방사方士들이 은거하던 곳이어서 중국 도교의 대표 명산으로 꼽

公이라는 이가 은거하며 도를 즐겼다. 어느 날 곽선공이 하인에게 말했디.

"이달 아무 날 동정호에 원통하게 죽는 이가 있을 터, 내가 이를 구할 것이다."

곽선공이 즉시 작은 배를 타고 부강[25]을 따라 악양岳陽 청초호[26]에 이르니, 달빛 아래 두 남녀의 시신이 떠내려오는 것이 보였다. 곽선공이 노로 끌어당겨 건져 올린 뒤 봉창蓬窓 아래에 눕히니 남녀의 일곱 구멍[27]에서 물이 흘러나왔다. 몇 시간 뒤 남표가 머리를 들고 곽선공을 향해 감사의 말을 했다.

"소생 남표가 조정에 죄를 지어 악주로 유배 가던 중 갑자기 배에서 변을 당해서 큰 강에 몸을 던졌습니다. 지금 선생의 구원을 받아 물고기 밥이 되는 일을 면했으니, 하늘처럼 큰 덕을 어찌 갚을지 모르겠습니다."

곽선공이 유유히 웃으며 말했다.

"한때의 연분에 지나지 않거늘, 사례가 지나치십니다."

한부인이 정신을 수습해 눈을 들어 보고는 비로소 곽선공에게 구원받은 줄 알았으나 딸이 보이지 않자 마침내 슬피 울부짖다가 혼절했다. 남표가 눈물을 흘리며 구호해서 한부인이 정신을 차리자 다시 부

힌다.

25. **부강涪江** 사천성 민산岷山에서 발원하여 중경시重慶市에서 가릉강嘉陵江으로 흘러드는, 양자강揚子江의 지류.

26. **청초호青草湖** 악양(지금의 호남성 악양시) 서남쪽에 있는 호수 이름. 남쪽 호숫가에 청초산이 있으며, 북쪽으로 동정호, 남쪽으로 상수湘水와 이어진다.

27. **일곱 구멍** 눈·코·입·귀의 일곱 구멍.

부가 마주보고 통곡했다. 곽선공은 남표 부부를 위로해 마지않았다.

날이 밝자 남표가 곽선공에게 말했다.

"저희 부부의 잔약한 목숨을 선생께서 살려 주셨으니, 제가 선생 문하에 몸을 맡겨 오래도록 종노릇을 해야 마땅합니다. 하오나 저는 나라의 죄인인지라 물에 빠져 죽었다면 그만이려니와, 죽지 않았으니 도리상 감히 망명한 사람이 될 수 없습니다. 이제 선생께 작별 인사를 드려야겠습니다. 한번 선생과 이별하고 나면 산천이 멀리 떨어져 있으니, 훗날 어디에서 은혜를 갚을 수 있을지요?"

곽선공이 웃으며 말했다.

"인간 만사 하늘이 정하지 않은 것이 없습니다. 공은 속세 밖의 고고한 상相이어서 자연 속에서 팔베개를 하고 누워 물 마시며 살아야지,[28] 높은 벼슬아치가 되어 인수印綬를 차고 부귀를 누리는 것은 본분이 아닙니다. 이 때문에 조물주의 장난이 지나쳐 재앙이 이 지경에 이르렀던 것입니다. 지난 일은 말해야 소용없는 법이니, 이제 천명을 순순히 받아들여 저와 함께 궁벽한 산으로 돌아갑시다. 나무뿌리를 씹고 이파리를 먹으며 10년을 참고 지낸다면 천도天道가 순환하여 길운吉運이 올 겁니다."

남표가 곽선공을 보니 반백의 머리를 이마에 드리우고, 눈은 샛별처럼 반짝이며, 도량이 활달하고, 담소하는 모습이 고아해서 천상계의 신선인 듯싶었다. 또 스스로 생각하기에도 부귀라면 이가 시리듯

---

28. **팔베개를 하고~마시며 살아야지** 『논어』「술이」述而에서 따온 말로, 청빈한 삶을 뜻한다.

이 지긋지긋하고, 그동안 겪은 우환으로 상심해서 상대의 총마[29]를 떠올리면 악몽을 꾸다가 놀라서 깬 듯하며, 풍랑 속의 고래를 생각하니 여전히 두려워 넋이 빠져나갈 지경이었다. 남표가 마침내 분연히 곽선공의 말에 따르겠다고 하자 곽선공은 매우 기뻐하며 즉시 남표와 함께 배를 돌려 청성산으로 갔다.

청성산은 예로부터 신선이 모여 살던 곳으로, 푸른 기린과 흰 사슴이며 신선세계의 향초와 진기한 나무가 곳곳에 있었다. 구름 가운데 그림처럼 청신淸新한 초가집이 바로 곽선공의 집이었다. 남표 부부는 그곳에서 유유자적 한가로이 세월을 보냈으나, 다만 딸의 생사를 알지 못해 눈물이 마를 날이 없었다.

그날 채봉은 동정호 물가에서 슬피 울부짖다가 몇 번이나 호수에 몸을 던지려 했다. 그러자 계앵이 채봉을 붙들고 통곡하며 말했다.

"소저! 우리 어르신 부부의 넋이 누구에게 의지하겠습니까? 남씨 골육이라곤 소저 한 몸뿐이니 은인자중하며 목숨을 부지해 부모님의 원수 갚기를 도모해야지, 하필 목숨을 버려 부모의 뒤를 따라야 효자가 된답니까?"

채봉이 엉엉 울며 말했다.

"아홉 살 어린 계집에 불과한 내가 무슨 수로 복수를 한단 말이니? 게다가 만 리 아득한 강호江湖에 내 신세가 고단하고 위태로운데

<hr />

29. **상대霜臺의 총마驄馬** 어사대御史臺의 총이말, 곧 어사대에서 총이말을 타고 근무하던 시절을 뜻한다. '상대'는 문무백관을 감찰하는 사정司正 기관인 어사대의 별칭으로, 추상秋霜같은 기운으로 탄핵의 임무를 수행한다는 뜻에서 붙은 이름이다. 명나라 때는 도찰원都察院이 어사대의 기능을 담당했다. '총마'는 총이말, 곧 갈기와 꼬리가 푸르스름한 백마를 말한다.

이리와 승냥이는 입을 벌려 삼키려 하고 도적은 호시탐탐 노리고 있으니, 목숨을 부지하고자 한들 할 수 있겠어?"

말을 다하고 우는데, 처량한 울음소리가 마치 상죽[30]을 쪼개는 듯해서 물가의 새들이 놀라 우짖고 산도깨비도 눈물을 흘렸다.

한밤중에 어슴푸레한 달이 아득한데 문득 패옥 소리가 멀리서부터 차츰 가까이 들려왔다. 이윽고 예쁘게 단장한 선녀가 왼손에 백옥으로 만든 잔을 들고 오른손에는 마노[31]로 만든 작은 병을 든 채 사뿐히 다가와 말했다.

"저는 상군[32] 낭랑[33]의 신령한 뜻을 받들어 화상국 부인[34]을 위로하기 위해 왔습니다. 부인은 전생의 원업寃業으로 한때의 액운을 겪지만 10년 뒤에 부모와 상봉하여 영화와 안락이 무궁할 것이니, 부디 귀한 몸을 돌보시고 무익한 슬픔을 거두시기 바랍니다."

선녀는 마노병을 기울여 백옥잔에 뭔가를 따라 바치며 말했다.

"긴 밤 아무도 없는 강에서 굶주림과 갈증이 있으리라 여겨 낭랑께서 옥장[35]을 보내셨습니다. 이것을 마시면 며칠 동안 먹지 않아도

---

30. **상죽湘竹** 호남성의 상수湘水 가에 자란다는 반죽斑竹(검은 반점이 있는 대나무)을 말한다. 순임금이 남방을 순시하다가 죽자, 순임금의 두 비妃인 아황娥皇과 여영女英이 슬피 울다 상수에 몸을 던져 수신水神이 되었는데, 그 뒤로 상수 가에 눈물 자국으로 얼룩진 반죽이 돋아 자랐다는 전설이 있다.
31. **마노瑪瑙** 흰 빛 혹은 붉은 빛이 나는 석영의 일종.
32. **상군湘君** 상수湘水의 신으로, 순임금의 두 비 중 아황을 말한다.
33. **낭랑娘娘** 모친, 황후, 여신 등에게 붙이는 존칭.
34. **화상국花相國 부인** 남채봉을 가리킨다. 훗날 남채봉이 화진과 결혼하고 화진이 상국相國(승상)에 오르기에 한 말이다.
35. **옥장玉漿** 경장瓊漿. 신선이 마신다는 음료.

피곤하지 않을 겁니다."

채봉이 잔을 받았으나 의심스러워 즉시 마시지 않자 계앵이 울며 권했다.

"상군 낭랑께서 소저의 근심과 액운을 가련히 여기시고 소저의 굶주림과 갈증을 애달파하시어 진귀한 음료를 내리셨으니, 그 뜻을 저버려서는 안 됩니다. 우선 목을 조금 축여 보세요."

채봉이 그제야 잔을 들어 마시니 기이한 향기가 입안 가득 퍼지면서 정신이 상쾌해졌다. 채봉이 눈물을 흘리며 감사 인사를 했다.

"제 죄가 하늘에까지 통해서 이처럼 지극한 난을 당했거늘 낭랑께서 저를 긍휼히 여기시어 자상한 가르침을 내리시니, 죽어도 보답할 길이 없습니다. 다만 제 부모가 물에 뛰어드는 것을 제가 분명히 보았는데, 이승에서 다시 만날 날이 있겠습니까?"

선녀가 말했다.

"부인은 근심하지 마십시오. 충신이 충직하게 자신의 안위를 돌보지 않는 절개를 품어 용의 역린逆鱗을 건드리고 호구虎口를 범하다가 끝내 거친 풍랑에 몸을 던졌으니, 천지신명이 보우하사 반드시 지켜줄 이가 있을 것입니다."

채봉이 그 말을 듣고 멍하니 믿지 못하고 있는데, 곁에서 계앵이 말했다.

"선녀께서는 저를 속이십니까? 굴원은 자란에게 죽임을 당하고,[36]

---

36. **굴원屈原은 자란子蘭에게 죽임을 당하고**　굴원은 전국시대 초나라의 대부大夫로, 초나라 회왕懷王이 간신의 참소하는 말을 듣고 자신을 멀리하자 「이소」離騷를 지어 우국憂國의 뜻을 노래했다.

악비는 진회에게 죽임을 당했거늘,[37] 이게 과연 천지신명이 지켜 주신다는 겁니까?"

선녀가 손뼉을 치며 말했다.

"낭자는 알지 못하는군요! 천지신명이 충신을 보호하는 것은 그 사람만을 위해서가 아니라 그 임금을 위해서이기도 합니다. 저 초나라와 송나라의 임금은 나라 망치는 것을 꺼리지 않아 간언을 용납하지 않고 충언을 저버리며 사사로운 욕심에 깊이 빠져 무릎을 굽히고 원수를 섬겼기에 하늘이 그들을 미워했습니다. 지금 황제는 비록 권세 있는 간신에 의해 잠시 오도되었으나, 타고난 효성이 지극해서 나이 오십에도 부모를 사모하는 마음이 있습니다.[38] 천하에 효성스러우면서 창성하지 못한 자가 어찌 있겠습니까?

어제 상부인[39]께서 상군湘君 낭랑께 말씀하셨습니다.

'오늘밤 남어사南御史(남표)가 강에서 죽게 되어 있습니까?'

그러자 상군 낭랑께서 고개를 저으며 말씀하셨습니다.

'남공南公의 충성을 상제上帝(옥황상제)께서 헤아려 아시고, 명나라 황제의 지극한 덕 또한 하늘에 알려져 있으니, 하늘이 장차 큰 복으로 보답하려 하여 소미성[40]이 이미 배를 대고 기다리고 있습니다. 다

훗날 경양왕頃襄王이 즉위하여 경양왕의 아우이자 재상이었던 자란子蘭의 말을 믿고 자신을 추방하자 상수湘水의 지류인 멱라수汨羅水에 몸을 던져 자살했다.

37. 악비岳飛는 진회秦檜에게 죽임을 당했거늘 악비는 남송南宋 고종高宗 때의 장군으로, 금金나라에 맞서 싸우며 여러 차례 공을 세웠으나, 이후 금나라와의 화의和議를 주장한 재상 진회의 모함을 받아 사형 당했다. 시호는 '무목'武穆이며, 훗날 '악왕'岳王에 봉해졌다.

38. 타고난 효성이~마음이 있습니다 『맹자』「고자 하」告子下에서 순임금의 지극한 효성을 칭송한 구절에서 따온 말.

39. 상부인湘夫人 상수湘水의 신으로, 순임금의 두 비 중 여영을 말한다.

만 그 딸이 완고한 성품이라 자기 몸을 지키지 못할까 걱정입니다.'

그리하여 부인에게 가서 위로하라는 분부를 제게 내리셨는데, 저는 이 때문에 부인의 부모님이 무사하시다는 것을 알게 되었습니다."

계앵은 그 말을 다 듣고 너무도 기이한 일이라 입을 다물지 못했다. 선녀는 거듭 채봉의 마음을 누그러뜨려 위로하더니 홀연 작별하고 떠났다. 계앵이 채봉에게 말했다.

"동정호와 소상강[41] 사이에 예로부터 신선이 사는데 상군이 그중 한 분이라고 들었어요. 오늘밤의 일은 정말 기이하니, 소저께서는 마음을 편안히 가지세요."

채봉이 울며 말했다.

"선녀가 전한 말씀이 허무맹랑하지 않아서 부모님이 누군가의 구원을 받아 무사하다 치자. 그렇다 해도 나는 강보에 싸여 있을 때부터 지금까지 하루도 부모님 슬하를 떨어져 본 적이 없거늘, 이제 갑자기 부모를 잃어 얼굴과 음성이 아득하니 이 일을 내가 어찌 견디겠니? 또 부모님은 불초한 딸 하나의 생사 걱정에 얼마나 애간장이 닳고 닳았겠니? 이 때문에 나는 슬프기 한량없어 차라리 죽어서 아무것도 몰랐으면 싶구나!"

채봉은 서글피 곡하기를 그치지 않았다. 이윽고 강촌의 닭이 울어대며 동방이 차츰 밝아 왔다. 채봉이 계앵에게 말했다.

꽃꽃꽃꽃

40. 소미성少微星 태미원太微垣(사자자리를 중심으로 이루어진 별자리) 서쪽에 있는 별. 고대 중국에서는 처사를 상징하는 별로 인식되었다. 여기서는 도교에서 소미성을 신격화한 선관仙官을 말한다.

41. 소상강瀟湘江 소수瀟水와 상수湘水를 함께 이르는 말로, 모두 중국 호남성에 있는 강 이름.

72

"간밤의 일은 황당무계해서 입 밖에 낼 수 없지만 참으로 기이하긴 해. 그러니 삼시 목숨을 시켜 훗날 혹시라도 부모님 얼굴을 뵙게 되기를 기약하는 게 옳겠구나. 그런데 여기는 각처에서 배가 모여드는 곳이라 남북으로 오가는 사람들이 매우 많으니, 길거리를 돌아다니다가는 틀림없이 위험하고 치욕스런 일을 당할 게야. 산속에 깊이 숨어 자취를 감추는 게 좋겠다. 그리 해서 살면 다행이고, 살지 못해도 그 또한 운명이겠지."

채봉과 계영은 머리를 풀어헤쳐 얼굴을 가리고 산속의 좁은 길을 따라 걸었다. 아아! 채봉은 화려한 규방에서 고생이라곤 조금도 해 본 적이 없거늘, 무너질 듯이 깎아지른 벼랑 아래 거친 바위투성이 길을 곱고 여린 몸으로 어찌 헤쳐 나갈 것인가!

10리를 못 가서 가녀린 다리가 다 붓고 보드라운 발에 여기저기 물집이 생겨 주인과 노비가 숲속에서 마주보고 울었다. 그때 문득 눈썹이 눈서리처럼 하얀 할머니가 베옷 차림으로 자줏빛 등나무 단장短杖을 짚고 앞을 지나가다가 서쪽 큰길을 가리키며 말했다.

"이 길로 20리를 가면 파릉현[42] 쌍계촌雙桂村이 나오네. 거기 진씨陳氏 성을 가진 벼슬아치가 사는데, 그 댁 딸이 자네와 전생 인연이 있으니 그곳에 가서 의탁해 보게. 그리하면 머잖아 좋은 사람과 만나게 될 거야."

할머니는 그렇게 말하고 홀연 사라졌다. 계영은 깜짝 놀랐고 채봉

---

42. 파릉현巴陵縣 악양현岳陽縣(지금의 호남성 악양시 악양현)의 옛 이름.

도 이상한 일이라 여겼다. 계앵이 채봉에게 말했다.

"천지신명께서 소저를 가련히 여겨 이처럼 자상하게 길을 일러 주시네요. 순순히 따라 천명을 기다려야겠어요."

그리하여 채봉과 계앵은 파릉현으로 가기로 결정한 뒤 손잡고 한발 한 발 앞으로 나아갔다. 이때 계앵은 열세 살로 자태가 매우 아리따웠다. 지나가는 사람들은 어여쁜 두 소녀가 검은 머리를 사방으로 풀어헤쳐 얼굴을 가린 모습이 마치 구름 속에 달이 숨은 것처럼 보이는 데다 걸음걸이 또한 하늘하늘해서 모두 돌아보고 놀라며 의아하게 여겼다.

쌍계촌에 이르자 채봉이 마을 밖 우거진 숲속에 몸을 숨기고 계앵에게 말했다.

"내가 규중閨中의 처자로서 지금 몹시 위급한 형편이긴 하다만, 잠시 길에서 들은 황당한 이야기 때문에 평생 모르고 지내던 집에 가벼이 몸을 맡길 수는 없어. 그러니 우선 네가 먼저 그 진공陳公 댁을 찾아가 그분의 성함과 벼슬을 자세히 묻고 오너라. 만일 우리 일가 친척이라면 참으로 다행이지만, 그렇지 않다면 차라리 길에서 죽을지언정 그 집에 결코 들어갈 수 없다."

채봉은 또 손가락에서 옥가락지를 뽑아 주며 말했다.

"이 반지는 외조모 금릉군주[43]께서 어릴 적 보배로 여기시던 물건이야. 어머니가 항상 이 반지의 옥과 진주가 진기한 것이라고 칭찬

43. 금릉군주金陵郡主 '군주'는 황태자와 친왕親王(황제의 형제나 아들)의 딸에게 내린 봉호封號.

하셨지. 네가 이 반지를 갖고 가서 팔고자 한다며 진공 댁에 들어가
면 혹 그 댁 소서의 범노를 직접 볼 수 있을지 모르겠다. 내 지혜로
운 눈으로 보면 그 사람됨을 알 수 있을 게야."

계앵이 분부대로 하겠다고 하고 떠났다. 마을 남쪽 거리에 이르니
큰 저택이 하나 있었다. 마을 사람에게 물으니 산서山西(산서성山西省)
노안부 제독[44] 진형수陳衡秀 공 댁이라고 했다. 계앵이 또 물었다.

"저 댁 주인은 임지에 나가 계실 테니 부인도 따라가셨겠네요. 지
금 저 댁에는 누가 사시나요?"

"작년에 진노야[45]께서 병부시랑兵部侍郞을 지내다가 산서 제독으로
나가셨어. 제독은 가족과 함께 갈 수 있는 직책이 아니라서 부인과
소저는 여기 남아 계시지."

계앵이 또 물었다.

"그 댁 소저는 나이가 어찌 되나요? 집안에 자제나 친척 남자는
없습니까?"

"소저의 나이야 외간 사람이 알 수 없고, 그 댁에 아드님이 한 분
계신데 회남[46]의 숙부 댁에 가서 공부한 지 3년이 됐어. 그 밖에 다
른 남자가 산다는 말은 못 들었는걸."

계앵은 생각했다.

'진공이 서울의 높은 벼슬아치라니 만일 우리 어르신 댁과 인척간

---

44. 노안부潞安府 제독提督 '노안부'는 지금의 산서성 장치시長治市 지역. '제독'은 사령관에 해당
　　하는 무관 직책.
45. 진노야陳老爺 '노야'는 고관이나 상전에 대한 존칭.
46. 회남淮南 지금의 안휘성 회남시 일대.

이라면 분명히 소식이 오갔을 텐데, 내가 알기로 진씨 성을 가진 벼슬아치가 왕래한다는 말은 들은 적이 없으니, 진인적은 결코 아닐 거야. 우리 소저의 예법이 지극히 엄하니 지금 만리타향 어디에서 친척을 찾아 의지하겠나? 내가 한번 그 집에 가서 살펴봐야겠어.'

이때 진형수의 부인 오씨吳氏에게 아홉 살 된 딸이 있었으니, 이름은 채경彩瓊으로 얼굴이 갓 피어난 부용꽃처럼 아름다웠다. 오부인은 딸을 애지중지 아껴서 예쁜 경대나 패물을 보면 그때마다 값을 따지지 않고 사서 딸에게 주었다. 이날 몸종 요영姚英이 옥가락지 한 쌍을 들고 들어와 채경에게 말했다.

"가락지가 기묘하고 사랑스러운 게 우리 소저와 흡사합니다."

채경이 급히 반지를 받아 보고는 매우 기뻐서 손가락에 끼고 만지작거리며 빼지 않더니 이렇게 말했다.

"어느 댁 소저가 가난을 견디지 못하고 수중에 있던 빼어난 보배를 팔려고 할까? 내가 어머니께 세 배 값을 쳐 주도록 말씀드려 그 가련한 마음을 위로해야겠다."

요영이 웃으며 말했다.

"소저께선 이 반지가 기묘한 것만 보시고, 반지 파는 사람이 더욱 기묘한 건 못 보셨네요."

채경이 물었다.

"그 사람이 어떤데?"

"나이는 열서너 살이고, 초록 저고리에 파란 치마를 입었어요. 자기 말로는 어느 집 여종이라는데, 풍성한 머리며 꽃처럼 예쁜 보조개에 아리따운 자태는 규방의 절세미인이라 해도 괜찮아 보였어요."

76

말을 채 마치기 전에 오부인이 들어와서 옥가락지를 가져다 자세히 살펴보고는 깜짝 놀라 말했다.

"이 옥은 곤륜산 낭풍전의 온옥[47]이고, 이 진주는 합포의 명주[48]로구나! 겨울에 이 반지를 끼면 몸이 차지 않고 한밤중 어두운 방에서도 광채를 발하지. 이건 심상한 집의 보물이 아니다. 반지 가져온 사람을 불러오너라."

요영이 나가서 계앵과 함께 들어왔다. 오부인과 채경이 계앵을 보고는 놀랍고도 기이하게 여겼다. 계앵이 부인에게 인사하자 부인은 중계中階에 앉게 한 뒤 물었다.

"네 얼굴과 옷차림을 보니 부귀한 가문의 여종인 듯하구나. 무슨 일로 이 옥가락지를 가져와 급히 팔려고 하느냐?"

계앵이 보니 부인은 덕스러운 얼굴이고 소저는 온화하고 정숙한지라 속으로 기쁘고 다행히 여기며 대답했다.

"저는 서울의 남어사 댁 여종이옵니다. 저희 어르신께서 죄 없이 악주로 귀양 가시던 중에 어젯밤 배에서 수적水賊을 만나 어르신 부부가 강물에 몸을 던지셨습니다. 다른 일행은 모두 죽고, 오직 아홉 살 된 저희 소저만 요행히 목숨을 건져 갈 곳 없이 방황하는데, 고

꽃꽃꽃꽃

47. **곤륜산崑崙山 낭풍전閬風巓의 온옥溫玉** '곤륜산'은 티베트 고원 북쪽의 곤륜산맥을 말한다. 신선이 산다고 하는 전설이 있으며, 좋은 옥의 산지로 유명하다. '낭풍전'은 전설 속 곤륜산의 북쪽 봉우리 이름이다. '온옥'은 온기가 있는 옥을 말한다.

48. **합포合浦의 명주明珠** '합포'는 지금의 광서장족자치구廣西壯族自治區 합포현合浦縣 및 북해시北海市 일대로, 진주 생산지로 유명한 지역이다. '명주'는 야명주夜明珠, 곧 어두운 곳에서도 빛을 내는 보석을 말한다.

단하고 연약한 소저가 살길을 찾지 못하고 수중에 양식도 없기에 이 반지를 팔아 연명해 보려 하고 있습니다."

그러고는 소리를 삼키며 오열하고 비 오듯 눈물을 흘렸다. 오부인이 애처로워 아무 말도 못 하는데, 채경이 무릎을 꿇고 아뢰었다.

"지금 남소저(채봉)의 사정을 들으니 저도 모르게 애간장이 시리고 아픕니다. 아홉 살 소녀가 하늘이 무너지는 아픔을 안고 드넓은 세상에 발붙일 곳 하나 없는데, 가을바람은 날로 거세지고 겨울 추위가 차츰 다가오니, 그 연약한 몸으로 어찌 하루인들 버티겠습니까? 어머니께서 성대한 덕을 드리우시어 우리 집에 거두시고 저와 똑같이 여겨 아껴 주신다면 남소저의 부모님이 반드시 결초보은할 것입니다."

오부인이 찬탄하고 채경의 등을 쓰다듬으며 말했다.

"우리 아이가 이처럼 선善을 좋아하니, 내 어찌 따르지 않겠느냐?"

그러고는 계앵에게 물었다.

"너희 소저가 지금 어디 있느냐?"

"마을 밖 숲속에 있습니다."

오부인이 즉시 분부를 내려 여종 몇 사람더러 작은 가마를 가지고 계앵을 따라가 채봉을 맞아 오게 했다.

계앵이 중문을 나서자마자 오부인은 요영을 불러 채봉에게 이렇게 전하라고 했다.

"소저가 변을 당해 떠돌며 추위와 굶주림으로 고생한다지요. 제가 이 말을 듣고 측은한 마음이 들어 맞이하려 합니다."

그러자 채경이 깜짝 놀라 오부인에게 말했다.

"옛날의 강개한 선비는 무례한 태도로 주는 음식을 먹지 않았습니다. 그러니 저 남소저가 곧은 마음과 깨끗한 절조를 가지고 있나면 굶주림과 추위를 겪고 있다 해서 어찌 남에게 도움을 구하려 들겠어요? 제가 보기에 그 몸종의 행동거지에 법도가 있으니 그 주인의 됨됨이는 보지 않아도 알 만해요. 지금 전하시려는 말씀에는 자못 오만무례한 뜻이 있으니, 남소저가 틀림없이 오지 않을 겁니다."

오부인은 잘못을 깨닫고 채경을 칭찬한 뒤 전하는 말을 고쳐서 요영을 보냈다.

이때 채봉은 계앵을 보내 놓고 오랫동안 돌아오지 않아 의아히 여기고 있었다. 그러던 차에 갑자기 계앵이 여종 대여섯 명과 함께 작은 가마를 들고 오는 것이 보였다. 채봉은 생각했다.

'진공이 과연 우리 친척이구나! 그렇지 않고서야 어떻게 이런 일이 있겠어?'

계앵이 수풀을 헤치고 들어왔다. 함께 온 요영이 채봉에게 오부인의 말을 전했다.

"소저의 여종을 통해 소저가 불행한 재앙을 겪은 일을 듣고 경악을 금치 못했습니다. 노상에서 급작스레 상례喪禮를 차리기 어려울 것입니다. 그래서 저희 모녀가 소저를 위해 상복을 마련하려 하니, 누추한 저희 집에 부디 오셔서 성복⁴⁹을 마친 뒤에 천천히 고향으로 돌아갈 계획을 세우시기 바랍니다."

---

49. **성복成服** 초상이 나서 사흘째 대렴大斂과 입관入棺을 마치고 이튿날 상제들이 일제히 상복으로 갈아입는 의식.

채봉이 계영을 보자 계영이 그 뜻을 알아차리고는 무릎 꿇고 아뢰었다.

"그 댁은 산서 제독 진공 댁이었어요. 우리 어르신 댁과 친인척은 아니지만, 그 댁 어르신께서 지금 산서 임지에 계시고 아드님 또한 회남에 가셔서 오직 부인과 소저만 계셨어요. 부인과 소저의 어진 풍모와 덕스러운 말씀에 깊이 감동했습니다."

그러고는 채경의 말을 전했다. 채봉은 요영이 전하는 말을 듣고 벌써 반쯤 마음이 쏠려 있던 차에 또 계영의 말을 듣고는 편안한 마음으로 가마에 올랐다.

요영이 먼저 달려가 남소저가 온다고 알리니, 오부인과 채경이 매우 기뻐하며 중당에 흰 자리를 깔았다. 채경은 몸에 치장했던 화려한 장식을 없애고 섬돌 아래로 내려와 서 있었다.

채봉이 가마에서 내려 중문으로 들어오자 채경이 읍하고 인도해 마루에 올랐다. 채봉이 자리에 나아가 엎드려 슬피 곡하자 오부인과 채경도 곡하며 조문했고, 계영은 채봉의 뒤에서 곡하는 예를 도왔다. 조문하는 예를 마치고 오부인이 앞으로 나와 채봉을 위로했다. 채봉이 예에 맞게 곡하며 발을 구르는데, 목소리가 매우 애절했다. 채경은 눈물을 흘리며 채봉을 부축해 자기 방으로 데려갔다. 채경은 방에 있던 비단 병풍과 수놓은 족자를 치우고 흰 자리를 깐 뒤 손수 미음을 들고 가서 채봉에게 권했다. 아아! 두 사람 모두 열 살이 못 된 소녀이거늘 예를 다하는 모습이 어쩌면 이리도 조숙하단 말인가!

그 뒤로 채봉과 계영의 곡소리가 끊이지 않더니, 성복하는 날이 되자 오부인과 채경이 또 전과 같이 채봉에게 조문하는 예를 행했다.

며칠 뒤 오부인이 채봉과 대화하며 조용히 내외 친척을 묻다가 채봉이 금릉군주의 외손녀라는 말을 듣고는 기뻐하며 말했다.

"그러면 소저는 내 재종질[50]이 되네. 내 외조모가 바로 운양공주雲陽公主신데, 운양공주는 금릉군주의 고모시거든."

채봉도 기뻐하며 말했다.

"제가 타향을 전전하며 사고무친 신세였는데 이제 숙모님을 만나 의지하게 되었으니 참으로 천만다행입니다."

그 뒤로 오부인과 채경이 채봉을 더욱 친밀하게 대했다.

10여 일 뒤 갑자기 마을이 소란하게 들끓더니 하인이 바삐 달려와 아뢰었다.

"호광순무사[51] 윤시랑(尹侍郎: 윤혁) 어른이 오십니다!"

오부인이 매우 기뻐했다. 이때 채봉과 채경이 부인 앞에 있었는데, 채봉이 채경에게 물었다.

"윤시랑이라면 산동의 윤시랑 어른이신가?"

채경의 옥 같은 뺨이 살짝 발그레해지더니 고개를 숙인 채 대답이 없었다. 오부인이 웃으며 말했다.

"그래, 산동의 윤시랑이 맞아. 윤시랑은 내 내종형[52]이란다. 채경이가 윤시랑의 아들 여옥汝玉과 정혼했기에 부끄러워서 대답을 못하는구나. 그런데 조카는 윤시랑을 어떻게 알지?"

---

50. **재종질再從姪** 육촌형제의 자녀.
51. **호광순무사湖廣巡撫使** 호광성湖廣省(지금의 호북성과 호남성)을 순시하며 민심을 살피고 위로하는 임무를 맡은 관리.
52. **내종형內從兄** 고종사촌오빠. 고모의 아들.

채봉이 문득 근심스런 얼굴로 두 줄기 진주 같은 눈물을 흘리며 밀했다.

"선친께서 예전에 윤시랑 어른과 이웃에 살며 벗이 되어 두 분의 우정이 관중管仲과 포숙鮑叔 같았어요. 저도 예전에 윤시랑 어르신 내외분께 인사드린 적이 있는데, 지금도 그 얼굴이 기억납니다."

말이 다 끝나기도 전에 북소리와 피리소리가 요란히 울리고 깃발과 절월53이 번쩍이더니 윤혁이 벌써 도착했다. 두 소저는 침실로 물러가고 오부인이 중당에서 윤혁을 맞이해 서로 안부를 물었다. 윤혁이 채경을 불러 손을 잡고 사랑스레 어루만지는데 기쁜 빛이 얼굴에 가득했다. 윤혁은 소매 속에서 편지 한 통을 꺼내 오부인에게 전하며 말했다.

"오다가 능천현54을 지났는데, 평중平仲(진형수陳衡秀의 자)이 마침 그 고을을 순시하던 중이라 며칠 동안 함께 지냈어. 그때 평중이 이런 말을 하더군.

'제 임기가 아직 많이 남았고 아들도 회남에 있어 집에 사내가 없습니다. 요사이 해적의 세력이 점점 커져서 강서55 여러 고을을 침범하고 있는데, 강서 땅과 저희 집이 멀지 않아 참으로 근심스럽습니다.'

편지 안에도 아마 그런 뜻이 담겨 있을 듯하네."

꽃꽃꽃

53. **절월節鉞** 임금이 높은 벼슬아치나 장수에게 권력을 위임하는 증표로 주던 부절符節과 의장용儀仗用 도끼.

54. **능천현陵川縣** 산서성 동남단의 고을 이름. 지금은 산서성 진성시晉城市에 속한다.

55. **강서江西** 강서성江西省 지역.

82

오부인이 편지를 뜯어 읽고 말했다.

"편지 진제가 그린 애기네요. 그런데 또 이런 내용도 있어요.

'윤형(윤혁)이 반드시 벼슬을 버리고 동쪽으로 돌아가겠다고 하시
니, 이번에 우리 집에 들르시거든 반드시 경아瓊兒(진채경의 애칭)와
함께 윤형을 따라 제남56으로 가서 의지해 살도록 하오.'

제가 호숫가에 외로이 살며 난리 소식에 두려운 마음이었는데, 이
제 오라버니와 함께 간다면 참으로 다행이겠어요. 그런데 오라버니
는 지금 천관의 중대한 임무57를 띠고 계시거늘, 무슨 일로 서둘러
고향으로 돌아갈 결심을 하셨어요?"

윤혁이 탄식하며 말했다.

"내가 아직 옛사람이 수레를 걸던 나이58는 아니다만, 근래 조정의
모습이 한심해서 내 친구 남어사(남표)가 정사를 논하다가 귀양 갔
고, 임윤59과 해서60도 간언을 하다가 연이어 폐출됐다. 지금 나랏일

---

56. **제남濟南**　산동성의 성회省會(성도省都)인 지금의 산동성 제남시濟南市.

57. **천관天官의 중대한 임무**　'천관'은 이부吏部를 달리 이르는 말. 윤혁이 이부시랑을 지내고 있기
에 한 말.

58. **수레를 걸던 나이**　벼슬에서 명예롭게 물러나는 나이라는 뜻으로, 흔히 70세를 가리킨다. 한나
라 원제元帝 때의 문신 설광덕薛廣德이 늙어 벼슬을 그만두자 황제가 수레를 내렸는데, 설광덕의
고향 사람들이 그 수레를 집 앞에 매달아 자손 대대로 기념하게 했다는 고사에서 유래한 말.

59. **임윤林潤**　생몰년 1530~1569년. 명나라 세종 때의 문신으로, 남경 어사南京御史를 지냈다. 엄
세번 일파를 탄핵하여 처단하게 한바, 『명사』明史에서는 엄숭 부자의 몰락이 엄숭을 탄핵한 어사
御史 추응룡鄒應龍에서 비롯되어 임윤에 의해 완성되었다고 평했다.

60. **해서海瑞**　생몰년 1514~1587년. 명나라의 문신으로, 무종武宗부터 신종神宗까지 네 황제를 섬
기며 청렴한 관리로 명성이 높았다. 1566년 2월 세종에게 「치안소」治安疏를 올려 황제의 호화로
운 생활과 조정의 폐단을 지적하자 세종이 진노하여 처형될 위기에 놓였으나, 그해 12월 세종이
죽고 목종穆宗이 즉위하면서 강직한 신하라는 평가를 받고 사면되어 재기용되었다.

이 모두 엄숭 부자의 손에서 결정되니, 이 때문에 화상서(화욱)와 서소보少保(서계) 등 여러 어른들이 하나둘 벼슬에서 물러났지. 나도 세상사에 마음이 없어져 벌써 지난달에 가족들을 제남으로 보내 놓고 이제 병을 이유로 삼아 사직하려 하고 있었어. 그런데 뜻밖에도 남쪽 지방을 순시하라는 명을 받아 어쩔 수 없이 절월을 들고 여기에 왔구나. 하지만 조정으로 돌아가자마자 즉시 고향으로 돌아가련다."

오부인이 한숨을 쉬며 말했다.

"오라버니는 남어사가 물에서 돌아가셨다는 소식을 못 들으셨어요?"

윤혁이 깜짝 놀라 무릎을 치며 말했다.

"그게 무슨 말이냐?"

오부인이 그동안 채봉이 겪은 일을 낱낱이 알려 주자 윤혁이 목 놓아 길게 탄식하더니 갑자기 눈물을 떨구며 말했다.

"안 그래도 자평子平(남표)이 그런 화를 당하지 않을까 의심하고 있었다. 엄숭 무리가 충신을 음해하는 짓이 모두 그런 식이니, 자평이 어찌 홀로 화를 면할 수 있겠나!"

이윽고 또 탄식하며 말했다.

"자평처럼 강직하고 온화한 사람이 죽어서 황천黃泉에 편히 묻히지 못하고 도리어 물고기 밥이 되었으니, 이것이 어찌 하늘의 이치겠나!"

윤혁은 여종을 시켜 남채봉을 불러오게 했다. 이때 채봉은 침실로 돌아와 옛일을 생각하며 마음을 진정하지 못하고 있다가 자기를 부른디는 소리에 눈물을 흘리며 들어가 윤혁에게 절하고 땅에 엎드려 슬피 울었다. 윤혁 역시 한참 동안 통곡하다가 채봉을 위로해 울음을 그치게 했으나, 곧이어 또 눈물을 뿌리며 말했다.

"내가 비겁하고 나약해서 네 부친과 함께 곧은 절개를 지켜 죽지 못했으니, 돌아가신 분 앞에 살아있는 자의 부끄러움과 죄책감이 참으로 크구나!"

채봉이 일어나 두 번 절하고 눈물을 흘리며 말했다.

"어르신께서 선친의 지극한 원통함을 헤아려 이런 말씀을 해 주시니, 저는 앞으로 어르신 슬하에 길이 의지하고 싶습니다. 모쪼록 어르신의 위엄과 덕망에 힘입어 부모의 원수를 갚을 수 있다면 저는 세세생생[61]에 어르신의 피붙이로 태어나 하늘 같은 은혜에 보답하겠습니다."

윤혁이 탄식하며 말했다.

"아홉 살 여자아이의 말이 이러하다니, 자평은 참으로 딸을 잘 두었구나!"

그러자 오부인이 여종을 시켜 채봉을 데려가 길복吉服(예복)으로 갈아입게 한 뒤 채봉으로 하여금 자식의 예로 윤혁에게 절하게 했다. 채봉이 다시 최복衰服(상복喪服)으로 갈아입고 들어오자 윤혁은 채봉을 이끌어 무릎에 앉히고 펑펑 눈물을 흘렸다. 채봉이 또 윤혁에게 말했다.

---

61. **세세생생世世生生** 중생이 태어나 죽고 죽어 다시 태어나며 거듭되는 윤회를 일컫는 불교 용어.

"어르신께서 저를 버리지 않고 슬하에 거두어 주시니 죽어도 한이 없습니다. 다만 부모님이 수국水國의 외로운 혼령이 되어 의지할 데 없음을 생각하니, 제 사사로운 마음으로는 직접 강가에 가서 부모님의 넋을 불러 편안하게 해 드린 뒤 받들어 고향으로 돌아가고 싶습니다."

윤혁이 탄식하며 말했다.

"네 말이 참으로 효성스럽다! 내가 미처 그 생각을 못했구나."

윤혁이 일어서 외당外堂(사랑채)으로 나가더니 파릉현 아전을 불러 분부했다.

"내일 동정호에서 죽은 벗의 초혼제를 지낼 터이니 제수祭需를 준비해 대령하라."

아전이 분부를 받고 나갔다.

이튿날 윤혁과 채봉이 함께 금사주金沙洲 물가에 이르니, 빈산에는 나무가 옷을 다 벗고 큰 강에는 바람이 불었으며, 오가는 배 한 척 없이 조각구름만 홀로 흘러갔다. 저문 날 검푸른 물결은 어디에서 그칠까? 자식 잃은 원숭이가 괴로이 울고[62] 대나무 마디는 슬피 잘렸는데 사람들이 대통밥을 들고 오가는 곳은 굴원의 멱라수다.[63] 짝

꽃꽃꽃꽃

62. **자식 잃은 원숭이가 괴로이 울고** 어미 원숭이가 수군 병사에게 새끼를 빼앗기고 울부짖으며 삼협三峽의 험한 협곡 길을 따라 그 뒤를 좇다 창자가 토막토막 끊어졌다는 '단장'斷腸 고사를 말한다.

63. **대나무 마디는~굴원屈原의 멱라수汨羅水다** 굴원이 멱라수에 몸을 던진 5월 5일마다 초나라 사람들이 밥을 채워 넣은 죽통竹筒을 강물에 던져 굴원의 넋을 위로하는 풍습이 있었다고 한다. '굴원'과 '멱라수'에 대해서는 제3회의 주36 참조.

잃은 기러기가 신산하게 울고 안개 서린 나무는 아득한데 복조鵩鳥가 번드쳐 나는 곳은 가의의 장사다.[64] 가을 강가에서 거문고를 타다가 연주가 끝나도 사람들이 볼 수 없는 것은 상군湘君과 상부인湘夫人의 슬픔과 원망이다. 강을 앞에 두고 통곡하니 강물도 오열했다. 그리하여 윤혁과 채봉이 저고리를 벗어 윤혁은 남표의 넋을 부르고 채봉은 한부인의 넋을 부르며 강가에서 곡하고 제사지냈다. 이날 강북과 강남의 무수한 장삿배며 오나라와 초나라[65] 땅의 길손들이 모두 마주보고 눈물을 뿌리며 남표의 죽음을 슬퍼했다.

윤혁이 진부陳府에서 며칠을 머물고 길을 나서니, 오부인도 두 소저와 수레를 같이 타고 윤혁의 뒤를 따랐다. 개봉부[66]에 이르자 윤혁은 기실[67]을 시켜 오부인 일행을 수행하여 동창[68]에서 곧장 제남濟南으로 가게 했다. 윤혁은 광평[69]을 거쳐 서울로 돌아와 황제에게 복명復命했다. 이튿날 윤혁은 벼슬을 그만두고 귀향하겠다는 상소를 올렸는데, 질병을 낱낱이 고하여 글이 매우 간절했다. 황제가 윤허했다.

---

64. **안개 서린~가의賈誼의 장사長沙다** '가의'는 한나라 문제文帝 때의 문신으로, 언관言官에 해당하는 태중대부太中大夫를 지냈다. 장사왕長沙王 태부太傅로 좌천되어 장사長沙(지금의 호남성 장사시長沙市)로 가며 굴원을 조문하는 「조굴원부」吊屈原賦를 지었다. '복조'는 올빼미 종류의 새로, 가의가 장사에서 지은 「복조부」鵩鳥賦에서 복조와의 가상 문답을 통해 자신의 불우한 처지를 위로했기에 거론한 것이다.
65. **오吳나라와 초楚나라** '오나라'는 지금의 강소성 지역, '초나라'는 지금의 호남성과 호북성 지역.
66. **개봉부開封府** 지금의 하남성 개봉시開封市.
67. **기실記室** 문서 관련 일을 담당하는 비서.
68. **동창東昌** 지금의 산동성 요성시聊城市 일대.
69. **광평廣平** 하북성 남부의 고을 이름.

제4회

총계정에서 각자 뜻을 말하고
백련교에서 홀로 의를 행하다

원래 윤혁의 집은 산동 제남부濟南府 역성현[1]에 있으니, 이곳은 청주[2] 제일의 대도시다. 물산이 풍부하고 강산이 아름다우며 인물도 많고 누대樓臺도 많은데, 그중에서도 특히 윤부尹府가 최고 가문으로 명성을 떨쳤다.

그해 9월에 조부인趙夫人(윤혁의 아내)이 남매를 데리고 먼저 서울에서 돌아와 집안일을 다스리며 윤혁을 기다리고 있었는데, 문득 윤혁이 남쪽 지방을 순시한다는 소식을 듣고 먼 여정을 염려했다.

12월 초순의 어느 날 문지기가 들어와 알렸다.

"파릉 제독(진형수) 부인이 오십니다!"

조부인이 놀랍고 반가워 마루 위로 맞이한 뒤 자리를 정해 앉았다. 진채경과 남채봉이 조부인에게 예를 올리자, 조부인이 채경을 이끌어 손을 어루만지며 반갑게 말했다.

"헤어진 지 몇 년 사이에 이렇게 자랐구나!"

---

1. **역성현**歷城縣 산동성 제남시 동부의 고을 이름.
2. **청주**靑州 중국 9주의 하나로, 지금의 산동성 일대.

이때 채봉은 소복에 삼 띠³를 두르고 오부인 곁에 앉아 있었는데, 딤딤한 얼굴에 누 줄기 맑은 눈물이 흘러내렸다. 조부인이 놀라 오부인에게 말했다.

"이 아이는 어떻게 되는 사이예요? 남어사(남표)의 딸 채봉과 꼭 닮았으니, 참으로 이상합니다."

오부인이 말했다.

"언니는 이 아이가 남어사의 딸과 닮은 것만 알고, 언니의 양녀인 줄은 모르시는군요."

오부인이 그동안 채봉이 겪은 일의 전말을 전하자 조부인이 비통해하며 채봉을 붙들고 눈물을 흘렸다. 채봉은 자리에 엎드려 애절하게 오열했는데, 차마 볼 수 없을 지경이었다.

오부인은 채봉을 부축해 일으켜 길복吉服으로 갈아입히고, 윤혁에게 인사하던 의식대로 조부인에게 절하게 했다. 채봉이 다시 소복으로 갈아입고 조부인 곁에 모시고 앉자, 조부인은 여종더러 옥화와 여옥 남매를 불러오게 해서 오부인에게 절하고 채봉과는 형제의 예로 인사하게 했다. 옥화는 주렴 안에서 채봉의 슬픈 얼굴을 바라보고는 마음이 아파 가련히 여기고 있다가 나란히 앉게 되자 소리를 낮추어 채봉을 위로하고 정을 쏟아 사랑했다. 여옥은 채봉을 위로하는 한편 채경에게 눈길을 주었는데 기쁨으로 얼굴이 빛났다. 채경이 부끄러워 고개를 숙이자 오부인이 곁눈질해 보며 흐뭇해했다.

꽃꽃꽃

3. 삼 띠 상복에 띠는, 삼(麻)으로 만든 굵은 띠.

그닐 밤 세 소저가 함께 침실로 돌아와 맑고 예쁜 목소리로 소곤소곤 정담을 나눴다. 기뻐하기도 하고 슬피 울기도 하며 조용히 한숨을 쉬는가 하면 어여쁘게 웃기도 하는 모습이 마치 친자매가 세상 끝에 아득히 떨어져 간절히 그리다가 갑자기 만나 손을 맞잡고 속마음을 다 토로하는 것 같았다.

윤옥화가 남채봉보다 생일이 한 달 빠르고, 남채봉이 진채경보다 한 달이 빨랐기에 이로써 형제의 순서를 삼았다. 세 소저의 어여쁜 자태와 아름다운 덕성은 아름다운 꽃과 옥이 서로를 비추는 듯했고, 글재주나 여자들이 맡아 하는 온갖 일 또한 우열을 가릴 수 없었다. 조부인은 세 소저를 모두 아끼고 소중히 여기면서도 채봉의 외로운 처지를 특히 가련히 여겼다.

한 달 남짓 지나 윤혁이 왔다. 조부인은 남편을 맞이해 먼 길 여행의 노고를 위로했다. 남표와 한부인의 일을 언급하자 윤혁 부부가 눈물을 머금고 탄식하며 마치 친척을 잃은 것처럼 슬퍼했다. 채봉은 뼈에 사무치도록 은혜에 감동하며 윤혁 부부를 향한 효심이 끝없이 샘솟아 분골쇄신해도 그 은혜를 다 갚지 못하리라 생각했다. 그 뒤로 채봉은 다른 두 소저와 한 방에서 지냈으나 화려한 자리에 앉지 않고, 맛난 음식을 먹지 않았으며, 계절이 바뀔 때마다, 또 매달 초하루마다 목 놓아 울부짖다가 혼절했다.

이듬해 8월 수일[4]이 되자 채봉은 계영과 함께 제수를 갖추고 손

---

4. **수일讐日** 부모의 기일忌日. 부모님이 돌아가신 날을 원망스럽게 여겨 이르는 말.

수 애문[5]을 지어 제사지냈다. 이듬해 수일에도 이와 같이 해서 삼년 상을 마쳤으나 채봉이 여전히 화려한 옷을 입지 않고 항상 죄인으로 자처하니 윤혁이 더욱 애달파했다.

이때 옥화와 채봉의 나이가 모두 열두 살이었다. 윤혁은 전국 각지의 벗들을 만날 때마다 좋은 신랑감이 어디에 있는지 물었으나 끝내 마음에 드는 사람이 없자 탄식하며 말했다.

"내 두 딸을 태임과 태사[6]에 비기는 건 감당할 수 없는 일이겠지만, 그 그윽한 자태와 정숙한 덕성이야 어찌 옛사람에 크게 양보할 수 있겠나! 하늘이 이처럼 현숙한 사람을 냈다면 결코 평범한 선비와 짝을 맺게 하지 않을 거야. 필시 덕과 인을 쌓은 집에 한 사람의 큰 군자를 내고, 우리 두 딸도 그에 상응해 태어나도록 했을 텐데."

조부인이 곁에 있다가 물었다.

"상공의 말씀을 듣고 보니 아황과 여영의 고사[7]를 본받고자 하시는 겁니까? 우리 아름다운 두 아이에게는 당연히 두 사람의 좋은 낭군을 얻어 주어 쌍쌍이 노닐며 인생의 재미를 누리게 해야 하지 않겠어요?"

윤혁이 대답했다.

ꕔꕔꕔꕔ

5. 애문哀文 애사哀辭. 망자를 애도하는 글.
6. 태임太姙과 태사太姒 '태임'은 주周나라 문왕文王의 어머니이고, '태사'는 문왕의 비妃이자 무왕武王과 주공周公의 어머니이다. 두 사람 모두 현숙한 여성의 전형으로 꼽혔다.
7. 아황娥皇과 여영女英의 고사 요임금의 두 딸인 아황과 여영이 순임금에게 함께 시집간 일을 가리킨다.

94

"신랑감을 풍채로 구한다면 반악과 위개[8]가 있고, 문벌로 구한다면 왕탄지와 사안[9]이 있으며, 문장으로 구한다면 소동파와 황정견[10]이 있겠지요. 하지만 대현군자大賢君子라면 세상에 두 사람이 나란히 나올 수 없는 법입니다. 지금 만일 채봉이만 군자와 짝을 지어 주고 친딸 옥화를 버린다면 이는 인정에 가깝지 않은 일이고, 친딸만 짝 지어 주고 채봉이를 버려둔다면 이는 죽은 내 벗을 저버리는 일이 아니겠습니까?"

부인이 크게 깨닫고 감사의 뜻을 표했다.

하루는 윤혁이 총계정叢桂亭에서 세 소저와 함께 달구경을 하며 서성이고 있었다. 그때 문득 한 마리 학이 마당 위를 맴돌아 날며 목을 빼고 길게 우는데 그 소리가 맑고도 서글펐다. 윤혁이 즉시 세 소저에게 각각 절구[11] 한 수를 지어 보라고 했다. 옥화의 시는 다음과 같다.

흰 눈처럼 고결한 자태에 맑디맑은 소리
드높은 누대에 홀로 서니 달 속의 신선인 듯.
단산의 짝[12]을 불러
날개를 맞대고 옥황상제[13]께 조회하리.

꽃꽃꽃꽃

8. **반악潘岳과 위개衛玠** 모두 서진西晉의 문인으로, 유명한 미남자였다.

9. **왕탄지王坦之와 사안謝安** 동진東晉의 대표하는 명문가 사람들로, 술과 풍류, 청담淸談을 즐겼다.

10. **소동파蘇東坡와 황정견黃庭堅** 송나라를 대표하는 문인. 소동파, 곧 소식蘇軾은 내한內翰(한림학사)을 지냈기에 '소내한'蘇內翰, 소동파의 문인인 황정견은 사관史官을 지냈기에 '황태사'黃太史라 불린다.

11. **절구絶句** 네 구절로 이루어진 한시 형식.

12. **단산丹山의 짝** 봉황새. 여기서는 남채봉을 뜻한다. '단산'은 봉황이 산다는 단혈산丹穴山을 말한다.

채봉의 시는 다음과 같다.

청성산¹⁴ 떠난 뒤로 늘 돌아가고파
빈산에 홀로 병든 어미 생각 간절하네.
곳마다 자식 찾는 원숭이 울음소리에
차마 삼협¹⁵ 위를 날지 못하네.

채경의 시는 다음과 같다.

사람들 놀랄까 큰 울음 그치나니
날개 없이 어찌 삼청¹⁶에 이를까?
왕자진¹⁷과 맺은 가약을 지키고자
밤마다 만 리 밖 구산¹⁸을 향하는 마음이여.

13. **옥황상제** 윤옥화와 남채봉이 함께 시집갈 사람을 뜻한다.
14. **청성산青城山** 사천성의 산 이름. 제3회의 주24 참조.
15. **삼협三峽** 사천성과 호북성의 경계를 이루는, 양자강 중류의 구당협瞿塘峽·무협巫峽·서릉협西陵峽의 세 협곡. 어미 원숭이가 병사에게 새끼를 빼앗기고 울부짖으며 그 뒤를 좇다 창자가 토막토막 끊어졌다는 '단장'斷腸 고사의 배경이 된 곳이다.
16. **삼청三清** 삼청궁三清宮. 도교에서 신선이 산다고 하는, 하늘에 있는 세 궁궐인 옥청玉清·상청上清·태청太清을 말한다.
17. **왕자진王子晉** 생황을 잘 불었던 것으로 유명한 중국 고대의 신선. 본래 주나라 영왕靈王의 태자로, 훗날 신선이 되었다고 한다. 여기서는 진채경과 정혼한 윤여옥을 뜻한다.
18. **구산緱山** 하남성 낙양洛陽의 동남쪽에 있는 구씨산緱氏山을 말한다. 왕자진이 이곳에서 신선이 되어 학을 타고 승천했다는 전설이 있다.

유혁은 먼저 옥화의 시를 보았다. 옥화가 끝내 채봉과 떨어지지 않으려는 뜻을 알아채고는 고개를 끄덕이고 가만히 칭찬하며 기뻐해 마지않았다. 채봉의 시를 보고는 눈물이 솟아올라 제대로 읽지 못하다가 말했다.

"네 시는 천고 효자들의 애간장을 끊겠구나!"

또 채경의 시를 보니 정숙하게 절개를 지키려는 뜻이 있었다. 윤혁은 세 번 되풀이해 읽고 찬탄하며 생각했다.

'다만 뭔가 슬픔을 감추고 있는 게 괴이하구나.'

몇 달 뒤에 윤혁이 조부인에게 말했다.

"내가 지금 궁벽한 시골에 있어 견문이 넓지 못하니, 사방을 두루 돌아다녀 반드시 좋은 사윗감을 얻은 뒤에 돌아오려 합니다. 돌아올 날은 기약할 수 없군요."

마침내 좋은 노새와 어린 종 두어 명을 데리고 남경을 경유해 절강으로 향했다.

이때 윤여옥은 누이의 침실에서 종종 채경의 얼굴을 보며 애모하고 기뻐했다. 간혹 채경에게 말을 건네기도 했으나 채경은 냉엄한 태도로 일절 대꾸하지 않았다. 하루는 여옥이 어머니 침실에 가니, 오부인도 와 있고 그 앞에서 채경과 채봉이 한창 바둑을 두고 있었다. 두 소저가 섬섬옥수를 번갈아 뻗어 바둑알을 똑똑 소리 나게 내려놓는 것이 마치 기러기가 가을 강가 모래밭에 내려앉아 점을 찍는 듯하고 별들이 새벽하늘에 늘어선 듯했다. 마음 가는 대로 움직여도 모두 하늘의 이치에 들어맞듯이[19] 대국이 이어지며 바둑판 위에 천변만화가 일어나더니, 채경이 문득 손을 거두고 바둑판을 밀며 말했다.

"언니는 하늘이 낸 기재奇才라서 제가 감히 바라볼 상대가 아니에요."

여옥은 채봉의 신묘한 바둑을 처음 보고 금으로 장식한 바둑판을 끌어당기며 채봉에게 말했다.

"우형[20]이 기보棋譜를 조금 보아서 바둑을 잘 둔다고는 못 하겠지만 한 판 배우고 싶네."

채봉이 한두 번 사양하다가 마침내 여옥과 바둑을 두었다. 여옥이 손을 써 볼 겨를도 없이 연거푸 세 판을 내주자 조부인과 오부인이 채봉을 매우 기특하게 여겼다. 옥화가 낭랑한 소리로 사랑스럽게 웃으며 여옥을 조롱했다.

"네가 늘 잘난 체하며 천하에 어려운 일이 없다고 여기더니, 이제 한 여자에게 곤란을 당하는구나! 이러고도 앞으로 또 큰소리를 칠 수 있겠니?"

여옥이 깔깔 웃으며 말했다.

"채봉 누이는 하는 일마다 신이해서 본래 이 세상 사람이 아니잖아. 하지만 누나나 채경 누이쯤은 두렵지 않아."

옥화가 환하게 웃으며 말했다.

"패군지장이 아직도 용맹을 떠벌리는 게냐?"

여옥이 무릎 꿇고 오부인에게 말했다.

"채경 누이가 저를 무시하고 말을 나누려 하지 않는데, 이는 일가

19. 마음 가는~이치에 들어맞듯이 『장자』 「재유」在宥에서 따온 말.
20. 우형愚兄 아우뻘 되는 사람에게 자신을 겸손하게 가리키는 말.

98

간의 인정 있는 풍습이 아닙니다. 채경 누이가 냉담한 기색을 조금이나마 누그러뜨리도록 숙모께서 타일러 주시기 바랍니다. 또 조금 전에 채경 누이의 바둑을 보니 제게 꼭 맞는 적수입니다. 한 판 두어 보고 싶지만 제가 청해서는 응할 리 만무하니, 숙모께서 권유해 주시기 바랍니다."

오부인이 여옥의 말이 귀여워 채경에게 바둑을 두게 하자 채경은 얼굴 가득 홍조를 띤 채 몸 둘 바를 몰랐다. 옥화와 채봉이 미소 지으며 여옥을 보니, 여옥이 만면에 희색을 띠고 두 소매를 높이 걷어 붙이고는 비바람이 몰아치는 기세로 바둑알을 어지러이 내려놓았다. 이윽고 여옥이 일부러 실수를 거듭하더니, 그때마다 한 수 물러달라며 채경의 가녀린 팔을 잡아 밀고 당겼다. 그러자 채경이 물러나 앉으며 말했다.

"오빠는 정직하지 않고 거칠어서 겨룰 수가 없어요."

여옥이 기고만장하게 웃으며 말했다.

"스스로 물러난 사람이 진 거야."

오부인과 조부인은 허리가 끊어지도록 웃고, 옥화와 채봉은 어이가 없어 웃었다.

이날 세 소저가 침실로 돌아온 뒤 옥화가 채봉에게 말했다.

"장원(윤여옥의 자)은 풍류 있고 호걸스런 선비라고는 해도 단정하고 엄숙한 군자라고는 할 수 없겠어."

두 소저가 낭랑한 소리로 웃자 채경은 부끄러워 아무 말도 하지 못했다.

어느 날 윤혁이 절강에서 돌아와 기쁜 얼굴로 조부인에게 말했다.

"좋은 사윗감을 얻어서 앞으로는 밥을 달게 먹고 잠자리도 편안하겠습니다."

조부인이 매우 기뻐하며 말했다.

"뉘 댁 아드님이며 사람됨은 어떻습디까?"

윤혁이 말했다.

"만생晩生이 비록 사람을 알아보는 밝은 눈은 없으나 평생 사람을 크게 잘못 보지는 않았다고 자부해 왔는데, 여양후汝陽侯 화공花公(화욱)이 지금 시대 최고의 인물이라 여겼습니다. 그 화공의 차남 화진이 올해 나이 열두 살로, 진평²¹의 외모에 증참²²의 행실이 있고, 아름다운 문장에 산악 같은 기상을 지녔으니, 조만간 명성이 천하를 진동하여 국초國初의 성의백²³처럼 황제의 스승이 될 겁니다."

윤혁이 옥화와 채봉을 돌아보고 말했다.

"너희 자매의 우애가 하늘을 감동시켜 마침내 군자에게 함께 시집가게 되었구나. 평생의 지극한 소원을 이루었으니 나는 오늘 눈을 감는다 해도 여한이 없다."

윤혁은 봇짐에서 홍옥천과 청옥패를 꺼내 옥화와 채봉에게 각각 주며 말했다.

---

21. 진평陳平 한나라 고조高祖의 개국공신으로, 뛰어난 지략가이며, 미남자로도 유명했다.

22. 증참曾參 공자의 제자인 증자曾子를 말한다. 행실이 바르고 효성스럽기로 유명하다.

23. 성의백誠意伯 명나라의 개국공신 유기劉基(1311~1375)의 봉호封號. 원나라 말의 문신이었으나 벼슬을 그만두고 은거하다가 주원장의 책사策士가 되어 명나라 창업의 일등공신 역할을 했다. 명나라 초기를 대표하는 문인일 뿐 아니라 천문·지리·병법 등 다방면에 뛰어나 제갈공명에 비견되었다.

"화씨 가문의 신물信物이니, 반드시 소중히 간직하도록 해라."

옥화와 채봉이 침실로 돌아와 평생 넣어시지 잃게 된 것을 디행으로 여기며 각자 마음속으로 천지신명에 감사했다. 그때 계앵이 정당正堂에서 와서 이를 드러내고 환히 웃으며 말했다.

"동정호 선녀의 말씀이 과연 허무맹랑하지 않았습니다."

채봉이 불현듯 옛일을 떠올리고 한숨을 쉬며 말했다.

"8년이 지나 부모님을 다시 뵙게 된 뒤에야 확실히 믿을 수 있겠구나."

옥화가 의아히 여겨 물었다.

"너를 만난 이래로 너와 계앵이 서로 은밀한 말을 나누는 것을 본 적이 없거늘, 지금은 무슨 긴한 이야기기에 나만 빼놓는 거야?"

채봉이 대답했다.

"황당무계한 이야기라서 귀로 듣기는 했지만 입에 올리지는 못하겠어."

채봉이 계앵을 돌아보고 말했다.

"그때 일이 허황되긴 하지만 언니에게 계속 비밀로 해서는 안 되겠다."

그러자 계앵이 당시에 선녀가 했던 말을 옥화에게 낱낱이 알려 주었다. 옥화는 깜짝 놀라며 신기해하더니, 이윽고 채봉에게 축하의 말을 했다.

"네 부모님은 틀림없이 무사하실 거야. 너처럼 지극한 효녀가 이토록 혹독한 천벌을 받을 리 없는 법이라서 내가 오래전부터 의아하게 여겼는데, 지금 이 말을 듣고 보니 내 마음이 시원해지는 게 마치

구름을 걷고 햇빛을 보는 것 같아. 그때 너는 왜 이 말을 믿으려 들지 않고 지나치게 슬퍼했던 거야?"

채봉은 한숨을 쉬며 눈물을 닦았다.

그 뒤 윤혁 부부는 두 소저와 여옥의 혼수를 마련해 차례로 혼례를 올릴 준비를 하면서 세월이 더디 감을 한탄했다.

이듬해 춘삼월에 세 소저가 동산의 화영정花影亭에서 꽃가지를 만지작거리기도 하고 난초 잎을 따기도 하며 노닐었다. 붉은 치마가 곱게 나부끼고 패옥 소리가 또랑또랑 울리는데 하늘하늘 아름다운 걸음걸이로 사랑스런 그림자를 서로 돌아보니, 멀리서 바라보면 마치 선녀들이 모여 손을 맞잡고 낭풍전²⁴ 동산에서 즐겁게 노니는 듯했다. 세 소저는 어린 뽕잎을 따며²⁵ 한숨 소리를 흘리고, 별처럼 빛나는 눈에 그리움이 가득한 채 두 줄기 눈물이 또르르 흘러내리니, 『시경』의 「칠월」七月 편을 깊이 알아서 여인의 마음을 엿본 자가 아니라면 세 소저의 슬픔을 알 도리가 없었다.

이때 여옥이 화원花園에 세 소저가 있다는 말을 듣고 바쁜 걸음으로 오더니 자리에 끼어 앉아 즐거이 웃었다. 그러나 채경이 불편해하자 옥화가 여옥에게 말했다.

꿍꿍꿍꿍

24. 낭풍전闡風巓　전설 속 곤륜산의 북쪽 봉우리 이름.
25. 어린 뽕잎을 따며　『시경』 빈풍豳風 「칠월」七月의 "아가씨 아름다운 광주리 들고/저 오솔길 따라/어린 뽕잎 따러 가네./봄날 해가 길고 길어/흰 쑥을 많이도 캐니/아가씨 마음 서글퍼라/장차 공자公子와 함께 돌아가리"에서 따온 말. 이 노래는 혼인을 앞둔 여인이 장차 결혼해서 부모와 멀리 떨어지게 됨을 서글퍼하는 뜻을 담았다.

"네가 끼어들 모임이 아니니, 기미를 살피고 떠나는[26] 게 좋겠다."

여옥이 웃으며 별안간 내키는 대로 말을 눌러냈다.

"내가 마침 시 한 편을 지었기에 누나의 평을 듣고 싶어 애써 온 건데, 누나는 왜 이리 박정하게 대하는 거야?"

옥화가 웃으며 말했다.

"무슨 시를 지었는데?"

여옥이 즉흥적으로 시 한 수를 읊었다.

제비 다시 돌아와 화려한 들보에 오르니
구름안개 서린 창에 봄빛이 감도네.
진흙 머금고 날아들다 도로 왜 떠나나
사다새가 을러댈까 두려워서지.[27]

옥화가 듣고 눈썹을 찌푸린 채 한참 동안 망연자실하더니 채봉을 돌아보고 말했다.

"예로부터 아름다운 인연에는 마가 끼고 좋은 언약은 어그러지기 쉽다더니, 지금 장원이 무심코 지은 시가 상서롭지 않네. 난간 위의 꽃을 미친 나비가 엿보고, 숲에 깃든 학을 무수리[28]가 시샘할까 걱정

26. 기미機微를 살피고 떠나는 『논어』「향당」에서 따온 말. 제1회의 주26 참조.
27. 진흙 머금고~을러댈까 두려워서지 당나라 두보杜甫의 시 「적소행」赤霄行 중 "강가의 사다새가 제비를 을러대니/제비는 머금은 진흙 떨어뜨려 좋은 집을 망쳤네"에서 따온 말. '사다새'는 펠리컨을 말한다.
28. 무수리 황새과의 흉맹한 물새. 학과 생김새가 비슷하나 몸집이 더 크며, 등은 검푸른 색이고,

이야."

채봉은 깜짝 놀라 채경을 돌아보았다. 여옥 또한 자신의 경솔함을 후회하며 한탄해 마지않았다.

10여 일 뒤 여옥과 두 소저가 조부인을 모시고 있는데 윤혁이 밖에서 들어와 말했다.

"천하에 근거 없는 일도 많습니다! 진평중(진형수)이 본래 청렴하고 진중하기로 유명하거늘, 지금 금의위[29] 총독[30] 양석楊碩의 모함을 받아 뇌물죄로 금의옥[31]에 갇혔다고 합니다."

조부인이 깜짝 놀라 말했다.

"상공은 어디서 들으셨습니까?"

"평중의 집 하인이 왔었습니다."

오부인은 이 말을 듣고 하늘을 우러러 통곡하더니, 그날로 즉시 행장을 꾸려 서울로 가겠다고 했다. 조부인이 오부인에게 채경을 남겨 두고 가라고 청하자, 채경이 슬피 울며 말했다.

"아버지께서 큰 재앙에 빠지셨는데, 제가 비록 제영[32]의 효성에는 미치지 못하나 어찌 차마 가만히 앉아서 남의 일 보듯 할 수 있겠습니까?"

배는 흰색이다.

29. 금의위錦衣衛 명나라 황제의 친위대親衛隊. 황제의 호위와 의장儀仗, 군사 정보 수집과 체포·심문 등을 담당했다.

30. 총독摠督 금의위의 최고 책임자인 지휘사指揮使를 말한다.

31. 금의옥錦衣獄 조옥詔獄. 황제의 명을 받아 고위 관료의 죄를 다스리는 감옥. 금의위에서 관장했다.

32. 제영緹縈 한나라 문제文帝 때의 효녀. 고을 수령이던 순우의淳于意가 죄를 지어 형벌을 당하게 되자 그 딸인 제영이 문제에게 편지를 올려 자신을 관비官婢로 삼는 대신 아버지의 죄를 사면해 달라고 청했다. 문제는 이 글에 감동해 순우의를 사면했다.

그리하어 세 소저가 손을 잡고 이별하며 눈물로 옷깃을 적셨다. 여옥은 당황해 허둥거리며 안색이 천만 번이나 바뀌었다.

　　오부인과 채경이 이틀 길을 하루에 가며 서둘러 황성皇城에 이르렀다. 진형수가 벌써 모진 고문을 당했다는 소식을 듣고 오부인과 채경이 울부짖으며 여러 번 혼절했다.

　　이에 앞서 진형수가 병부시랑을 지낼 때 엄숭의 양자 조문화가 진채경이 미인이라는 소문을 듣고 자기 아들과 혼인하기를 청했으나 진형수가 매정한 말로 거절한 일이 있었다. 분노한 조문화는 엄숭에게 청탁해서 진형수를 조정 밖으로 내쳐 노안부 제독으로 삼게 했다. 그러고는 이제 또 양석을 시켜 진형수가 태원[33]의 공금 30만 냥을 사사로이 가로챘다고 무고하는 상주문上奏文을 올리게 해서 금의옥에 잡아 가두고 온갖 계책으로 죄를 꾸미고 있었던 것이다.

　　조문화는 오부인과 진소저가 서울 집에 왔다는 말을 듣고 오부인의 사촌오빠 오낭중[34]이란 자를 불러 말했다.

　　"진형수의 죄는 죽어 마땅하나 내가 입만 한번 열면 구할 수 있네. 하지만 일전에 진형수가 나를 심하게 모욕하며 박절하게 구혼을 거절했으니, 지금 내가 원한을 덕으로 갚을 수는 없는 노릇 아닌가. 들자니 족하[35]가 진형수와 인척간이라 하던데, 진형수를 살아서 옥문 밖으로 나오게 하고 싶다면 내 말을 진형수의 딸에게 전하게. 효녀

❀❀❀❀

33. 태원太原　산서성의 성회省會.
34. 오낭중吳郎中　'낭중'은 육부六部의 상서尚書, 시랑侍郎 다음가는 벼슬.
35. 족하足下　상대방을 높여 이르는 말. 요즘의 '귀하'에 해당한다.

라면 알아서 거취를 정할 테지."

오낭중은 본래 권세를 두려워하여 굽실거리는 무리인지라 공손히 두 손을 모으고 분부를 들은 뒤 오부인에게 가서 그 말을 전했다. 그러자 오부인이 매우 노하여 말했다.

"도적 조문화가 감히 내 딸을 능욕해?"

채경이 분연히 말했다.

"옛날의 효녀 중에는 관비가 되어 제 부모의 죄를 면하게 하려던 이도 있고, 제 몸을 팔아 부모의 장례를 치른 사람도 있습니다. 제 신체발부가 모두 부모님이 주신 것이거늘, 지금 아버지가 엄혹한 형벌을 당하고 계신 터에 자식의 입장에서 제 몸이 욕되고 욕되지 않음을 논할 겨를이 있겠어요?"

오부인은 늘 채경이 얼음과 옥처럼 맑고 눈서리처럼 깨끗한 지조를 가졌다고 여겼다. 그러던 차에 이런 말을 듣고는 깜짝 놀라 눈을 휘둥그레 뜬 채 한참 동안 말이 없다가 이윽고 눈물을 흘리며 탄식했다.

"슬프구나, 슬프구나! 총계정에서 학을 읊던 시가 너의 성안[36]이 되었구나! 내가 네 마음을 어찌 의심하겠니? 하지만 딸을 죽여 남편을 구하고 나면 내가 무슨 마음으로 살겠니? 옛사람이 '황금을 내기로 걸면 지혜가 흐려진다'[37]고 했는데, 지금 나는 황금을 내기로 건

꽃꽃꽃

36. **성안成案** 이미 처리된 안건, 정론定論 등의 뜻으로 쓰는 말인데, 여기서는 '앞날을 예언하는 말'이라는 뜻으로 썼다.
37. **황금을 내기로 걸면 지혜가 흐려진다** 『장자』「달생」達生의 "황금을 내기로 걸고 활을 쏘면 정신이 흐려져 맞히지 못한다"에서 따온 말.

것보다 더한 상황이라 제대로 판단할 수가 없구나. 네가 판단해서 결정하도록 해라."

채경이 선선히 조금도 어려워하는 기색 없이 오낭중을 향해 허락한다는 말을 했다. 오낭중이 매우 기뻐 조문화에게 가서 알리니 조문화가 미칠 듯이 기뻐했다.

이튿날 조문화가 다시 엄숭에게 청탁해서 상주문을 올리자 황제는 사형에 처하려던 진형수의 죄를 감하여 운남雲南(운남성雲南省)으로 유배가게 했다. 진형수가 감옥에서 나오자 오부인과 채경이 붙들고 통곡했다. 진형수가 비분강개해서 긴 한숨을 쉬며 말했다.

"내가 기미를 살펴 서둘러 떠나지 못하고 나약하게 주저하다가 형벌의 치욕을 당하고 말았으니 누구를 원망하겠습니까? 하지만 내 죄는 반드시 사형에 처할 일이되 황상께서 너그러이 용서해 주셨으니, 이 또한 천지의 큰 은혜입니다."

그러자 오부인이 울며 조문화의 말을 전했다. 진형수가 노기충천하여 말했다.

"차라리 내가 동쪽 저잣거리에 뒹구는 시체가 될지언정 어찌 간사한 도적과 인척을 맺어 천고에 치욕스런 이름을 남기겠소! 더구나 우리 아이가 세 살 때 윤랑尹郎(윤여옥)과 정혼하여 이미 11년이 지났거늘, 대장부가 어찌 자식을 팔아 살기를 구한단 말입니까!"

채경이 온화한 얼굴로 아뢰었다.

"사세가 급박하기에 제가 우선 허락했으나, 이미 깨진 시루이니 더 말해 봐야 무익합니다. 또 세상만사가 다 방편이 있는 법이니, 아버지께서는 저 때문에 염려하지 마세요."

채경은 말을 마치고도 태연자약했다. 진형수가 하늘을 우러러 한숨해하다가 묵묵히 생각에 잠겼다.

'딸아이가 젖먹이 시절부터 담략이 남달랐거니와 지금 그 말과 행동을 보니 틀림없이 정절을 온전히 할 기묘한 방책이 있을 거야. 딸아이의 뜻에 따르며 사태의 추이를 지켜봐야겠다.'

진형수가 물었다.

"네 계책이 무엇이냐?"

채경이 이리이리하려 한다고 답하자 진형수가 탄식하며 말했다.

"키가 8척이나 되는 내 한 몸의 생사가 애송이 녀석의 손아귀에 달려 너로 하여금 변복變服하고 사방을 떠돌아다니게 하다니, 내 인생이 참으로 슬프구나! 운남까지 1만 700리나 되는 길을 여자아이 혼자 결코 갈 수 없으니, 회남淮南으로 가서 운아[38]에게 의지하도록 해라."

오부인이 처음에는 채경이 스스로 목숨을 끊어 절의를 밝히려는 줄 알고 슬픔을 감춘 채 묵묵히 비통해했는데 그 고통은 마치 심장을 도려내는 듯했다. 그러다가 채경의 계책을 듣고는 깜짝 놀라 찬탄하고 거듭 채경의 등을 어루만지며 말했다.

"살아서 이별이건 죽어서 이별이건 험난한 산 만 리 길에 눈물이 어찌 흐르지 않으며, 애간장이 어찌 마디마디 끊어지지 않을꼬?"

진형수와 오부인이 길을 떠난 뒤 채경은 침실에 돌아와 누워 밤낮

38. 운아雲兒 곧이어 등장하는, 진형수의 아들 창운昌雲을 말한다.

으로 꼭 놓아 왔다.

이때 조문화의 하인이 끊임없이 와서 혼인을 재촉하자 채경이 유모를 시켜 말을 전하게 했다.

"이제 막 부모와 헤어져 슬픈 마음을 가눌 수 없으니, 수십 일 마음을 다소 진정시킨 뒤에 혼례를 올릴 수 있습니다."

하인이 돌아가 채경의 말을 전했다. 조문화의 아들이 몹시 조급해하자 조문화가 말했다.

"인정이 본래 그런 것이니 그 말을 따라야 한다. 이미 주머니 속에 든 물건인데, 조금 늦춰 준들 어디로 가겠느냐?"

사오 일 뒤 조문화가 여종을 시켜 채경의 집에 가 보게 했다. 채경은 구름 같은 머리카락을 풀어 얼굴을 뒤덮고 이불로 몸을 싼 채 신음하고 있었다. 채경이 희미한 소리로 유모를 불러 말했다.

"내가 너무 슬퍼한 나머지 지독한 감기에 걸려서 바야흐로 마음을 진정하고 잘 요양해 조속히 건강을 회복한 다음 내 아버지를 살려 주신 큰 은혜에 보답하려 하거늘, 지금 바깥사람들이 자주 왕래하니 마음이 편치 않네."

여종이 돌아와 채경의 말을 전하자 조문화가 기뻐하며 말했다.

"참으로 절개 있고 효성스러우며 덕을 아는 사람이구나! 이제 그 뜻을 순순히 따라 주어 괜스레 화를 돋우지 말아야겠다. 앞으로는 매일 문밖에서만 문안하고 함부로 들어가지 말도록 해라."

또 10여 일이 지났다. 채경은 아버지가 탄 수레가 이미 멀리 갔으리라 생각하고, 유모와 몸종 운섬雲蟾과 함께 밤에 가벼운 행장을 꾸린 뒤 모두 남자의 옷으로 갈아입고 나귀 한 필을 몰아 회남을 향해 떠났다.

이튿날 조문화의 하인이 가서 보니, 썰렁하니 빈집에 인적이 없었다. 너무 놀랍고 의아해서 동네 사람에게 물었다.

"저 댁 소저가 어디 갔소?"

동네 사람은 냉담하게 대답했다.

"소저小姐고 대저大姐고 나는 모르겠네."

하인이 하릴없이 돌아와 조문화에게 보고했다. 조문화 부자는 눈을 휘둥그레 뜨고 입이 벙벙해서 마주보며 아무 말도 하지 못했다. 사람을 시켜 급히 오낭중을 부르자 오낭중이 헐레벌떡 달려왔다. 조문화가 발을 동동 구르며 어지러이 꾸짖었다.

"네놈이 감히 우리 부자를 속였으렸다?"

오낭중은 영문도 모른 채 깜짝 놀라 말했다.

"존공!³⁹ 이 무슨 말씀이십니까?"

"진형수의 딸이 달아난 게 네놈의 조화가 아니면 무엇이란 말이냐?"

오낭중은 다급히 하늘을 가리켜 맹세했다.

"소생은 실로 알지 못하는 일입니다. 하오나 최선을 다해 수색하겠으니, 존공께서는 노여움을 그치시기 바랍니다."

조문화의 아들이 혀를 차며 제 아비를 원망했다.

"애당초 혼례를 서둘렀든가 하인을 여럿 보내 그 집을 잘 지켰으

꙼꙼꙼꙼
39. 존공尊公　웃어른을 높여 이르는 말.

면 오늘의 환난은 없었을 겁니다. 아버지가 방비를 너무 허술히 하다가 아녀자에게 속고 말았으니, 이 일이 다른 사람에게 알려져서는 안 됩니다."

조문화 또한 후회하는 마음이 뼈에 사무쳐서 다시 오낭중에게 호통을 쳤다.

"진형수의 딸을 잡아들이지 못하면 네놈은 결코 백발 머리를 보전하지 못할 게다. 어서 가서 찾아라!"

오낭중이 황망히 집으로 돌아가 머리를 긁적이고 가슴을 치며 말했다.

"내가 쓸데없이 진채경 때문에 권세가의 노여움을 사 온갖 욕을 당하니 이 무슨 액운인고? 이 아이가 달리 갈 만한 곳이 없으니, 틀림없이 부모를 좇아 달아났을 거야."

즉시 집에서 부리는 하인 몇 명을 시켜 운남으로 가는 큰길로 뒤쫓게 했다.

한편 이에 앞서 진형수의 아우 진영수陳英秀가 회남 운모산[40]에 은거하고 있었다. 진영수는 품행이 매우 고결해서 진형수가 아들 창운昌雲을 보내 글을 배우게 했다. 진형수는 옥에 잡혀갈 때 집안사람들에게 말했다.

"내가 권세 있는 간신과 거듭 사이가 틀어졌으니 닥쳐올 재앙을

---

40. **운모산雲母山** 인휘성 봉양현鳳陽縣 동남쪽에 있는 산. 호상산濠上山이라고도 한다. 중국 고대의 신선 팽조彭祖가 이 산에서 캔 운모雲母(규산염 광물의 일종)를 복용했다는 전설이 있다. 도교에서는 운모를 장기간 복용하면 몸이 가벼워지며 불사의 신선이 된다고 믿었다.

알 만하다. 창운이 오면 반드시 화가 미칠 테니, 그렇게 되면 부자가 함께 죽어 조상의 제사가 끊어질 것이다. 그러니 내가 죽은 뒤에 창운에게 소식을 전해 산속에서 목숨을 보전하게 하고, 훗날의 복수를 위해 함부로 목숨을 버리지 말라고 해라."

이 때문에 진형수가 옥중에서 두 달을 지냈으나 진창운은 그 사실을 전혀 몰랐다.

그때 채경은 영청현[41]으로부터 이리저리 길을 물어 운모산을 향해 가고 있었다. 산동 땅을 지나게 되자 채경은 윤혁 부부가 사오 년 동안 아껴 준 은혜와 윤여옥이 자나 깨나 사랑해 준 정성이 떠올라 눈물로 옷깃을 적시며 생각했다.

'나는 박명한 여자라서 부모님께 화를 끼쳐 부모 잃은 슬픔을 안고 살며 영원히 천하의 죄인이 될 뻔했다. 다행히도 천지신명이 지극한 원통함을 굽어살피시어 아버지께서 간신히 참화를 면하기는 하셨지만, 만 리 하늘 끝에서 죄를 사면 받고 조정으로 돌아오실 날은 오지 않을 거야. 앞으로는 부모님 슬하에 머물며 나를 보살펴 길러 주신 은혜에 조금이나마 보답하고, 부모님이 세상을 떠나시는 날에 나 또한 목숨을 끊고 함께 지하로 돌아간다면 내 죄를 거의 씻을 수 있을 것이요, 그렇다면 내 소원을 이루는 것이다. 부부의 도리가 아무리 큰 인륜이라 해도 부모에 견주어 보면 오히려 가벼운 법이야. 내 마음은 이미 굳게 정해져 깨뜨릴 수 없으니, 윤랑尹郎(윤여옥)

과의 이승 인연도 이제 끝이구나!'

인정으로는 마땅히 윤숙부尹叔父(윤혁) 내외분과 두 언니를 찾아가 일일이 뵙고 영결해야 옳지만, 숙부 댁에 들어갔다가는 틀림없이 난처한 일이 많이 생길 테니, 아무리 생각해도 정을 끊어 의리를 온전히 하는 것만 못해. 하지만 윤랑은 다정한 사람이라 나 때문에 심력을 허비하다가 아내 얻을 시기를 놓칠 게 틀림없어. 그렇다면 나는 윤랑에게 한갓 장애물일 뿐 아닌가. 내가 박명해서 하는 일마다 이러니, 전생에 대체 무슨 죄를 지었기에 이런 걸까? 이 때문에 몸은 총소리에 놀란 새 같고 마음은 낚시에 걸린 물고기 같아서 움직일 때마다 한숨을 쉬고 멈춰 설 때마다 눈물을 삼키는구나!'

10여 일을 가서 평원역[42]에 도착했다. 객점客店에서 말을 먹이는데, 홀연 젊은 관리가 화려하게 채색한 한 쌍의 가마를 호위하여 벽제[43]하는 자들을 앞세우고 채경의 앞을 지나 곁에 있는 객점으로 들어갔다. 운섬이 여자의 마음을 억누를 수 없어 남장한 자기 행색도 잊고 울타리 틈으로 마음껏 살펴보고 있는데, 두 가마의 주렴이 동시에 걷히더니 두 여자가 사뿐히 걸음을 옮겨 마루에 올랐다. 앞에 있는 여자는 나이 열여섯 정도에 봉관[44]을 쓰고 꽃신을 신었으며 태도에 위엄이 있었다. 뒤에 있는 여자는 아직 열다섯 살이 못 되어 보이는데, 얼굴에 휘황한 광채가 나서 마치 태양이 막 떠오르는 듯했고, 아

🌼🌼🌼

42. **평원역平原驛** 산동성 서북부의 역참 이름. 지금의 산동성 덕주시德州市 평원현平原縣 지역에 있었다.

43. **벽제辟除** 지위가 높은 사람이 행차할 때 수행하는 하인들이 일반 사람들의 통행을 금하던 일.

44. **봉관鳳冠** 봉황 모양의 장식을 단 모자.

리따운 자태와 정숙한 기운 또한 자신의 소저(채경)와 방불했다. 운섬은 그 아름나움을 찬탄해 마지않다가 채경에게 달려가 조용히 고했다.

"쇤네는 늘 천하의 절세미인이 오직 윤소저와 남소저, 그리고 우리 소저뿐이라고 생각했어요. 그런데 방금 옆의 객점으로 들어간 소저를 보니 윤부尹府에 둔다면 마땅히 남소저와 윤소저의 사이에 있겠습니다."

채경이 말했다.

"세상에 어찌 채봉 언니 같은 사람이 또 있겠어?"

운섬이 말했다.

"남소저는 천향天香이 절로 피어나고 온갖 아름다움이 넘쳐흘러 이 세상에 사람이 태어난 이래로 없던 분이니, 감히 견주어 논할 수 없지요. 하지만 윤소저라면 객점의 소저에 앞서 채찍을 잡기 어려울 듯합니다."

채경은 본래 운섬의 사람 보는 눈이 매우 밝은 줄 알고 있었기에 더 의심하지 않고 큰 한숨을 쉬며 생각했다.

'내가 윤부에서 받은 은애가 두텁고, 또 윤랑이 금석처럼 굳은 신의로 보잘것없는 나를 아껴 주었으니, 내가 비록 여자의 몸이지만 어찌 마음에 새기지 않겠나? 이제 내가 운남으로 떠나 종적을 영영 끊으면 윤랑은 양친이 계시고 다른 형제가 없으니 미생의 신의[45]를

❧ ❧ ❧

45. 미생尾生의 신의 미생지신尾生之信. 융통성 없이 기존의 약속을 굳게 지키는 것을 이르는 말. 춘추시대 미생이란 사람이 어떤 여자와 다리 밑에서 만나기로 한 약속을 지키기 위해 홍수가 나

끝끼지 지킬 형편이 아니요, 오래도록 아내의 자리를 비워 둘 수도 없는 노릇이다. 그때 가서 별안간 동서남북으로 혼처를 구하다가 만일 평범한 여자가 외람되이 그 가문에 들어간다면 윤랑의 풍류와 운치가 삭막하게 시들어 삶에 아무런 의욕도 느끼지 못할 거야. 또 절세미인 두 언니의 입장에서 그런 여자와 어깨를 나란히 하고 상종한다면 어찌 욕된 일이 아니겠나? 어떻게 하면 객점의 소저를 윤랑에게 천거할 수 있을까?'

묵묵히 생각을 거듭하는 가운데 하늘을 우러러 탄식하기도 하고 땅을 굽어보고 한숨을 쉬기도 하며 점심 밥상을 앞에 두고도 젓가락을 들지 못했다. 그러다 문득 한 가지 계책이 떠오르자 분연히 일어서며 말했다.

"선비는 본래 자기를 알아주는 사람을 위해 죽는 법이다. 내가 한때의 혐의 때문에 천고의 한을 품어서야 되겠나?"

채경은 즉시 나귀를 타고, 운섬과 함께 왔던 길을 되짚어가서 백련교白蓮橋 위에 이르러 말에서 내려와 앉았다. 이윽고 그 젊은 관리가 두 가마를 호위해 오다가 멀리 석교石橋 위를 바라보니, 빼어나게 아름다운 사람이 오건[46]에 초록 적삼 차림으로 물가에 앉아서 벽옥색 연꽃을 꺾다가 돌아보고 눈길을 보내는 것이었다. 관리는 깜짝 놀랐다.

서 강물이 계속 불어나는데도 자리를 떠나지 않고 다리 기둥을 안은 채 죽었다는 고사에서 유래한다.

46. 오건烏巾 오각건烏角巾. 갈포로 만든 검은색 두건. 양쪽 끝이 뾰족하게 모가 난 모양으로, 벼슬하지 않은 은사隱士들이 흔히 썼다.

'옛날 서시와 모장[47]이 아름다웠다는 말은 들었지만, 남자 중에 이토록 아름다운 사람이 있었다는 말은 들은 적이 없다. 미자하와 안릉군[48]이라 해도 이 사람만 못할 거야!'

관리는 훌쩍 말에서 내려 읍하고 물었다.

"수재는 어디로 가시다가 길가에서 한가로이 쉬십니까?"

채경도 읍하고 말했다.

"저는 회남으로 가는 중인데, 마침 연꽃이 만발한 모습을 보고 사랑스러워 잠시 머물렀습니다."

관리가 먼저 통성명했다.

"저는 저주[49] 사람 백경白璟으로, 자는 성규聖圭입니다. 수재의 존함은 어찌 되시는지요."

"저는 산동 역성歷城 사람 윤여옥으로, 자는 장원입니다. 족하께서는 일찍 벼슬길에 오르신 듯한데, 어떤 벼슬을 하고 계십니까?"

"저는 올봄에 과거 급제해서 한림편수[50] 벼슬을 받았습니다."

---

47. **서시西施와 모장毛嬙** '서시'는 춘추시대 월越나라의 절세미인. 월나라 왕 구천勾踐을 돕기 위한 범려范蠡의 계략에 의해 오吳나라 임금 부차夫差의 총희寵姬가 되었다가 월나라가 오나라를 멸망시킨 후 범려와 함께 동정호에 배를 띄워 강호에 은둔했다는 고사가 전한다. '모장'도 서시와 동시대에 살았던 월나라의 미녀로, 월왕 구천의 총회였다고 한다.

48. **미자하彌子瑕와 안릉군安陵君** '미자하'는 춘추시대 위衛나라 영공靈公의 총애를 받던 신하로, 젊어서는 빼어난 외모로 영공의 사랑을 받다가 늙어서 얼굴이 시들자 내침을 당했다. '안릉군'은 전국시대 초나라 사람으로, 빼어난 외모로 공왕共王의 총애를 받았다.

49. **저주滁州** 지금의 안휘성 저주시滁州市.

50. **한림편수翰林編修** 한림원翰林院 편수編修. 명나라 때 '편수'는 수찬修撰 아래의 정7품 관직으로 수찬과 함께 사관史官의 임무를 맡았다. 한림원은 학술과 문학을 관장하여 황제의 자문에 응하고 황제의 주요 문서를 작성하는 일을 맡은 관서이다.

백경이 곧이어 채경에게 물었다.

"역성에 사신다면 혹 윤이부[51]의 친척이 아니신지요?"

"제 엄친이십니다."

백경은 채경의 용모에 반한 데다 그가 윤혁의 아들이라는 말을 듣고는 완전히 마음이 쏠려 마침내 문장과 산수에 대해 대화를 나누었다. 채경이 아름다운 음성으로 강물이 터진 듯 도도한 언변을 펼치자 백경은 감동한 얼굴로 탄복하며 저도 모르는 사이에 공경하는 마음이 들어 두 무릎을 꿇고 말했다.

"옛날 정본과 공자가 각기 수레를 타고 가다가 길에서 마주쳐 수레 덮개를 기울이고 대화를 나누었다는 고사가 있지요.[52] 저는 자화자子華子(정본의 호)에 못 미쳐 부끄럽습니다만 장원이야 어찌 옛사람과 비교해 손색이 있겠습니까?"

채경이 두 손을 모으고 겸양하자 백경은 애모하는 마음이 더욱 깊어져 물었다.

"장원은 나이가 지금 몇이며, 혼인은 하셨는지요? 혹시 정혼만 하고 아직 혼례는 올리지 않으셨습니까?"

"제 나이 이제 열셋입니다. 진제독(진형수)의 딸과 정혼했으나, 그댁이 재앙을 당해 만 리 밖으로 귀양 가면서 소식이 끊어져 바야흐

---

51. 윤이부尹吏部 이부시랑 윤혁을 말한다.

52. 옛날 정본程本과 ~ 고사가 있지요 공자孔子가 길에서 우연히 처음 만난 진晉나라의 학자 정본과 서로 수레 덮개를 기울이고 온종일 대화를 나누었다는 고사를 가리킨다. 『공자가어』孔子家語 「치사」致思에 나온다. '경개여고'傾蓋如故(한 번 보고도 서로 마음이 맞아 오래전부터 사귀었던 친구처럼 친하다)는 이 고사에서 유래하는 말이다.

로 혼처를 다시 구하고 있습니다."

백경이 얼굴에 기쁨을 띠고 말했다.

"제가 간청할 일이 있는데, 외람히 여기지 않아 주셨으면 합니다."

"훌륭한 말씀을 제가 어찌 감히 받들지 않겠습니까?"

"제게 누이동생이 하나 있어 지금 서울로 데려가는 길인데, 나이가 장원과 걸맞습니다. 품성과 자태가 아름다워 군자의 배필이 되기에 족하니, 장원이 서울에 두루 다니며 널리 숙녀를 구한다 해도 제 누이보다 나은 사람은 쉽게 찾기 어려울 듯합니다. 우리 가문이 한미하다고 해서 물리치지 말아 주시기 바랍니다."

"집에 부모님이 계시니 혼인과 같은 큰일을 제가 마음대로 정할 수 없습니다. 족하께서 황성에 도착하신 뒤에 저희 가친께 혼인 의사를 전하시면 가부간에 응답이 있을 겁니다."

"장원의 말이 옳습니다. 하지만 일을 주장하는 것은 부모님께 달렸으나 받아들이고 말고는 장원에게 달렸으니, 장원은 부디 오늘 저의 지극한 마음을 저버리지 마시기 바랍니다."

"알겠습니다."

백경은 매우 기뻐서 다시 채경과 다정하게 고상한 대화를 이어 가며 헤어지기 싫어했다. 채경이 일어서며 읍하고 작별 인사를 했다.

"날이 저물려 하고 다음 객점이 다소 멀리 있으니 늦게까지 모시지 못하겠습니다. 훗날 황성에서 다시 뵙고 인사드리겠습니다."

백경이 서글피 작별하고 각자 갈 길을 갔다.

군자는 숙녀를 맞이하고
요망한 첩은 흉악한 식객과 결탁하다

채경이 회남에 도착해서 진영수와 창운을 만나 진형수가 입은 참화를 이야기하자 모두 통곡했다. 진영수가 말했다.

"운남은 너희 남매가 가기에 너무 먼 곳이다. 나 혼자 갈 테니 너희들은 여기 머물러 있어라."

창운과 채경은 울며 따라가기를 원했다. 채경이 말했다.

"아버지도 길을 떠나시면서 숙부님과 같은 분부를 하셨어요. 하지만 지금 아버지가 입은 재앙은 모두 제 잘못이니, 저는 부모님 슬하에서 생을 마쳐 가슴속 지극한 아픔을 조금이나마 펴고 싶습니다."

진영수는 어쩔 수 없이 채경 남매와 함께 길을 떠났다.

이때 윤부尹府에서는 오부인이 떠난 뒤로 윤혁 부부가 밤낮으로 근심스레 탄식하고 있었다. 그러다가 채경이 조문화 집에 혼인을 허락해서 진형수가 죽음을 면했다는 소식을 듣기에 이르자 윤혁은 탄식하며 말이 없었고, 윤부의 모든 사람들은 경악을 금치 못하며 채경의 신의 없음을 한탄했다. 그러나 옥화와 채봉 두 사람만은 눈물을 흘리고 한숨 쉬며 말했다.

"채경은 참으로 효녀구나! 반드시 죽고 말 테니, 이 일을 어찌할꼬!"

채봉이 한참 동안 생각에 잠겨 있다가 말했나.

"채경은 지략이 대단하고 복스러운 기운이 얼굴에 가득하니 결코 요절할 사람이 아니지. 반드시 기묘한 일이 있을 거야."

채봉은 급히 황성에 아이종을 보내 채경의 소식을 탐문하도록 윤혁에게 청했다. 아이종이 달포(한 달 조금 넘는 기간) 만에 돌아와 보고했다.

"진부陳府가 텅 비었기에 이웃 사람에게 물으니 웃으며 이렇게 말했습니다.

'저 댁 소저가 하늘로 올라갔을까, 땅속으로 들어갔을까? 찾는 사람이 많기도 하지만 감감무소식일세.'"

조부인 이하 모든 사람들이 서로 돌아보며 해괴하게 여겼으나 영문을 알 수 없었다.

수십 일 뒤에 갑자기 하인 하나가 나타나 회남 진처사陳處士(진영수) 댁에서 왔다며 채경의 편지를 두 소저에게 바쳤다. 옥화가 황급히 편지를 뜯어보았다.

아우 진채경이 울며 머리를 조아리고 두 언니께 편지를 올려 이별을 고합니다.

아아! 여자의 출생이란 본래 부모가 다행히 여기는 일이 아니거니와, 하물며 저처럼 재앙을 불러오는 자야 더 말할 나위가 있겠습니까? 제가 창자를 도려내고 피를 흘린들 아버지의 상처를 낫게 할 수 없으니, 아아! 죄인인 저는 인간 세상에서 사라져 마땅합니다. 지금 오직 하늘에 맹세할 수 있는 것은 살아서도 부모님을 따르고 죽어서도 부모님을 따르겠다는 것뿐이나, 그렇다 한들 지극히 깊은 원통함이 어찌 사라지겠습니까? 아아! 응향각凝香閣(윤옥화의 침실)에서 매화를 꽂고 놀던 일, 농취정籠翠亭(남채봉의 침실)에서 잣나무를 두고 시를 읊조리던 일이 마치 전생의 일인 듯 아득합니다. 한번 하늘 끝에 떨어지고 나니 바람에 놀라 흔들리는 쑥대와 나뭇잎처럼 쓸쓸히 울고 있습니다. 슬프고도 슬픕니다! 숙부님과 숙모님께서 친자식처럼 어루만져 주신 은혜와 언니들이 한 이불을 덮고 베풀어 준 우애는 다음 생에서 보답하기를 기약할 따름입니다. 애간장이 끊어지고 기운이 막혀 그 밖의 일은 다 말씀드리지 못합니다.

별지別紙에 또 이런 내용이 적혀 있었다.

제가 평원平原 객점에서 한림편수 백경의 누이동생을 만났어요. 여종 운섬이 그 소저의 용모를 보고는 진실로 지금 세상에 드문 규수라고 제게 말하더군요. 언니들은 유념해서 잊지 말아 주세요.

두 소저는 두 줄기 눈물이 얼굴을 뒤덮어 편지를 차마 읽을 수 없었다. 그러다가 별지를 읽고는 생각에 잠긴 채 마주보다가 깨닫는 바가 있어 감탄했다.

"아하! 이 사람의 덕이 이처럼 훌륭하니, 끝내 천복天福을 누리지 못할 리가 있겠나!"

윤부의 보는 사람들이 그제야 채경의 처사를 슬퍼하고, 재봉의 선견지명에 감탄했다. 그 뒤로 윤여옥은 비록 부모 앞에서 억지로 온화한 얼굴빛을 지었으나, 세상 모든 일이 마음을 울려 두 소매가 늘젖어 있었다. 두 소저도 이를 근심했다.

하루는 두 소저가 조부인을 모시고 정당에 있는데, 여옥이 웃음을 띠고 들어오며 말했다.

"한림 백경이라는 사람이 제게 편지를 보냈는데, 이런 글이 적혀 있습니다.

> 백련교에서 헤어진 뒤로 어느 날 어느 밤엔들 감히 장원(여옥의 자)을 잊을 수 있었겠습니까?

이 사람이 또 아버지께 간절한 글을 올려 혼인을 청하며 저를 대현군자大賢君子라고 한껏 칭찬하니, 이건 더 우스운 일입니다. 제 나이 열셋에 백련교가 어디 있는지도 모르거니와, 백경이 어떤 사람인지는 더더욱 모르겠습니다."

조부인이 의아해하며 말했다.

"그렇다면 편지가 잘못 온 거겠지."

두 소저는 채경이 벌인 일이라는 것을 이미 알고 있었기에 마주보고 웃었다. 윤혁이 들어오자 조부인이 맞이해 물었다.

"백한림이 혼인을 청하는 편지를 보냈다고 여옥이 말하던데, 백한림이라는 사람이 누군가요?"

윤혁이 말했다.

"돌아산 내학사[1] 백방헌白邦獻의 아늘 백경입니다."

"분명히 상공께 보낸 편지가 맞습니까?"

"분명히 내게 보낸 편지입니다. 내가 그 부친과 친하게 지냈는데, 편지 첫머리에 그 부친과 나의 오랜 우의를 말하고, 겉봉에 '제남부濟南府 진임 이부시랑 윤내인尹大人 좌전座前'이라 썼으니, 어찌 분명치 않겠습니까?"

"그렇다면 그 사람이 여옥에게 보낸 편지에는 왜 그런 허무맹랑한 말이 있을까요?"

"그게 참 괴이한 일입니다."

윤혁이 잠시 생각에 잠겨 있다가 여옥으로 하여금 여지도輿地圖를 꺼내 와 책상 위에 펼치게 하더니 손뼉을 치고 웃으며 말했다.

"백련교는 평원역에서 2리쯤 떨어진 곳에 있습니다. 이곳은 서울에서 회남으로 가는 길이지요. 틀림없이 채경이가 여기서 백경을 만났을 겁니다. 백경이 채경이의 용모에 반해 길에서 말을 주고받으며 통성명할 때 채경이가 창졸간에 여옥의 이름을 빌려 말했겠지요. 그게 아니라면 그 사이에 필시 여러 곡절이 있었을 텐데, 그건 추측할 수 없군요. 아아! 채경이가 만 리 밖에 있으니 만나서 물어볼 수도 없고."

꽃꽃꽃꽃

1. **대학사大學士**　내각대학사內閣大學士. 명나라 때 황제를 보좌하여 국가의 주요 정책을 결정하던 최고 관직. 북경 자금성의 화개전華盖殿(중극전中極殿), 근신전謹身殿(건극전建極殿), 문화전文華殿, 무영전武英殿, 문연각文淵閣, 동각東閣에 각각 대학사를 두었다.

그러자 옥화가 윤혁에게 말했다.

"접때 채경이가 보낸 편지에 몇 줄 글귀를 적은 별지가 있었습니다. 거기에 이리이리 적혀 있기에 그때 저희들끼리는 '확실히 서서가 와룡을 천거한 뜻²이로구나!'라고 말했어요."

윤혁이 불현듯 깨닫고 감탄하며 말했다.

"너희들은 정말 채경이의 지음知音이라 할 만하구나!"

그러고는 옥화에게 채경이 보낸 편지와 별지를 가져오게 했다. 윤혁이 편지를 다 읽고 눈물을 흘리며 말했다.

"어질기도 해라, 채경이는 우리 가문과 영영 인연을 끊으려는 것이로구나! 그러나 하늘의 이치는 반드시 그렇지 않을 게야."

조부인이 윤혁에게 물었다.

"채경이가 과연 편지에 쓴 대로 끝내 마음을 돌리려 하지 않으면 상공께선 장차 여옥을 어떻게 하시렵니까?"

윤혁이 탄식하며 말했다.

"황하가 바늘처럼 가늘어지고 태산이 티끌처럼 작아진다 한들³ 여옥이 차마 채경이를 저버리고 다른 사람을 아내로 맞겠습니까?"

여옥이 그 말을 듣고는 매우 기쁘고 다행스럽게 여겼다.

꽃꽃꽃꽃
2. **서서徐庶가 와룡臥龍을 천거한 뜻**　'서서'는 후한後漢 말 유비劉備 막하에서 활약하던 책사로, 자는 원직元直이다. '와룡'은 제갈공명의 별호別號다. 유비의 세력이 커지는 것을 꺼린 조조曹操가 서서를 자기 진영으로 끌어들이고자 서서의 모친을 억류하자, 서서는 모친의 안위를 걱정해 어쩔 수 없이 유비 막하를 떠나면서 유비를 보좌할 인물로 제갈공명을 천거했다.
3. **황하黃河가 바늘처럼~작아진다 한들**　절대로 있을 수 없는 일을 비유하는 말. '태산'泰山은 산동성 중부에 있는 산. 오악五嶽(중국의 5대 명산) 중에서도 으뜸으로 꼽힌다.

윤혁이 외당外堂으로 나가서 백경의 하인에게 답서를 주어 보냈는데, 여옥은 답서를 쓰지 않았다. 그 뒤로 윤혁은 더욱 채경의 사정을 가련히 여겨 긴 한숨을 쉬며 슬퍼했다.

어느 날 황성에 사는 친구로부터 화욱이 별세했다는 소식이 이르렀다. 윤혁은 침문[4] 밖에 신위神位를 배설하고 통곡했다. 두 소저는 화려한 옷과 장식을 벗었다.

3년 뒤 6월에 성준과 화진이 윤혁의 집에 왔다. 윤혁은 매우 반가이 맞아 마을 북쪽에 있는 별장의 작은 집에 머물게 했다. 윤혁이 화진의 손을 잡고 눈물을 줄줄 흘리며 말했다.

"선공[5]께서 비록 몸은 강호에 두었으나 마음은 묘당廟堂(조정)에 있었으니, 이야말로 '천하의 근심을 먼저 근심하고 천하의 즐거움을 나중에 즐긴다'는 것이네.[6] 하늘이 원로 한 사람도 남겨 두지 않으시니[7] 백성들이 장차 누구를 우러르겠나!"

화진은 목메어 눈물을 흘렸다. 윤혁이 또 말했다.

"사위가 예전의 말을 잊지 않고 고생스레 천 리 길을 와서 약속을 지키니 감격을 이기지 못하겠네."

윤혁은 성준과 몇 마디 안부 인사를 나누고 화진과 종일토록 정답게 지내다가 돌아갔다.

---

4. **침문**寢門 내실內室(안방)의 문.
5. **선공**先公 돌아가신 아버지를 이르는 말. 여기서는 화진의 아버지 화욱을 말한다.
6. **비록 몸은~즐긴다는 것이네** 송나라 범중엄范仲淹의 「악양루기」岳陽樓記에서 따온 말.
7. **하늘이 원로~두지 않으시니** 원로대신이 세상을 뜬 것을 애도하는 말로, 『시경』 소아 「시월지교」 十月之交의 "원로 한 사람이라도 남겨 두어/우리 임금을 지키게 하지 않고"에서 따온 구절이다.

윤여옥이 화진을 찾아와 만나니, 한 사람은 상서로운 세상의 단봉[8] 같고, 한 사람은 청신한 바람 앞의 옥수[9] 같았다. 한마디 말로 시로의 마음을 환히 비추고 마주 보매 거스름이 없어, 지초芝草와 난초처럼 향기로운 두 사람이 아교와 옻처럼 친밀해졌다. 덕행으로 말하면 염우와 중궁[10]처럼 우열을 가릴 수 없고, 문장으로 논하면 초당과 청련[11]처럼 각각 장단점이 있었다. 이로부터 화진은 여옥이 없으면 밥상을 앞에 두고도 젓가락 들기를 잊었고, 여옥은 화진이 없으면 앉는 자리에 방석 놓기를 잊었다. 두 사람은 어디를 가든 항상 손을 잡고 다니고, 방에 누울 때는 반드시 침대를 나란히 두었다. 성준 또한 여옥을 매우 아껴 이렇게 말했다.

"장원은 장자방[12]의 곱상한 얼굴에 사동산[13]의 풍류를 겸했네."

윤혁은 길일을 택하여 7월 초순에 부중[14]에서 혼례를 거행했다. 화진이 옥대玉帶를 띠고 오사모[15]를 쓰고 봉황 무늬가 놓인 붉은 비단

꽃꽃꽃꽃

8. **단봉丹鳳** 난새. 전설 속의 새인 봉황의 일종으로, 머리와 날개가 붉은색이라고 한다.
9. **청신한 바람 앞의 옥수玉樹** 두보의 시 「음중팔선가」飲中八仙歌 중 "바람 앞에 선 옥수처럼 맑네"(皎如玉樹臨風前) 구절에서 따온 말. '옥수'는 빼어나게 고결한 풍채를 가진 사람을 비유하는 말.
10. **염우冉牛와 중궁仲弓** 공자 제자 중 덕행으로 이름 높은 염백우冉伯牛와 염옹冉雍을 말한다. '중궁'은 염옹의 자이다.
11. **초당草堂과 청련青蓮** 당나라의 시인 두보와 이백李白의 호.
12. **장자방張子房** 뛰어난 지략으로 한나라 고조高祖를 도와 패업을 이루게 한 재상 장량張良을 말한다. '자방'은 그 자이다. 여자처럼 곱상한 외모를 지녔다고 한다.
13. **사동산謝東山** 동진東晉의 재상 사안謝安을 말한다. '동산'은 그 호이다. 제1회의 주59 참조.
14. **부중府中** 문벌 귀족의 집안. 여기서는 윤부尹府 안.
15. **오사모烏紗帽** 사모紗帽. 문무백관이 관복을 입을 때 갖추어 쓰던 검은 모자. 검은 깁으로 만들며, 뒤에 뿔이 좌우로 달렸다.

도포를 입고 수놓은 안장을 채운 설화마[16]에 걸터앉자 생황 소리, 퉁소 소리, 북소리가 요란하게 울려 퍼졌다. 이날 산동 사람들이 노로를 가득 메우고 "하늘의 신선이 하강하셨다!"라고 환호했다.

행차가 윤부 앞에 이르자 여옥이 화진을 앞에서 인도하고 성준이 그 뒤를 따랐다. 비췻빛 장막은 하늘에 닿을 듯했고, 붉은 병풍은 땅의 경계를 갈랐다. 제남 포정사[17]와 여러 고을의 대수太守(군수郡守 혹은 지부知府), 고을의 이름난 사대부들이 높은 관을 쓰고 넓은 띠를 두른 채 숲속의 나무처럼, 하늘의 별처럼 늘어섰다. 수백 명의 단장한 미인들이 쌍쌍이 앞에서 인도해 정당 강운루絳雲樓에 올랐다.

옥화와 채봉은 칠보[18]로 꾸민 봉관鳳冠을 쓰고, 머리에는 여섯 군데 옥을 선명하게 장식했으며,[19] 노을빛 붉은 비단에 화려한 자수가 놓인 저고리를 입고, 금실로 수놓은 자주색 치마를 끌었다. 손에 쥔 진주부채는 움직이는 달 같고, 몸에 찬 패옥에서는 난새 울음처럼 맑은 소리가 울렸다. 우아하게 절하고 일어서는 자태며 고개를 살짝 쳐들고 숙이는 얼굴은 마치 솟아오르는 태양처럼 찬란하고, 하늘거리는 옥련玉蓮(하얀 연꽃)처럼 아리따웠다. 화진이 살짝 추파를 드는데 기쁜 빛이 은은했고, 윤혁 부부의 기쁘고 사랑하는 정은 깊고 깊어

---

16. **설화마雪花馬** 중국 서북쪽 옛 서하西夏(11세기 티베트 계통의 탕구트인이 지금의 내몽골·감숙성 지역에 세운 나라) 지역에서 나는, 눈처럼 하얀 말.
17. **포정사布政使** 승선포정사承宣布政使. 명나라 각 성省의 지방 행정을 총괄하는 기관인 승선포정사사承宣布政使司의 최고 행정장관行政長官.
18. **칠보七寶** 불교에서 이르는 일곱 가지 보배. 불경에 따라 다른데, 대략 금, 은, 유리, 수정, 산호, 호박, 진주를 꼽는다.
19. **머리에는 여섯~선명하게 장식했으며** 『시경』용풍鄘風「백년해로」百年偕老에서 따온 말.

하해도 얄아 보였다.

그날 밤은 화신이 옥화의 침실 응향각에 들고, 이튿날은 채봉의 침실 농취정에 들었다. 한 군자와 두 숙녀가 누린 금슬종고의 즐거움²⁰은 「관저」²¹ 이래로 없던 것이었다.

성준이 웃으며 화진을 놀렸다.

"형옥荊玉(화진의 자)! 신방에 화촉을 켜고 호탕한 흥취가 드높을 텐데, 지금도 죽우당의 추운 이불이 생각나나?"

화진이 웃으며 말했다.

"추운 이불이든 따뜻한 이불이든 모두 때가 있는 법이니, 분수에 따라 편안히 여길 따름입니다. 도시락 밥에 베 이불을 덮고 팔베개하고 누워도²² 저는 편안하고, 황금으로 장식한 방에서 진귀한 음식을 먹으며 시첩侍妾 수백 명을 거느려도 저는 역시 편안히 여길 겁니다. 그러니 이쪽이든 저쪽이든 제가 무슨 기뻐하고 슬퍼할 것이 있겠습니까?"

여옥이 감탄하며 말했다.

"화형花兄(화진)은 참으로 천도를 즐기고 운명을 아는²³ 사람이라 할 만합니다!"

---

20. **금슬종고琴瑟鐘鼓의 즐거움** 거문고와 비파, 종과 북이 조화롭게 어우러진 연주처럼 잘 어울리는 부부 사이의 두터운 정과 사랑. 『시경』 주남周南 「관저」關雎의 "요조숙녀를/거문고와 비파로 벗삼네/……요조숙녀를 종과 북으로 즐겁게 하네"에서 따온 말.

21. **「관저」關雎** 『시경』 국풍國風 주남의 편명. 군자와 숙녀의 아름다운 만남을 읊은 노래이다.

22. **도시락 밥에~팔베개하고 누워도** 『논어』 「옹야」雍也와 「술이」述而에서 따온 말.

23. **천도天道를 즐기고 운명을 아는** 『주역』 「계사 상」繫辭上에 나오는 말.

여옥이 또 화진에게 말했다.

"저는 공부하는 힘이 아직 확고하지 못해서 마음속에 한 가시 집착하는 것이 있습니다. 단단히 묶여 풀리지 않고 그만두려 해도 잊을 수 없으니, 어찌하면 이 병을 고칠 수 있을까요?"

화진이 말했다.

"장원의 재주로 『맹자』 '호연장'을 읽어서 의리를 축적하고 화기和氣를 길러 호연지기가 굶주리지 않게 한다면[24] 그런 찌꺼기는 자연히 소멸될 겁니다."

여옥이 불현듯 크게 깨닫고 마침내 채경을 향한 정을 잊었다. 여옥의 안색이 활짝 펴 봄날의 화기가 가득하자 옥화와 채봉은 이상한 일이라 생각했다.

10어 일 뒤 화진이 두 아내를 데리고 집으로 돌아가려 하니, 딸을 보내는 윤혁 부부의 애틋한 정과 부모를 떠나는 두 소저의 한스러움에 하늘과 땅도 시들어 가는 듯했다. 그러나 화려한 수레는 떠날 채비를 마치고 귀한 말들은 자주 울며, 하인들은 길 떠나기를 재촉하고 여종들은 출발이 늦어진다고 알렸다. 옥화와 채봉이 천 가닥 눈물을 흘리며 일어나 부모에게 작별을 고하자 윤혁이 위로했다.

"『시경』에도 '여자가 시집가서는 부모 형제를 멀리하는 것'[25]이라

---

24. 『맹자』孟子 '호연장'浩然章을~않게 한다면　'호연장'은 『맹자』 「공손추 상」公孫丑上에서 '호연지기'浩然之氣를 논한 대목을 가리킨다. 맹자는 의리를 축적함으로써 호연지기가 생겨나며, 자신의 행동에 대하여 마음에 만족스럽지 못한 점이 있으면 호연지기가 굶주리게 된다고 했다.

25. 여자가 시집가서는~멀리하는 것　『시경』 패풍邶風 「천수」泉水에 나오는 말. 「천수」는 시집간 여인이 친정으로 돌아가고 싶은 심정을 노래한 시이다.

고 이르지 않았더냐? 너희들은 하는 일마다 마음을 다할 것이요, 부모 생각으로 마음을 상해서는 안 된다. 우리 부부가 아직 많이 늙지 않았고 너희 낭군이 조만간 귀한 자리에 오를 테니, 훗날 서울에서 단란하게 모여 살 수 있을 게다."

조부인이 눈물을 뿌리며 화진에게 말했다.

"내가 잘 가르치지 못해서 두 아이가 배운 게 없네. 사위는 덕을 드리워 너그러이 보아 주시게."

화진은 장인 장모의 간절한 정성을 보고는 두 소저의 앞날이 걱정되어 비록 두 손을 모으고 예예 대답하기는 했으나 마음속으로 크게 탄식했다. 여옥이 이들을 전송해 며칠 동안 동행했는데, 여옥과 화진이 마주보고 섭섭해하며 차마 헤어지지 못하니, 옥화와 채봉의 마음이야 더 말할 나위가 있겠는가!

이때 화부의 성부인은 화진이 돌아올 날만 손꼽아 기다리고 있었는데, 어느 날 하인이 들어와 아뢰었다.

"작은 공자小子 행차를 앞에서 인도하는 소리가 들립니다!"

성부인이 매우 기뻐 즉시 늙은 여종 양운陽雲더러 아이종 서른 명과 여종 열 쌍을 거느리고 100리 밖에서 신부의 수레를 맞이하게 했다. 임소저는 몸소 여종들을 거느려 신방을 청소하고 병풍과 침대며 휘장과 자리를 배설했다. 빙선도 유부柳府에서 와서 지난날을 회상하고 지금 일을 생각하니 슬픔과 기쁨을 이루 형용할 수 없었다.

화진과 두 신부가 부중에 도착해서 먼저 사당祠堂에 예를 올렸다. 성준이 무릎 꿇고 조상께 축문祝文을 고하자 화진이 땅에 엎드려 오열하며 일어서지 못했다. 성부인 이하 모든 사람이 울음소리를 삼키며 얼굴을 가리고 눈물을 흘렸으나, 이른바 '큰 공자'라는 자만 유독 용모와 태도를 꾸미고 반점 슬픈 기색이 없이 윤부에서 따라온 여종들 모두가 괴이하게 여겼다.

예를 마치고 옥화와 채봉이 중당에서 시어머니에게 인사를 올렸다. 심씨가 소매가 넓은 담청색 저고리를 세차게 떨치고 나와 성부인 곁에 나란히 앉아 두 신부를 보니, 그 천 가지 고움과 만 가지 아리따움이 평생 처음 보는 것이었다. 심씨는 승냥이와 올빼미의 흉악하고 잔혹한 마음이 불쑥 솟아올라 눈을 모로 뜨고 노려보며 말씨와 안색을 수시로 바꿨다.

성부인이 두 신부의 손을 끌어 잡고 한숨을 쉬며 말했다.

"애석하구나! 너희들의 정숙하고 우아한 자태를 내 아우와 정부인鄭夫人이 보지 못하다니!"

그날 밤 빙선이 옥화를 인도해 비춘당秘春堂으로 데려가니, 이곳이 옥화의 신방이었다. 요소저姚小姐(성준의 아내)는 채봉을 인도해 봉귀정鳳歸亭으로 데려가니, 이곳은 채봉의 신방이었다. 아아! 빙선과 화진은 정부인 품에서 함께 자라 어머니를 잃은 아픔이 마음속에 굽이굽이 맺힌 데다 심씨의 손에 함께 곤욕을 당했으니, 서로 아끼고 가련히 여기는 정이 자연히 다른 집 남매 이상으로 각별했다. 그리하여 설령 옥화와 채봉의 용모가 특출하지 못하고 재주가 평범하다 한들 빙선이 이들을 애지중지할 것은 당연한 일이거늘, 하물며 그 덕과 용모가 연못에 비친 그림자 같고 그윽한 난초 향기 같으며[26] 옥처럼 따뜻하고 진주처럼 밝으니 더 말해 무엇 하겠는가! 빙선은 옥화와 채봉을 만난 뒤로 낭랑한 소리로 웃으며 비춘당과 봉귀정에 오랫동안 머물렀고, 임소저와 요소저 역시 왕래하며 예禮를 논하여 아름다운 발걸음이 끊이지 않았다. 이때부터 화부에는 별천지의 봄바람이 가득했다.

이듬해 2월에 황제가 과거 시험을 베풀어 선비를 얻으려 하자 성부인이 화진과 성준에게 말했다.

"너희들의 문장과 학문이 집안의 명성을 떨어뜨리지 않을 만하거늘, 왜 궁벽한 시골에서 헛되이 시간을 보내느냐? 듣자니 유랑柳郞(빙선의 남편 유성양)이 지금 과거를 보러 간다던데, 너희도 반드시 가서 과거를 보도록 해라."

두 사람이 분부를 받고 물러나 행장을 차려 길을 나섰다. 성준이 화진을 가리켜 웃으며 유성양에게 말했다.

"천리마²⁷가 바람을 향해 길게 울부짖으며 천하무쌍 서극²⁸의 뜻을 품었으니, 1만 마리 말이 아무리 날뛰어 본들 어찌 구름을 밟는 명마名馬의 발을 따를 수 있겠나?"

유성양이 웃으며 말했다.

"형은 왜 그리 겁이 많습니까? 목천자²⁹ 때 여덟 준마駿馬가 나란

---

26. **연못에 비친~향기 같으며** 남조南朝 송나라의 문인 안연지顔延之의 시 「곡수연曲水宴에서 임금의 명을 받들어 짓다」(應詔讌曲水作詩)에서 따온 말.
27. **천리마** 화진을 비유한 말.
28. **서극西極** 한나라 때 서역西域의 오손국烏孫國 지역에서 나던 명마名馬. 오손국은 천산산맥天山山脈 북쪽, 카자흐스탄 동부의 발하슈 호수 동쪽에 있었다.
29. **목천자穆天子** 주나라 제5대 임금인 목왕穆王을 말한다. 여덟 마리의 준마를 타고 천하를 주유周遊했으며, 요지瑤池에서 서왕모西王母와 만나 노닐었다는 고사가 전한다.

134

히 세상에 나왔고, 개원[30] 연간에 옥화총과 조야백[31]이 있었습니다. 지금 항께의 마굿간에 있는 천 마리 말 중에서도 옥린비와 백옥순[32] 등 일곱 마리 명마가 환벽전에서 그림자를 일렁여 춤추고 가락관에서 격구 놀이를 하며[33] 서로 반걸음도 양보하지 않습니다. 동작대에서 전포를 입을 자가 어찌 조휴曹休 한 사람뿐이겠습니까?[34] 형은 제가 날듯이 말을 치달려 형옥보다 먼저 깃발을 뽑는 모습을 지켜보기나 하세요."

성준이 웃으며 말했다.

"자득子得(유성양의 자)! 자네는 왜 그리 겸양할 줄을 모르나? 예로부터 용문[35]에는 두 장원壯元이 없는 법이야."

---

30. **개원開元** 당나라 현종玄宗의 연호. 713~741년.
31. **옥화총玉花驄과 조야백照夜白** 당나라 현종이 타던 명마 이름.
32. **옥린비玉麟飛와 백옥순白玉馴** 명나라 세종 때의 명마 이름.
33. **환벽전環碧殿에서 그림자를~놀이를 하며** '환벽전'과 '가락관'嘉樂觀은 북경 자금성 동문 밖의 동원東苑에 있던 전각 이름이다. 명나라 세종이 1553년 환벽전과 가락관에서 신하들과 함께 옥린비를 비롯한 일곱 마리 명마의 마술馬術을 관람하고 잔치를 벌여 즐겼다는 고사가 전한다. '격구'擊毬는 두 패로 나누어 각각 말을 타고 내달아 채로 공을 쳐서 구문毬門에 넣는 경기로, 오늘날의 폴로와 비슷하다.
34. **동작대銅雀臺에서 전포戰袍를~한 사람뿐이겠습니까** 유성양 자신의 재주도 화진 못지않다는 뜻. '동작대'는 후한 말 조조가 업성鄴城(지금의 하북성 한단시邯鄲市 임장현臨漳縣)에 지은 누대로, 지붕 위에 구리로 만든 거대한 봉황을 장식했다. '조휴'는 조조의 친척 조카이자 휘하 무장으로, 자는 문열文烈이다. 조조가 동작대의 완공을 기념해 휘하 장수들과 잔치를 벌이면서 버드나무 위에 붉은 비단 전포戰袍(전투복)를 걸고 그 아래에 과녁을 놓은 뒤 100보 밖에서 활을 쏘아 과녁의 중심을 맞히는 자에게 전포를 상으로 내리겠다고 했는데, 조휴가 가장 먼저 쏘아 맞혔으나 조홍曹洪, 하후연夏侯淵, 장합張郃, 서황徐晃 등의 무장이 잇달아 맞추자 조조가 모든 무장에게 전포를 주었다는 이야기가 『삼국지연의』三國志演義 제56회에 나온다.
35. **용문龍門** 과거 시험을 비유하는 말. 본래 산서성 황하 상류의 지명으로, 그 아래의 물살이 매우 빨라 물고기가 거슬러 올라갈 수 없기에 물고기가 이 물살을 거슬러 용문에 오르면 용으로 변한다는 전설이 생겨났다.

이에 두 사람 모두 껄껄 웃으며 갔다.

궁궐에 들어가 내책문[36]을 쓰는데, 황제가 궁진 밖에 나와 친히 시험을 주관했다. 세 사람이 동시에 시권試券(시험 답안)을 바치고 좌순문[37] 월랑[38] 아래로 물러나 기다렸다. 이윽고 오색구름이 뭉실뭉실 피어 있는 문화전[39]에서 한림翰林이 소리 높여 크게 외쳤다.

"장원 절강 사람 화진, 16세!"

화진이 그 말을 듣고 미동도 없이 태연하니 성준이 웃으며 유성양에게 말했다.

"자네가 과연 깃발을 먼저 뽑았나?"

유성양이 껄껄 웃었다.

이날 급제자 330인을 뽑았는데, 성준과 유성양도 높은 등위로 합격했다. 궁전 뜰에 불을 환히 밝히고 급제자 명단을 적은 방榜을 건 다음, 급제자들에게 화려한 비단으로 지은 도포와 비단으로 만든 꽃을 내리고, 장원에게는 일산日傘과 말과 어악御樂(황제의 음악)을 더하여 내렸다. 황제가 장원 화진을 궁전 위로 불러 보고 매우 기뻐하며 신하들에게 말했다.

"짐朕이 여양후(화욱)를 잃은 뒤로 늘 마음이 아프고 애석했거늘,

꒷꒷꒷

36. **대책문對策文** 정사政事나 경전의 의미 등을 묻는 문제에 대하여 논리적인 방책이나 해석을 제시하는 글.
37. **좌순문左順門** 자금성 태화문太和門 광장의 동쪽 정중앙에 있는 문. 자금성의 동문인 동화문東華門이 바라보인다.
38. **월랑月廊** 집의 좌우 끝에 줄지어 만든 건물. 기둥과 지붕으로 구성된 복도 형태의 월랑도 있고, 행랑채처럼 집 형태의 월랑도 있다.
39. **문화전文華殿** 좌순문 동쪽에 있는, 명나라 황제의 편전便殿(임금이 평소에 거처하던 궁전).

이제 그 아들이 이렇게 훌륭하다니! 기린의 자식과 봉황의 새끼는 본래 범상치 않은 법이로다!"

그러고는 황제 앞에서 선온[40]하게 했다.

사흘 뒤 장원 화진은 한림학사[41]에 임명되고, 성준과 유성양은 모두 병부원외랑[42]에 임명되었다. 성준과 유성양이 이부상서 오붕[43]을 찾아가 뵙고 말했다.

"저희는 집이 절강에 있어 멀리서 벼슬살이하기가 어렵고 학문도 부족합니다. 동남 지방의 작은 고을을 얻어 몇 년 동안 독서할 수 있도록 해 주시기 바라옵니다."

오붕이 고개를 끄덕였다. 그리하여 며칠 뒤 성준은 복건福建(복건성) 남정[44] 시현知縣(현縣의 장관), 유성양은 귀양부[45] 통판[46]으로 부임하게 되었다.

이때 급제자들이 모두 승상 엄숭을 찾아가 절했으나, 화진 홀로 가지 않았다. 엄숭은 이 일로 앙심을 품었다.

한림 화진이 상소를 올려 고향으로 돌아가 어머니를 뵙고 오겠다

---

40. 선온宣醞 임금이 신하에게 궁중에서 빚은 술을 하사하는 것.

41. 한림학사翰林學士 학술과 문학을 관장하여 황제의 자문에 응하고 황제의 주요 문서를 작성하는 일을 맡은 한림원의 관직.

42. 병부원외랑兵部員外郎 병부의 상서, 시랑, 낭중 다음가는 벼슬.

43. 오붕吳鵬 생몰년 1500~1579년. 명나라 세종 때의 문신으로, 1556년부터 1561년까지 이부상서로 재임하면서 엄세번의 의사에 따라 모든 문신의 인사를 시행하여 훗날 탄핵 대상이 되었다.

44. 남정南靖 지금의 복건성 장주시漳州市 남정현南靖縣.

45. 귀양부貴陽府 지금의 귀주성貴州省 귀양시貴陽市.

46. 통판通判 부府가 부장관副長官. 부의 상관인 지부知府를 보좌하는 한편 해당 지역의 정치와 관리를 감찰하여 조정에 보고하는 일을 담당했다.

고 하자, 황제가 허락하고 모친과 함께 서울로 오도록 명했다. 화진이 성준·유성양과 함께 소흥으로 돌아오자 성부인이 아들과 조카의 등을 어루만지며 눈물을 흘렸다.

"너희들이 모두 고아의 처지로 입신양명했으니 돌아가신 분들이 아신다면 어찌 지하에서 파안대소하지 않겠느냐?"

성준과 화진이 눈물로 자리를 적셨다.

성부인은 옥화와 채봉을 불러 봉관鳳冠과 꽃신과 명부의 직첩[47]을 주고, 부중에 큰 잔치를 베풀어 유성양 부자를 초청했다. 이날 소흥 지부知府도 악공樂工과 기녀들을 거느리고 왔다. 이번 과거에 급제한 세 사람이 기린 문양을 수놓은 예복 차림으로 계수나무 가지를 관에 꽂고 화욱을 모신 사당에 절하는데, 화진이 슬피 오열하는 소리가 밖에까지 들렸다. 아아! 슬플 때도 그립고 즐거울 때도 그리우니, 효자의 슬픔이 어느 날에야 그칠까?

이때 심씨 모자는 마음과 애간장이 모두 아파서 문을 닫고 나오지 않았다. 그러나 임소저는 앞치마를 두르고 손수 맛있는 음식을 마련하며 슬픈 얼굴에 기쁜 낯빛으로 정성을 다했으니, 성부인이 이를 보고 안타까워 혀를 찼다.

성준과 유성양이 행장을 꾸려 임지로 떠나려 할 때 성부인이 성준에게 말했다.

"춘瑃 모자는 불의한 성품을 가졌으니, 내가 아니면 진아 부부를

---

47. 명부命婦의 직첩職牒 '명부'는 나라에서 작위를 받은 부인을 말한다. '직첩'은 조정에서 내리는 임명장으로, 여기서는 관리의 아내에게 내리는 직첩을 말한다.

보호할 사람이 없구나. 너는 아내만 데리고 가도록 해라. 내가 아들 때문에 죽은 아우의 부탁을 저버릴 수 없다."

성준이 깜짝 놀라 울며 간청했다.

"제가 손이 닳고 입이 닳도록 고생하며 학업을 이룬 것은 오직 어머니를 위해서였습니다. 이제 고을 수령의 녹祿을 얻게 되었는데 어머니를 하루도 봉양할 수 없다면, 제 마음이 어떻겠습니까? 형옥은 이제 벼슬길에 올랐으니 머지않아 두 제수弟嫂와 함께 서울로 갈 터인데, 숙모(심씨)는 결코 따라가지 않을 겁니다. 서울로 떠나 서로 멀리 떨어지면 해코지하려 한들 방법이 없을 겁니다. 설혹 사소한 어려움이 있다 해도 임수林嫂(임소저)가 어질고 지혜로우니 잘 다스려서 형옥 부부를 보호할 겁니다. 그러니 어머니께서는 너무 염려하지 마시고, 제 작은 정성을 조금이나마 돌아보아 주십시오."

성부인은 그래도 듣지 않았다. 화진이 암암리에 사정을 알아차리고 성부인에게 좋은 말로 간절히 권하자 성부인이 그제야 눈물을 흘리며 허락했다. 아아! 효자의 재앙이 이로부터 끝없이 이어지니, 조물주는 또 무슨 마음이란 말인가!

성준과 유성양이 임지로 떠날 때 요소저와 빙선은 옥화와 채봉의 두 손을 맞잡고 눈물을 흘리며 맑은 음성으로 오열했고, 성부인은 심씨 모자에게 진심을 다해 당부하고 거듭 자상하게 타이르니 목석도 움직이고 귀신도 울 것 같았다.

성부인이 떠난 뒤 심씨가 후우 한숨을 내쉬는데, 마치 등에 지고 있던 가시를 내려놓은 듯했다. 심씨는 아들과 모의했다.

"옛날 정씨가 어질고 아름다워 인심을 얻은 데다 진參처럼 기특한 자식까지 낳고 보니 그 권세가 날로 중해졌다. 그래서 상공은 장남을 제치고 차남으로 대를 잇게 하려는 뜻을 가지기에 이르렀고, 일가 사람들은 우리 모자를 아예 없는 사람인 듯이 취급했지. 이제 진의 두 아내는 자색과 덕성이 정씨보다 뛰어나고, 진 또한 이처럼 귀한 자리에 올랐으니, 친척들이 추앙하고 하인들이 몰려들어 따르는 것이 예전에 비해 갑절은 될 게다. 저들이 만일 서울로 가서 위로는 황제의 총애를 얻고 아래로는 동료들의 위세를 낀다면, 용이 구름에 오르고 호랑이가 바람을 탄 형국이라 제어할 도리가 없어. 그러니 어떻게든 여기 붙잡아 두고 곤욕을 주어 상춘정賞春亭에서의 원한을 통쾌하게 갚아 주어야겠다."

화춘이 말했다.

"어머니 말씀이 옳습니다."

하루는 화춘이 화진에게 말했다.

"선친께서 조정에 계실 때에는 나라의 형세가 편안했는데도 네가 오히려 벼슬을 그만두시도록 열심히 권했었다. 지금은 국정이 날로 어지러워져 나라의 위망危亡이 당장 눈앞에 보이거늘 너는 도리어 의기양양 벼슬길에 나아가고자 하니, 어찌 그리 말은 쉽게 하고 행동은 그와 어긋나게 하는 게냐?"

화진이 공손히 사과하고 대답했다.

"형님의 말씀이 이러하니 제가 어찌 감히 명심하고 따르지 않겠습니까?"

화진은 즉시 현縣을 통해 사직서를 올려 고향에 머물며 병든 모친을 봉양하기를 청했는데, 매우 간곡한 뜻을 담았다. 황제가 가련히 여겨 1년의 말미를 주니, 화진은 그 뒤로 죽우당에 홀로 거처하며 독서를 즐겼다.

심씨가 계향 등의 여종에게 유언비어를 퍼뜨리게 하자 화진은 온갖 위기와 치욕을 겪었다. 다른 사람이라면 견디지 못할 쓴 나물과 상한 밥을 주어도 화진은 늘 평안히 지냈다. 심씨는 또 바느질이며 길쌈이며 자수 등 온갖 힘든 일을 옥화와 채봉에게 시키며 들볶았다. 그러나 옥화와 채봉이 타고난 신묘한 재주로 시키는 일마다 척척 응대하니, 아무리 포악한 심씨라도 두 사람의 잘못을 지적할 수 없었다.

한편 화춘은 심씨에게 알려 조녀趙女를 소실小室로서 성대히 맞아들이기로 했다. 밖으로는 범한이 손님을 맞고 안으로는 심씨가 일을 주관했는데, 정실부인의 예와 소실의 예가 뒤섞인 채로 두루뭉수리로 예식을 치렀다. 조녀는 시어머니에게 인사를 올릴 때 저 어리석은 화춘의 상자 속에 있던 온갖 보배를 다 꺼내서 귀에는 진주 귀고리를 달고, 목에는 옥 목걸이를 걸었다. 조녀의 몸에 걸친 비단의 광채와 사향麝香의 기운이 사람의 눈과 코를 아찔하게 했다. 그러나 그 얼굴을 보면 간사하게 웃고 교활하게 눈웃음치며 탕자蕩子를 알랑알랑 유혹하는 한 사람의 음탕한 창부에 불과했다. 그날 밤 조녀가 화춘과 동침하는데, 그 외설스러운 말과 교태를 부리며 장난하는 소리에 여종들 모두가 해괴하게 여기며 경악을 금치 못했고, 동쪽 담장에서의 일이 드러난 뒤로는 심씨도 매우 부끄러이 여겨 숨기기 급급했다.

조녀는 우물 안 개구리라 자신이 경국지색이요 만고의 절세미인이라고만 여겨 서시西施를 우습게 보고 양귀비楊貴妃를 비웃었다. 그러다가 한번 옥화와 채봉을 본 뒤로는 간담이 떨어지고 기가 막혀 온갖 흥이 다 사라졌다. 거울을 들고 제 모습을 비춰 보고는 지극히 공정한 거울을 원망했고, 물에 제 모습을 비춰 보고는 지극히 평평한 물을 통탄하며, 마음이 바짝바짝 타고 애간장이 천 갈래로 찢어졌다. 이처럼 시기심 많고 잔인한 조녀가 여우처럼 알랑거리며 세 치 혀를 놀려 사람의 마음을 현혹하는 것이었다. 저 심씨 하나로도 한 가문을 멸망시키기에 족하거늘 거기에 요망한 첩까지 더해졌으니 더 말해 무엇 하겠는가!

그 뒤로 조녀는 먼저 임소저부터 제거하려고 밤낮으로 화춘에게 임소저를 참소했다. 그러자 화춘이 말했다.

"임씨의 죄는 내쫓아 마땅하지만, 형옥이 틀림없이 목숨을 걸고 막으려 할 거야. 이 아이는 성품이 굳세서 무슨 괴이한 행동을 하지 않을까 두렵거든."

조녀가 박장대소하며 말했다.

"상공은 형이요 한림(화진)은 아우입니다. 형이 제 아내를 내쫓는데 아우가 감히 무슨 괴이한 행동을 한답니까? 분명 머리를 찧고 가슴을 치는 데 불과할 거예요. 설사 한림이 임씨를 위해 자결한다 한들 상공에게는 해로울 게 없어요. 상공이 썩은 쥐새끼 한 마리를 두려워해서 손바닥 안에 있는 일도 결단하지 못하니, 상공의 처지가 참 딱합니다."

화춘은 여전히 주저했다.

하루는 화춘이 범한·장평과 백화헌에서 수군거리며 뭔가 모의를 했다. 그러더니 죽우당에 이르러 『당서』[48] 한 질을 꺼내 뒤적거리며 뭔가 찾아보는 시늉을 하다가 책을 덮고 화진에게 물었다.

"옛날 당나라 중종은 위황후의 악함을 알지 못해서 내쫓지 못했고,[49] 한나라 무제武帝는 진황후[50]의 투기를 알아 내쫓을 수 있었는데, 두 임금 중 어느 쪽이 나으냐?"

화진은 그 의도를 알아차리지 못하고 대답했다.

"남자는 양덕陽德(양기陽氣)이요 여자는 음덕陰德(음기陰氣)입니다. 양덕이 음덕을 눌러 음덕이 양덕을 이길 수 없게 한 뒤에야 집안의 법도가 바로 서는 것이지요. 중종은 어리석고 나약한지라 방릉[51]에서 위황후의 뜻을 따르겠다고 맹세한 뒤로 그 악을 순순히 따르다가 끝내 죽기에 이르러서도 깨닫지 못했으니, 족히 말할 것도 없는 인물입니다. 무제는 오만하고 여색을 좋아하는 마음으로 소견 좁은 부인의 일시적인 투기를 용납하지 못하고 조강지처를 내쳐 버렸으니, 이

48. 『당서』唐書 당나라 왕조의 역사를 기록한 정사正史. 중국 오대五代 후진後晉의 유후劉昫 등이 편찬한 『구당서』舊唐書와 송나라 구양수歐陽脩 등이 편찬한 『신당서』新唐書가 있다.

49. 중종中宗은 위황후韋皇后의~내쫓지 못했고 중종(재위 683~684, 705~710)은 당나라 제4대 황제로, 고종高宗의 일곱째 아들이자 측천무후則天武后의 셋째 아들이다. 683년 고종의 뒤를 이어 제위에 올랐으나, 이듬해 측천무후에 의해 폐출된 뒤 호북성의 균주均州·방주房州 등지로 옮겨져 연금 당했다. 방주에 있을 때 측천무후가 보낸 사자가 온다는 소식을 들을 때마다 중종이 두려워 자살하려 했으나 중종의 후비后妃 위황후가 항상 이를 제지했다. 중종은 705년 재상 장간지張柬之 등이 군사를 일으켜 측천무후를 몰아내면서 복위되었으나, 복위 후 정사를 좌지우지하던 아내 위황후에 의해 시해 당했다. 위황후는 자신의 아들을 황제로 세웠으나 곧이어 정변을 일으킨 현종玄宗에 의해 살해되었다.

50. 진황후陳皇后 한나라 무제의 후비后妃로, 이름은 아교阿嬌이다. 태자비 시절부터 무제의 총애를 받았으나 자식이 없다가 황후가 된 지 10년 만에 후궁 위자부衛子夫를 투기하여 주술을 행했다는 이유로 황후의 지위를 빼앗기고 장문궁長門宮에 유폐되었다.

51. 방릉房陵 방주房州. 지금의 호북성 십언시十堰市 방현房縣.

일은 참으로 잘못입니다. 그러나 투기는 칠거지악七去之惡 중에서도 으뜸인지라, 진晉나리 혜제惠帝의 가황후[52] 같은 이라면 내쫓지 않을 수 없겠지요."

화춘이 환호작약하며 나가더니 심씨에게 가서 말했다.

"임씨의 패악과 투기를 제가 원통히 여긴 지 오래였으나, 지금까지 묵묵히 참고 쫓아내지 않은 것은 고모(성부인)가 임씨를 지나치게 총애하고 형옥이 임씨 편을 들었기 때문입니다. 지금 고모는 복건으로 떠났고 형옥 또한 이러이러한 말을 하니, 형옥의 말을 증거로 내세우면 형옥이 입이 열 개라도 감히 다른 말을 못 할 거예요. 지금 당장 임씨를 내쫓고 조녀를 정실로 삼으렵니다."

심씨가 놀라 말했다.

"며느리의 죄는 남편의 사랑을 받아들이지 않은 데 불과할 뿐이지 언제 투기한 적이 있더냐? 또 내가 정이 많이 들기도 했으니 아직은 그럴 수 없다."

화춘이 거듭 청했으나 허락 받지 못했다.

그러자 조녀는 몸종 난수蘭秀로 하여금 범한과 사통하게 한 뒤 범한을 끌어들여 음모를 꾸미게 했다. 그리하여 심씨의 여종 계향과 결탁하고는 심씨의 처소에 흉한 물건을 많이 묻은 다음 계향을 시켜 심씨에게 알리게 했다.

꼬꼬꼬

52. 가황후賈皇后 서진西晉의 제2대 황제인 혜제(재위 290~307)의 후비로, 이름은 남풍南風이다. 나약한 혜제를 대신해 정사를 오로지하며 민간의 미남자들을 궁궐로 불러들여 쾌락을 일삼는 한편 음모를 꾸며 전실 소생의 태자를 살해하기에 이르렀으나 조왕趙王 사마륜司馬倫에 의해 죽임을 당했다.

"임소저의 소행입니다!"

심씨가 매우 노히여 임소저를 꾸짖고 내쫓으려 하니, 부중의 하인들은 목 놓아 울부짖고, 옥화와 채봉은 하늘을 우러러 서글피 탄식했으며, 화진은 갓도 쓰지 않은 채 맨발로 뛰어나와 뜰에서 통곡했다. 심씨가 몹시 성이 나서 말했다.

"너는 지금 살아 있는 내게 곡을 해서 나를 저주하는 게냐? 경옥 (화춘)은 본래 당나라 중종처럼 아내의 뜻을 받들어 그 악까지 순순히 따른 일이 없거늘, 임녀林女(임소저)의 악행은 위황후보다 심하다. 게다가 공공연히 남편을 거절해 잠자리에 들이지 않았으니, 경옥이 궁형宮刑을 당한 사람이 아닌 다음에야 당연히 소실을 들이지 않을 수 없는 법이야. 그렇거늘 조씨가 들어온 이래로 임녀의 투기가 날로 심해져서 천고에 없는 요망한 변고가 내 침실에까지 이르렀으니, 이는 가황후도 차마 하지 못했던 일이다. 경옥이 나이 스물에 아직도 자식이 없으니, 임씨 집 여자 하나 때문에 화씨 가문 백대의 종사宗祀를 끊어서야 되겠느냐? 네 뜻을 보아하니 형이 자식을 못 보게 해서 너에게 종통宗統이 돌아가도록 하려는 수작이로구나!"

화진이 여전히 울며 애원하다 이마를 땅에 찧어 흐르는 피가 얼굴을 뒤덮자 심씨가 꾸짖었다.

"내가 내 며느리를 쫓아낸다는데 네가 무슨 상관이냐?"

하인을 시켜 화진을 붙잡아 내쫓게 하니 화진이 쫓겨나와 백화헌 뜰에서 다시 통곡했다. 이때 범한이 마루 위에 앉아 있다가 황망히 내려와 무릎을 꿇고 화진에게 물었다.

"상공! 이 무슨 일입니까?"

화진은 비분이 가득 차올라 하인으로 하여금 범한을 붙잡아 질질 끌고 마당을 크게 수십 바퀴나 돌게 한 뒤 호되게 꾸짖었다.

"흉악하고 교활한 도적놈이 감히 재상 가문을 이 지경에 이르도록 더럽히느냐!"

범한은 숨이 막혀 입을 벌리고 벙긋거리기만 할 뿐 말을 이룰 수 없었다. 화진이 또 범한을 수십 바퀴 끌고 다니게 한 뒤 집 밖으로 쫓아냈다.

이날 임소저가 중문 밖으로 걸어 나와 가마에 오르려다 몸을 돌려 화욱의 사당을 향해 눈물을 흘리며 하직 인사를 하고는 탄식하며 가마를 탔다. 유모와 몸종들이 울며 뒤따르니, 화부 사람들 중에 심씨 모자와 조녀 외에는 눈물을 뿌리지 않는 사람이 없었다.

이때 임소저의 오빠인 어사御史 임윤林潤이 벼슬을 빼앗기고 하간부[53]의 집에 거처하고 있었으므로 임소저는 하간부로 떠났다. 이에 화춘이 크게 격식을 차려 친척을 모으고 조녀를 정실로 세우려 하자, 화진이 다시 통곡하며 간했다.

"제齊 환공桓公의 맹약에 이르기를 '첩을 처로 삼지 말라'[54]고 했습니다. 지금 형님이 공연히 어진 처를 내쫓고 여항閭巷의 천한 여자에게 외람되이 조상의 제사를 받들게 한다면 치욕이 이보다 더 클 수 없을 것입니다."

---

53. **하간부河間府** 지금의 하북성 하간시河間市 일대.
54. **첩을 처로 삼지 말라** 춘추시대 제나라 환공이 중국의 패자覇者가 된 뒤 기원전 651년 규구葵丘 (지금의 하남성 상구시商丘市 민권현民權縣에 있는 언덕)에 여러 제후들을 소집하여 선포한 맹약 내용 중 하나. 『맹자』 「고자 하」와 『춘추곡량전』春秋穀梁傳 등에 관련 내용이 보인다.

화춘이 매우 노하여 꾸짖었다.

"너는 아내가 둘이기늘, 나는 아내 하나도 못 둔단 말이냐?"

화춘은 마침내 조녀를 정실로 삼았다. 그 뒤로 조녀는 의기양양해서 움직임이 질풍 같고 치마 끝에서 바람이 일었다. 어리석은 남편을 농락하며 교태와 성깔을 번갈아 부리니, 화춘은 조녀의 명을 받들기에 분주해서 꽁무니를 땅에 댈 새가 없었다. 하인들은 이를 보고 수치스럽게 여겨 쯧쯧 혀를 차며 임소저를 그리워했다. 이 때문에 부중이 법도를 잃고 기강이 매우 문란해졌다.

하루는 조녀가 갑자기 비춘당(옥화의 처소)에 왔는데, 채봉도 마침 자리에 있었다. 조녀가 옥화에게 말했다.

"제가 들자니 이 집에 대대로 전하는 두 가지 귀한 보물을 반드시 총부家婦(맏며느리)에게 물려준다더군요. 하지만 돌아가신 시아버님께서 임녀(임소저)가 불초하다 해서 주지 않고 백화헌 상자 속에 간직해 두었다가 문득 부인 자매에게 나누어 주셨다고 들었어요. 부인들은 개부介婦(맏며느리 외의 며느리)이면서 총부에게 대대로 전하는 보물을 외람되이 받았으니, 이름과 실상이 어긋나며 도리에 맞지 않는 일이예요. 임녀가 인륜을 어지럽혀 집안의 법도가 무너졌던 시절에야 이름과 실상이며 도리를 논할 겨를이 없었으나, 지금은 집안이 청명해져 온갖 일이 질서를 찾고 적서嫡庶의 나뉨이 하늘과 땅처럼 명확하니, 종부宗婦에게 전하던 물건이 부인들의 몸에 있어서는 안 돼요."

옥화가 그 말을 듣고 온화한 얼굴로 웃으며 말했다.

"원래 그런 일인 줄 우리기 알지 못했습니다. 그런데 그 보물의 이름이 무엇입니까?"

조녀가 말했다.

"'홍옥천'이라는 건 선조 동구후[55]께서 금릉[56]을 정벌하실 때 순성
마황후[57]께서 고부인[58]에게 하사하신 물건이요, '청옥패'라는 건 고
조부 동국공東國公께서 남방을 평정하실 때 교지국[59]에서 바친 예물
중 으뜸가는 보배랍니다. 이 때문에 대대로 애지중지하며 며느리 중
덕성과 미모를 갖추어 그 옥과 걸맞은 사람에게 전해 왔지요. 그런
데 우리 시어머니의 용모와 덕성이 두루 아름다우시건만 조부 대학
사공大學士公께서 공연히 전하지 않으시어, 이 때문에 물건이 주인을
잃고 부인들에게 잘못 전해진 것이니, 어찌 탄식하지 않을 수 있겠
어요?"

옥화가 당장 금으로 만든 상자를 열어 홍옥천을 내주며 말했다.

"밝은 가르침이 지당합니다."

조녀가 홍옥천을 거듭 만지작거리며 얼굴에 기쁨이 가득했다. 그
러나 채봉은 정색을 하고 단정히 앉아 아무 말이 없었다. 옥화가 채

❀❀❀

55. 동구후東丘侯 동구군후東丘郡侯, 곧 화운花雲을 가리킨다. 제1회의 주2 참조.

56. 금릉金陵 남경南京의 옛 이름.

57. 순성順聖 마황후馬皇后 명나라 태조 주원장의 후비. 원나라 말 농민반란군의 지휘자 곽자흥郭子
興의 양녀로, 곽자흥 휘하에 있던 주원장과 결혼하여 훗날 황후가 되었다. 온화한 인품으로 주원
장과 그 부하들 및 비빈들에게 두루 존경받았다. 사후에 존호尊號가 거듭 추가되어 명나라 세종
때 '효자정화철순인휘성천육성지덕고황후'孝慈貞化哲順仁徽成天育聖至德高皇后라는 긴 존호를 받
기에 이르렀다. 여기서 '순성'은 존호로 쓴 것이나 사실에 부합하지는 않는다.

58. 고부인郜夫人 화운의 아내 고씨郜氏를 말한다.

59. 교지국交趾國 월남越南. 지금의 중국 광동성廣東省·광서성廣西省 일대와 베트남 북부·중부에
걸쳐 있던 나라.

봉을 향해 여러 번 눈짓을 했으나 채봉은 끝내 청옥패를 내줄 기색이 없었다. 조녀는 불쾌해서 성을 내며 돌아갔다.

채봉이 옥화에게 말했다.

"두 옥은 우리의 신물信物인데, 서방님의 허락도 받지 않고 가벼이 남에게 줘서야 되겠어?"

옥화가 눈물을 떨구며 말했다.

"서방님이 자기 한 몸도 보전하지 못하고 있는데, 우리까지 염려하게 해서야 되겠니? 우리 처지도 안심할 수 없는 형편에 하물며 이 옥이야 더 말해 무엇 하겠니? 『시경』에 '빛나는 주나라를/포사가 멸망시키도다'[60]라고 한 것이 바로 오늘을 이르는 말이구나."

며칠 뒤 조녀가 정당에서 이러쿵저러쿵 임소저를 헐뜯었다. 옥화는 듣고도 못 들은 체하고 있었지만, 채봉은 분개함을 이기지 못해 정색하고 말했다.

"낭자가 남편의 총애를 너무 믿는군요. 옛사람 말에 '지초가 불타면 혜초가 탄식하고, 토끼가 죽으면 여우가 슬퍼한다'[61]는 것이 있습니다. 늙은 궁녀가 반첩여를 비웃었다[62]는 말을 낭자는 못 들어 봤습

❀❀❀❀

60. **빛나는 주周나라를 포사褒姒가 멸망시키도다** 『시경』 소아 「정월」正月에 나오는 구절. '포사'는 주나라 유왕幽王의 폐첩嬖妾으로, 유왕을 미혹시켜 주나라를 멸망에 이르게 한 여인이다.

61. **지초芝草가 불타면~여우가 슬퍼한다** 동병상련의 뜻으로, 진晉나라 육기陸機의 「탄서부」嘆逝賦와 『송사』宋史 「이전전」李全傳에 나오는 말. '지초'와 '혜초'蕙草는 향초香草의 이름.

62. **늙은 궁녀가 반첩여班婕妤를 비웃었다** 이미 오래전 황제의 총애를 잃은 늙은 궁녀가 이제 막 황제에게 버림받은 반첩여를 보며 동정하기는커녕 오히려 자신의 처지를 잊은 채 비웃었다는 뜻으로, 조녀가 임소저의 처지를 동정하지 않음을 비꼰 말이다. '반첩여'는 시와 부賦에 뛰어난 여성 문인으로, 한나라 성제成帝의 총애를 받아 첩여婕妤(후궁 중 제2위에 해당하는 지위)가 되었으나, 훗날 성제의 사랑이 조비연趙飛燕에게 옮겨 가면서 버림받아 장신궁長信宮으로 물러났다.

니까?"

소녀가 깜짝 놀라 안색이 변했다. 심씨가 크게 노하여 채봉에게 말했다.

"조부趙婦(조녀)의 지위가 너희와 엄연히 구별되거늘 어찌 감히 낭자라 부르느냐?"

채봉이 자리에서 물러나 사죄했다.

"입에 익은 말을 갑자기 바꾸지 못해서 엄한 가르침을 받기에 이르렀으니 황공하기 그지없습니다."

아아! 채봉은 올곧고 준엄함이 그 부친(남표)의 절조를 빼닮아서 언사가 당당했고, 이런 성격 때문에 옥화처럼 화락和樂하게 일을 잘 주선할 수 없어 더욱 참혹한 재앙을 입었다.

하루는 심씨가 옥화와 채봉을 불러 앞에서 수를 놓게 했는데, 갑자기 화진의 유모 계화桂花가 밖에서 울며 들어와 말했다.

"하늘이여, 하늘이여! 이 무슨 변고란 말입니까?"

심씨가 놀라 묻자 계화가 가슴을 치며 대답했다.

"조정에서 우리 한림(화진)의 관작을 삭탈하고 우리 남부인(채봉)을 강등해서 소실로 삼으라는 명을 내렸답니다. 지금 고을 아전이 와서 남부인의 직첩을 거둬 가겠다고 합니다!"

조녀가 환희작약하며 채봉에게 말했다.

"낭자의 교만 주머니가 떨어져 나갔구먼. 분수에 맞지 않는 청옥패가 지금도 아까운가?"

채봉은 태연히 수를 놓았으나, 옥화는 분한 눈물을 참을 수 없었다. 잠시 후 화춘이 들어와 말했다.

"대관[63]이 형옥을 불효하고 행실이 무도하다는 명목으로 탄핵해서 벼슬을 빼앗고 서인庶人으로 삼았답니다. 또 남수南嫂(채봉)는 죄를 지어 죽은 사람의 딸로서 재상가 며느리가 되는 것이 부당하다고 해서 소실로 강등하게 했답니다."

심씨가 웃으며 말했다.

"진이 귀해진 티를 너무 심하게 내더니, 패망하는 것도 당연하구나."

이에 앞서 범한은 졸지에 화진에게 곤욕을 당하고 원한이 골수에 사무쳤다. 조녀 또한 자신이 정실이 되는 것을 화진이 방해한 데 원한을 품었다. 게다가 채봉이 청옥패를 주지 않고 면전에서 모욕하자 분한 마음이 더했다. 마침내 조녀와 범한이 몰래 편지를 주고받으며 밤낮으로 음해할 계책을 꾸미더니, 범한이 홀연 서울로 간 뒤 오랫동안 소식이 없었다. 화춘은 그 속사정을 전혀 모르는 채 화진을 꾸짖었다.

"범생范生(범한)이 내 집에 발을 끊은 건 네가 무례하게 대한 데 화가 났기 때문이야!"

이때 도어사 언무경[64]이 엄숭의 권세에 의지해 이익을 탐하며 음험한 짓을 일삼자 선한 사람들이 백안시했다. 범한이 명함을 들고 언무경에게 면담을 청했으나 언무경은 범한을 만나 주지 않았다. 그

63. 대관臺官 감찰·탄핵을 담당하는 관원.
64. 언무경鄢懋卿 명나라 세종 때의 문신으로, 좌부도어사左副都御使, 형부시랑을 지냈다. 엄숭 일파로, 소금 전매를 총괄하여 막대한 이권을 장악하고 가혹하게 세금을 거두며 사치를 일삼다가 엄숭이 몰락하자 관직을 빼앗기고 유배형을 받았다.

러자 범한은 조녀가 준 백금白金(은銀) 80냥과 큰 진주 열 낱을 언무경의 아내 경씨耿氏에게 바쳤다. 언무경은 그제야 범한을 만나 물었다.

"선비께선 멀리서 무슨 일로 찾아오셨소?"

범한은 터무니없는 말로 화진의 불효한 죄를 늘어놓았다. 입가에 거품을 흘리며 헐뜯기를 그치지 않더니 또 이렇게 말했다.

"화진은 죄인 남표의 딸을 정실로 삼고 평상시에도 나라를 원망하며 엄상국嚴相國(승상 엄숭)을 가사도65에 견줍니다."

언무경이 웃으며 말했다.

"화진의 죄는 진실로 죽어 마땅하오만 이 일이 그대와는 별 상관이 없어 뵈는데, 무엇 때문에 이처럼 분개하는 게요?"

범한이 대답할 말이 없어 묵묵히 있자 언무경이 또 웃으며 말했다.

"그렇긴 하나 내가 잘 조치할 테니, 그대는 물러가 기다리는 게 좋겠소."

범한이 절하고 물러났다.

며칠이 지나도록 가타부타 대답이 없었다. 범한이 안달이 나서 또 한 번 조녀가 준 금은보석이며 그 밖의 보물로 전처럼 뇌물을 쓰니, 그제야 언무경이 엄숭에게 알렸다.

엄숭은 본래 화진에게 원한을 품고 있던 터에 화진이 남표의 딸을

❧❧❧❧

65. 가사도賈似道 남송南宋 말의 재상. 이종理宗 때 누이가 귀비貴妃가 되자 우승상右丞相에 올라 황제의 스승으로 추앙받고, 이종에 이어 도종度宗이 즉위하자 태사太師가 되어 국정을 농단했다. 몽골의 침입에 제대로 대응하지 못하고 화친책을 펴거나 허위로 승전을 보고하며 황제의 신임을 더욱 두터이 받았다. 마침내 대군을 이끌고 전투에 나섰으나 대패한 뒤 홀로 달아나 유배형을 받고 살해되었다.

아내로 맞았다는 말을 듣고 몹시 화를 냈다. 사람을 보내 예부禮部의
『서치록』[66]을 가져오게 해서 보고는 벌컥 성을 내며 일어나 앉더니,
언무경에게 상소문 초안을 입으로 불러 주어 받아적게 했다.

이튿날 언무경이 조회에 나가 아뢰자 황제가 놀라 말했다.

"화진에게 어찌 이런 행실이 있겠는가?"

엄숭이 곁에서 아뢰었다.

"그 일은 신臣 또한 익히 들었으니, 허튼 말이 아닙니다. 게다가 예
부의 『서치록』에 적힌 내용인데, 어찌 감히 무고할 수 있겠습니까?"

엄숭이 힘을 다해 화진을 모함하니 황제가 부득이 따르지 않을 수
없어 마침내 화진은 벼슬을 빼앗아 서인으로 삼고 채봉은 지위를 강
등하게 했다. 아아! 한쪽 편의 말만 치우쳐 듣는 데서 간사한 무리가
일어나고, 한 사람이 독단하고 전횡을 부리는 데서 환란이 일어나는
법이니,[67] 아아, 명나라 조정이 위태롭구나!

---

66. 『서치록』序齒錄 관료들의 성명, 자호字號, 생년월일, 가족 관계, 혼인 이력 등을 기록하여 관료
의 나이 순서대로 배열한 책.
67. 한쪽 편의~일어나는 법이니 한나라 추양鄒陽이 「옥 중에서 오왕吳王에게 올린 편지」(獄中上吳王
書)에 나오는 말.

자비로운 관세음보살
의기 높은 도어사

그 뒤로 조녀는 채봉에게 청의[1]를 입히고 심씨 앞에서 심부름하게 했다. 또 채봉의 방을 뒤져 청옥패를 찾아 빼앗고는 봉귀정(채봉의 처소)을 폐쇄한 뒤 수시로 채봉에게 모진 말과 독한 매질을 가하며 온갖 곤욕을 주었으나, 채봉은 모든 일을 운명에 맡기고 태연히 지냈다. 옥화가 외진 곳에서 채봉과 만나 분을 참지 못하고 목 놓아 울자, 채봉이 의연히 말리며 말했다.

"언니는 하해처럼 넓은 도량을 지녔으면서 왜 이런 작은 일을 참지 못해? 우리가 이 가문에 들어온 건 불자佛者들이 말하는 원업冤業을 갚는 데 지나지 않을 뿐이야. 운명대로 살다가 명이 다하면 돌아가는 거지, 구구한 영욕 따위야 마음에 두어 무엇 하겠어? 또 우리 자매가 서방님을 섬긴 이래로 서방님이 곤경에 처하는 일이 하루에도 여러 번이었지만 서방님은 한 번도 하늘을 원망하거나 남을 탓하는 기색이 없었잖아. 우리가 비록 소견이 좁은 여자라고 해도 어찌

1. **청의靑衣** 하인들이 입는 푸른 옷.

존경하고 감탄하며 닮고 싶은 마음이 없을 수 있겠어?"

옥화가 손을 잡고 더욱 눈물을 흘리며 말했다.

"네가 강개한 성품으로 다른 사람들이 참지 못할 일을 참고 지내며 이런 말을 하니 정말 훌륭하구나! 부모님이 우리 자매를 기르실 때는 사랑이 흘러 바다를 이루고, 정이 모여 산을 이뤘지. 우리가 조금이라도 덜 먹으면 깜짝 놀라 까닭을 물으셨고, 잠자리에서 조금이라도 늦게 일어나면 허둥지둥 달려와 살피셨어. 우리를 시집보낼 때는 치맛자락과 허리띠를 붙잡고 주저하며 차마 이별하지 못하셨어. 지금 부모님은 반드시 하늘을 우러러 마음속으로 '우리 두 딸이 건강히 잘 지내기를 바라나이다'라고 축원하실 거야. 하지만 불초한 우리는 부모님의 이런 은혜에 보답하지 못하고 호랑이 아가리에 떨어져 위태로움이 눈앞에 있구나. 게다가 너는 더욱 혹독하게 고초를 겪어 그 참혹함을 차마 볼 수 없을 지경이니, 어찌 슬프고 분하지 않겠니?"

그러자 채봉도 눈물을 흘렸다. 그런데 조녀가 벽 너머에서 이 대화를 엿듣고 심씨에게 가서 참소했다. 심씨는 매우 노하여 옥화와 채봉이 자신을 원망하고 저주하는 말을 했다고 여겼다. 그리하여 심씨는 옥화를 동산 북쪽의 작은 집에 가두고, 채봉은 매질한 뒤 중문 밖 행랑채에 가두었다. 또 옥화와 채봉의 몸종들을 모두 집 밖으로 내쫓았는데, 계앵이 채봉의 치마를 부여잡고 통곡하며 떠나지 않자 조녀가 꾸짖었다.

"천한 것이 죽고 싶으냐?"

계앵은 머리를 치켜들고 냉소하며 말했다.

"죽음이 뭐 두렵겠소? 내가 비록 천한 신분이지만 동쪽 담장 밑에서 누리개를 줍는 행실은 하시 않소!"

조녀는 얼굴이 흙빛이 되어 계앵을 마구 두들겨 내쫓았다. 심씨는 또 죽우당 안팎의 모든 문을 잠가 화진이 햇빛을 못 보게 하고, 종종 음식을 끊어 곤액을 겪게 했다.

하루는 조녀가 난향을 시켜 미음 한 그릇을 채봉에게 보내며 심씨의 분부를 전하게 했다.

"이 집에 다시 들어올 수 없다는 걸 너도 잘 알 테니, 속히 자결하도록 해라."

채봉은 죽의 색깔이 푸르죽죽한 것을 보고 한숨을 쉬며 말했다.

"구차히 사느니 차라리 죽어서 아무것도 모르는 게 낫겠구나!"

마침내 죽 그릇을 들어 다 마시자 난향이 조녀에게 가서 채봉의 죽음을 알렸다. 조녀는 매우 기뻐하며 당장 난향과 함께 채봉의 시신이 있는 곳으로 가서 급히 시신을 대자리로 둘둘 말아 놓고, 심복으로 부리던 건장한 하인 막충莫忠을 몰래 불러 100냥을 주며 말했다.

"이 대자리를 지고 가서 강에다 던지고 와라. 단단히 입조심을 해야 한다."

막충은 대자리를 지고 동산 북쪽의 작은 문으로 나갔다. 때는 벌써 3경²이었는데, 수백 걸음을 못 가서 문득 정신이 어질어질했다. 길을 돌고 돌아 산골짝으로 들어가니, 이윽고 오관³이 모두 막혀 지척을 분간하지 못했다.

이에 앞서 청원[4]의 꿈에 관음보살이 나타나 단약丹藥 세 알을 주며 말했다.

"아무 달 아무 날에 남부인(채봉)이 비명에 죽게 될 것이다. 네가 그날 밤 4경[5]에 소흥 보림산[6] 남쪽 기슭 아래로 가서 기다리다 구하도록 해라."

이튿날 청원이 즉시 석장[7]을 짚고 짧은 가사袈裟 차림으로 서촉을 떠나 보림산 명주암明珠庵에 이르니, 이곳은 바로 화부花府의 북쪽 동산 밖이었다. 이때 옥화와 채봉의 여종들이 이 암자에 숨어 각각 제가 섬기던 아씨 생각에 이야기를 나누며 눈물을 흘리고 있었는데, 청원은 사정을 알고 묻지 않았다.

어느 날 한밤중에 청원이 여종 계앵과 쌍섬雙蟾에게 말했다.

"그대들의 주인이 극심한 곤액을 당했소. 내가 구할 테니 나를 따라오시오."

즉시 마을 어귀를 향해 갔다. 계앵과 쌍섬은 몹시 의심하면서도 따라나서 보았다. 남쪽 기슭에 있는 한 쌍의 소나무 아래 이르자 청원이 걸음을 멈춰 서더니 말했다.

"여기가 맞겠군."

이때 갑자기 건장한 사내 하나가 등에 큰 대자리를 지고 기진맥진

4. **청원淸遠** 제3회에 등장했던 성도成都 화악산花嶽山 자현암資賢庵의 여승.
5. **4경** 축시丑時. 새벽 1시에서 3시 사이.
6. **보림산寶林山** 소흥성 남문 안에 있는 산. 산 위에 응천탑應天塔이 있어 흔히 탑산塔山이라 불린다.
7. **석장錫杖** 승려의 지팡이. 육환장六環杖.

오더니 길가에 짐을 벗어 놓고 바위에 기대 잠들었다. 청원이 다가가 대자리를 만져 보고는 계앵과 쌍섬에게 양쪽에서 대자리를 들게 했다. 계앵과 쌍섬이 놀란 마음에 다리가 후들거려 들지 못하자 청원이 혀를 차며 말했다.

"때를 놓치면 구할 수 없으니 어서 들어 보오."

계앵과 쌍섬은 그 말을 듣고서야 비로소 대자리 속에 든 사람이 채봉인 줄 알고 놀라 울부짖다가 땅에 쓰러졌다. 청원은 급히 여종들을 진정시킨 뒤 자신이 대자리를 들고 암자로 돌아왔다. 남쪽을 향해 머리를 두고[8] 대자리를 펼쳐 보니, 채봉의 안색이 아직 변하지 않았고 가슴에는 희미하나마 온기가 있었다. 청원은 매우 기뻐하며 즉시 주머니 안에서 단약 세 알을 꺼냈다. 먼저 한 알을 따뜻한 물에 풀어 채봉의 입에 흘려 넣자 채봉의 온몸에 온기가 두루 퍼지면서 육맥[9]이 미세하게 움직였다. 이때 계앵을 비롯한 여종 10여 명은 모두 긴장한 얼굴로 "관세음보살!" 주문을 외며 비 오듯이 펑펑 눈물을 흘렸다. 청원이 또 한 알을 물에 풀어 채봉의 입에 넣었다. 그러자 채봉이 눈을 뜨고 숨을 후우 내쉬더니 몸을 일으켜 돌아눕고 독물을 토해내 푸른 피가 바닥에 가득했다. 청원이 또 한 알을 물에 풀어 주자 채봉이 스스로 마시니 정신이 맑아지고 사지에 기운이 났

---

8. **남쪽을 향해 머리를 두고**   살아 있는 사람으로 대한다는 뜻. 『예기』禮記 「단궁 하」檀弓下에 붙인 당나라 공영달孔穎達의 풀이에 의하면, 시신의 머리를 북쪽으로 향하고 장례지내는 것은 고인의 넋이 장차 북쪽의 유명幽冥(저승)으로 향하기 때문이요, 염할 때 시신의 머리를 남쪽으로 향하게 하는 것은 고인을 살아 있을 때처럼 대하기 위함이라고 했다.

9. **육맥六脈**   사람의 두 손목에 있는 촌맥寸脈·관맥關脈·척맥尺脈을 합하여 부르는 말.

다. 채봉이 일어나 앉아 청원에게 말했다.

"스님은 뉘시기에 끊어진 제 목숨을 살려 주셨습니까?"

청원이 웃으며 말했다.

"부인은 빈도의 얼굴을 기억하시겠습니까?"

채봉이 자세히 보더니 말했다.

"7년 전 관음화상을 부탁하셨던 청원 스님이신가요?"

"기억하시는군요. 그때 빈도가 부인을 뵈니, 눈이 지나치게 맑고 얼굴빛이 너무 아름다우며 말씀이 영민하고 행동이 신묘해서 하나같이 속세에서 화식火食하는 사람의 상相이 아니었습니다. 또 한 오라기 푸른 기운이 천정[10]에 뻗쳐 있어 부인께서 그해에 반드시 1천 층 높고 험한 풍랑을 겪을 줄은 알았으나 생사는 알 수 없었습니다. 몹시 놀랍고 안타까웠지만 큰 액운은 면하기 어려운 법이어서 알려 드린다 해도 헤쳐 나갈 방법이 없기에 말씀드리지 않았답니다. 빈도가 그날 본 바로는 부인이 지금 세상에 살아 계신 것만 해도 기이한 일이라 하겠습니다. 그러나 부인은 천지 오행五行의 정수를 홀로 얻으신 여자 중의 성인聖人으로, 장차 아황과 여영[11]의 덕을 이어 규방의 교화를 크게 밝히실 것이므로, 모든 신들이 호위해서 요망한 귀신이 해를 끼칠 수 없었던 것입니다."

채봉이 탄식하며 동정호에서 겪은 재앙을 이야기한 뒤 말했다.

"제가 그때 완악해서 부모님을 따라 죽지 못했기에 하늘이 틀림없

<hr />

10. **천정天庭** 관상에서 양미간과 그 부근의 이마를 가리키는 말.
11. **아황娥皇과 여영女英** 순임금의 두 비妃. 제3회의 주30 참조.

이 저의 불효를 미워해서 오늘의 재앙을 내렸을 겁니다. 박명한 저는 죽어야만 근심을 잊을 수 있거늘, 스님께서 부질없이 자비를 베풀어 죽음을 다행으로 여기는 사람으로 하여금 이 세상에서 다시 고통받으며 살게 하시니, 이는 은혜가 아니라 원수입니다."

청원이 웃으며 말했다.

"부인! 그건 천명을 아는 사람의 말이 아닙니다. 예로부터 시련과 재앙을 겪지 않고 도에 통달한 성인은 없었습니다. 우리 석가세존께서는 설산에서 고난을 겪으셨고,[12] 공자께서는 진·채 땅에서 곤경에 처하셨지요.[13] 부인이 아무리 청명하고 빼어난 자품을 지녔다 해도 항상 안락한 데 거처하며 아무런 위기도 겪지 않는다면 부인의 기이한 능력이 널리 드러나기 어려울 겁니다. 그렇다면 후세 사람들은 부인의 존재를 알 수 없지요. 이 때문에 하늘이 부인을 격려하여 덕을 이루게 한 뒤 부인의 덕을 온 천하에 드러내고자 하는 겁니다. 그런 까닭에 옛사람들은 화복禍福에 때가 있고 영욕이 한결같지 않음을 알아 풍상風霜을 많이 겪을수록 담이 더욱 굳세졌습니다. 부인은 바위 위의 한 그루 오동나무를 보지 못하셨나요? 빙설氷雪을 맞고 매서운 바람에 시달려도 성긴 가지와 굳센 줄기가 꼿꼿하게 버텨 고통을

---

12. **석가세존께서는 설산雪山에서 고난을 겪으셨고** '설산', 곧 히마반트Himavant는 인도 북부의 히말라야 산맥을 말한다. 석가가 이곳에서 고행을 하여 도를 깨쳤다고 한다.

13. **공자孔子께서는 진陳·채蔡 땅에서 곤경에 처하셨지요** 공자와 그 제자들이 초나라 소왕昭王의 초빙을 받아 가는 도중에 진나라와 채나라 사이에서 채나라 대부가 보낸 군사들에게 포위되어 식량이 떨어지는 곤욕을 당했던 일을 가리킨다. 이 일은 『논어』 「선진」先進에 간략히 언급되어 있고, 『사기』 「공자 세가」孔子世家에 자세히 기록되어 있다.

견뎌내지요. 이 나무를 베어 거문고를 만들면 금석[14]도 그 소리를 당해 내지 못한답니다. 이른바 '마음을 분발시켜 본성을 강인하게 만든다'[15]는 것은 남자뿐 아니라 부인에게도 해당되는 말입니다."

청원은 또 꿈에 관음보살이 내렸던 분부를 전한 뒤에 말했다.

"제가 보건대 부인에게는 아직 몇 번의 재액災厄이 더 남아 있고, 장차 불가佛家와 인연이 있습니다. 지금 저와 함께 촉 땅으로 가서 큰 스님에게 의지하며 서너 해를 보내시면 복록福祿이 절로 모여들고 재앙은 영원히 사라질 겁니다."

채봉은 큰 한숨을 쉬며 선뜻 허락하지 못했다.

그날 밤 관음보살이 채봉의 꿈에 나타났는데, 채봉에게 이르는 말이 청원이 전한 말과 똑같았다. 이튿날 채봉은 마침내 계앵과 함께 남장을 하고 청원을 따라 촉 땅을 향해 떠났다. 쌍섬을 비롯한 여종들이 모두 울며 따라가려 하자 채봉이 탄식하며 말했다.

"내가 궁벽한 산중에서 고생살이를 하려고 떠나는 건데, 여종들을 많이 거느리고 가서 호사를 부릴 수 있겠느냐. 언니가 머잖아 또 위험에 빠질 것이니, 너희들은 여기 머물러 지내면서 날마다 화부 문밖에 가서 소식을 탐지하도록 해라."

그날 막충이 자다가 일어나 보니 산에는 해가 훤하게 밝았고 골짝에는 물이 맑게 흐르고 있었다. 방황하며 사방을 둘러보다가 망연자

ꍕꍕꍕ

14. **금석金石** 타악기로 쓰이는 종鐘과 경磬(경쇠)을 말한다.
15. **마음을 분발시켜 본성을 강인하게 만든다** 고통과 곤액을 겪으면서도 불굴의 의지로 마음을 단련해 나아간다는 뜻. 『맹자』 「고자 하」에 나오는 말.

실 한숨을 쉬며 말했다.

"이게 꿈이야 생시야? 내가 어쩌다 여기에 있지? 내가 입고 온 물건은 대체 어디로 간 거야?"

이윽고 웃으며 말했다.

"이게 꿈이 아니라면 귀신이 장난을 치나? 어쨌거나 저 조녀가 내게 못된 일을 시켰으니, 내가 곧이곧대로 말할 이유가 어디 있겠어?"

막충은 숨을 헐떡이며 돌아가 조녀에게 보고했다.

"쇤네가 그 대자리를 지고 아득한 별빛 아래 험한 골짜기를 비틀비틀 넘어갔습지요. 저라산[16] 자락을 돌아 완사석[17] 위에 올라서니, 그 아래는 만 길 깊은 물이라 유리처럼 푸른빛이 감돌더구면요. 거기다 대자리를 내려놓고 긴 밧줄로 큰 바윗돌을 한데 동여맨 다음 이영차 내던졌더니, 푸덩덩 하는 소리가 물 밑바닥까지 이르러서야 그쳤습니다."

조녀는 매우 기뻐 직접 큰 사발에 귀한 술을 부어 주었다. 그러자 난향이 손뼉을 치고 조소하며 심씨에게 들어가 알렸다.

"가소롭습니다! 가소로워요! 남씨(채봉)가 늘 절개가 높다고 자부해서 턱을 하늘에 걸고 다니며, 보모 없이 마루 아래로 내려가는 자

16. **저라산苧蘿山** 절강성 소흥 서쪽의 제기시諸曁市 남쪽에 있는 산 이름. 월나라 미인 서시가 본래 이곳 출신으로, 저라산에서 땔나무를 해다 팔아 연명했다고 한다.
17. **완사석浣紗石** 저라산 아래 완사계浣紗溪에 있는 바위. 완사계와 마찬가지로 서시가 빨래하던 곳이라 하여 붙은 이름이다.

를 보면 정숙한 여인이 아니라 하고,[18] 등불 없이 밤에 나다니는 자를 보면 음탕한 여인이리 했지요.[19] 그러던 사람이 이제 수십 일 독수공방하더니만 잡생각이 마구 일어나서 깜깜한 한밤중에 담을 넘어 달아났습니다!"

이때 화춘은 감기에 걸려 외당에 누워 있었는데, 심씨가 급히 외당으로 나가 화춘을 보고 말했다.

"큰일났다!"

화춘은 병중에 별안간 그 말을 듣고 영문도 모르는 채 너무 놀라 기절했다. 한참 뒤에야 정신을 차리고 나서 난향의 말을 듣고는 심씨를 나무랐다.

"남씨가 제 발로 달아났다는데, 이게 무슨 큰일입니까?"

심씨가 말했다.

"윤시랑(윤혁)이 와서 제 딸을 찾다가 우리가 죽였다고 하면 어찌한단 말이냐?"

화춘이 또 깜짝 놀라 기절했다. 그 어미의 조급하고 경망함과 그 아들의 어리석고 비겁함이 이와 같았다.

본래 화춘은 조녀를 취란당翠蘭堂에 거처하게 했는데, 이곳은 외당

꽃꽃꽃꽃

18. **보모 없이~아니라 하고** 귀족 여성이 밤에 부모傳母(보모) 없이 마루 아래로 내려가면 안 된다는 고대의 예법을 말한다. 춘추시대 노나라 선공宣公의 딸로 송나라 공공共公의 부인이 된 백희伯姬가 집에 불이 나서 빨리 피신하라고 재촉을 받았으나 보모가 오기 전에 마루를 내려갈 수 없다며 예법을 고집하다가 불에 타 죽었다는 기사가 『춘추곡량전』에 보인다.

19. **등불 없이~여인이라 했지요** 『예기』「내칙」內則에 "여자가 문을 나설 때에는 반드시 그 얼굴을 가리고, 밤에 다닐 때에는 등불을 가지고 가며, 등불이 없으면 다니지 않는다"라는 구절이 있기에 한 말.

166

과 꽤 멀리 떨어져 있어 왕래하기 불편했다. 마침내 조녀의 거처를 만류정(萬柳亭)으로 옮기니, 이곳은 외당과 이 사이에 긴은 문이 하나 있을 뿐이었다. 그리하여 이때 조녀의 몸종 난수가 이미 범한과 사통하고 있던 터에 조녀 또한 범한을 끌어들여 사통했다. 화춘이 앓아누운 뒤로는 범한이 거리낌 없이 조녀의 방에 들어와 자고 가니, 하인들 중에 이 사실을 아는 자가 있었으나 감히 발설하지 못했다.

하루는 조녀가 범한의 배를 살살 어루만지며 말했다.

"이 뱃속에서 만 가지 계교가 출몰하니 이처럼 큰 게 당연하겠지."

범한이 웃으며 말했다.

"계교야 뱃속에 있는 게 아니라 내 마음속에 있지. 옛날 진평(陳平)처럼 여섯 가지 기묘한 계책[20]이 있는데, 이미 쓴 게 세 가지고 아직 쓰지 않은 게 또 세 가지야."

"이미 쓴 계교는 뭐예요?"

"경옥(화춘의 자)을 꼬드겨 재물 쓰기를 물처럼 한 것이 하나요, 화진을 무고해서 앞길을 완전히 막아 버린 것이 둘이요, 어리석은 남편을 속이고 그 아름다운 아내를 뺏은 것이 셋이지."

조녀가 웃으며 말했다.

"아직 쓰지 않은 계책도 들어 봅시다."

꠷꠷꠷꠷

20. **여섯 가지 기묘한 계책** 한나라 고조 유방(劉邦)의 참모였던 진평이 처음 유방의 막하에 들어가서부터 훗날 한나라가 중국을 통일하여 안정기에 접어들기까지 전후 여섯 차례 기묘한 계책을 내고조를 도왔다는 고사가 있기에 한 말이다. 『한서』(漢書) 「진평전」(陳平傳)에 관련 기록이 보인다.

"하나는 화진을 죽이는 것이요, 둘은 화춘을 죽이는 것이요, 셋은 이 십의 금은보화를 모두 가지고 당신과 함께 오호五湖에 배를 띄우고 노는 거야."21

조녀가 화난 척 범한의 배를 찰싹 때리며 말했다.

"어쩌면 그리도 심하우! 헌데 화진 형제를 어떻게 죽이려는지 한번 들어나 볼까?"

"내 친구 누급婁級이란 자가 검술에 능하거든. 한번 이 친구를 쓰면 화진이 죽을 테고, 그런 다음에 화춘이 그 아우 부부를 죽였다고 관가에 고하면 화춘이 어찌 죽음을 면하겠누?"

조녀가 미소 지으며 더 말하지 않았다.

며칠 뒤 범한이 조녀를 마주해 탄식하며 말했다.

"내 계교가 어그러졌어!"

"무슨 계교가 어그러졌단 말이오?"

"어젯밤 누급이 날카로운 비수를 끼고 번개같이 죽우당에 들어갔어. 그런데 들어가자마자 날듯이 몸을 돌려 나오더니만 등이 땀으로 흥건히 젖은 채 이러는 거야.

'문 앞에 거인이 지키고 서서 소리를 버럭 지르네!'"

조녀가 놀라 말했다.

"그 거인은 대체 뭐예요?"

21. **당신과 함께~노는 거야** 춘추시대 월나라의 재상 범려가 계략을 꾸며 서시를 오나라 임금 부차의 총회寵姬로 만들었다가 월나라가 오나라를 멸망시킨 후 서시와 함께 동정호에 배를 띄우고 노닐었다는 고사가 있기에 한 말이다. '오호'는 여기서 동정호를 가리킨다.

"이 집 귀신이 아닐까 싶지만 알 수 없지."

범한은 묵묵히 한참을 생각하더니 이렇게 말했다.

"또 한 가지 계책이 있네. 낭자가 윤씨와 남씨의 필적을 구할 수 있겠나?"

"윤씨와 남씨는 본래 쓸데없이 붓을 잡는 일이 없고 시 짓는 것도 좋아하지 않았으니, 그 필적이 어디 있겠어요? 어쨌거나 한번 가서 상자를 뒤져 볼게요."

조녀가 열쇠를 들고 나가더니 한참 뒤에 돌아와 말했다.

"윤씨와 남씨의 처소에 들어가 책상이며 벼루 상자부터 훈롱[22]이며 경대까지 모조리 뒤져 봤지만 편지 쪼가리 하나 없네요. 다만 남씨 방에 이 책 한 권이 있던데, 이게 남씨 글씨인지는 모르겠네."

범한이 보니 『효경』孝經을 정갈하게 옮겨 쓴 것으로, 책 끝에 "열 살에 쓰다"라고 적혀 있고, 맨 앞 장에는 소전체[23]로 '농취정'[24]이라 새긴 인장이 찍혀 있었다. 범한이 기뻐하며 말했다.

"농취정은 필시 남씨가 어릴 적 지내던 집 이름일 텐데, 낭자는 들어 본 적 없나?"

"남씨는 성격이 오만하고 도도해서 다른 사람과 사사로운 얘기를 나누는 법이 없고, 그 몸종들도 산동에 살 때의 일은 입을 닫고 일절 말하지 않아요. 그러니 내가 윤부尹府의 정자 이름을 어찌 알겠어

❀❀❀

22. **훈롱薰籠** 뚜껑이 있는 원형 향로.
23. **소전체小篆體** 진시황 때 승상 이사가 대전체大篆體를 간략히 해서 만들었다는 한자 서체의 하나.
24. **농취정籠翠亭** 윤부에 있던 시절 남채봉의 침실.

요?"

범한이 고개를 숙이고 생각에 잠기더니 일어나 배화헌으로 가서 화춘에게 물었다.

"자네, 산동 윤시랑 집에 있는 농취정을 아나?"

화춘이 말했다.

"알지. 그걸 왜 묻나?"

"듣자니 윤시랑이 농취정을 지극히 호화롭게 지어 소양사[25]처럼 명주와 취우翠羽로 꾸미고 절세미인을 얻어 그 속에 두었다더군. 늙은 신하의 풍류가 이 정도면 꽤 괜찮지 않나."

화춘이 깔깔 웃으며 말했다.

"잘못 들었구먼. 윤시랑은 청빈한 어른인데, 어찌 그런 일이 있겠나?"

범한이 냉소하며 말했다.

"자네는 아무것도 모르는군. 윤시랑의 애첩 이름이 취교翠嬌라서 정자 이름을 '농취籠翠'라고 했다는 거야."

화춘이 박장대소하며 말했다.

"그건 더욱 허무맹랑한 소리네. 일전에 성형成兄(성준)이 형옥을 놀려 이런 시를 지은 적이 있어.

❧❧❧❧

25. 소양사昭陽舍 언니 조비연에 이어 한나라 성제의 총애를 받은 후궁 조합덕趙合德이 거처하던 궁전. 궁전으로 오르는 계단을 백옥으로 만들고, 궁전 안은 황금과 명주明珠와 취우翠羽(물총새 나 공작새의 푸른 깃털) 등으로 꾸며 한나라 궁전 중 가장 호화로웠다고 한다.

농취당에서는 봉황과 날개를 맞대고

응향각[26]에서는 최 심化心(꽃술)을 잡하네.

남씨 이름에 '봉황 봉' 자가 있고 윤씨 이름에 '꽃 화' 자가 있기 때문에 그런 말을 한 거라네. 내가 듣기로 농취정은 남씨의 침실 이름이야. '명주'니 '취우'니 '취교'니 자네가 한 말은 모두 금시초문일세."

범한이 웃으며 말했다.

"그렇다면 과연 내가 잘못 들었군."

이때 화진은 유폐된 이래로 내내 병석에 누워 "아버지! 어머니!"라고 외치며 통곡했다. 때때로 눈을 감았다 뜨면 화욱과 정부인이 문득 베개맡에 앉아 화진의 머리를 쓰다듬으며 한숨을 쉬는 모습이 보였다. 어느 날 밤에는 화욱 부부가 등불 앞에 완연히 앉아 이렇게 말했다.

"큰 재앙이 이르렀으니 부디 자중자애해라."

화진이 놀라 외치며 붙잡으려 했지만 부모의 모습은 이미 보이지 않았다.

그날 새벽 어스름에 집안이 온통 떠들썩하더니 이런 소리가 들렸다.

"어젯밤 정당正堂에 자객이 들었다!"

화진은 소스라치게 놀라 쓰러졌다. 화춘이 옷을 걸치고 허둥지둥 들어가 보니, 심씨는 넋이 나가 눈을 휘둥그레 뜨고 있었다. 심씨의

꾼꾼꾼꾼
26. 응향각凝香閣 윤부에 있는, 윤옥화의 침실.

침대 앞에 난향이 거꾸러져 있는데, 입가에 피가 흐르고 잘린 혀가 입술에 걸려 있으며, 비수가 입속으로 들이기 뇌를 꿰뚫었다. 화춘이 그 광경을 보고 경악을 금치 못하고 있을 때, 계향이 문간에서 비단으로 만든 주머니를 하나 주웠다. 화춘이 가져다 보니 주머니 속에 쪽지가 들어 있었다. 바로 채봉과 화진이 함께 심씨를 살해할 것을 모의한 편지였는데, 내용이 교묘하고도 참혹했다. 화춘이 땅을 치며 말했다.

"내 이럴 줄 알았다!"

심씨가 쪽지를 보고 큰소리로 말했다.

"이건 남녀南女(채봉)의 필적이야! 불효한 자식놈이 제 손으로 어미를 죽이려 했거늘, 이 일이 탄로 나지 않을 리 있겠느냐!"

마침내 심씨가 손수 고소장 초안을 썼다.

이때 범한은 바야흐로 조녀를 껴안고 누워 있었는데, 난수가 들어와 정당에서 벌어진 일을 알렸다. 범한이 탄식하며 말했다.

"내 목표는 늙은것에 있었거늘, 누급이 난향이를 잘못 겨냥했구나! 애석한지고! 난향이는 공을 세운 자인데, 비명에 죽었어."

옷을 걸치고 일어났다.

화춘은 고소장을 들고 황망히 외당을 나섰다. 범한이 갓을 비스듬히 쓰고 신을 끌며 천천히 걸어 조녀의 거처인 만류정 샛문으로 나오다가 화춘과 마주쳤다. 범한은 놀라거나 수상한 기색 없이 태연했고, 화춘도 의심할 겨를이 없었다. 범한이 웃으며 물었다.

"자네 집에는 왜 이리 변고가 많나?"

화춘이 이마를 찌푸리며 말했다.

172

"내 팔자가 너무 사나워서 불행한 아우 하나 때문에 온갖 변괴가 일이나네."

그러고는 고소장을 내보이며 말했다.

"자네가 한번 보고 다듬어 주게."

범한이 다 읽고는 냉소하며 말했다.

"이처럼 큰 변고에 이렇게 졸렬한 고소장을 썼으니, 되려 자네가 죄를 받겠어."

화춘이 놀라 겁을 집어먹고 말했다.

"그렇다면 자네의 훌륭한 솜씨를 좀 빌리세."

그러자 범한이 붓을 들어 먹물을 직시너니 수천 마디 말을 장황하게 늘이놓는데, 말이 너무 지독하고 참혹해서 차마 들을 수 없을 지경이었다. 아아! 화욱이 누급의 눈앞에는 나타났으나 아들 화춘의 꿈에 나와 감화시키지는 못했고, 조물주가 난향의 혀는 잘랐으나 범한의 손목은 자르지 못했으니, 이 무슨 까닭인가?

범한이 고소장을 제 소매에 넣으며 말했다.

"내가 가지 않으면 일이 망하겠어."

그러고는 백금 수백 냥을 들고 관가로 갔다.

소흥 지부 최형崔珩은 일찍이 화부花府의 잔치에 갔다가[27] 화진을 본 뒤로 늘 화진을 아끼고 흠모하며 그를 위해 일하기를 소원했다. 그러던 차에 고소장을 보고는 책상을 내려치며 비통하게 탄식하며 말

---

27. 소흥 지부知府~잔치에 갔다가 앞시 제5회에서 화진이 장원급제하여 화부에서 잔치를 벌였을 때 소흥 지부가 악공과 기녀들을 거느리고 참석한 바 있다.

했다.

"이는 틀림없이 무고다!"

화진이 아전을 따라 관아에 이르자, 최형이 문목[28]을 꺼내 물었다. 범한은 팔짱을 끼고 중계中階 아래에 꼿꼿이 서 있었다. 화진은 문목 내용을 다 듣고서야 비로소 자신이 변고에 휘말린 것을 알아차리고 마음속 깊이 말 못할 고통을 느꼈다.

'운명이다, 운명이야! 내가 거짓으로 자백하지 않으면 장차 어머니와 형이 어찌 되겠나?'

마침내 고개를 들고 대답했다.

"진실로 그러한 일이 있습니다. 죄가 이미 다 드러났으니 죽음이 있을 따름입니다."

최형이 안쓰러워 긴 한숨을 쉰 뒤 화진에게 말했다.

"죄인의 사정이 참으로 딱하구나! 어미가 고소장을 냈으니, 효자가 어찌 차마 일일이 사실을 해명할 수 있겠는가. 옛날 동해의 효부가 없는 죄를 자백하자 3년 동안 비가 오지 않았고, 그 고을의 태수太守는 끝내 어리석다는 이름을 얻었다.[29] 그러니 지금 내가 어찌 무고

---

28. **문목問目** 죄인을 신문訊問하기 위하여 죄목을 적어 놓은 문서.
29. **동해東海의 효부孝婦가~이름을 얻었다** 『열녀전』列女傳과 『한서』「우정국전」于定國傳에 나오는 다음 고사를 말한다. 한나라 때 동해의 효부 주청周靑이 일찍 과부가 되어 자식도 없이 10여 년 동안 시어머니를 지극정성으로 모시자 시어머니가 며느리를 더 고생시킬 수 없다며 자결했다. 시누이가 주청을 살인죄로 고발하자 주청은 모진 고문을 견디지 못하고 거짓으로 죄를 자백했다. 옥리獄吏가 고을 태수에게 주청의 효성을 말하며 그 억울함을 호소했으나 고을 태수는 듣지 않고 주청을 처형했는데, 그 뒤로 동해에 가뭄이 들어 3년 동안 비가 내리지 않았다고 한다. '동해'는 지금의 산동성 임기시臨沂市 담성현郯城縣이라는 설과 강소성 연운항시連雲港市라는 설이 있다.

한 사람에게 억울한 판결을 내릴 수 있겠는가?"

범한이 소리쳤다.

"죄인이 제 죄를 알아 군말 없이 자백했으면 마땅히 처벌하실 일이지, 왜 다른 핑계를 만들어 죄인이 말을 바꾸도록 유도하십니까?"

최형이 매우 노하여 범한을 붙잡아 끌어내리게 한 뒤 엄한 목소리로 꾸짖었다.

"네놈은 성이 범가면서 왜 화씨 가문의 일에 끼어들어 감히 이처럼 요망한 말을 하느냐?"

최형은 범한의 머리채를 잡아 쫓아내게 하고, 화진을 우선 옥에 가두었다. 범한은 보따리에서 돈을 꺼내 옥졸들에게 나눠 주며 화진을 독살할 음모를 꾸몄다.

이에 앞서 화진의 유모 계화가 심씨에게 쫓겨나 길에서 울부짖다가 소흥의 부자 유이숙劉爾淑을 만나 그 아내가 되었다. 계화는 화진이 변을 당해 옥에 갇혔다는 소식을 듣고 통곡하며 식음을 전폐하더니, 관아 앞에서 자결해 화진의 원통함을 밝히겠다고 했다. 유이숙은 아내의 생각을 의롭게 여겨 말했다.

"내가 한번 가서 보리다."

잠시 후 유이숙이 돌아와 분을 참지 못해 눈물을 흘리며 말했다.

"한림(화진)의 옥 같은 얼굴을 보니 천하의 군자였소. 대장부가 어찌 이런 사람을 위해 죽지 않을 수 있겠소?"

유이숙은 재산을 크게 풀어 물 쓰듯이 뇌물을 썼다. 계화는 몸소 옥바라지를 하고, 유이숙은 옥문 앞을 지키고 앉아 화진에게 들이는 모든 음식을 자신이 맛본 뒤에야 올리게 했다. 이렇게 되니 범한이 쓴 뇌물은 허망하게 사라지고 말았다. 옥문 안팎에 범한의 그림자라도 보일라치면 흰 몽둥이와 붉은 몽둥이가 비치럼 구름처럼 날아드니, 범한은 간담이 다 떨어져 감히 화진에게 접근할 수 없었다.

최형은 화진의 옥사獄事 때문에 자나 깨나 개탄하며 차마 결단을 내리지 못하고 있었다. 때마침 도어사都御史 하춘해夏春海가 황제의 명을 받아 절강성 일대를 순시하고 돌아가다가 소흥에 들렀다. 최형은 하춘해를 매우 반가이 맞이한 뒤 말했다.

"저희 고을에 의심스런 큰 옥사가 하나 있는데, 제가 사리에 어두워 진실을 규명하지 못하고 있습니다. 다행히도 명공³⁰께서 오셨으니 가르침을 받고자 합니다."

최형이 고소장을 보여 주니 하춘해가 겨우 몇 줄을 보자마자 놀라 말했다.

"화진이라는 자는 장원급제해서 한림학사가 된 사람 아니오?"

"맞습니다."

하춘해가 고소장을 다 읽고 분노에 차서 팔을 휘두르며 통탄했다.

"지난번 언무경이 이 사람을 불효하다고 탄핵할 때 우리는 억울한 일이라 생각했소만, 지금 이 고소장을 보니 과연 화진은 흉악한 자였구려! 내가 왕법王法으로 속히 바로잡을 테니 잡아들이시오!"

그리하여 화진이 관아 뜰에 이르렀다. 하춘해가 고소장에 의거해 신문하자 화진은 전과 같이 대답했는데, 말소리에 서글프고 강개한

❀❀❀
30. 명공明公 고관에 대한 존칭.

기운이 있고, 옥 같은 얼굴과 별 같은 눈에 진주 같은 눈물이 맑게 고였다. 하춘해가 화진을 응시하더니 애처로이 얼굴빛이 달라졌다.

"군자로다! 기린이 때를 잘못 만나 버림받는 재앙을 만났구나!"[31]

하춘해가 최형을 돌아보고 말했다.

"이 사람을 잘 보호하도록 하시오."

그날 밤 하춘해는 손수 편지를 써서 겸인傔人(청지기) 왕겸王謙을 시켜 은밀히 화진에게 전하도록 했다. 그 편지는 다음과 같다.

> 제가 듣건대, 고귀한 옥은 불 속에 들어간 뒤에 더욱 빛나고, 향기로운 난초는 화로 속에 들어간 뒤에 더욱 향기를 발한다고 합니다. 그러니 지금 족하께서 겪는 재앙은 하늘이 족하를 더욱 단련하고자 함이 아니겠습니까? 그렇기는 하나, 오동나무가 불타며 쪼개지는 소리가 금석金石보다 뛰어났지만 아무도 듣지 못한 그 소리를 채중랑蔡中郞이 홀로 들었고,[32] 감옥 아래 묻힌 검劍에서 발산하는 빛이 북두성北斗星과 견우성牽牛星을 비추었지만 아무도 보지 못한 그 빛을 뇌환雷煥이 홀로 보았다지요.[33]

꽃꽃꽃꽃

31. 기린이 때를~재앙을 만났구나　춘추시대 노나라의 서상鉏商이라는 사람이 숙손씨叔孫氏의 수레를 몰고 사냥을 따라 나가 기린을 포획했으나, 기린을 상서롭지 못한 존재로 여겨 우虞나라 사람에게 주어 버렸다는 고사에서 따온 말. 『춘추좌전』에 관련 내용이 보인다.

32. 오동나무가 불타며~홀로 들었고　'채중랑'은 후한後漢의 문인 채옹蔡邕을 말한다. 좌중랑장左中郞將을 지냈기에 붙은 호칭이다. 채옹은 오동나무가 불타며 쪼개지는 소리를 듣고 거문고를 만들 좋은 재목임을 알아 이것으로 거문고를 만들었는데, 과연 소리가 미묘했다고 한다. 『후한서』後漢書 「채옹전」蔡邕傳에 관련 내용이 보인다.

33. 감옥 아래~홀로 보았다지요　'뇌환'은 동진東晉 사람으로, 자는 공장孔章이다. 풍성豊城(지금의 강서성 풍성시) 현령縣令을 지낼 때 북두성과 견우성 사이에 자색 기운이 서려 있는 것을 보고

이 때문에 옛사람은 지기를 얻기가 쉽지 않다고 탄식했습니다. 아아! 족하는 고귀한 옥의 빛과 향기로운 난초의 향기를 가졌으면서 불에 타는 위급함을 겪고, 땅속에 묻히는 원통함을 품었습니다. 지금 저는 용렬하고 어리석어 감히 자신을 옛사람에 비할 수 없으나, 족하의 얼굴을 보고 그 마음을 알았으며, 족하의 말씀을 듣고 그 소리를 알았으니, 전혀 눈과 귀가 없는 자라고는 할 수 없을 것입니다.

지금 족하께서 만일 그릇된 생각을 품고 절개를 지킨다는 명목으로 끝내 비명에 죽는다면, 후세 사람들은 족하께서 지닌 기린과 봉황의 덕이며 얼음과 눈처럼 깨끗한 용모며 맑은 하늘의 온화한 바람 같은 기색이며 추수처럼 맑은 정신을 알지 못한 채, 함부로 입을 놀려 침 뱉고 욕하며 '여양후 화공花公(화욱)의 아들이 기강을 어지럽히고 인륜을 더럽힌 죄로 동쪽 저자에서 처형당했으니, 저궁³⁴의 재앙과 혁읍³⁵의 치욕이 위로는 선대 조상에 누를 끼치고 아래로는 고향에 흐르고 있다'라고 떠들어댈 것입니다. 그렇게 된다면 족하가 지하에선들 어찌 두려워 이마에 땀이 나지³⁶ 않겠습니까? 저는 이 때문에 개탄하고 애석히 여겨 감히 족하께 저의 속마음을 펼쳐 보입니다. 족

보물이 매장되어 있음을 알아 결국 감옥이 있던 자리 땅속에 묻혀 있던 천하의 명검 간장干將과 막야莫邪를 찾아냈다고 한다. 이 이야기는 『진서』晉書 「장화 열전」張華列傳에 보인다. '견우성'은 독수리자리에서 가장 밝은 별인 알타이르Altair를 말한다.

34. 저궁瀦宮 대역죄인의 집과 조상의 묘를 허물고 땅을 파서 그 자리에 못을 만드는 형벌.

35. 혁읍革邑 대역죄인이 살던 고을을 혁파하여 일정 기간 고을의 명칭을 없애던 일.

36. 두려워 이마에 땀이 나지 『맹자』「등문공 상」滕文公上에서 따온 말.

하께서는 부디 한때의 생각 때문에 천고의 수치를 얻지 않도록 하시기 바립니다.

화진은 편지를 다 읽고 감격의 눈물을 하염없이 흘리며 생각했다.

'옛날 선친께서 늘 대학사 하언[37]의 충절을 칭찬하시더니, 지금 그 아드님(하춘해)도 선을 좋아하고 의를 좋아해서 부친을 욕되이 하지 않는구나. 아아, 나만 유독 불초하여 선친의 명성을 실추시키고 있다!'

화진이 왕겸에게 말했다.

"하대인夏大人(하춘해)께서 죽고도 남을 죄인을 가련히 여기시어 황상의 가르침으로 거듭 타이르시니, 내가 비록 지극히 어둡고 완악해서 사람의 도리로 책망하기에 부족한 자이긴 하나, 어찌 조금이라도 감동하는 마음이 없겠소? 그러나 죄인의 죄명이 이미 드러났고 국가의 법률이 지엄하니, 태양 아래 감히 마음을 속여 말을 바꾸지 못하겠소."

왕겸이 돌아가 하춘해에게 보고하자 하춘해가 한숨을 쉬며 말했다.

"효자로다! 죽음 앞에서도 동요하지 않으니, 내가 어찌할 도리가 없구나!"

하춘해는 왕겸을 시켜 옥중의 화진을 보호하게 하고, 마침내 빠른

───

37. **하언夏言** 생몰년 1482~1548년. 명나라 세종 때의 문신으로, 세종의 신임을 받아 황족의 부정부패를 적발하여 백성에게 빼앗았던 토지를 돌려주는 등 강직한 신하로 명성을 떨쳤다. 예부상서 겸 무영전武英殿 대학사에 이어 수보首輔에 올랐으나 임숭 일파의 공격을 받아 권세를 잃고 결국 처형당했다.

수레를 타고 서울로 떠나며 최형에게 말했다.

"이 옥사를 성급히 결정해서는 안 되오. 내가 황상께 아뢰어 처결하려 하니, 공은 옥리獄吏들을 엄하게 단속해서 죄인을 죽이거나 스스로 목숨을 끊는 일이 없도록 유의해 주시오."

이에 앞서 범한은 최형이 화진을 극진히 보호하려는 뜻이 있음을 안 데다 유이숙 때문에 화진을 독살하려던 계획도 감히 시행할 수 없게 되자 마음이 몹시 조급해졌다. 그리하여 즉시 홀로 말을 타고 밤을 새워 서울로 가서 엄숭에게 뇌물을 바쳤다. 마침내 엄숭이 소흥부에 명령을 내려 죄인 화진을 서울로 올려 보내게 했다. 그러자 유이숙과 왕겸이 화진을 호위해서 길을 떠났다. 계화가 말 앞에서 통곡하며 이별하자 화진이 말을 세우고 눈물을 흘리니, 길가에서 지켜보던 이들이 모두 탄식했다.

화진이 서울에 도착했다. 엄숭이 심씨의 고소장 내용을 황제에게 아뢰자 황제가 경악을 금치 못하고 말했다.

"화욱의 아들이 이런 악행을 저지를지 어찌 알았겠는가? 담당 관리에게 명하여 오늘 당장 법을 시행하게 하라!"

도어사 하춘해가 반열에서 앞으로 나와 아뢰었다.

"신이 명을 받들어 소흥에 갔을 때 지부知府 최형이 이 옥사를 신에게 알렸습니다. 신 또한 처음에는 통탄하며 반드시 죄인을 죽여야겠다고 생각했습니다. 그러나 죄인의 얼굴과 행동을 보고 그 말씨와 기색을 살핀 뒤 이 사람은 어질고 효성스런 군자로서 흉악한 일을 절대 가까이하지 않았으리라 확신했습니다. 또 신이 듣건대 화진은 심씨 소생이 아니라고 합니다. 예로부터 의붓아들과 의붓어미 사이에는 서로 반목하여 음해하는 변고가 있어 사실을 판별하기 모호한 경우가 자주 있었습니다. 죄를 신중하게 심의하여 처결하도록 조치하는 덕을 지니신 황상께서 지금 어찌 몇 마디 말만 가지고 사람을 죽이는 일을 신중한 검토 없이 당장 결정하실 수 있겠습니까? 부디 즉시 법을 시행하라는 명을 거두시어 필부匹夫가 지하에서 원한을 품지 않게 해 주시기 바라옵니다."

황제가 주저하며 대답하지 못하고 있는데, 엄숭이 앞으로 나와 말했다.

"말과 얼굴로 사람을 판단하다가 대성大聖 공자孔子도 실수한 일이 있습니다.[38] 지금 하춘해가 한갓 화진의 말과 얼굴로만 판단하고 진평의 평소 행실[39]은 살피지 못하니, 참으로 가소로운 일입니다. 게다가 죄인이 이미 자백했거늘, 무슨 원한을 품을 일이 있겠습니까?"

하춘해가 성난 목소리로 말했다.

"승상이 틀렸습니다! 진평이 형수와 사통했다는 이야기는 주발과 관영 무리가 지어낸 한때의 참소하는 말에 지나지 않거늘,[40] 승상은

---

38. 말과 얼굴로~일이 있습니다 『한비자』韓非子에 의하면 공자의 제자 담대멸명澹臺滅明은 군자다운 용모였으나 행실이 용모만 못하고, 재여宰予는 화려한 언변을 가졌으나 지혜가 언변만 못해서, 훗날 공자가 "내가 용모로 사람을 취하다가 담대멸명을 잘못 판단하고, 말로 사람을 취하다가 재여를 잘못 판단했다"라며 반성했다고 한다. 반면 『사기』「중니제자 열전」仲尼弟子列傳에서는 담대멸명에 대해 반대로 기술해서, 공자가 처음 담대멸명의 추한 용모를 보고 재주가 없다고 여겼으나 훗날 그 덕행과 능력을 알게 된 뒤 반성했다고 했다.

39. 진평陳平의 평소 행실 한나라 고조의 책사策士이자 언변 좋은 미남자로 유명했던 진평이 형수와 사통했다는 소문이 있었기에 한 말.

40. 진평이 형수와~지나지 않거늘 진평이 항우項羽의 밑에 있다가 한나라 유방劉邦의 막하로 들어와 중용되자 유방을 처음부터 따랐던 개국공신 주발周勃과 관영灌嬰은 진평이 형수와 사통하

실제 그런 일이 있었던 것으로 알고 있으니, 승상의 역사 공부는 왜 이리 오활합니까? 또 화진의 자백은 효성에서 나온 것입니다. 만일 민자건의 계모가 민자건의 불효를 고발한다면 민자건이 일일이 사실을 밝혀 죄를 면하고 계모에게 죄를 돌리겠습니까?"[41]

엄숭은 부끄럽기도 하고 화가 나기도 해서 아무 말이 없었다. 하춘해가 또 아뢰었다.

"신은 폐하의 은혜를 입어 늘 나라를 위해 분골쇄신하기를 원했는데, 지금 만일 화진 한 사람을 살린다면 폐하의 은혜에 보답하기에 족할 것입니다. 폐하께서 만일 화진의 목숨을 몇 달 빌려주셨으나 이 옥사가 끝내 무죄로 귀결되지 않는다면, 신은 화진과 함께 머리를 나란히 하고 죽음을 맞아 오늘 망언을 한 죄에 대해 용서를 빌겠습니다."

그러고는 감정이 북받쳐 눈물을 흘렸다. 대학사 서계(徐階)가 아뢰었다.

"춘해는 오래전부터 나라의 은혜에 보답하려는 충심을 지니고 있었습니다. 폐하께서는 춘해의 어리석음을 용서하시고 그 마음을 살펴 주시기 바라옵니다."

황제가 형부상서 정필(鄭弼)에게 말했다.

고 장수들에게 뇌물을 받았다는 소문을 유방에게 전하며 진평을 비방했다. 유방은 자신에게 진평을 천거한 위무지(魏無知)와 진평을 불러 소문을 따져 물었으나 진위를 가리지 못한 채 진평의 능력을 높이 평가하여 중임을 맡겼다. 『한서』 「진평전」에 관련 내용이 보인다.

41. **민자건閔子騫의 계모가~죄를 돌리겠습니까** 화진을 지극한 효성으로 유명한 민자건에 견주어 한 말. 공자의 제자 민자건은 어려서 모친을 여의고 계모 슬하에서 자랐는데, 계모는 자신의 두 아들만 편애하고 민자건을 학대했다. 한겨울에 계모가 친자식들에게만 솜옷을 입히고 민자건에게는 갈대꽃의 솜털을 채워 넣은 옷을 입혔다가 민자건의 부친이 이 일을 알고 계모를 쫓아내려 하자 민자건은 계모를 변호하여 내쫓지 못하게 했다.

"춘해도 뭔가 본 것이 있어서 한 말일 테니, 경卿은 모름지기 엄중하게 시실을 규명해 아뢰노록 하라."

신하들이 물러났다. 하춘해와 정필이 말 머리를 나란히 해 갔는데, 정필은 곧 하춘해의 손위처남이었다. 하춘해가 정필에게 말했다.

"단 한 사람의 무고한 자를 죽이는 일도 하지 않거늘,[42] 하물며 군자를 죽여서야 되겠습니까? 형님은 조금 시일을 늦추어 단서가 서설로 드러나기를 기다려 주십시오."

정필이 말했다.

"알았네."

그 뒤로 정필은 신문을 벌이는 날마다 반드시 화진의 얼굴을 본 뒤에 신문을 끝냈다. 엄숭의 위협과 공갈이 거듭 있었으나 정필은 끝내 마음을 움직이지 않았다.

꽃꽃꽃꽃

42. 단 한 사람의~하지 않거늘   『맹자』「공손추 상」의 "단 한 가지 불의를 행하고 단 한 사람의 무고한 자를 죽이면 천하를 얻을 수 있다고 해도 그분들(백이伯夷와 이윤伊尹과 공자)은 모두 하지 않으실 것이다"라는 구절에서 따온 말.

제7회

재주 많은 선비는 예쁘게 눈썹을 그리고

아름다운 규수는 홍점을 보전하다

이때 화춘은 집안이 매우 어지러워 온갖 변고가 거듭 일어나는 것을 목격했다. 백화헌 앞에 있던 천년 고목이 까닭 없이 쓰러졌고, 만류정(조녀의 처소) 아래로 늙은 구미호九尾狐가 오가며 슬피 울었다. 화욱의 사당에서는 대낮에도 곡성이 들렸다. 화춘은 근심스럽고 두려웠으나 어찌할 바를 몰랐다. 장평이 이를 알고 기뻐하며 말했다.

"지금이야말로 내가 뜻을 얻을 때로구나!"

하루는 장평이 외출했다 들어오는데 근심스런 빛이 얼굴에 가득했다. 화춘이 물었다.

"자네, 무슨 걱정 있나?"

"내 걱정이 아니라 자네 걱정일세. 방금 길에서 이런 말을 들었네. '화진이 재상들의 구원을 받아 옥사가 뒤집히려 하는데, 엄승상은 한마디 말도 없다고 해.'

이건 틀림없이 범한이 가벼이 사단을 누설해서 벌어진 일일 게야. 자네 머리가 어느 곳에서 베여 떨어질지 모르겠다는 게 내 걱정일세."

"걱정이 지나치구먼. 진이 직접 칼을 써서 악행을 저지른 뒤 편지가 든 주머니를 떨어뜨렸으니, 승거가 명백하지 않은가. 사단이라고

해 봐야 이것뿐인데, 그게 나와 무슨 상관인가?"

장평이 손뼉을 치며 말했다.

"자네는 깊은 미혹에 빠진 귀머거리 귀신이라 할 만하네!"

그리하여 장평은 범한이 전후로 벌인 흉악한 일이며 조녀와 사통
하던 일을 자세히 알려 주었다. 화춘은 그 말을 듣고 기가 막혀 자리
에 거꾸러지더니 피를 몇 되나 토했다. 장평이 구호해서 겨우 소생
했으나 안색이 잿빛이었다. 장평이 또 말했다.

"일이 이 지경에 이르렀으니 한탄해 봐야 소용없네. 이미 호랑이
등에 올라탔으니 갑자기 내릴 수 없고, 비탈길을 내달리는 중에 다
리를 저절로 멈출 수 없는 법이지. 지금 내게 한 가지 묘책이 있네.
자네가 무사함은 물론이요, 허리에 묵수[1]를 차고 북경과 남경에서
다섯 필의 말[2]을 마음껏 치달릴 수 있을 걸세. 하지만 나약한 자네가
이 계교를 실행할 수 있을지 모르겠어."

화춘이 매우 다행히 여겨 말했다.

"벼슬은 감히 바라지도 않네. 오늘의 큰 옥사에 내 몸 하나만 무
사할 수 있다면 앞으로의 일은 모두 자네 덕일세. 그 묘책을 말해 주
게."

"들자니 엄승상의 아들인 태상경[3] 엄세번[4]이 요사이 아내를 여의

1. **묵수墨綬** 현령縣令(지현知縣)이 차는 검은색 인수印綬.
2. **다섯 필의 말** 사마駟馬(하나의 수레를 끄는 네 필의 말)에 예비의 말 한 마리를 더한 것. 태수太守
   (지부知府) 이상의 고관에게 허용되었다.
3. **태상경太常卿** 태상시경太常寺卿. 종묘宗廟 제사와 예악禮樂을 관장하는 태상시의 장관.
4. **엄세번嚴世蕃** 생몰년 1513~1565년. 엄숭의 아들로, 부친의 권세에 힘입어 과거를 거치지 않고

고 천하의 미녀를 구하고 있다더군. 화진의 아내 윤씨를 엄태상嚴太常 (엄세번)에게 바치면 임태상 부자가 당연히 지내에게 극신한 마음을 갖지 않겠나. 그러면 이 옥사는 자연히 아무 탈이 없을 게야. 게다가 자네가 백금 3천 냥과 명주明珠며 빈주蟠珠(진주)며 산호며 호박琥珀을 승상의 애첩 홍씨洪氏에게 바쳐 보게. 잘 되면 큰 고을의 사또가 될 것이요, 못해도 부유한 현縣 하나는 얻을 걸세. 이게 바로 선화위복 이라는 것 아니겠나. 얻기 어려운 것은 때요, 놓치기 쉬운 것은 기회 니,[5] 더 의심하지 말게."

화춘이 말했다.

"금은보화야 아까울 게 없으니 자네 분부대로 따르겠지만, 윤씨 일은 차마 못 하겠네."

장평이 소매를 떨치며 일어나 말했다.

"그래, 처음부터 자네가 이 계책을 시행하지 못할 거라고 생각했 어. 애송이와 무슨 일을 도모할 수 있겠나!"[6]

화춘이 급히 일어나 매달리며 말했다.

"장형張兄! 자네는 왜 이리 조급한가? 내가 윤씨를 아껴서 그러는

출세가도를 달려 태상시경, 공부시랑을 지냈다. 법률에 밝고 시무時務에 능통했다고 하나 매관매 직 등의 부정을 저질러 이익을 탐하고 27명의 첩을 두는 등 무절제한 향락을 즐기다가 탄핵을 받 고 부친과 함께 몰락하여 처형당했다.

5. **얻기 어려운~것은 기회니** 명나라 계훤揭喧이 엮은 『병경백편』兵經百篇에 나오는 말. 이에 앞서 서진西晉의 사마표司馬彪가 지은 『구주춘추』九州春秋 등에 비슷한 표현이 보인다.
6. **애송이와 무슨 일을 도모할 수 있겠나** 항우와 유방이 섬서성의 홍문鴻門에서 함께 잔치를 벌일 때 항우의 책사 범증范增이 유방을 죽이려는 계교를 꾸몄으나, 항우가 결단을 내리지 못해 계획이 실 패로 돌아가자 분노한 범증이 항우의 우유부단함을 꾸짖으며 한 말. 『사기』「항우 본기」項羽本紀 에 나온다.

게 아니라, 윤씨가 내 말에 따르지 않고 자결할까 싶어 그러는 것뿐일세."

장평이 웃으며 다시 자리에 앉아 말했다.

"그 일이라면 또 묘책이 있지. 자네와 대부인大夫人(심씨)만 알고 있고, 조녀 이하 모든 사람은 속여서 이 일을 절대 누설해서는 안 되네. 우선 북쪽 동산의 윤씨 처소로 조지[7] 한 장을 보내는 걸세. 조지에는 이렇게 적어야지.

　　한림 화진이 예부시랑에 임명되어 오늘 명을 받들고 남경 능침陵寢을 순시하러 간다.

대부인은 윤씨를 불러 옛 처소로 옮기고 의식을 후하게 해서 잘 대우해 주셔야 해. 그런 다음에 조용히 이사 준비를 해서 온 집안이 서울로 떠나면 윤씨가 반신반의하는 가운데 따라가지 않을 수 없을 걸세. 그렇게 해서 서울에 도착하면 윤씨가 탄 가마를 내가 곧장 엄승상 댁으로 옮기겠네. 윤씨가 일단 풍류남아의 손에 떨어지고 나면 제아무리 무쇠로 만든 심장을 가졌다 한들 어찌 자신을 지킬 수 있겠나?"

화춘이 고개를 끄덕이며 훌륭한 계책이라고 칭송했다.

이때 아이종 만회萬回가 창밖에서 몰래 엿듣고 어머니 양운陽雲에게

─────────

7. 조지朝紙　조보朝報. 조정에서 발행하는 관보官報. 임금의 주요 동정과 명령, 관리의 인사, 각종 상소문과 보고서 등이 실렸다.

말을 전했다. 양운은 수선루[8]의 늙은 여종인지라 비분悲憤을 이기지 못했다. 양운이 마침 일이 있어 싱안에 들어갔다가 계화의 집에 가서 들은 말을 전했다. 두 사람은 함께 울며 말했다.

"어떻게 하면 윤부인께 알릴 수 있을꼬!"

잠시 후 문 두드리는 소리가 들렸다. 계화가 문틈으로 엿보니 난데없이 윤부인이 비단 도포 차림에 오건烏巾을 쓰고 청려[9]를 탄 채 문 앞에 있고, 그 뒤로 네댓 명의 하인이 서 있었다. 계화가 매우 기뻐서 양운에게 말했다.

"윤부인이 오셨어요!"

양운이 깜짝 놀라 손뼉을 치며 신기해했다. 양운과 계화가 나귀 앞으로 나가서 맞아 안방으로 안내한 뒤 말했다.

"부인, 부인! 어떻게 몸을 빼서 이리로 오셨습니까? 또 저 나귀와 하인은 어디서 온 겁니까?"

그 사람이 놀라 말했다.

"나더러 부인이라니, 이 무슨 말인가?"

계화가 말했다.

"부인께서 풍상을 거듭 겪다 보니 눈을 크게 상하셔서 쇤네들의 얼굴을 기억하지 못하시는 건가요? 아니면 급작스레 남장을 하고 영영 종적을 감추고자 쇤네들까지 속이시려는 겁니까? 이렇든 저렇든 간에 그 사정이 참 안타깝습니다!"

꽃꽃꽃꽃꽃

8. **수선루壽仙樓** 정부인이 거처하던 곳. 양운은 정부인과 성부인을 모신 여종이다.
9. **청려靑驢** 털빛이 검푸른 나귀.

계화와 양운이 함께 통곡했다. 그 사람은 하늘을 향해 고개를 들고 해괴하게 여기더니, 이윽고 웃으며 말했다.

"자네들은 필시 나를 닮은 부인 생각에 나를 그 부인으로 착각하고 있군그래! 나는 산동의 윤공자야. 내 누이가 화상서(화욱)의 며느리가 되어 월왕성越王城 아래 살기에 지금 여기서 말을 먹이고 화부로 향할까 해서 우연히 자네들 집에 온 걸세."

양운이 말했다.

"옳거니, 옳거니! 예전에 윤부인께 쌍둥이 형제가 있어 용모가 흡사하다는 말을 들었습니다. 공자께서 바로 그분이시구먼요?"

여옥이 그렇다고 하자 계화가 웃으며 말했다.

"어쩐지 저도 윤부인 치곤 키도 조금 크고 손도 조금 더 커서 이상하다 싶었습니다."

계화가 또 말했다.

"공자께서는 한림이 참화를 당하신 이야기를 들으셨습니까?"

여옥이 놀라 말했다.

"못 들었네."

계화가 울며 말했다.

"쇤네가 바로 한림의 유모입니다."

마침내 계화는 화진이 전후 역경을 겪은 일을 말한 뒤에 채봉이 매질을 당하고 유폐되는 등 온갖 고초를 겪다가 하룻밤 사이에 홀연 종적이 사라진 일을 알렸다. 여옥이 땅을 치며 목 놓아 소리쳤다.

"살해한 게 틀림없다!"

계화는 또 화춘과 장평이 장차 옥화를 엄숭의 집에 바치려는 계략을 꾸몄다고 전했다. 그러자 여옥은 한참 동안 안색이 파랗더니 분연히 말했다.

"두 도적놈을 죽여 간을 씹어 먹을 테다!"

여옥이 양운에게 물었다.

"누이는 지금 어디 있나?"

"북쪽 동산의 작은 집에 계십니다."

"내가 들어가서 만나볼 수 있겠나?"

양운과 계화가 놀라 말했다.

"호랑이 아가리에 왜 들어가려 하십니까? 들어가시면 반드시 위험한 일이 있을 겁니다."

여옥이 한참 고민하더니 물었다.

"북쪽 동산의 작은 집은 내당內堂에서 얼마나 떨어져 있나?"

계화와 양운이 말했다.

"팔구 리나 떨어져서 사람들 왕래가 없습니다."

여옥이 기뻐하며 말했다.

"자네들이 나와 함께 북쪽 동산 담장 아래로 가서 누이의 처소를 알려 줄 수 있겠나?"

"물론입지요. 그런데 공자께서는 그 집을 가 보셔서 무엇 하시려고요?"

"내게 이러이러한 계책이 있네."

계화와 양운이 서로 돌아보며 매우 신기해했다.

이윽고 계화가 좋은 술과 귀한 음식을 차려왔다. 여옥은 음식을 입에 댈 생각이 없어 억지로 술 한 잔만 마시고는 청려를 타고 월왕성으로 향했다. 양운과 계화도 말을 타고 뒤따라 화부의 북쪽 동산 밖에 이르렀다. 높은 담장이 빙 둘러 있는데 그 높이가 다섯 길이나 되었다. 계화가 말했다.

"담장 밖은 험하고 높지만, 담장 안쪽은 산세에 의지해 담을 쌓은 것이라 겨드랑이 높이밖에 안 됩니다."

그러자 여옥은 하인들을 시켜 나무를 베어다 담장 아래에 쌓게 한 뒤 나무를 타고 담장을 올라갔다.

이때 옥화는 깊은 동산의 울창한 수풀 속에 있었다. 가을바람이 일자 낙엽이 뜰에 가득 졌으며, 낮에는 원숭이가 슬피 울고, 밤에는 산도깨비가 울어댔다. 옥화는 유모 설고雪姑와 차가운 침대에 누워 홑이불을 덮고 한숨을 쉬며 눈물 콧물을 훌쩍였다. 그러다가 채봉의 생사에 생각이 미치면 깜짝 놀라서 자다가도 자주 꿈에서 깨어났다. 그때 문득 문밖에 인기척이 들렸다. 설고가 나가 보고는 깜짝 놀라 외쳤다.

"부인! 우리 공자가 오셨어요!"

옥화는 그 말을 듣고 구름 속에, 안개 속에 떨어진 듯 망연자실했다. 여옥이 들어와 옥화의 손을 잡고 통곡하니, 옥화도 오열하며 눈물을 흘렸다. 옥화가 부모님의 안부를 묻자 여옥이 눈물을 닦고 대답했다.

"주무시고 잡수시는 건 예전이나 다름없지만, 늘 누나와 남누이 (채봉) 생각에 눈물이 마를 날이 없어."

옥화는 그 말을 듣고 더욱 눈물을 흘리며 슬픔이 간절했다. 여옥이 물었다.

"누나는 이렇게 큰 위험과 괴로움을 겪고 있으면서 지난달 보낸 편지에는 왜 평안하다고만 알리고 이런 사정을 말하지 않았소?"

옥화가 한숨을 쉬며 말했다.

"우리가 처음 왔을 때는 시어머니가 인자하셔서 우리를 박대하지 않으셨어. 그러다가 근래에 조녀의 참소 때문에 이 지경에 이르렀지. 근심스런 이야기를 해 봐야 부모님 마음만 어지럽히겠기에 알리지 않았어."

여옥이 또 울며 물었다.

"남누이와 화형花兄(화진)이 당한 변은 알고 있소?"

옥화가 놀라 말했다.

"내가 어찌 알겠니?"

여옥이 계화의 말을 자세히 전하자 옥화가 기절할 듯이 울부짖으며 말했다.

"채봉이가 필시 죽었구나! 채봉이와 생사를 함께하기로 했거늘 나 혼자 어찌 산단 말이야!"

여옥이 또 화춘과 장평의 흉계를 알리자 옥화가 탄식하며 말했다.

"내가 죽을 곳을 얻었구나!"

여옥이 자신의 계책을 알렸으나 옥화는 허락하지 않았다.

"나는 일개 여자이니 죽어도 아까울 게 없지만, 부모님의 희망과 우리 가문의 책무가 모두 네 한 몸에 달려 있거늘 사지에 몸을 가벼이 던져서야 되겠니?"

여옥은 옥화의 뜻이 단호해서 결코 자신의 말을 듣지 않으리라는 것을 알고 옥화를 협박했다.

"남누이가 이미 죽고 장차 누나까지 죽는다면 의리상 나 혼자 세상에 살 수 없어. 누나가 내 계책을 따르지 않겠다면 나는 당장 내당으로 들어가서 더러운 조씨 계집을 붙잡아다가 그 살을 저며 먹은 다음 화씨 집 문 앞에서 내 얼굴 가죽을 벗기고 눈알을 도려낼 거야!"[10]

옥화는 매우 놀란 데다 여옥의 고집을 잘 알고 있었기에 마침내 어쩔 수 없이 허락했다. 그리하여 여옥이 옥화의 옷을 입고 옥화가 여옥의 옷을 입은 뒤 여옥이 담장 너머로 옥화를 내보냈다.

이때 옥화의 몸종 영운英雲과 초아楚娥가 명주암에서 내려와 화부의 소식을 탐문하려 하다가 계화와 만나 담장 아래에서 옥화를 기다리고 있었다. 옥화는 영운과 초아를 만나 채봉이 촉 땅으로 갔다는 소식을 들었다. 또 양운·계화와 더불어 눈물을 뿌리며 그 자리에 선 채로 그동안의 이야기를 주고받았다. 마침내 옥화는 산동을 향해 떠났는데, 영운과 초아가 따라갔다.

여옥은 설고와 함께 방으로 돌아왔다. 찢어진 창문 틈으로 쉬익쉬익 바람이 들어와 거미줄이 흩날리고 사방에 먼지가 일었다. 설고가 저녁밥을 지어 소금에 절인 채소와 조밥을 올렸다. 여옥이 젓가락을 대지 못하고 웃으며 설고에게 말했다.

"누나는 참 인내심이 대단한 사람이야! 나는 여기서 며칠만 지내

---

10. **내 얼굴~도려낼 거야** 전국시대의 자객 섭정聶政의 고사에서 따온 말. 섭정은 엄중자嚴仲子의 부탁을 받고 그 원수인 한韓나라 재상 협루俠累를 살해한 뒤 자신의 신원을 감춰 가족에게 화가 미치지 않도록 하고자 스스로 자신의 얼굴 가죽을 벗기고 눈을 도려낸 뒤 목숨을 끊었다. 『사기』 「자객 열전」刺客列傳에 관련 내용이 보인다.

도 서산의 귀신[11]이 될 게야."

그날 밤 여옥이 목침을 베고 침대에 누우니 냉기가 뼈에 사무쳐서 눈을 감을 수가 없었다. 여옥은 일어나 앉아 웃으며 말했다.

"화씨 가문 조상이 이 집을 지은 건 오직 나 윤여옥을 괴롭히기 위해서였군."

설고도 깔깔 웃었다.

이튿날 심씨가 과연 여종들을 시켜 조지朝紙를 들고 작은 가마를 가져와 옥화를 데려가려 했는데, 계화가 알려 준 장평의 모략 그대로였다. 여옥은 속으로 웃었지만 겉으로는 반색하는 척하며 말했다.

"내가 죽지 않은 건 바로 오늘을 기다렸기 때문이다!"

여옥이 훌쩍 일어나니 치마가 짧아 다리가 훤히 드러나고, 소매가 짧아 팔뚝이 보였다. 설고가 그 모습을 보고 미소 지었다.

여옥은 가마를 타고 비춘당으로 돌아왔다. 아로새긴 난간과 채색한 서까래에 비단 병풍이 겹겹이 쳐 있었다. 설고가 옥화의 옷이 담긴 함을 열어 새로 지은 옷을 꺼내 주고, 옥화가 쓰던 화장품이며 여러 도구를 내주었다. 여옥이 거울을 보고 예쁘게 눈썹을 그리더니 여종을 돌아보고 말했다.

"내 얼굴이 전에 비해 어떠하냐?"

여종이 대답했다.

---

11. **서산西山의 귀신**　굶어 죽은 귀신. 본래 수양산首陽山(산서성 영제현永濟縣 남쪽에 있는 산)에서 죽은 백이伯夷와 숙제叔齊를 말하는데, 고죽국孤竹國의 왕자인 백이와 숙제는 상商나라가 망하고 주나라가 서자 상나라를 향한 절의를 지켜 수양산에서 굶어 죽었다.

"얼굴은 전보다 살이 더 붙으신 것 같고, 눈썹 털이 매우 길어졌습니다."

여옥이 히히 웃었다.

이윽고 정당의 여종이 심씨의 분부를 받고 와서 여옥을 불렀다. 여옥이 수놓은 초록빛 비단저고리를 걸치고 붉은색 화려한 비단치마를 입으니, 호리호리한 몸매에 걸음걸이가 찬찬했다. 여종들이 서로 돌아보고 감탄했다.

"온갖 곤액을 겪고도 미모가 예전 그대로니, 하느님이 보우하시는 게 틀림없어!"

여옥이 정당에 들어가 심씨에게 절하자 심씨가 억지로 온화한 낯빛을 짓고 말했다.

"지난날 내가 남의 말을 잘못 듣고 오랫동안 현부賢婦를 누추한 곳에 있게 했으니, 부끄럽고 한스럽기 그지없네. 하지만 이 또한 현부의 액운이니 더 말해 무엇 하겠나?"

여옥이 옷깃을 여미고 감사를 표하며 말했다.

"제 죄가 만 번 죽어 마땅하나 이처럼 은혜로이 용서해 주시니 황감함을 이기지 못하겠사옵니다."

그러고는 심씨에게 물었다.

"채봉도 저와 동시에 징계를 받았는데, 오늘 용서하신다는 분부를 받았습니까?"

심씨는 입속에서 말을 웅얼거리다가 한참 뒤에 말했다.

"10여 일 전에 성부인이 갑자기 사람과 말을 보내서 남부南婦(남채봉)가 내게 묻지도 않고 제 마음대로 떠나 버렸어. 그 때문에 내 마음이 편치 않네."

여옥이 놀란 적 측방된 어소도 말했나.

"채봉은 천성이 우매한 데다 일찍 부모를 여의고 배운 것이 전혀 없기에 매사가 그렇습니다. 참으로 한심한 일입니다."

심씨가 웃으며 말했다.

"아녀자의 일을 깊이 꾸짖어 무엇 하겠나?"

말이 아직 끝나기도 전에 갓을 쓴 사내가 들어왔다. 여옥은 그자가 화춘인 줄 알아채고 일어나 인사했다. 화춘이 은근한 태도로 위로의 말을 건네자 여옥 또한 하는 말마다 "예예" 대답을 했다. 설고가 여러 차례 여옥에게 눈짓을 하자 여옥이 일어나 침실로 돌아왔다. 설고가 조용히 말했다.

"공자의 오늘 언동을 보니 부인과 너무 다릅니다. 계속 이렇게 하시다가는 본색이 반드시 드러날 거예요. 더욱 예의 바르고 공손하게 행동하셔야 합니다."

여옥이 웃으며 말했다.

"내가 유순한 목소리에 부드럽게 웃는 얼굴로 무릎 꿇고 앉아 공손함을 다했으니 이만하면 충분해. 여기서 더 공손하게 하라니, 장차 꽁무니가 하늘에 닿고 주둥이를 땅에 처박은 채 갓난아기처럼 기어다니라는 건가?"

설고가 깔깔 웃었다.

화춘은 조녀가 사통했다는 말을 들은 뒤로 태산 같던 정이 구름 사라지듯 없어져서 조녀를 만날 때마다 눈을 흘겼다. 조녀는 분하고 원통해하며 화춘에게 악담을 퍼부었다.

심씨가 경박하게도 조녀에게 장평의 모략을 누설하자 조녀는 몹시 두려웠다. 옥화가 엄승의 집에 들어가면 반드시 자신과 범한에게 원수를 갚을 것이라 여겼기 때문이다. 조녀는 옥화에게 미리 모략을 알려 자결하게 하고자 비춘당으로 갔다. 여옥은 그 요사스럽고 알랑거리는 태도를 바라보고 틀림없이 조녀라고 생각하고는 베개에 기대앉은 채 꼼짝 않고 있었다. 그러자 조녀가 발끈 화를 내며 말했다.

"부인은 장차 엄태상(엄세번)의 여자가 됩네 하고 이처럼 교만하게 구는 거요?"

여옥이 깜짝 놀라 화를 내는 체하며 조녀의 손을 잡고 말했다.

"필부의 천한 첩이 감히 재상의 정실을 모욕하는 게냐?"

조녀가 소매를 뿌리치며 발악하자 여옥이 조녀의 목을 틀어잡아 당기고 손바닥으로 뺨을 후려치니 대나무 쪼개지는 소리가 났다. 조녀는 뭔가 지껄이려 했지만 말소리를 내지 못했는데, 마치 복어가 독을 품어 배와 등을 한껏 부풀린 듯한 모습이었다. 여옥은 속으로 근질근질 터져 나오려는 웃음을 참고 말했다.

"이건 작은 일이 아니니 어머님께 아뢰어 처치해야겠다!"

그러고는 조녀의 목을 틀어쥐고 정당 북쪽 계단으로 끌고 가니, 조녀가 매우 다급하게 애걸했다. 여옥이 틀어쥔 손을 풀어 내던지자 조녀가 개구리처럼 땅바닥에 엎어졌다. 여옥은 통쾌히 웃고 침실로 돌아갔다. 여종들이 놀란 눈으로 그 광경을 지켜보았다.

며칠 뒤 심씨 모자가 조녀를 남겨 두고 서울로 향했다. 여옥이 태연히 가마에 오르자 화춘과 심씨는 속으로 기뻐했다. 서울에 이르자 장평이 과연 성문 밖에서 기다리고 있다가 여옥이 탄 가마를 인도해

언숭이 집으로 달려갔다. 섭고가 곡하는 척하며 따라가자 장평이 꾸짖어 내쫓았다. 여옥은 가마 속에서 웃으며 생각했다.

'어리석은 놈이 북산의 그물을 높이 펼친들 사해를 뒤덮는 날개를 어찌할꼬?'[12]

이윽고 높이 솟은 붉은 대문에 하얀 담장을 두른 집이 보이더니, 곱게 단장한 시녀 10여 쌍이 문밖에 나와 맞이했다. 중문에 이르자 여옥이 가마에서 내려 안으로 들어갔는데, 또랑또랑 맑은 패옥 소리를 울리며 걷는 걸음걸이가 아름다웠다. 엄숭 집안의 여인들 모두가 바라보고 찬탄했으며, 엄세번은 정신이 혼미해져서 신을 질질 끌며 엎어질 듯이 뛰어나왔다.

여옥이 방에 들어가니 진홍색 침대에 수놓은 자줏빛 휘장이 드리워 있고, 산호로 만든 책상이며 무늬 있는 옥으로 만든 책상, 진주를 이어 만든 등잔이며 물총새 깃털로 만든 부채가 휘황찬란해서 마치 온갖 보물을 진열한 페르시아 시장에 들어온 것 같았다. 시녀들이 세숫물을 바치고 화장품을 바치며 여옥에게 단장을 재촉했다. 여옥이 웃으며 말했다.

"내가 변변치 못한 용모와 재주로 외람되이 군자의 간택을 받았거

༄ ༄ ༄ ༄

12. **북산北山의 그물을~날개를 어찌할꼬** 어리석은 장평의 모략으로 지혜로운 자신을 해칠 수 없다는 뜻에서 한 말. '북산의 그물을 높이 펼친들'은 전국시대 송나라 왕이 신하 한빙韓凭의 아내 하씨何氏를 탐하여 한빙을 유배 보내자 하씨가 자결하기에 앞서 지었다는 「오작가」烏鵲歌 중 "남산에 까마귀 있어/북산에 그물 치고 기다리네./까마귀 높이 날아오르니/그물을 어찌할까?"에서 따온 말이다. '사해를 뒤덮는 날개를 어찌할꼬'는 한나라 고조 유방이 태자 폐위 계획을 포기하고 노래한 「홍곡가」鴻鵠歌 중 "벌써 날갯짓해서/사해를 가로질러 날아가네./사해를 가로질러 날아가니/어찌할까"에서 따온 말이다.

늘, 감히 화장을 더해 사람들의 눈과 마음을 현혹해서야 되겠느냐?"

엄세번은 그 말을 엿듣고 사랑하는 마음이 미칠 듯이 일어 문을 열고 들어갔다. 여옥이 급히 몸을 일으켜 맞이하니, 엄세번이 읍하고 자리에 앉아 말했다.

"만생晚生이 오래전부터 낭자의 꽃다운 이름을 사모해서 한번 만나기를 원했으나, 낭자가 봉산과 약수[13]처럼 멀리 있어 아름다운 만남을 이룰 길이 없었습니다. 다행히도 장생張生(장평)의 청조[14]가 소식을 이어 주어 선녀의 옥 같은 얼굴을 보게 되었습니다. 동작대에 봄바람이 부니 주랑周郎의 비웃음거리가 되지는 않을 겁니다."[15]

여옥이 슬픈 기색을 꾸며 보이며 옷깃을 여미고 천천히 대답했다.

"낙창공주가 월궁에 들어간 수치[16]와 녹주가 금곡에서 보인 절

---

13. **봉산蓬山과 약수弱水** 아주 멀리 떨어져 있음을 비유하는 말. 소동파의 「금산 묘고대」金山妙高臺에 "이를 수 없는 봉래산/3만 리 너머 약수"라는 구절이 있다. '봉산', 곧 봉래산蓬萊山은 신선이 산다는 바닷속의 산 이름이고, '약수'는 험난해서 건널 수 없다는, 전설상의 강 이름이다. 약수는 3천 리 길이에 부력이 매우 약해 새의 깃털도 가라앉는다고 한다.

14. **청조青鳥** 신선 세계에서 소식 전하는 일을 한다는 새.

15. **동작대銅雀臺에 봄바람이~않을 겁니다** 엄세번 자신이 남의 아내였던 옥화를 얻어 꿈을 이루었다는 뜻. '주랑'은 삼국시대 오나라의 재상 주유周瑜를 말한다. 후한 말 조조가 업성鄴城에 '동작대'를 짓고 잔치를 벌일 때 조조의 아들 조식曹植이 「동작대부」銅雀臺賦를 지어 축하했는데, 그중 "두 교씨喬氏를 동남쪽 오나라에서 잡아와/아침저녁으로 함께 즐기리라"(攬二喬於東南兮, 樂朝夕之與共)라는 구절이 들어 있다. '두 교씨'는 오나라 최고의 미인으로 각각 손책孫策과 주유의 아내가 된 대교大喬와 소교小喬를 말한다. 실제로는 적벽대전에서 오나라 주유가 승리를 거두어 「동작대부」에서 희망했던 일이 벌어지지 않았으나, 여기서 엄세번은 자신을 조조에, 화진을 주유에, 윤부인을 소교에 견주며 자신이 결국 윤부인을 취하는 데 성공했다고 했다.

16. **낙창공주樂昌公主가 월궁越宮에 들어간 수치** '낙창공주'는 남조南朝 진陳나라 선제宣帝의 딸로, 현숙하고 문학에 뛰어났다. 태자의 사인舍人인 서덕언徐德言의 아내가 되었으나, 진나라가 멸망하는 과정에서 남편과 헤어져 수隋나라의 월국공越國公 양소楊素의 첩이 되었다. 훗날 양소는 낙창공주가 남편을 잊지 못하는 마음을 알고 서덕언을 불러 낙창공주를 데려가게 했다. '월궁'은

개[17]를 제가 모르는 바 아닙니다. 그러나 제가 지금 규방에서 더럽게 여기는 행동을 하며 상공의 앞에 억지로 얼굴을 들고 있는 것은 참으로 원통함을 품은 채 차마 아무 말 없이 죽을 수 없는 일이 있기 때문입니다.

제 남편 화진은 어머니에게 지극한 효성을 다했고, 형을 지극히 공경했습니다. 제가 감히 이 사람을 두둔해서 무쇠를 금이라고 억지 부리려는 게 아닙니다. 순임금이 다시 살아나고 유하혜柳下惠가 죽지 않았다 할지라도 화진보다 크게 뛰어나지는 못할 겁니다. 화진의 사람됨이 이렇거늘, 그가 전후로 겪은 곤경은 실로 세상에 없던 것이었습니다. 그 재앙의 뿌리를 추적해 보면 심씨 모자와 범한·조녀가 독수毒手를 부려 참혹하게 공격하며 분란을 선동하지 않은 것이 없습니다. 그렇거늘 조정에서는 흑백을 환히 가려내지 못하고 오직 심씨가 사실을 날조한 고소장 하나만으로 화진의 죄를 판결했으니, 화진의 억울함은 오뉴월에 서리가 내리게 할 것입니다.

제 어리석은 생각에 지난날 양계성의 아내 장씨가 했던 일[18]을 본

양소의 궁궐을 말한다.

17. **녹주綠珠가 금곡金谷에서 보인 절개** '녹주'는 서진西晉의 부호 석숭石崇의 애첩이다. '금곡'은 석숭의 정원인 금곡원金谷園으로, 하남성 낙양洛陽에 있었다. 손수孫秀라는 권세가가 석숭에게 녹주를 달라 했으나 석숭이 응하지 않자 손수는 조왕趙王 사마륜司馬倫을 부추겨 석숭을 죽이려 했는데, 이 사실을 안 녹주는 금곡원의 누각에서 투신하여 스스로 목숨을 끊었다.

18. **양계성楊繼盛의 아내 장씨張氏가 했던 일** 궁궐 앞에 나아가 남편의 억울함을 호소하는 일을 말한다. 양계성(1516~1555)은 명나라 세종 때의 문신으로, 형부원외랑刑部員外郎을 지내면서 엄숭의 측근 구란仇鸞의 부패를 적발하고, 엄숭을 비롯한 다섯 간신의 열 가지 죄를 열거하여 탄핵하는 상소를 올렸으나 오히려 처형당했다. 양계성의 아내 장씨는 남편이 하옥되자 궁궐 앞에 엎드려 남편의 억울함을 호소하며 남편 대신 자신을 처형해 달라는 글을 바쳤으나, 엄숭이 이를 묵살하고 형을 집행하자 곧이어 자결했다.

받아 황제가 계신 궁궐 앞에서 피를 흘리며 남편의 원통함을 밝히고 싶었습니다. 그러나 다시 생각해 보니, 저와 심씨는 며느리와 시어머니 사이여서 남편의 목숨을 구하기 위해 시어머니를 함정에 빠뜨리는 것은 안 될 일이요, 시어머니의 얼굴을 보아 남편을 죽이는 것도 차마 할 수 없는 일입니다. 그리하여 생각에 생각을 거듭한 끝에 다른 가문에 몸을 맡겨 화씨 가문과 인연을 끊은 뒤에 지기知己의 의리로 화진의 목숨을 구하는 것이 최선의 길이라는 결론에 이르렀습니다.

상공께서는 악의가 조나라 왕에게 했던 말을 들어 보셨을 겁니다. 악의가 '지난날 신臣이 소왕昭王을 섬겼던 마음과 오늘 대왕을 섬기는 마음이 같습니다'라고 한 것처럼[19] 제가 화진을 섬겼던 마음과 오늘 상공을 섬기는 마음이 같습니다. 저는 지금 황상께서 신임하여 그 말을 듣고 따르는 신하로 승상(엄숭)과 상공만 한 분이 없다고 들었습니다. 상공께서 만일 화진의 죽을 목숨을 구하시고 온 세상에 그 원통함을 드러내 주신다면 저는 분골쇄신 그 은혜에 보답하겠습니다. 하지만 그렇게 못 하시겠다면 저는 품속에 간직하고 있는 서슬 푸른 비수로 반드시 상공 앞에서 목숨을 끊어 이승과 저승의 사

----

19. 악의樂毅가 조趙나라~한 것처럼 '악의'는 전국시대 연燕나라의 장군으로, 소왕昭王을 보좌하여 탁월한 전략으로 병력의 열세를 딛고 강국 제나라를 공략하여 국세를 떨쳤다. 소왕에 이어 왕위에 오른 혜왕惠王이 제나라의 이간책에 넘어가 악의를 의심하자 악의는 신변의 위협을 느끼고 조나라로 망명했는데, 이때 조나라 왕이 악의를 후대하며 연나라를 공격할 계책을 묻자 악의는 자신이 예전에 연나라 소왕을 섬긴 마음과 지금 조나라 왕을 섬기는 마음이 같다며 자신은 연나라를 공격할 수 없다고 했다. 『사기』 「악의 열전」樂毅列傳과 당나라 이한李翰의 「삼명신론」三名臣論에 관련 내용이 보인다.

이에서 의리를 저버리고 떠도는 혼이 되지 않으렵니다."

여옥이 말을 마치고 감정이 북받쳐 눈물을 떨구었다.

엄세번은 본래 나약한 소인이라 허겁지겁 승낙하며 말했다.

"그대는 참으로 규중의 열사烈士라 할 만합니다. 만생이 비록 어리석지만 어찌 감복하지 않겠습니까? 아버지께 말씀드리고 황상께 아뢰어 반드시 화진을 구할 테니, 그대는 고운 마음을 괴롭히지 마세요."

이윽고 시녀가 진귀한 음식을 내왔다. 여옥이 부끄러워하는 태도라고는 조금도 없이 연거푸 술잔을 기울여 고운 얼굴이 발그레 달아오르자 엄세번은 더욱 황홀했다. 이때 엄숭의 딸 월화月華가 창밖에서 여옥의 모습을 엿보고는 천하게 여겨 비웃으며 말했다.

"저렇게 문란한 사람이니, 두 남편을 좇는 게 당연하지!"

이윽고 황혼이 되어 침실 안이 어둑어둑해지자 엄세번이 시녀를 시켜 등불을 켜게 했다. 여옥이 등불 아래 단정히 앉아 있으니 온갖 아리따운 자태가 찬란했다. 엄세번은 미친 흥을 이기지 못하고 여옥의 어여쁜 손을 잡았다. 여옥은 손을 뿌리치고 정색하더니 맑은 서리와 차가운 물처럼 냉엄한 말씨로 말했다.

"이부시랑의 딸로 귀하게 자란 제가 비록 절박한 처지에 몰려 어쩔 수 없이 이 지경에 이르렀으나, 애당초 뽕나무 숲에서 만난 행실[20]이 없거늘 어찌 이처럼 무례하게 행동하십니까? 상공께서 과연 화진의

20. 뽕나무 숲에서 만난 행실 『시경』 용풍鄘風「상중」桑中에서 유래하여 남녀의 음란한 만남을 일컫는 말.

원통함을 씻어 제 마음을 위로해 주신 뒤에 천천히 일가친척을 모아 예의를 갖춰 맞이해 주신다면 저더러 뜨거운 물이나 불 속에 뛰어들라 하신들 사양하지 않겠습니다. 그러나 만일 화진이 옥문 밖으로 나오기 전에 한갓 한때의 사사로운 욕정 때문에 강제로 저를 핍박하신다면 제가 비록 나약하고 겁이 많으나 한번 죽기를 어려워하지 않을 것입니다."

엄세번이 물러나 앉으며 풀이 죽어 말했다.

"고집이 지나칩니다. 내 어찌 오늘밤을 헛되이 보낸단 말입니까?"

시녀가 침대에 자리를 깔았다. 엄세번이 허리띠를 풀고 자리에 누워 몇 번이나 여옥을 범하려 했으나 여옥은 번번이 준엄하게 거절했다. 엄세번은 조금 부끄럽기도 해서 깊이 한숨 쉬며 밤새도록 번민했다. 여옥이 속으로 웃으며 생각했다.

'내가 공연히 한바탕 웃을 일을 벌이다가 바보 녀석의 애간장을 다 끊어 버리겠구나.'

동방이 아직 밝기 전에 엄세번이 일어나 세수하고는 조복朝服을 입고 나가더니 날이 밝을 무렵에 돌아와 말했다.

"오늘 아버지께서 화진의 일을 아뢰려 하셨으나 황상께서 마침 조정에 나오시지 않아 하지 못했어요."

또 말했다.

"어젯밤 그대가 나를 꺼려 잠을 이루지 못했으니 틀림없이 약한 몸이 상했을 겁니다. 오늘밤은 그대를 위해 내가 나가서 잘 테니, 안심하세요."

여옥이 미소 지으며 대답하지 않았다. 그때 시녀가 아뢰었다.

"홍부인洪夫人괴 소저가 오십니다."

엄세번이 여옥에게 말했다.

"홍부인은 아버지의 부실副室(첩)이고, 소저는 내 막내 누이예요."

여옥이 일어나 맞이했다. 여옥은 영민하고 아름다운 소저가 마음에 들어서 낭랑한 목소리로 말을 주고받았다. 엄세번이 몹시 기뻐하며 누이에게 말했다.

"신부가 나와 아직 친해지지 않아서 냉담하기 그지없었는데, 지금 너를 보고는 말과 웃음이 끊이지 않으니, '같은 목소리끼리 서로 응하고, 같은 기운끼리 서로 찾는다'[21]는 말이 허튼소리가 아니로구나. 네가 신부와 종일 함께 있도록 해라."

엄세번이 일어나 나가자 홍씨도 소저를 남겨 두고 돌아갔다. 소저라는 이는 곧 월화요, 홍씨는 그 어머니였다. 여옥은 생각했다.

'내가 여장을 하고 남을 속이는 게 비록 부득이한 사정 때문이기는 하나 군자의 정도正道는 아니다. 하물며 남의 집 처자와 어두운 방 안에서 무릎을 맞대고 정답게 있는 일이야 더 말할 나위가 있겠나?'

그러다 다시 웃으며 생각했다.

'이 집 사람들은 모두 나를 누나로 알고 있고, 내가 이미 엄세번과 마주 앉아 말을 나누었으니, 훗날 내가 떠나고 나면 끝내 누나의 허물을 씻을 방법이 없지. 이 여자를 한번 희롱해서 내가 누나가 아니라는 걸 밝혀야겠어.'

---

21. **같은 목소리끼리~서로 찾는다** 『주역』 건괘乾卦의 한 구절로, 취향과 의견이 같은 사람끼리 서로 호응해서 자연히 한곳에 모인다는 뜻.

그리하여 여옥은 다시 월화에게 가까이 다가가 환히 웃으며 월화의 손을 잡기도 하고 머리를 쓰다듬기도 했는데, 마치 풍류 있는 호탕한 선비가 미녀를 끼고 희롱하는 모습 같았다. 월화는 안색을 바꾸며 불쾌히 여겨 여옥의 지나치게 음란한 태도를 매우 더럽게 여겼으나 끝내 남자라고는 의심하지 못했다. 그날 밤 여옥이 월화와 베개를 나란히 하고 누우려 하자 월화는 그 방탕함을 꺼려 다른 핑계를 대고 나갔다.

이튿날 엄세번이 들어와 여옥을 보고 웃으며 물었다.

"편히 주무셨습니까?"

여옥이 대답했다.

"근심스런 마음에 밤새 편치 못했습니다. 그래서 소저를 머물게 해서 함께 밤을 보내지 못한 게 한스러웠습니다."

엄세번이 웃으며 말했다.

"그러면 오늘밤은 같이 지내는 게 좋겠습니다. 헌데 그대의 근심은 화진 때문이겠지요. 지금 황상께서 봉천전[22]에 계십니다. 아버지께서 먼저 대궐에 가셨고 나도 지금 들어가려 하니, 아마 화진의 일을 의논할 수 있을 거예요."

여옥이 기뻐하며 말했다.

"상공은 속히 가셔서 때를 놓치지 마십시오."

엄세번이 나갔다가 해질녘에 돌아와 말했다.

---

22. **봉천전奉天殿** 북경 자금성의 정전正殿. 자금성 최대의 궁전으로, 명나라 성조成祖 때 건립해 청나라 때 태화전太和殿으로 명칭을 바꾸었다.

"화진이 살기는 살았는데, 그 원통함을 완전히 씻지는 못했어요."

여옥이 말했다.

"무슨 말씀입니까?"

엄세번이 여옥 앞으로 바짝 다가앉아 조정에서 있었던 일을 자세히 전했다.

"황상께서 아버지와 변경의 일을 의논하신 뒤에 형부상서 정필을 불러 화진의 재판이 지연되는 이유를 물으시자 정필이 이렇게 아뢰었습니다.

'큰 옥사에 의심스러운 점이 많아 속히 결단할 수 없습니다. 또한 신이 처결을 늦추는 것은 폐하의 호생지덕[23]을 바라기 때문이기도 합니다.'

그러자 황상께서 노하여 말씀하셨어요.

'화진의 추악한 일이 명백히 드러났으니 즉시 왕법을 시행해야 마땅하거늘, 다만 도어사가 자기주장을 고집하기에 한 번 더 엄중한 신문을 하라고 했던 것이 아닌가? 형부상서의 일 처리가 이렇듯 어두우니 파직하는 것이 옳다!'

그러자 아버지께서 아뢰셨습니다.

'신이 당초에 이 옥사를 극렬히 논한 것은 심씨의 고소장이 구구절절 명백해 보였기 때문입니다. 하오나 그 뒤에 여러 사람들의 논의를 들어 보니 화진이 억울하다고 여기는 사람 또한 많았습니다.

23. **호생지덕**好生之德 생명을 아끼고 사랑하여 살육을 꺼리는 덕.

신은 그제야 하춘해의 말이 근거가 없지 않다는 것을 알게 되었습니다.'

그때 나는 화진의 무죄를 밝히고 싶은 마음이 굴뚝같았습니다. 하지만 아버지가 처음에 이 옥사를 두고 하어사와 있는 힘껏 다투었거늘, 지금 와서 전혀 상반된 말을 하는 것도 참으로 낯 두꺼운 일이기에 대강 이렇게만 아뢰었어요.

'화진의 8대조 화운이 나라를 위해 죽자 태조 황제께서 슬퍼하시며 단서철권²⁴을 내려 화운의 자손은 비록 살인의 대죄를 범하더라도 모두 용서해 주라고 명하셨습니다. 지금 화진의 죄는 여종 하나를 죽인 데 불과하며, 또 그 주머니에 든 한 구절 편지라는 것도 종시 이치에 맞지 않습니다. 그러니 의심스럽고 밝히기 어려운 죄로 어찌 화운의 자손을 죽일 수 있겠습니까?'

그러자 황상께서 자못 느끼는 바가 있어 이렇게 말씀하셨지요.

'경들의 말이 모두 사사로움이 없는 마음에서 나온 것이니, 이제 화진의 죄가 애매함을 알겠다. 그러나 풍속의 교화와 관련된 일을 그대로 둘 수는 없는 법이니, 심씨는 금의위錦衣衛로 하여금 곤장 80대를 치게 하여 미심쩍은 일로 아들을 고소한 죄를 징계하라. 화진은 변방에 귀양 보내 신체를 제한하고 사면을 거론하지 말라!'

그러고 나서 정필을 파직하라는 명은 거두셨습니다. 나는 물러나

❀❀❀❀

24. 단서철권丹書鐵券 임금이 공신에게 내려 자손 대대로 면죄 등의 특권을 보장한 증서. 붉은 글씨로 철패鐵牌에 기록했기에 이런 이름을 붙였다. 명나라 태조는 개국 초기에 이선장李善長·서달徐達 등 34인의 개국공신에게 금서철권金書鐵券(금 글씨로 쓴 철패)을 내린 바 있다.

온 뒤에 정상서와 상의해서 화지의 유배지를 성도成都로 정했어요. 성도는 풍토가 맑고 아름다운 곳이니 그나마 다행입니다."

여옥이 일어나 절한 뒤 감사의 말을 했다.

"승상의 은덕이 하늘 같고 상공께서 이처럼 정성을 다해 일을 주선해 주신 덕분에 제 남편이 잔명을 보전하게 되었습니다. 죽을 때까지 은혜에 보답하겠습니다."

엄세번이 매우 기뻐 수염이 흔들리도록 입을 벌려 웃으며 말했다.

"내가 이제 그대의 청을 들어주었으니, 오늘 밤 그대도 내 청을 들어주시겠습니까?"

"그야 어렵지 않습니다. 상공께서 길일을 택하고 예를 갖추어 100대의 수레로 저를 맞이하신 다음 저에게 쌍봉관²⁵을 씌워 주신다면 순무 뿌리²⁶처럼 보잘것없는 제가 감히 종고의 즐거움²⁷을 사양하겠습니까?"

엄세번이 말했다.

"그대의 고집이 참으로 심합니다! 내가 벌써 일관²⁸을 시켜 택일해 보니 길일이 아직 서너 밤이나 남았다고 합니다. 어젯밤 사랑채에서 홀로 자려니 하늘에는 은하수가 흐르고 침대에는 달빛이 가득

---

25. **쌍봉관**雙鳳冠 한 쌍의 봉황 모양 장식을 단 모자.
26. **순무 뿌리** 용모가 시든 여성을 비유하는 말.『시경』패풍邶風「곡풍」谷風에서 따온 말로, 순무의 뿌리가 맛이 없다고 해서 그 잎까지 버리지 않듯이 아내가 나이 들어 용모가 시들었다 해서 그 미덕을 잊어서는 안 된다는 의미가 담겨 있다.
27. **송고**鐘鼓**의 즐거움** 종소리와 북소리가 조화롭게 어우러진 연주처럼 잘 어울리는 부부 사이의 두터운 정과 사랑.
28. **일관**日官 천문 관측과 점성占星을 담당하던 관리.

해서 천 가지 시름과 만 가지 탄식이 일어나더군요. 이리 뒤척, 저리 뒤척 잠을 이루지 못하고, 머리에는 여기저기 흰머리가 생겨나려 했습니다. 허다한 좋은 밤을 또 이리 허무하게 보낸다면 이 엄세번은 황천에 가 있을 겁니다!"

여옥이 화가 난 체하며 말했다.

"상공께서는 제가 두 남편을 섬기려 하는 것을 보고 정숙한 여인의 행실이 없다고 여겨 저를 이처럼 업신여기시는군요. 제가 장차 무슨 낯으로 상공을 모시겠습니까?"

엄세번은 그 준엄하고 매서운 말씨와 기색을 보고 강요하기 어렵겠다 싶어 웃으며 사과했다.

"그저 장난으로 해 본 말이지 진담이 아닙니다."

그러고는 즉시 월화를 불러 말했다.

"신부가 너를 아끼니 네가 함께 자며 외로운 마음을 달래 주도록 해라."

월화는 마음이 몹시 불편했으나 오빠의 분부를 거듭 어기기 어려워 몸종을 시켜 자기 침구를 가져오게 했다.

잠시 후에 엄세번이 일어나 나갔다. 여옥은 월화와 등불 아래 앉아 월화의 비단치마를 끌어 무릎을 맞대고 즐거이 웃었다. 여옥이 월화를 희롱하여 말했다.

"난새 한 쌍이 암수가 아니지만 서로 목을 엇걸고 사랑하는 건 서로의 용모를 어여삐 여겨서지요. 지금 나와 소저는 같은 여자지만 사랑하는 정은 부부 못지않으니, 애석하군요! 만일 내가 남자라면 금대에서 거문고를 탄 사마상여의 솜씨[29]만 못하지 않을 것이요, 가

소의 특이한 향이 한수韓壽의 소매에 깃들게 하지 않을 텐데!"[30]

월화는 그 말을 듣고 여옥의 얼굴을 자세히 보더니 아무 말도 하지 않았다. 이윽고 각자 잠자리에 들었다.

한밤중에 월화가 놀라 깨 보니, 난데없는 한 사내가 자신의 목을 껴안고 누워 있었다. 월화는 심장이 떨리고 땀이 나며 아무 말도 할 수 없었다. 여옥이 웃으며 말했다.

"나는 화한림(화진) 부인의 아우인 산동 사람 윤여옥이오. 당신 오빠가 나쁜 마음을 먹고 남의 누이를 욕보이려다가 도리어 제 누이동생이 남에게 욕을 당하도록 만들었으니, 조물주를 어찌 무심하다 하겠소? 그러나 그대의 어여쁜 자태와 아름다운 덕성이 빼어나기 그지없으니, 천하의 훌륭한 신랑감으로 나보다 나은 자도 없을 거요. 그렇다면 오늘밤 우리가 동침한 것도 하늘의 뜻이 아니겠소?"

월화가 눈물을 흘리며 말했다.

"제가 몸가짐을 삼가지 않아 공자의 손에 떨어졌으니, 죽어도 이 수치는 씻을 수 없습니다. 그러나 제가 규방의 처자로서 이슬 젖은 길을 다니는 더러운 일[31]은 차마 할 수 없으니, 공자께서는 부디 훗

❀❀❀❀

29. **금대琴臺에서 거문고를 탄 사마상여司馬相如의 솜씨** '금대'는 사천성 성도成都에 있는 대臺 이름으로, 한나라 무제武帝 때의 문인 사마상여가 이곳에서 거문고를 탔다. 사마상여는 과부가 되어 친정에 머물던 탁문군卓文君을 거문고 연주로 유혹하여 함께 달아났다.

30. **가오賈午의 특이한~않을 텐데** 진晉나라의 고관인 가충賈充의 딸 가오가 부친에게 선물 받은 외국산의 고급 향香을 한수에게 주고 그와 사통했는데, 훗날 한수의 옷에서 나는 향기 때문에 두 사람의 관계가 발각되었던 고사를 말한다. 여기서는 윤여옥 자신이 한수보다 뛰어난 풍류를 지녔다는 의미로 썼다.

31. **이슬 젖은~더러운 일** 『시경』 국풍 소남召南 「행로」行露의 "이슬 젖은 길/아침저녁으로 다니고 싶건만/옷자락 적실까 나설 수 없네"에서 따온 말. 「행로」는 여성이 연모의 마음을 품고 있되 함

날 혼인하겠다는 약조를 남겨 주시고 예에 어긋나는 일은 하지 말아 주십시오."

그러자 여옥이 일어나 앉아 장탄식을 하고 말했다.

"내가 벌인 일이 즐거워서 한 것은 아니었지만, 아아! 하늘을 우러러 옥루에 부끄럽고,[32] 땅을 굽어보니 이부자리가 부끄럽다. 오늘밤의 내 행동이 평생의 한이 되겠구나!"

마침내 여옥이 물러나 다른 침대에 눕자 월화는 속으로 감탄했다.

'이 사람은 노남자[33]로구나!'

월화는 바스락 소리를 내며 옷을 동여 입고 일어나 침대 위에 앉았다. 여옥은 가만히 생각에 잠겼다.

'이 소저가 정숙하고 사랑스럽긴 하지만, 내가 차마 엄숭의 사위가 될 수는 없다. 소저가 만일 나 때문에 수절한다면 훗날 이 일을 어찌해야 할까?'

월화도 묵묵히 생각했다.

'이 사람은 누나를 대신해 호랑이 굴에 들어왔으니 얼마나 담대하고 지략이 많은지 알 만해. 하지만 우리 집은 쇠문이 겹겹이요 철 담

부로 행동하지 않는다는 내용의 노래이다.

32. 하늘을 우러러 옥루屋漏에 부끄럽고 『시경』 대아大雅 「억」抑의 "홀로 방 안에 있을 때에도/옥루에 부끄럽지 않게 하라/어둡다고 해서/아무도 나를 보지 않는다고 하지 말라"에서 따온 말. '옥루'는 고대 중국에서 방의 서북쪽 모퉁이에 휘장을 치고 신주를 모셔 둔 곳으로, 남들이 볼 수 없는 집안 가장 깊숙한 곳을 말한다.

33. 노남자魯男子 여색에 미혹되지 않는 남자. 노나라에 혼자 사는 남자가 있었는데, 폭풍우가 몰아치는 어느 밤에 이웃집이 무너져 그곳에 혼자 살던 여인이 노나라 남자의 집에 잠시 머물기를 청하나 남자는 문을 닫은 채 여인을 들이지 않았다는 고사를 두고 한 말이다. 『시경』 소아 「항백」巷伯의 '모전'毛傳에 관련 고사가 보인다.

징이 열 길 높이에 초위병들이 문을 지키고 하인들이 순찰을 도니, 이 사람이 담장을 뛰어넘는 곤륜노[34]의 다리를 가졌거나 하늘을 나는 현녀[35]의 재주를 지니지 않았다면 틀림없이 탈출하지 못할 거야. 만일 잘 대처하지 못해 종적이 탄로 난다면 장차 엄청난 재앙이 일어나겠지. 오늘로 나는 윤씨 집안 사람이 되었다. 그러니 용렬하게 부끄러워 머뭇거리는 태도로 남편 될 사람의 위험을 가만히 지켜만 보며 구하지 않다가 끝내 나의 백년대계를 그르쳐서야 되겠는가?'

월화가 소리를 낮추어 물었다.

"공자의 상황이 매우 위태로우니, 이곳에 오래 머물러서는 안 됩니다. 탈출할 계책은 있습니까?"

"화부에서 올 때 미리 남자 옷을 한 벌 경대에 숨겨 와서 지금 머리맡에 있소."

월화가 웃으며 말했다.

"공자의 계책이 참으로 오활하군요. 이 방에서 외문까지는 일곱 개의 쇠문을 지나야 하고, 게다가 오빠 방까지 지나가야 합니다. 그러니 그 계책은 낮에도 시행할 수 없고, 밤에도 시행할 수 없습니

---

34. 곤륜노崑崙奴 당나라 전기소설傳奇小說 「곤륜노」崑崙奴의 주인공 마륵磨勒을 말한다. '곤륜노'는 흑인 노예를 뜻한다. 마륵은 최생崔生의 종인데, 주인 최생이 사랑하는 기녀와 재회하여 행복하게 살 수 있도록 결정적인 도움을 주었다. 마륵은 고관의 집에서 기녀를 탈출시킬 때 최생과 기녀를 등에 업고 열 겹의 담장을 뛰어넘었으며, 훗날 고관 휘하 병사들에게 포위되었을 때에도 화살을 피하며 높은 담장을 날아서 넘는 용력을 보였다.

35. 현녀玄女 중국 고대 신화에 나오는 전쟁의 여신 구천현녀九天玄女를 말한다. 황제黃帝에게 병법을 전수하여 치우蚩尤를 물리치게 했다고 한다. 사람 머리에 검은색 새의 몸을 가진 현조玄鳥로 묘사되기도 하고, 선녀의 모습으로 묘사되기도 한다.

다. 해가 뜰락 말락 하는 여명에나 시행해 볼 수 있겠어요. 하지만 이때 집안 하인들이 모두 일어나 어깨를 맞대고 발걸음을 나란히 해서 번잡하게 오가다가 갑자기 내당에서 생면부지의 남자가 나오는 걸 본다면 누군들 의아하게 여겨 붙잡아 캐묻지 않겠습니까?"

여옥이 놀라 말했다.

"그대 말이 맞소. 하지만 내게 또 여종이 입는 허름한 옷도 있으니, 머리를 헝클고 얼굴에 때를 묻히면 빠져나갈 수 있지 않겠소?"

월화가 웃으며 말했다.

"그 계책이 조금 낫기는 하지만 완벽하다고 할 수는 없어요. 얼굴과 옷이야 누추하게 할 수 있다지만 자태를 숨길 수는 없는 법입니다. 우리 집에는 영리한 하인이 많아서 한 사람이라도 의심한다면 큰 재앙이 닥칠 거예요."

여옥이 한숨을 쉬며 말했다.

"그렇다면 나는 앉아서 죽는 수밖에 없겠소!"

월화가 말했다.

"저는 공자께서 방탕한 정을 억누르고 저의 홍점[36]을 보존해 주어 부모님 앞에 얼굴을 들 수 있게 해 주신 데 감동했어요. 그러니 어찌 보은할 마음이 없겠습니까? 공자를 탈출시킬 계책은 제가 이미 생각해 두었습니다. 다만 공자가 한번 떠나시고 나면 공자를 향한 저의

---

36. 홍점紅點 앵혈鸞血, 혹은 주표朱標라고도 한다. 처녀의 팔뚝에 문신처럼 꾀꼬리의 피를 새겨 넣은, 붉은 반점을 말한다. 처녀가 남자와 동침하면 앵혈이 없어진다는 속설 때문에 고전소설에서 흔히 처녀성을 증명하는 징표로 등장한다.

징성을 잊지 않으실지 모르겠어요. 제 아버지와 우빠느 부귀가 지나 치고 위세 부리기를 좋아해서 천하 사람들에게 원한을 사며 재앙을 모으고 있습니다. 지금 올곧고 불의를 참지 못하는 공자께서는 권세 를 탐하는 집안과 당연히 혼인하고 싶지 않으실 것이고, 저 또한 감 히 혼인은 바라지도 않습니다. 하지만 저는 열네 살 어린 규수로서 문지방을 넘어 본 일이 없고 하인과도 말을 나눈 적이 없을 정도로 얼음처럼 마음을 깨끗이 다잡고 옥처럼 몸을 아꼈거늘, 지금 공자께 서 공연히 이 집에 와서 첩을 더럽혔으니, 수치와 울분으로 죽고 싶 은 마음이 왜 없겠습니까? 공자께서 만일 큰 덕을 베푸셔서 제 아버 지와 오빠의 허물 때문에 저를 천하게 여겨 버리지 않으신다면 저는 하인들 사이에서 이부자리를 개고 비질을 한다 한들 기꺼이 받아들 이겠습니다. 그러나 그렇게 하지 못하시겠다면 저는 깊은 방에서 신 의를 지키며 끝내 망문지부[37]가 되렵니다."

여옥은 이 말을 듣고 내심 경탄했다.

'엄숭의 간악한 뱃속에서 어떻게 이런 딸이 태어났을까? 소저가 나를 살리고자 하니 나도 그 은혜를 저버릴 수 없다!'

마침내 월화와 속마음을 털어놓고 훗날의 아름다운 인연을 맹세 했다.

새벽녘에 월화가 훌쩍 방에서 나가 안채로 들어가더니 열쇠 꾸러 미를 들고 와서 말했다.

ꙟꙟꙟ

37. **망문지부**望門之婦 약혼자가 죽은 뒤 다른 사람과 결혼하지 않고 평생 수절하는 여인을 이르는 말.

"경대에 든 남자 옷을 가지고 저를 따라와 보세요."

화원의 작은 문부터 자물통이 나올 때마다 열쇠로 열며 다섯 문을 지나 서쪽 정원 문 앞에 이르렀다. 월화가 말했다.

"문밖은 사방으로 통하는 큰길입니다."

월화는 윤여옥에게 남자 옷으로 갈아입게 한 뒤 눈물을 흘리며 전송했다.

역참에서 열사를 얻고
신선 마을로 장인을 찾아가다

윤여옥은 곧장 성문 밖 화진이 머무는 곳으로 가서 화진을 만나보고는 손을 잡고 눈물을 흘렸다.

"예로부터 어진 군자가 역경을 만난 일이 무수히 많았지만, 형처럼 원통한 사람이 또 있겠습니까?"

화진이 탄식하며 말했다.

"장원(윤여옥의 자)은 멀리서 온 사람이 내가 원통한지 원통하지 않은지 어찌 안단 말이오? 『춘추』에서 '천왕이 정鄭나라로 나가 거처했다'고 한 것은 임금이 어머니를 섬기지 못한 점을 비난한 것이오.[1] 나는 어머니를 섬기지 못했으니 어찌 왕법王法을 면할 수 있겠소? 이제 마음을 바꾸고 면모를 일신하고자 하나 여전히 천지가 용납하지

ꙠꙠꙠꙠ

1. 『춘추』春秋에서 천왕天王이~비난한 것이오 기원전 636년 춘추시대 주나라 양왕襄王이 이복동생 희대姬帶와 북방 민족의 연합군에 패하여 정鄭나라로 달아난 일이 『춘추』 희공僖公 24년조에 "겨울에 천왕(천자天子)이 정나라로 나가 거처했다"라고 기록되어 있다. 『춘추공양전』春秋公羊傳에서는 이 구절을 풀이하여 "임금에게는 밖이 없는 법인데, 여기서 '나갔다'고 표현한 이유는 무엇인가? 임금이 어머니를 섬기지 못했기 때문이다"라고 했는데, 주나라 양왕이 효도하지 않은 까닭에 부왕인 혜왕惠王과 계모 혜후惠后의 사랑이 아우에게 향하여 결국 정나라로 망명하기에 이르렀다고 본 것이다.

않을까 두렵소."

화진은 자신의 천만 가지 죄를 시인하며 눈물을 멈추지 못했다. 여옥은 화진의 지극한 정성에 깊이 탄복해서 심씨 모자의 일을 감히 입에 올릴 수 없었다. 화진은 엄숭이 왜 자신을 구해 주었는지 의아히 여겼다. 여옥이 엄세번의 이야기를 전하자 화진은 낯빛이 변하더니 아무 말이 없었다.

그때 쌍섬이 와서 화진에게 인사했다. 쌍섬은 소흥에서 지금 막 도착했다면서 채봉과 옥화의 일을 울며 전했다. 여옥은 채봉이 죽은 줄로만 알고 있다가 살아난 것을 비로소 알고 기쁨과 슬픔이 동시에 밀려와 두 줄기 눈물을 펑펑 흘렸다. 화진은 그 모습을 보고 서글피 한탄하며 생각했다.

'다른 집 남매는 저렇게 우애가 돈독하거늘 우리 형제는 왜 이렇단 말인가!'

여옥은 엄숭의 집에서 추적해 올까 싶어서 일어나 화진과 작별하고 통곡하며 떠났다.

이튿날 화진이 유배지로 떠나는데, 하춘해가 길에서 전송하려고 와서 수레를 세우고 말했다.

"하늘은 큰 임무를 내리기에 앞서 그 사람의 마음을 괴롭게 하는 법이니,[2] 형은 식사를 잘 해서 몸을 건사하고 자중자애하여 하늘이 큰 인물을 완성하고자 하는 뜻을 저버리지 마십시오."

2. 하늘은 큰~하는 법이니 『맹자』「고자 하」에서 따온 말.

윙겸의 어머니는 아들을 전송하며 말했다.

"한림을 잘 모시도록 하고 빨리 돌아올 생각일랑 하지 마라. 내가 남자가 아닌 게 한스럽구나."

범한은 화진이 감옥에서 나오는 것을 보고 깜짝 놀랐다. 이윽고 범한은 화진을 압송하는 아전 이소李小와 배삼裵三을 몰래 찾아가 후한 뇌물을 주며 독약을 건네 유배지로 가는 도중에 독약을 쓰게 했다. 그러나 유이숙이 화진의 곁에서 시중을 들며 잠시도 떠나지 않고, 왕겸 또한 하춘해의 분부를 받아 손수 모든 음식을 검사하니, 이소와 배삼은 기회를 엿볼 수 없었다.

일행이 화주[3] 화산역[4]에 이르렀을 때 유이숙과 왕겸이 모두 갑자기 병들어 눕자 화진이 몸소 이들을 간호하며 사오 일을 머물렀다. 이소와 배삼이 모의했다.

"우리가 범한에게 많은 돈을 받았으니, 만약 이 사람을 죽이지 않고 돌아가면 범한이 틀림없이 돈을 돌려달라고 할 거야. 하지만 돌려주고 싶어도 그 돈을 벌써 다 써 버렸고, 돌려주지 않으면 범한이 야료를 부릴 테니, 이렇게 하나 저렇게 하나 다 근심이란 말이야. 그러니 이때를 틈타 먼저 죄인에게 손을 쓴 뒤에 왕겸과 유이숙도 함께 죽이는 게 제일 좋은 방책이야. 그렇게 한 다음 지주[5]에게 가서 '죄인이 병들어 죽었다'고 아뢰면 어찌 안 믿겠나?"

---

3. **화주華州** 지금의 섬서성 위남시渭南市 일대.
4. **화산역華山驛** 지금의 섬서성 위남시 관할 화음시華陰市에 있던 역참. 서안西安(장안)과 낙양의 사이에 있는 교통의 요지였다. 중국 오악五嶽의 하나로 꼽히는 화산華山이 이곳에 있다.
5. **지주地主** 성주城主. 고을 사또.

말이 다 끝나기도 전에 갑자기 푸른 비단 진포[6]를 입은 장수 한 사람과 부하 너덧 사람이 장검을 들고 들어와 화진에게 읍하고 물었다.

"조대[7]께서는 무슨 죄를 지어 어느 땅으로 유배 가십니까?"

화진이 대답했다.

"죄인은 인륜을 어지럽히는 죄를 지었으나 외람되이 천자의 은혜를 입어 목숨을 보전하고 촉 땅으로 귀양 가는 길입니다."

장수가 한참 동안 화진의 얼굴을 자세히 보더니 말했다.

"조대의 얼굴을 보니 죄명과 어울리지 않거늘, 왜 그리 지나친 말씀을 하십니까?"

화진이 눈물을 흘리며 대답했다.

"죄인은 효성을 다해 어머니를 모시지 못하고, 공경을 다해 형을 섬기지 못했기에 하늘에 죄를 얻었으니, 만 번 죽임을 당해도 벌이 가볍다 할 것입니다."

장수가 놀라 말했다.

"그렇다면 선생은 소흥의 화한림이 아니십니까?"

화진 역시 놀라 말했다.

"장군께서 어떻게 저를 아십니까?"

장수가 공손히 무릎을 꿇고 앉아 말했다.

---

6. **전포戰袍** 무사들이 입던 긴 웃옷.
7. **조대措大** 서생書生, 빈한한 선비를 이르는 말.

"저는 서안부[8] 조총병[9] 휘하의 장수 유성희劉聖禧로, 자字는 계창季
昌입니다. 지난달 총병의 명을 받고 서울에 올라가 관리들을 만나던
중에 선생의 옥사를 듣고 선생이 군자라는 것을 알았습니다. 무릇
군자는 자신의 허물 말하기를 좋아하고 남의 허물은 말하지 않는 법
인데, 지금 선생의 그러한 말씀을 듣고 선생이 바로 화한림인 줄 알
았습니다."

유성희는 부하에게 명령하여 이소와 배삼을 앞으로 불러오게 한
뒤 엄한 목소리로 물었다.

"너희들이 말하던 범한이라는 자가 누구냐?"

이소와 배삼은 아연실색해서 서로 돌아보며 말했다.

"이 무슨 말씀이시옵니까?"

유성희가 칼자루를 잡더니 눈을 부릅뜨고 말했다.

"너희 천한 놈들이 감히 나를 속이려 하느냐?"

이소와 배삼이 당황하고 두려워 대답하지 못하고 있는데, 화진이
유성희에게 말했다.

"저들은 형부刑部에서 압송을 담당하는 아전입니다. 장군께서는 무
슨 말을 들으셨기에 그리 심하게 다그치십니까?"

유성희가 말했다.

"저는 평생 의기를 중히 여기고, 곤경에 처한 사람 돕기를 좋아했

8. 서안부西安府 지금의 서안시西安市 일대에 해당하는, 명明나라 때의 행정구역.
9. 조총병趙總兵 '총병'은 명나라에서 대규모 군대를 파견할 때 임시로 설치하여 전체 군사를 통괄
하게 한 고위 무관의 직책.

습니다. 그런데 조금 전에 벽 너머로 소곤거리는 소리를 듣고 저도
모르게 마음이 불끈해서 칼을 차고 들어왔던 겁니다."

유성희는 부하들을 시켜 이소와 배삼을 결박하게 한 뒤 칼을 들어
그들의 목을 겨누고 말했다.

"너희들은 본래 죄인과 아무런 은혜와 원한이 없거늘 남의 뇌물을
받고 생명을 해치고자 했으니, 그 죄가 강도죄보다 크다. 지금 너희
의 머리를 베어 서울로 보내야 마땅하나, 바른 대로 고한다면 살려
줄 것이요, 그렇지 않다면 목을 치겠다!"

이소와 배삼이 머리를 조아리고 실토했다.

유성희가 한림을 돌아보고 말했다.

"선생은 과연 범한과 원한이 있습니까?"

"있습니다."

"왕 아무개와 유 아무개라는 이는 누굽니까?"

"왕겸은 하어사(하춘해)의 청지기이고, 유이숙은 제 고향 사람입니
다. 소흥에서 옥사가 일어난 뒤로 지금까지 제가 목숨을 보전할 수
있었던 건 모두 이 두 사람의 힘입니다."

"그 사람들은 어디 있습니까?"

"저기 병들어 누워 있는 이들입니다."

유성희가 다가가 왕겸과 유이숙의 손을 잡고 말했다.

"그대들이 처자식을 버려두고 만 리 밖까지 한림을 따라왔으니,
그 의기가 사람을 감동시키기에 족하구려. 하물며 그대들은 먼지구
덩이에서 재상이 될 분을 알아보고 위험 속에서 영웅을 구했으니,
안목 있는 사람이 아니면 어찌 이런 일을 할 수 있겠소!"

유성희는 이소와 배삼의 결박을 풀어 주며 말했다.

"하류의 비천한 자가 눈앞의 이익을 보고 의리를 저버리는 일이 이상할 것도 없다."

그러고는 땅에 장검을 던지고 말했다.

"이 칼의 값이 천 냥이다. 너희들이 이것을 가지고 돌아가면 범한의 돈을 충분히 갚을 테니, 다시는 나쁜 마음을 먹지 마라."

또 이소와 배삼이 가지고 있던 독약을 꺼내 불태우게 하니, 이소와 배삼이 부끄러워 눈물을 흘렸다.

화진은 유성희가 우뚝한 기개에 열사烈士의 풍모를 지닌 것을 보고 마음이 온통 쏠려 뒤늦은 만남을 한스러워했다. 유성희는 화진에게 자신의 내력을 말했다.

"저는 개국공신 유통해[10]의 후예입니다. 가세가 기울어 산서山西 지방에 흘러 다니다가 일찍 부모를 여의고 가난해서 의지할 곳이 없었습니다. 하지만 자잘한 일에 얽매이지 않고 큰 뜻을 품었으며, 독서를 좋아하고 산서 지방의 소년들과 어울려 활쏘기와 말타기를 즐기기도 했습니다. 열여덟 살에 서안의 군대에 들어가 이제 3년이 되었습니다."

유성희는 며칠 동안 머물며 화진과 함께 지냈다. 낮에는 역대 왕조의 흥망과 영웅들의 업적에 대해 이야기를 나누고, 밤이면 천문과

❧❧❧❧

10. **유통해劉通海** 생몰년 1330・1367년. 명나라이 개국공신. 주원장 휘하에서 수군水軍을 이끌고 수많은 전공을 세워 재상에 해당하는 중서성中書省 평장정사平章政事 벼슬을 지내다가 명나라 건국을 앞두고 전사했다. 건국 후 곽국공虢國公에 봉해졌다.

병법의 오묘한 조화를 토론했다. 그러는 사이에 더욱 화진에게 경복
敬服하여 탄식하며 말했다.

"선생은 때를 만나지 못한 분이라 할 만합니다! 선생이 만일 태조
황제 때 태어났더라면 어찌 유기[11]와 도안[12]이 아름다운 명성을 독차
지할 수 있었겠습니까?"

왕겸과 유이숙의 병에 차도가 있자 화진은 다시 길을 나섰다. 육
칠 일 동안 유성희와 함께 가다가 갈림길에 이르렀다. 유성희는 서
안부로 향하며 말 위에서 채찍을 든 채 읍하고 말했다.

"옛날 정이천 형제가 촉 땅에서 돌아온 뒤 역학易學이 크게 밝혀졌
고,[13] 장준과 범진[14]이 촉 땅에서 일어나 모두 남조南朝(남송)의 명신
이 되었지요. 선생께서 이 두 가지를 모두 얻는다면 촉 땅이야말로
선생께서 복을 일구는 터전이 되지 않겠습니까?"

한림이 탄식하며 말했다.

※※※※

11. **유기劉基** 주원장의 책사策士 역할을 한, 명나라 개국공신. 제4회의 주23 참조.
12. **도안陶安** 생몰년 1315~1368년. 명나라 개국공신으로, 경서와 역사에 밝은 학자였다. 건국 초
에 유기와 함께 국가의 법률과 제도를 제정하는 데 핵심 역할을 했다.
13. **정이천程伊川 형제가~크게 밝혀졌고** 북송北宋의 성리학자 정이程頤가 철종哲宗 때인 1096년 왕
안석王安石이 이끄는 신법당新法黨과의 대립 속에 사천성 부주涪州(지금의 중경시重慶市 부릉구
涪陵區)로 유배되어 『주역』을 풀이한 『이천역전伊川易傳』을 저술한 일을 가리킨다. '정이천 형제'
는 정호程顥와 정이 형제를 말한다. '이천'은 정이의 호이다. '역학'은 『역경易經』, 곧 『주역』의 이
치를 풀어 만물의 변화를 설명하는 학문이다.
14. **장준張浚과 범진范鎭** 송나라의 명신으로, 모두 사천성 출신이다. '장준'은 남송의 문신·학자로,
위국공魏國公의 봉호를 받았다. 남송 고종高宗 때 무신 묘부苗傅와 유정언劉正彦이 일으킨 반란
을 진압하고 재상이 되어 북방의 금金나라에 대항했으나 화의를 주장한 진회秦檜가 득세하면서
10여 년 유배 생활을 했다. '범진'은 북송의 문신·학자로, 자는 경인景仁이다. 한림학사로서 『신
당서』新唐書 편수에 참여했으며 직언으로 유명했다.

228

"죄인이 소원은 감히 그런 데 있지 않습니다. 모쪼록 훗날 고향으로 살아 돌아가 한 번이라도 어머니의 얼굴을 뵙고 죽는다면 그것으로 족합니다."

한편 윤여옥이 엄부嚴府에서 나오던 날 엄세번은 방에 들어갔다가 신부가 없는 것을 보고 월화에게 행방을 물었다. 월화는 모르겠다고 하고 사방을 찾아봐도 끝내 찾지 못하자 엄세번은 경악하여 금방이라도 울 것 같은 얼굴로 말했다.

"장평이 나를 속였구나!"

장평을 잡아다가 까닭을 묻자 장평이 말했다.

"소생은 분명 윤씨를 바쳤는데 상공께서 잃어버리셨으니 소생의 죄가 아닙니다."

엄세번은 말이 막혀 장평을 놓아 준 뒤 분연히 일어나 말했다.

"이 여자가 오직 화진을 위해 계교를 부리고 나를 희롱했구나! 내 반드시 이 여자를 잡아 치욕을 씻겠다!"

그러자 엄숭이 안 될 일이라며 이렇게 말했다.

"근래 황상께서 서계를 가까이 등용하셔서 내 권세를 날로 빼앗고 있고, 하춘해와 사강[15]이 활을 겨눈 채 나를 노려보고 있다. 이런 상황에서 남의 아내를 빼앗는 게 무슨 아름다운 일이라고 이처럼 소란을 일으키려 하느냐?"

---

15. **사강謝江** 명나라 세종 때의 문신으로, 예과禮科(예부禮部의 행정을 감찰하는 기관)의 장관인 도급사중都給事中을 지냈다. 조문화가 몰락한 뒤 조문화 부자의 죄과를 탄핵하지 않은 죄로 장형杖刑을 받고 파직당했다.

엄세번은 마침내 포기하고 연신 혀를 차며 분을 참지 못했다.

홍씨가 보니 월화는 윤씨(여옥)가 떠난 뒤로 마치 꽃이 시들고 옥이 깨진 듯 얼굴에 근심이 가득했다. 어떤 때는 월화가 등불 앞이나 달빛 아래서 맑은 눈물로 뺨을 적시기도 했다. 하루는 홍씨가 월화에게 물었다.

"내가 보기에 윤씨는 비록 얼굴이 빼어나게 아름답지만 온화하고 얌전한 부인은 아니더라. 너와는 성격이 판이하던데 왜 그리 윤씨를 사랑해서 잊지 못하는 게냐?"

월화가 차마 어머니를 속이지 못하고 사실대로 고했다. 홍씨가 기겁해서 월화의 팔뚝을 당겨 홍점을 확인한 뒤 감탄하며 말했다.

"윤랑尹郎(여옥)은 참으로 어진 사람이구나!"

엄숭이 그 말을 전해 듣고 매우 기뻐했다.

"그 사람의 기개가 이러하니 우리 딸을 저버리지 않을 게 틀림없소."

이때 여옥은 도성 서쪽의 절에 몸을 숨기고 있었다.

이듬해 정월, 여옥이 과거에 장원급제했다. 여옥은 황제가 내린 일산日傘 한 쌍을 들리고 황제의 악대樂隊를 거느려 거리를 돌며 인사를 다니다가 엄숭의 집에 왔다. 엄숭이 맞이해 깊은 정을 담아 축하하는데, 엄세번도 그 옆에 있었다. 여옥의 준수한 눈빛과 우아한 웃음에서 발산하는 맑은 빛이 방에 가득하니 엄숭의 얼굴에는 기쁨이 흘러넘쳤으나 엄세번은 멍하니 넋이 빠져나갔다. 여옥이 빙그레 웃으며 엄세번에게 말했다.

"지난번에 족하의 높은 의기 덕분에 자형姉兄(화진)이 좋은 곳으로 유배 갈 수 있었습니다. 어찌 감사드려야 할지 모르겠습니다."

엄세번이 몹시 부끄러워 고개를 숙이자 엄숭이 짐짓 모르는 체하며 말했다.

"그 일이야 정상서(정필)의 공이지 내 아들이 무슨 힘을 썼겠나?"

이윽고 술상을 내왔다. 여옥이 잔을 들어 술을 조금 마시고는 엄세번에게 눈길을 주며 말했다.

"이 술이 향기롭긴 하지만 지난날 정을 담은 술만은 못하군요."

엄숭이 웃으며 말했다.

"우리 집에 처음 온 사람이 언제 우리 집에서 정을 담은 술을 맛보았단 말씀인가?"

여옥이 호탕하게 웃으며 말했다.

"소생이 신방新房의 봄꿈에서 아직 깨어나지 못해 잠꼬대를 했나봅니다."

엄숭이 손뼉을 치며 환히 웃었으나, 엄세번은 빨간 물감을 칠한 듯 얼굴이 새빨개져 한참 동안 고개를 들지 못했다. 그러자 여종들이 서로 돌아보고 손뼉을 치며 말했다.

"오늘 오신 장원급제자가 과연 그 윤부인이구나!"

얼마 뒤 여옥이 물러가겠다고 하자 엄숭이 붙잡고 월화의 혼사 이야기를 꺼냈다. 여옥이 웃으며 말했다.

"이 일은 소생이 이미 따님과 생각해 둔 것이 있으니, 합하[16]께서

16. **합하閤下** 존귀한 사람에 대한 경칭. 조선에서는 정승을 높여 부르던 말.

는 염려 마십시오."

엄숭이 매우 기뻐했다.

며칠 뒤 여옥이 한림학사 겸 춘방 우서자[17]가 되어 좌학사[18] 백경 白璥과 춘방의 당직 근무를 함께 섰다. 백경은 여옥을 대면하고 자못 의아해서 물었다.

"형의 자字가 장원長遠입니까?"

"그렇습니다."

"형은 혹시 백련교에서 만났던 일을 기억하고 있습니까?"

여옥이 미소 지으며 대답했다.

"5년도 안 된 일을 어찌 잊었겠습니까?"

백경이 말했다.

"그 사이 진씨와 혼인했습니까?"

여옥이 한숨을 쉬며 말했다.

"진씨와는 이승과 저승처럼 멀리 떨어져 소식도 모르는데 어찌 혼인했겠습니까?"

그러고는 백경에게 말했다.

"그 당시 형께서 편지를 보내 안부를 물으셨는데 제가 마침 병중이라 답장을 드리지 못했으니, 형은 틀림없이 제가 무정하다고 여기

---

17. **춘방春坊 우서자右庶子**　'춘방'은 동궁東宮, 곧 태자궁太子宮을 말한다. '우서자'는 춘방에 둔 두 서자庶子 관직 중 하나로, 태자를 시종하며 비서 기능을 수행했다.
18. **좌학사左學士**　춘방 대학사를 말한다. 춘방의 장관인 좌우 대학사 중 하나로, 태자의 교육, 주청奏請, 각종 문서 작성 등의 업무를 총괄했다.

섰을 겁니다. 그 뒤로 세월이 많이 흘렀으니 영매[19]께서는 이미 다른 곳으로 시집가셨겠지요?"

백경은 안색이 변해 말했다.

"장원은 어찌 그런 군자답지 않은 말을 합니까? 내가 이미 장원과 굳게 언약했거늘, 장원의 말을 기다리지 않고 먼저 약속을 저버릴 리 있겠습니까?"

여옥이 사과하며 말했다.

"형이 길에서 말을 세우고 창졸간에 대략 약속한 일에도 이처럼 신의를 지키시니 참으로 고맙습니다. 그러나 저는 진씨와 한집에서 자라 우물가를 빙글빙글 돌며 매실을 던지고 놀던 정[20]이 있기에 지금 진씨가 재앙을 만났다고 해서 저버릴 수가 없습니다. 그때 제 아버지께서 답장을 보내며 '운남에 진소저 소식을 알아본 뒤에 천천히 다시 의논해 봅시다'라고 하신 것도 바로 이 때문이었습니다."

"그러면 장원은 나와 만났을 때 왜 새로 혼처를 구하고 있다고 말씀하셨습니까?"

여옥은 자기 말이 앞뒤가 맞지 않음을 깨닫고 대답하지 못하다가 이윽고 껄껄 웃으며 말했다.

"그건 진씨의 말이지 제 말이 아닙니다."

그러고는 채경이 남장을 하고 회남으로 달아났던 일이며 채경이 옥화와 채봉에게 보낸 별지 내용을 알려 주었다. 백경이 매우 놀라

---

19. **영매令妹** 다른 사람의 누이동생을 높여 부르는 말.
20. **우물가를 빙글빙글~놀던 정** 당나라 이백의 시 「장간행」長干行에서 따온 말.

탄복하더니 웃으며 말했다.

"안 그래도 형의 얼굴이 전과 달라 의심스러웠지만, 고향이 같고 이름과 자도 같으며 기운과 풍채도 비슷하고 나이도 어긋나지 않으니, 어찌 믿지 않을 수 있었겠습니까? 아아! 진씨는 만고의 숙녀이니, 형이 자나깨나 그리며 잊지 못하는 것도 당연합니다. 지금 조문화는 이미 패망했고, 엄숭의 권세도 날로 쇠퇴해 가니, 진공陳公(진형수)이 사면을 받아 돌아오시는 것도 시간문제일 것이고, 그리 되면 형의 가약도 이루어질 겁니다. 형은 풍류남아로서 일찍 과거에 급제해서 금마옥당²¹에 명성과 위세가 융성할 테니, 두 부인을 두어도 무방할 겁니다. 진씨를 맞이한 뒤에 부디 내 누이를 잊지 말아 주십시오."

여옥이 웃으며 기꺼이 승낙했다.

그해 가을, 백경이 문연각²² 수찬²³으로 승진해서 진형수의 원통함을 극렬히 논하는 상소를 올렸다. 황제가 크게 깨달아 특별히 진형수를 방면하고 공부상서 벼슬을 내려 조정으로 불렀다. 진형수 부부는 즉시 아들딸과 함께 유배지를 떠나 이듬해 서울에 도착했다. 이때 윤혁 부부는 이미 서울에 돌아와 있었다. 진씨와 윤씨 양가가 함

---

21. 금마옥당金馬玉堂 금마문金馬門과 옥당전玉堂殿, 곧 한림원을 말한다. 금마문은 한나라의 궁문 이름이고, '옥당전'은 한나라 미앙궁未央宮에 있던 궁전으로, 한림학사들이 이곳에서 황제의 명을 기다렸다.
22. 문연각文淵閣 명나라 성조成祖 때 건립된, 자금성 최대의 장서각藏書閣. 이곳에서 한림학사들이 국가의 학술·출판 사업을 주관했고, 측근 신하들이 입직入直하면서 내각內閣의 역할을 했다.
23. 수찬修撰 한림원의 관직으로, 사관史官의 임무를 맡았다.

께 기뻐하며 길일을 택하고 유례[24]를 갖추어 여옥이 화려한 수레로 같은 날 진채경과 백소저(백경의 누이)를 맞이했다.

한편 화진은 유배지에 도착한 뒤 왕겸에게 말했다.

"내가 무사히 도착했으니 자네는 돌아가는 게 좋겠네."

왕겸이 말했다.

"소인이 하어사(하춘해)와 상공을 모시면서 이 세상에서 두 분 군자의 지우知遇를 입게 된 것을 다행으로 여겨 왔습니다. 게다가 제 노모의 말씀도 있었으니, 소인이 어찌 상공을 버리고 돌아갈 수 있겠습니까?"

그 뒤로 화진은 왕겸·유이숙과 친구의 의리를 맺고 주인과 노비 사이의 정을 겸하여 가졌다. 왕겸이 샘물을 길어 쌀을 씻으면 유이숙은 나무를 해다 밥을 지었다. 주살을 던져 눈 덮인 산속에서 새를 잡기도 했고, 금강[25]에서 고기를 낚기도 했다. 봄에는 주먹 모양의 고사리 싹을 넣어 국을 끓이고, 여름에는 팔뚝만 한 양하[26] 줄기를 따 먹었다. 계수나무 젓가락에 대나무 쟁반을 쓰니 풍미가 더욱 빼어났다. 죽우당에서 먹던 쓴맛 짠맛의 거친 음식에 비하면 1천 개의

---

24. **육례六禮** 혼례의 여섯 가지 절차. 중매인을 통해 신랑 측의 혼인 의사를 받아들이는 납채納采, 신랑 측에서 신부 외가의 계통을 알기 위해 신부 어머니의 성명을 묻는 문명問名, 신랑 측에서 혼인의 길흉을 점쳐서 그 결과를 신부 측에 알리는 납길納吉, 혼인이 이루어진 표시로서 폐물을 주는 납폐納幣, 신랑 측에서 신부 측에 혼인 날짜를 정해 줄 것을 요구하는 청기請期, 신랑이 신부 집에 가서 신부를 맞이하는 친영親迎으로 이루어져 있다.

25. **금강錦江** 사천성 성노成都에 있는, 민강岷江의 지류.

26. **양하蘘荷** 생강과의 식물. 1미터 안팎의 높이에 잎은 파초 같고, 뿌리는 생강 같으면서 굵다. 특이한 향기가 있어 향미료로 쓰이며, 줄기와 꽃을 식용한다.

솥을 늘어놓고 1만 가지 음식을 맛보는 것 같았다. 때때로 등나무 지 팡이를 짚고 칡껍질을 엮어 만든 신을 신고 두건을 벗어 이마를 드 러낸 채[27] 이슬 맺힌 단풍숲과 꽃이 그윽하게 핀 금강에서 운치 있게 휘파람을 불었다. 반 년 동안 갇혀 지내던 괴로움을 회고하니 마치 몸에 날개가 돋아 신선이 된 듯 자유로웠다.

그러나 화진의 효성은 하늘로부터 나온 것이고 우애 또한 타고난 본성인지라 밥상을 앞에 두면 어머니 심씨가 생각나고 좋은 경치를 보면 형이 그리웠다. 남해의 눈물[28]이 끊이지 않고, 시를 쓰면 "연못 에 봄풀이 돋았네"[29] 같은 구절이 먼저 생각났으며, 길을 걷노라면 반드시 적인걸의 구름[30]을 바라보고, 누우면 반드시 강굉의 이불[31]을 어루만졌다. 화진은 눈물을 삼키고 큰 한숨을 쉬며 말했다.

"내가 만일 어머니와 형님에게 하루라도 환심을 살 수 있다면 그 날 죽는다 해도 여한이 없다! 그 밖의 부귀영화며 처자식과 누리는

27. **두건을 벗어 이마를 드러낸 채** 자잘한 법도에 구애되지 않는 행동을 뜻한다.
28. **남해南陔의 눈물** 부모를 그리워하며 흘리는 눈물. '남해'는 『시경』 소아 「녹명지십」鹿鳴之什의 편명篇名으로, 제목만 전하고 시는 전하지 않으나, 모시서毛詩序에 의하면 효자가 서로 타이르며 부모님을 봉양함을 노래한 것이라고 한다.
29. **연못에 봄풀이 돋았네** 남조南朝 송나라 사령운謝靈運의 「등지상루」登池上樓에 나오는 명구名句. 사령운이 시를 마무리하지 못하고 며칠 동안 고심하다가 사령운의 창작에 많은 영감을 주던 족제族弟 사혜련謝惠連을 꿈에서 본 뒤에 즉시 이 구절을 생각해냈다는 고사가 전한다. 여기서는 화진이 꿈에도 형제를 잊지 못한다는 뜻에서 인용했다.
30. **적인걸狄仁傑의 구름** 당나라의 재상 적인걸이 태항산太行山에 올라 남쪽 하늘의 흰 구름을 바라보며 부모를 그리워했다는 고사가 『신당서』 「적인걸전」狄仁傑傳에 보인다.
31. **강굉姜肱의 이불** 후한의 학자 강굉과 두 아우의 우애가 지극해서 항상 한방에서 잤으며, 결혼한 뒤에도 부부가 동침하기로 정한 날 외에는 형제가 함께 잤다는 고사가 『후한서』 「강굉전」姜肱傳 에 보인다.

즐거움은 모두 가을 구름이니 不萍혼처럼 부질없을 따름이다."

이 때문에 화진은 촉 땅에 머문 지 1년이 되었으나 남채봉에게 생각이 미칠 겨를이 없었다.

하루는 완화계[32] 옆의 숲속 정자에서 노닐며 정자에 걸린 시들을 차례로 보았는데, 그중 7언 율시[33] 한 수의 끝에 "청성산인靑城山人 남자평南子枰이 쓰다"라는 글귀가 적혀 있었다. 그 시의 함련[34]은 이러했다.

층봉에 한유의 눈물 다하지 않았고[35]
흰 눈 보니 두보의 아이가 생각나네.[36]

화진이 이 구절을 보고 깜짝 놀라 말했다.

"이건 틀림없이 빙장 남어사의 시다! 두보의 아이는 파리한 얼굴

---

32. 완화계浣花溪 사천성 성도成都 서쪽 교외에 있는 시내 이름. 금강의 지류로, 당나라 두보가 이곳에 초당草堂을 짓고 머문 적이 있다.

33. 7언 율시七言律詩 일곱 자씩 여덟 구로 이루어진 한시 형식.

34. 함련頷聯 율시 여덟 구 중 제3구와 제4구를 아울러 이르는 말.

35. 층봉層峰에 한유韓愈의 눈물 다하지 않았고 당나라 한유가 조주潮州(지금의 광동성 조주시潮州市 중심의 조산지구潮汕地區 일대) 자사刺史(주州의 지방장관)로 좌천되었을 때 열두 살 된 막내딸 라拏를 잃은 일을 말한다. '층봉'은 지금의 섬남현商南縣 조각포挶角鋪에 있던 역참인 층봉역層峰驛을 말한다. 한유의 「층봉역 들보에 쓰다」(題層峰驛梁) 시의 서문에 다음의 구절이 있다. "작년에 조주 자사로 좌천되어 역마를 타고 임지로 갔다. 그 뒤 내 가족도 서울에서 쫓겨나 이사하던 중에 어린 딸이 길에서 죽어 층봉역 방산旁山 아래에 묻었다. 황상의 은혜를 입어 조정으로 돌아가는 길에 딸의 무덤 앞을 지나다가 층봉역 들보에 시를 남긴다."

36. 흰 눈~아이가 생각나네 딸을 그리워하는 마음을 두보의 시 「북정」北征 중 "귀염둥이 내 지쉬 / 파리한 얼굴이 흰 눈보다 창백하네"(平生所嬌兒, 顔色白勝雪) 구절에 빗대어 한 말. 「북정」은 안록산安祿山의 난 당시의 혼란상과 민중의 피폐한 삶을 그려 낸 서사시이다.

이 눈보다 창백했고, 한유는 조주로 좌천되었을 때 층봉역에서 딸라*를 잃었지. 세상에 이처럼 남어사의 처지와 똑같은 사람이 또 있을 수 있겠나! 아아, 어떻게 하면 남어사를 뵙고 그 딸이 촉 땅에 살아 있음을 알려 드릴 수 있을까?"

서글피 배회하고 있는데 문득 유생儒生 두어 사람이 숲 밖에서 나란히 지팡이를 짚고 왔다. 화진이 맞이해 읍하고 몇 마디를 나눈 뒤 남표의 시를 가리키며 물었다.

"이분은 본래 서울 사람인데, 이 지방에 내려온 뒤 스스로 '청성산인'이라는 호를 지으신 모양이니 아마도 이 산중에 계실 듯합니다. 혹시 이분이 사시는 골짜기를 아십니까?"

그중 한 사람이 말했다.

"작년 봄에 운수동의 곽선공郭仙公과 함께 여기 와 노닐다가 이 시를 쓰고 돌아가셨습니다. 곽선공께 여쭤 보면 거처를 알 수 있을 겁니다."

화진은 고개를 끄덕이고 돌아와 이튿날 청성산 운수동을 향해 떠났다.

이때 남표 부부는 하루도 딸 채봉을 생각하지 않는 날이 없이 지냈으나, 세월이 오래 지나면서 다소 마음의 안정을 찾아갔다. 하루는 곽선공이 남표에게 말했다.

"공의 액운이 다해 가는군요. 사위가 지금 올 겁니다."

남표가 그 말을 듣고 반신반의하고 있는데, 이윽고 동자가 들어와 알렸다.

"문밖에 훌륭한 군자 한 분이 와서 선생님과 남어사님을 뵙기를 정합니다."

남표가 깜짝 놀라 신기해하니 곽선공이 웃으며 동자에게 손님을 맞아들이게 했다. 서로 예를 마치고 자리에 앉자 곽선공이 화진에게 말했다.

"누추한 집에 귀인께서 왕림해 주시니 대단히 감사합니다."

화진이 공손히 두 손을 모으고 말했다.

"소생은 서쪽 땅에 와 있는 죄인입니다. 비천한 몸이 외람되이 선생님의 고아한 풍격을 흠모해서 감히 선생님을 번거롭게 하니 당돌함이 심합니다. 존귀하신 선생님께서 자신을 낮추어 지나치게 대접해 주시니 너욱 황송하옵니다."

곽선공이 웃으며 말했다.

"족하는 천자의 스승이요 국가의 기둥이십니다. 제가 비록 산속의 아무 쓸모 없는 필부이지만 어찌 감히 족하의 존귀함을 모르겠습니까?"

화진이 보기에 곽선공은 무리 중에 빼어난 학처럼 고결한 사람이었다. 그때 남어사의 베옷과 가죽띠 위로 두 줄기 눈물이 떨어지려했다. 화진이 그 모습을 보고 서글퍼 물었다.

"어르신께서는 임자년(1552)에 악주岳州로 유배 가신 남어사님이 아니십니까?"

남표가 황망히 대답했다.

"만생晚生이 과연 그 사람입니다. 족하께선 어찌 알고 물으십니까?"

화진이 일어서 예를 표하고 다시 꿇어앉아 한숨을 쉬고 눈물을 흘리며 말했다.

"소생이 바로 여양후 화공花公의 불초자 진珍이옵니다. 제가 어릴 적에 선친이 산동 윤시랑을 통해 어르신께서 수적水賊에게 해를 당하셨다는 말씀을 듣고 눈물을 흘리며 애통해하는 모습을 보았습니다. 선친이 돌아가신 지 7년 만에 이 세상에 살아 계신 어르신께 절을 올리니, 아버지를 여읜 아픔을 더욱 견디지 못하겠습니다."

남표가 눈물을 뚝뚝 떨구며 말했다.

"영존令尊께서 돌아가신 뒤로 조정에 연륜 있는 신하가 더는 없겠구려."

그러고는 물었다.

"내가 속세와 절연한 지 벌써 9년이 되어 세상일을 전혀 듣지 못했소. 족하는 혹시 윤중회(윤혁)의 안부를 아시오?"

화진이 대답했다.

"윤대인尹大人은 소생의 장인이십니다. 제가 서쪽으로 올 때 윤대인의 아들 여옥을 만나 예전 그대로 지내신다는 소식을 들었습니다. 저는 아내가 둘인데, 한 사람은 윤대인의 친딸이고, 또 한 사람은 윤대인의 양녀 남씨입니다. 윤대인이 '남씨는 내 친구 남자평의 딸이다'라고 하셨으니, 소생은 어르신의 사위이기도 하옵니다."

남표가 허겁지겁 화진의 손을 잡고 입과 마음이 모두 조급해서 말했다.

"그렇다면 내 딸이 살아 있소? 내 딸이 살아 있단 말이오?"

그리하여 화진이 그간의 일을 처음부터 끝까지 자세히 전하니, 남표는 지극한 기쁨과 슬픔이 동시에 밀려와 눈물을 흘리기도 하고 탄식하기노 하면서 화진의 입만 바라보았다.

이때 한부인은 사위가 왔다는 말을 듣고 꿈처럼 황홀해서 당장 그 얼굴을 보고 싶어 했다. 남표가 화진과 함께 안으로 들어가서 화진이 한부인에게 절하자 한부인이 눈물을 흘리며 낭랑한 목소리로 말했다.

"나는 딸아이를 잃은 뒤로 이 세상에 살 마음이 없어져 항상 빨리 죽어 지하에서 만나기만을 바랐어요. 그러다 지금 사위를 만나 딸아이가 죽지 않았다는, 꿈에도 생각지 못한 말을 들으니, 기쁨이 솟구쳐 하늘 끝까지 날아오른 것 같구려. 하지만 창자가 시리도록 아프고 그동안 쌓인 슬픔이 안개처럼 번지니, 오늘 딸을 얻은 슬픔이 당초에 딸을 잃었던 때보다 두 배는 큰가 봅니다. 그런데 우리 딸은 지금 어디 있소? 또 사위는 우아한 풍채에 어질고 온화한 얼굴인데, 세상에 무슨 죄를 얻었기에 만 리 밖에 유배를 오셨소?"

화진이 눈물을 흘리며 길게 한숨을 쉬더니 자기 부부가 당한 재앙을 대략 말한 뒤 이 말을 덧붙였다.

"제 어머니가 인자하고 형도 어질지만 가문의 운수가 불행해서 요망한 첩이 집안을 어지럽혔습니다. 이 일은 모두 저희 부부의 운명이 기박한 탓입니다."

그러고는 채봉이 조녀에게 독살당할 뻔했다가 청원의 구원을 받아 남장을 하고 촉 땅으로 가게 된 일을 전했다. 한부인은 얼굴이 파랗게 질리며 가슴이 막혔다가 한참 뒤에 마음을 진정하고 화진에게 사과의 말을 했다.

"내 딸이 어리석어 위급한 때에 잘 처신하지 못하다가 그런 흉악한 재앙을 당했나 봅니다. 모든 것이 자신의 죄이니 어찌 감히 시댁을 원망하겠소?"

화진은 한부인의 덕과 도량에 깊이 경복했다. 남표가 화진에게 물었다.

"청원이라는 사람은 어느 산의 여승인가? 내 딸이 촉 땅으로 가는 것을 보고 소식을 전해 준 사람은 누군가?"

화진이 대답했다.

"윤부尹府의 여종인 쌍섬이 길에서 말해 주었습니다만, 유배 가는 촉박한 여정이었던 데다 슬프고 경황이 없어서 여승이 사는 산 이름은 묻지 못했습니다."

한부인이 한숨을 쉬며 말했다.

"팔구 년 전 청원이 우리 집에 와서 촉 땅의 아무 산에 있다고 말했는데, 제가 재앙을 겪으면서 정신이 크게 상해 그 산 이름을 전혀 기억하지 못하겠어요. 아아! 그때 청원이 우리 아이의 얼굴을 보고 경악하며 자세히 살펴봤는데, 분명히 묘한 이유가 있었을 거예요. 제가 그 까닭을 묻지 않았던 게 참으로 애석합니다!"

남표가 또 화진에게 말했다.

"딸아이가 이미 촉 땅에 왔다고 하고 자네와 내가 이곳에서 만났으니, 필시 하늘이 우리를 불쌍히 여겨 부녀와 부부가 한곳에서 만나게 하려는 것 같네. 자네는 나와 함께 산 넘고 물 건너 촉 땅 수천 리를 두루 돌아다니며 찾아보지 않을 텐가?"

화진이 큰 한숨을 쉬며 말했다.

"소생도 그러고 싶지만, 죄인의 신분이라 먼 길을 갈 수 없습니나.”

남표가 탄식하며 말했다.

“자네 처지가 참으로 그렇군. 그렇다면 나 혼자 가야겠네.”

그날 밤 남표가 화진을 데리고 자신이 거처하는 작은 집으로 가서 등불을 밝히고 마주앉았다. 남표가 물었다.

“사위는 내 소식을 어디서 듣고 이 산으로 찾아왔나?”

화진이 두로정[37]에서 시 현판을 본 일과 그곳에서 만난 선비들의 말을 고하자 남표가 말했다.

“곽선생은 신선일세. 지난날 나와 함께 그 정자에서 노닐 때 나더러 정자 문미門楣에 시를 쓰라고 권하면서 이렇게 말했지.

‘내년에 반드시 이 시를 보고 찾아오는 사람이 있을 겁니다.’

지금 과연 그렇게 됐군!”

---

37. **두로정杜老亭** 완화계 가에 두보가 지은 초당草堂을 말한다.

광남에 백의종군하여
부적으로 요망한 적을 깨뜨리다

이튿날 한림이 돌아가려 하자 남표가 곽선공에게 물었다.

"화군花君(화진)의 얼굴을 보시기에 액운이 언제쯤 끝나겠습니까?"

곽선공이 웃으며 말했다.

"은진인[1]이 계신데, 제가 무슨 말을 하겠습니까?"

남표가 말했다.

"은진인이 누구십니까?"

곽선공이 말했다.

"오계[2] 때의 신선으로, 화군의 전생 사우[3]입니다."

화진은 매우 황당무계한 말이라 생각했다. 골짜기 문을 나와 10여
리를 걸어가니 갈수록 바위골짜기가 깊어지고 산봉우리가 기이했
다. 짙은 구름과 옅은 안개가 일었다 사라지기를 반복하는데, 신령
한 기운이 솔솔 서려 있고 하늘과 땅 사이에 향기가 가득했다.

---

1. **은진인殷眞人** '진인'은 도교에서 도를 체득한 사람을 가리키는 말.
2. **오계五季** 오대五代. 당나라 말과 송나라 초 사이에 흥망했던 후량後梁·후당後唐·후진後晉·후한
後漢·후주後周의 다섯 왕조를 가리킨다.
3. **사우師友** 스승이자 벗인 사람.

화진이 발길 가는 대로 걷다가 문득 한 쌍의 붉은 절벽이 마주 솟아 있는 곳에 이르렀다. 신선이 살 것 같은 아름다운 산이 드넓게 펼쳐져 있고, 그 속에 신령한 날짐승과 기이한 길짐승들이 나란히 무리 지어 노닐었다. 화진은 길을 잃었음을 깨닫고 망연자실 사방을 둘러보았다. 서북쪽의 우뚝 솟은 바위 위에 노인 한 사람이 보였다. 연로한 얼굴에 머리가 희끗희끗했고 옷차림이 매우 훌륭했다. 화진이 다가가서 읍하고 말했다.

"소생은 속세의 죄인으로 우연히 명산에 왔다가 길을 잃었는데 날이 저물려 합니다. 부디 선생께서 돌아가는 길을 가르쳐 주시기 바랍니다."

노인이 일어나서 읍하여 답례하고 말했다.

"상선⁴께서는 그간 무고하셨습니까?"

화진이 놀라 말했다.

"소생은 물거품 같은 세계의 일개 밥주머니⁵에 불과한데, 선생께서는 왜 저를 상선이라고 부르십니까?"

노인이 웃으며 말했다.

"그대의 본성이 참으로 총명하고 허허롭지만 청진淸眞한 세계를 떠나 부화浮華한 곳에 떨어져 온갖 풍상과 액운을 겪다 보면 정신이 혼탁해져 전생의 일을 잊게 되는 법이지요."

그러고는 단약 한 알을 주며 말했다.

---

4. **상선上仙** 9품의 신선 가운데 최고의 신선.
5. **밥주머니** 반낭飯囊. 일은 하지 않고 밥만 축내는 쓸모없는 사람을 이르는 말.

"이 약을 먹으면 기억이 날 겁니다."

화신이 사상하며 말했다.

"소생은 이미 인간세계의 사람이니, 함부로 천상의 일을 알게 되면 제게 이로울 것이 없을 뿐 아니라 헛되이 마음만 어지러워질 것입니다. 이 약을 먹고 신선이 된다 한들 소생에게는 홀어머니와 형이 있으니, 어찌 가족을 버리고 혼자 떠날 수 있겠습니까?"

노인이 탄식하며 말했다.

"효자의 말씀이 참으로 어질군요! 이처럼 지극한 정성에 하늘이 어찌 감동하지 않겠습니까? 그대의 모친과 형이 잘못을 뉘우칠 날도 멀지 않았습니다."

화진이 그 말을 듣고 매우 기뻐 눈물을 흘리며 말했다.

"운명이 기박한 저 같은 사람도 형제가 손잡고 색동옷을 입은 채 어머니 앞에서 춤을 출 날이 오겠습니까?"

"슬픈 시절은 이미 다 갔고 장차 즐거운 날이 올 겁니다. 안으로는 어머니와 도타운 정을 나누고 형제간에 우애가 지극한 즐거움을 누릴 것이요, 밖으로는 임금과 신하 사이에 용이 구름을 타고 물고기가 물을 만난 기쁨이 있을 것이니, 그대의 충효로 말미암은 큰 복이 장구할 것입니다."

노인은 화진과 함께 바위에 앉아 말했다.

"천상의 일은 알고 싶지 않다고 하시니, 나와 함께 인간세계의 일을 논해 보는 것은 어떻겠습니까?"

그러더니 소매 속에서 태공의 『육도』[6]를 꺼내 놓고 말했다.

"이 책 한 권 속에 그대의 급선무가 들어 있습니다. 그대가 이미 읽었을 테지만 그건 껍데기를 본 데 불과합니다. '병'兵이라는 것은 위험한 일이라 참으로 깊이 공부하지 않으면 안 됩니다."

그리하여 바위 위에 책을 펼쳐 놓고 미세한 부분까지 하나하나 자세히 분석했다. 화진은 본래 영민한 재주를 지닌 사람이라 대나무가 칼날을 받아 쪼개지듯이 조금도 걸리거나 막히는 부분이 없었다. 노인이 흡족히 웃더니, 또 작은 족자 한 축을 꺼내 그림 속 산천의 위치와 넓고 좁은 지형을 가르쳐 주었다. 또 붉은색 부적 한 장을 주며 말했다.

"이건 태상노군7께서 요괴를 제압하는 부적입니다. 가지고 가면 쓸 곳이 있을 겁니다."

그러고 나서 노인이 화진과 더불어 음양오행8의 묘리를 논하니, 아름다운 옥가루가 흩날리고 지혜의 소리가 맑게 울렸다. 어느덧 숲 속에 저물녘 안개가 피어오르자 새들이 날아 돌아왔다. 이윽고 동쪽에 달이 떠오르더니 맑은 이슬이 소매를 흠뻑 적셨다. 노인은 화진과 함께 바위 사이 초가집으로 가서 바닥을 쓸고 누웠다. 화진이 피곤해서 잠들었다가 깨어 보니 붉은 해가 막 떠오르고 솔바람이 솔솔 불어 왔다. 노인이 말했다.

"지금 나랏일이 위급하니 어서 돌아가십시오."

❧❧❧

6. 태공太公의 『육도』六韜 주周나라의 태공망太公望, 곧 강태공姜太公이 지었다고 전하는, 중국 고대의 병법서.
7. 태상노군太上老君 도교 최고의 신인 삼청조사三淸祖師의 하나로, 노자老子를 신격화한 존재.
8. 음양오행陰陽五行 우주의 모든 현상을 이룬다는 음陰과 양陽의 조화 및 우주 만물을 이루는 근본 요소라고 하는 수水·화火·목木·금金·토土.

화진은 『육도』와 부적과 족자를 품고 노인에게 절한 뒤 말했다.

"삼산[9]과 십주[10]가 아득히 멀어 한번 인간세계와 천상세계로 갈라지고 나면 다시 선생을 뵙지 못할 터이니, 선생의 존호를 알려주시기 바랍니다."

노인이 웃으며 말했다.

"곽선공이 말하지 않던가요?"

화진은 그제야 그 사람이 은진인이라는 것을 알았다. 이윽고 겨우 몇 걸음을 걸었을 뿐인데 노인과 초가집이 모두 보이지 않았다. 화진이 망연히 탄식하며 돌아가는데, 어제 보았던 길가의 단풍과 노란 국화가 죄다 봄에 피는 진달래와 철쭉으로 바뀌어 있었다.

왕겸이 문밖에서 멀리 바라보다 환호작약하며 외쳤다.

"상공이 오십니다!"

유이숙이 방에서 맨발로 뛰어나와 말했다.

"상공! 상공! 어디 계시다가 겨울이 지나도록 돌아오지 않으셨습니까? 그동안 소인이 청성산에 세 번 갔고 남어사 어르신께서도 두 번이나 여기에 오셨으나 끝내 소식이 없어서, 저희들은 깊은 산 외진 골짜기에서 호랑이를 만나 변을 당하신 줄 알았습니다."

그러고는 왕겸에게 말했다.

"자네는 어서 관아로 달려가 유장군兪將軍께 알리게."

꽃꽃꽃꽃

9. **삼산三山** 신선이 산다는 삼신산三神山. 곧 봉래산蓬萊山과 방장산方丈山과 영주산瀛洲山.
10. **십주十洲** 신선이 산다는 열 개의 섬. 조주祖洲, 영주瀛洲, 현주玄洲, 염주炎洲, 장주長洲, 원주元洲, 유주流洲, 생주生洲, 봉린주鳳麟洲, 취굴주聚窟洲.

화진이 놀라 말했다.

"계창季昌(유성희의 자)이 왜 여기에 와 있나?"

유이숙이 말했다.

"지금 조정에 큰일이 있어서 상공을 광남부[11]에 종군하게 하라는 명령이 내렸습니다. 유장군이 직접 성지聖旨(황제의 명령)를 받들고 왔습니다."

잠시 후 유성희가 지부知府 경창耿敞과 함께 날듯이 말을 달려 도착했다. 유성희는 화진의 손을 잡고 말했다.

"선생은 왜 이리 사람을 놀라게 하십니까?"

화진이 지부 경창에게 사죄했다.

"죄인이 마음대로 유배지를 떠나서는 안 되는 법인데, 우연히 산중에 사는 친구를 찾아갔다가 길을 잃고 낭패해 세월을 보내고 말았습니다. 부끄럽고 두렵기 한이 없거늘 죄를 피할 길이 없습니다."

그러고는 유성희에게 물었다.

"조금 전 유이숙에게 계창이 온 이유를 대략 들었으나 경황이 없어 자세히 묻지 못했습니다. 사정을 알려 주십시오."

유성희가 말했다.

"몇 해 전에 해적 서산해[12]가 경애[13]를 침탈해서 만화[14]를 비롯한

�✦

11. **광남부廣南府** 지금의 운남성 광남현廣南縣을 중심으로 하는 문산장족묘족자치주文山壯族苗族自治州 일대.

12. **서산해徐山海** 명나라 세종 때의 해적 수괴 서해徐海(?~1556)와 왕직汪直(?~1559) 등을 모델로 한 가상의 인물. 서해는 복건성 출신으로, 본래 항주杭州 호포사虎跑寺의 승려였다가 환속한 뒤 해적의 우두머리가 되어 동남해안에서 세력을 떨쳤으나 관군에 패하여 자결했다. 왕직은 본

여러 고을을 함락하고 스스로 '만화천왕'萬化天王이라 참칭하고 있습니다. 난병이 소란해서사 백성들은 모두 짐을 지고 피난길에 나섰지요. 그래서 조정에서는 우리 부대의 지휘관인 조총병趙摠兵을 광남부경략15으로 삼아 변방을 진압하게 했습니다.

지난겨울 서산해가 안남安南(베트남) 해구海口로부터 대병력을 이끌고 쳐들어오자 해안의 여러 고을이 요동쳐 매우 위태로운 지경에 빠졌습니다. 조총병과 광서 부총병16 척계광17이 힘을 합해 부주성18을 지키며 몇 달 동안 대치했으나 적의 세력은 더욱 커졌습니다. 그래서 조총병은 저를 서울로 보내 조정에서 이 일을 논의하게 했습니다. 저는 서각로19를 뵙고 말했습니다.

'서산해는 바다의 간교한 도적이요, 부주富州는 남방의 요충지입니다. 한번 부주를 잃고 나면 해대20 일대가 다시는 우리나라 땅이 되

래 안휘성의 해상 무역가였으나 명나라가 일본과의 무역을 봉쇄하자 수하의 무리와 왜구들을 모아 해적의 수괴가 되었다가 절민총독浙閩總督 호종헌胡宗憲의 계략에 빠져 살해당했다.

13. 경애瓊崖　해남도海南島.

14. 만화萬化　만주萬州와 화주化州. '만주'는 지금의 해남성海南省 만녕시萬寧市 일대. '화주'는 지금의 광동성 일대.

15. 경략經略　중요한 군사 임무로 군대를 동원할 때 특별히 설치하여 군무를 총괄하게 한 관직.

16. 광서 부총병廣西副摠兵　광서성 부총병. '부총병'은 총병의 부장副將 역할을 하는 무관 직위.

17. 척계광戚繼光　생몰년 1528~1588년. 명나라 세종 때의 무장으로, 10여 년에 걸쳐 중국 동남해안의 왜구를 격퇴하고 북방의 몽골을 방비하는 등 거듭 무공을 세우고 태자태보太子太保를 지냈다. 화포와 전선戰船 등의 무기 개발에 큰 업적을 남겼으며, 서법에도 뛰어났다.

18. 부주성富州城　지금의 운남성 문산장족묘족자치주 부령현富寧縣에 있던 성. '부주'는 지금의 운남성과 광서장족자치구 및 베트남이 맞닿은 요충지였다.

19. 서각로徐閣老　서계徐階를 말한다. '각로'는 명나라 때 내각대학사內閣大學士, 혹은 재상宰相의 칭호.

20. 해대海岱　산동성의 동쪽 바다부터 태산泰山에 이르는 지역. 여기서는 중국의 동해안 지역을 가리키는 말로 썼다.

지 못할 것입니다.'

그러자 서각로가 말했습니다.

'지금 조정의 의론은 따로 대장군을 파견하고 수비할 병력을 늘리
자는 것이오만 대장으로 적합한 사람이 없소.'

제가 말했습니다.

'조총병과 척계광은 무용이 모두 세상의 으뜸인데, 왜 다른 장수
를 찾으십니까? 그러나 방어하기만 하고 적을 박멸하지 못한다면 남
방의 변란이 평정되지 않을 것입니다. 서산해의 간교한 지모와 귀신
같은 계략이 천변만화하니, 장자방張子房(장량張良)이나 제갈공명 같은
사람이라면 평정할 수 있을 것이나, 그게 아니라면 염파와 이목[21]이
백만 명의 용사를 이끌고 간들 소용없을 겁니다.'

서각로가 웃으며 말했습니다.

'지금 세상에 장자방과 제갈공명을 어디서 얻겠소?'

'하늘이 재주를 내시는 데에는 본래 고금이 없습니다. 합하께서
아직 못 보신 것이지 세상에 어찌 그런 사람이 없겠습니까?'

서각로가 또 웃으며 말했습니다.

'그대는 그런 사람을 보았소?'

'봤습니다. 지금 성도에 유배 중인 화진이 바로 지금 세상의 장자
방이요 제갈공명입니다.'

서각로가 웃으며 말했습니다.

꽃꽃꽃꽃

21. **염파廉頗와 이목李牧**　전국시대 조趙나라의 장군들. 진秦나라의 백기白起·왕전王翦과 함께 전국
시대 4대 명장으로 꼽힌다.

'화진이 본래 장군 가문의 자손이기는 하나 결국은 백면서생이거늘, 그대의 말이 너무 지나치지 않소?'

저는 의연하게 웃으며 말했습니다.

'오나라의 주유²²는 열여덟 나이에 강동江東의 군사²³가 되었고, 경엄²⁴은 스물두 살에 광무제光武帝에게 큰 계책을 바쳤습니다. 장자방과 진평陳平은 모두 백면서생이었으나 한나라 고조를 보좌해서 천하를 얻게 했습니다. 만일 합하의 말씀대로 백면서생을 버렸다면 주유와 경엄은 초야에서 몇 년을 더 기다려야 했을 것이고, 장자방과 진평은 조롱하는 태도로 꾸짖는 황제²⁵ 앞에서 감히 입도 뻥긋하지 못했을 겁니다.'

서각로가 무안해서 대답하지 못하고 있는데, 마침 병부상서 하공夏公(하춘해)이 왔습니다. 서각로가 하상서에게 제 말을 전하고 의견을 묻자 하상서는 매우 기뻐하며 말했습니다.

'제가 비록 화진의 병법과 지략이 어떤지는 모릅니다만 옛사람들

🍀🍀🍀

22. **주유周瑜** 삼국시대 오吳나라의 명장. 손견孫堅의 뒤를 이어 오나라의 기초를 닦은 손책孫策의 벗으로, 21세에 손책과 함께 전쟁터에 나가 강동江東(강남 오나라 지역)을 평정했다. 손책 사후에 그 아우인 손권孫權을 최측근에서 보좌했으며, 적벽대전 때 화공책火攻策을 써서 조조의 대군을 물리치는 등 거듭 무공을 세웠다.

23. **군사軍師** 군사 전략이나 작전 등을 총괄하는 참모.

24. **경엄耿弇** 후한 광무제光武帝 때의 명장. 21세에 광무제 유수劉秀 휘하로 들어가 먼저 한단邯鄲 일대를 공략해야 한다는 계책을 올려 신임을 받았다. 병법에 밝아 하북·산동 일대를 평정하는 등 후한의 개국 과정에서 혁혁한 전공을 세우고 건위대장군建威大將軍에 올랐다.

25. **조롱하는 태도로 꾸짖는 황제** 한나라 고조를 말한다. 고조는 회남왕淮南王 경포黥布의 반란을 진압하던 중 화살에 맞아 중상을 입었을 때 치료하러 온 의사를 조롱하며 꾸짖는 등 아랫사람들을 거만하게 대한 사례가 많다. 『사기』 「고조 본기」高祖本紀와 「회음후 열전」淮陰侯列傳에 관련 기록이 보인다.

이 복장[26] 쓰기를 좋아한 데에는 이유가 있습니다. 화진은 본래 복을 누릴 귀인의 관상이니, 합하께서 나라를 위해 힘써 주선해 주시기 바랍니다.'

저는 이렇게 큰소리를 쳤습니다.

'합하께서는 시험 삼아 화진을 부주 군영에서 백의종군하게 해 보십시오. 만일 화진이 기이한 계책을 내서 큰 공을 세우지 못한다면 제 머리를 합하 앞에 바치겠습니다!'

그러자 서각로의 기색이 달라지더군요. 이튿날 서각로가 황상께 아뢰자 황상께서 고민하다가 윤허하지 않으며 말씀하셨습니다.

'화진은 문사인데, 어찌 적을 토벌할 수 있겠소?'

그때 한림학사 윤여옥이 반열에서 앞으로 나와 말했습니다.

'극곡은 예악을 좋아하고 『시경』과 『서경』에 밝았기에 진나라의 원수가 되었고, 두예杜預는 활로 갑옷을 뚫을 힘이 없었으나 오나라를 평정하는 공을 세웠으니, 이로써 전략을 짜는 주장主將을 뽑을 때는 필부의 용맹을 취하지 않음을 알 수 있습니다.[27] 화진은 신臣의 자

〰〰〰

26. **복장福將** 복운福運이 있는 장수. 송나라 위태魏泰의 『동헌필록』東軒筆錄에 "옛사람 말 중에 '지장智將이 복장福將만 못하다'라는 것이 있습니다"라는 구절이 있다.

27. **극곡郤縠은 예악禮樂을~알 수 있습니다** 『자치통감』資治通鑑 당唐 중종中宗 경룡景龍 원년 기사에서 따온 구절. '극곡'은 춘추시대 진晉나라의 무장으로, 문무를 겸비한 유장儒將이었다. 진 문공文公이 삼군三軍(전군全軍)의 원수로 적합한 장수를 찾자 신하 조쇠趙衰가 극곡을 추천하면서 극곡이 예악을 좋아하고 『시경』과 『서경』에 밝으므로 덕과 의리를 갖춘 적임자라고 한 일이 『춘추좌전』에 보인다. '두예'는 위진시대 문무를 겸비한 신하이자 학자로, 진남대장군鎭南大將軍이 되어 오나라를 멸망시켰다. 서진西晉의 법률을 제정하는 한편 역사학에 정통하여 『춘추좌씨전집해』春秋左氏傳集解, 『춘추석례』春秋釋例 등의 저서를 남겼다. 무예에 능하지 못해 말타기가 서툴고 활을 쏘면 갑옷을 뚫지 못했으나 전략에 뛰어나 항상 장수의 대열에 있었다는 기록이 『진서』

형이어서 신이 그 사람됨을 잘 압니다. 화진을 한번 보내시면 남방은 걱정거리가 못 될 것입니다.'

황상께서 매우 기뻐하며 윤허하셨습니다.

저는 그날로 황명을 받들고 밤낮으로 말을 달려 19일 만에 이곳에 도착했습니다. 그러나 선생이 혼자 나가신 뒤로 소식이 끊어진 지 여덟 달이 되었다고 하더군요. 망연자실 너무 놀라 오만 가지 생각이 들었으며, 목을 빼고 사방을 둘러보는데 억장이 무너져 내렸습니다. 만일 선생이 오늘내일 중에 오지 않으셨다면 저는 아마 피를 토하고 죽었을 겁니다."

화진이 사과의 말을 했다.

"청성산에 가서 며칠 밤만 묵고 올 계획이었으나 일이 크게 어그러져 계창을 애태우게 했으니 송구하기 그지없습니다. 그런데 계창은 왜 나에게 서승상徐丞相(서계)을 속이라 하십니까? 내 한 몸이 낭패를 당하는 거야 근심할 일이 아니지만, 계창에게도 수치가 되고 나라에도 무익할까 걱정입니다."

유성희가 웃으며 말했다.

"선생은 왜 시속의 사람들처럼 지나친 겸손을 보여 지기知己인 저를 외대하십니까? 대장부가 입신해서 임금을 섬기면 밖으로 나가서는 방숙과 소호[28] 같은 장군이 될 것이요, 조정에 들어가서는 고요·

晉書 「두예 열전」에 보인다.
28. 방숙方叔과 소호召虎　주周나라 선왕宣王 때의 장군들. '방숙'은 북방으로 험윤獫狁, 남방으로 형초荊楚를 공략했고, '소호'는 황하 이남 회하淮河 일대의 회이淮夷를 공략하는 무공을 세웠다.

기·후직·설[29] 같은 재상이 되어야 합니다. 부귀도 면하기 어렵거니와 재앙도 피하기 어려우니, 때가 오면 행동하는 것이요 때가 가면 그만두는 것이지요. 이 때문에 옛날의 성인들은 때에 따라 변화하기를 잘했습니다. 『음부경』에서 '하늘에는 오적이 있으니 그 원리를 아는 자는 창성한다'[30]라고 한 것도 때를 아는 것을 말함이 아니겠습니까."

화진이 탄식하며 말했다.

"내가 화산역華山驛에서 계창을 만난 것도 운명이요, 계창을 따라 부주성으로 가는 것도 운명이요, 도적을 평정해 나라에 보답하든 도적을 평정하지 못하고 목숨을 바치든 모두 운명 아닌 것이 없군요! 운명에 맡겨 보겠습니다."

그리하여 지부 경창이 행장을 꾸려 전송하니, 왕겸과 유이숙도 화진을 따라 길을 나섰다.

한편 이에 앞서 화춘이 황성에 도착했을 때의 일이다. 범한이 화춘을 찾아가 물었다.

"경옥, 별안간 무슨 일로 서울에 왔나?"

화춘이 낯빛을 바꾸고 대답했다.

"집에 재앙이 하도 많아 좀 피해 볼까 해서."

범한이 냉소하며 말했다.

<hr />

29. 고요皐陶·기夔·후직后稷·설契 순임금 때의 명신들.
30. 하늘에는 오적五賊이~자는 창성한다 도교 경전인 『음부경』陰符經, 곧 『황제음부경』黃帝陰符經에 나오는 말. '오적'은 오행五行, 곧 수水·화火·목木·금金·토土를 말한다.

"사실대로 말하지 않는구먼."

하춘이 이면히며 대답하지 않사 범안이 화춘의 얼굴을 빤히 쳐다보더니 또 물었다.

"자네 식구들도 같이 왔나, 소홍에 남겨 두고 왔나?"

화춘이 버럭 화를 내며 말했다.

"내 집 식구들이 오든 말든 자네가 왜 알려 하나?"

범한이 발끈해서 일어나 나가더니 화춘의 죄를 대놓고 사람들에게 알리며 다녔다.

"화씨 두 아들 중에 화춘이 먼저 죽어 마땅한 죄를 지었소!"

범한은 화진을 호송하는 이소와 배삼을 보낸 뒤에 즉시 소홍으로 돌아가 조녀에게 말했다.

"화진이 이번에는 반드시 죽음을 면하지 못할 테니, 내 묵은 분이 이제야 풀리겠어. 하지만 요사이 경옥이 나한테 못되게 구는 걸 보니, 장평이란 놈이 이간질한 게 틀림없어. 이 두 놈의 목숨도 오래가지 못할 거야."

조녀가 매우 즐거워 말했다.

"서방님이 서울에 간 뒤로 경옥이 저를 의심하는 게 날이 갈수록 심해졌어요. 접때는 정당에서 눈을 부라리고 저를 꾸짖더라구요.

'너는 동쪽 담장 아래의 음탕한 계집으로 본래부터 행실이 비천하더니, 요즘에는 범한과 간통하기까지 해서 못된 행적이 뚜렷하다. 남씨(채봉)의 죽음과 형옥(화진)의 재앙이 모두 너희 음탕한 연놈의 소행이렸다. 너희 둘의 살을 베어 남씨의 혼령 앞에 제사지내고 형옥의 원통함을 위로하지 못하는 게 한이다!'

제가 경옥의 두 손을 잡고 어디서 그런 말을 들었냐고 캐물었더니, 경옥은 소매를 세차게 뿌리쳐 내 서고리를 찢고는 제게 발길질을 하며 '장평이 그러더라!'라는 거예요. 그 뒤로 절치부심 서방님이 돌아오기만 고대하며 경옥과 장평 두 놈에게 분풀이하고 싶은 생각뿐이었어요. 이제 서방님이 먼저 내 마음을 알아챘으니 주머니 속에 남은 꾀를 풀어 보시구려."

그러고는 화춘이 장평의 꾀로 엄부嚴府에 윤옥화를 바친 일을 알려 주었다. 범한은 그 말을 듣고 깜짝 놀라 말했다.

"내가 쓰려던 계책은 오직 엄부와 통하는 한 길뿐이었는데, 장평이 먼저 점거했으니 큰일났네! 접때 엄승상 부자가 별안간 화진을 구원하는 걸 보고 참 괴이한 일이라 여겼더니, 과연 이런 일이 있었어!"

그러고는 조녀에게 말했다.

"단공의 삼십육계 중에 줄행랑이 상책이라 했지.[31] 이제 내 계교는 글렀으니 줄행랑이 최고야."

그날 밤 범한은 조녀와 난수를 데리고 화부花府의 금은보화를 모두 훔쳐 달아났다.

한편 이에 앞서 장평은 엄세번에게 윤옥화(실제로는 윤여옥)를 바친 뒤 좋은 버슬을 얻을 수 있다고만 여기고 있었다. 또 화춘의 돈 3천

---

31. 단공檀公의 삼십육계三十六計~상책上策이라 했지 '단공', 곧 남조 송나라의 개국공신인 명장 단도제檀道濟가 북위北魏와 싸울 때 전세가 불리해져 만회할 수 없다고 판단하면 달아나는 것이 최상의 방책이라 여겨 여러 차례 퇴각했다는 데서 유래하는 말. 『남제서』南齊書「왕경칙전」王敬則傳 등에 이 구절이 보인다.

냥과 온갖 보배를 가져다가 엄숭의 아내 홍씨에게 바친다고 해 놓고 싶은 가로채서 제 주머니에 넣은 뒤 기득기득 웃으며 혼잣말을 했다.

"내가 윤씨를 바친 일만으로도 태수 한 자리는 넉넉히 얻을 텐데, 뭐 하러 뇌물을 더 쓸꼬? 이제 허리에 금을 두르고 양주揚州로 갈 것이로되, 내가 못 가진 건 오직 한 마리 학뿐이로구나!"[32]

그러던 차에 엄세번의 힐책을 받으며 윤옥화가 달아났다는 말을 듣고 보니 망연자실 어찌할 바를 몰랐다. 장평은 돌아오며 울고 싶은 마음뿐이었으나 이윽고 웃으며 말했다.

"좋은 벼슬이야 돈을 많이 얻는 수단에 불과할 뿐이야. 이제 태수 노릇을 해 보려던 계획은 어그러졌지만 돈 모을 길은 아직 끊어지지 않았거든."

장평은 화부로 달려가서 무슨 재앙을 당하느니 무슨 복이 오느니 허황한 소리를 떠벌리며 겁 많고 무지한 심씨 모자를 구슬리기도 하고 협박하기도 했다. 그렇게 해서 날이 가고 달이 갈수록 화부의 재산만 허망하게 사라져 갔다. 장평이 흉악한 이리의 마음을 품고 토끼 눈을 뜬 채 끊임없이 들락거리다가 또 화춘에게 말했다.

"윤씨(윤옥화)와 엄태상(엄세번)의 사이가 매우 좋다네. 그래서 엄

---

32. 허리에 금을~한 마리 학뿐이로구나 원하는 바를 전부 이루고자 한다는 '양주학'揚州鶴 고사를 염두에 두고 한 말. 각자 소원을 말하는 자리에서, 어떤 이는 양주자사揚州刺史가 되고 싶다 하고, 어떤 이는 재물을 많이 갖고 싶다고 했으며, 어떤 이는 학을 타고 하늘에 오르고 싶다고 했는데, 이때 한 사람이 나서서 "나는 허리에 십만 금을 차고 학을 타고서 양주로 날아가고 싶다"라고 했다는 이야기가 남조 양梁나라 은운殷芸의 『소설』小說에 보인다. '양주'는 지금의 강소성·안휘성을 중심으로 하는 강남 지역이다.

태상이 나를 불러 이런 말을 하더군.

'화춘이 소흥의 논 40경[33]을 바치면 설상浙江 통판通判 자리를 주겠노라.'"

화춘이 매우 기뻐서 그렇게 하려고 했다.

이때 장평은 계향을 첩으로 삼고 서울에 집을 사서 살고 있었다. 그런데 갑자기 어사중승[34] 윤여옥이 순천부順天府(북경北京)에 방榜을 붙이도록 명을 내려 범한과 장평 두 도적에 현상금을 걸고 체포하게 했다. 장평이 매우 놀라 말했다.

"화씨 집의 일이 발각된 게 틀림없구나! 멀리 달아나야겠는데 그동안 쌓아 둔 재물을 차마 어찌 버릴꼬?"

장평은 계향과 모의했다.

"윤중승(윤여옥)은 윤씨의 아우이니 필시 내게 유감이 클 거야. 또 너는 한림(화진)과 원한이 깊으니, 성부인이 돌아오면 너도 죽은 목숨이야. 네가 비록 한때 이익을 위해 심씨와 손을 잡았지만, 너는 본래 심씨의 몸종이 아니라 화씨 집안의 여종이니 군이 심씨를 위해 죽을 이유가 없지 않으냐? 너는 이때를 틈타서 등문고[35]를 울려 한림의 원통함을 밝히도록 해라. 나는 어사대에 고발장을 올려 심씨 모자의 죄를 알릴 테다. 그러면 윤중승은 틀림없이 매우 기뻐할 것이고, 심씨 모자는 결국 죽임을 당하고 말 거야. 이게 바로 우리가

꽃꽃꽃

33. 경頃 토지 면적의 단위. 1경은 100묘畝로 약 25,000평방미터에 해당한다.

34. 어사중승御史中丞 문무백관을 감찰하는 사정 기관인 어사대御史臺, 곧 도찰원의 차관 벼슬.

35. 등문고登聞鼓 백성들이 억울한 일을 임금에게 직접 호소하고자 할 때 치도록 궁궐 문루門樓에 걸어 두었던 북. 조선 시대의 신문고申聞鼓에 해당한다.

공을 세울 기회를 잡아 죽음 속에서 삶을 찾을 길이다."

그리하여 계창은 등문고를 울리고, 상병은 장문의 고발장을 썼다. 장평은 고발장에서 화진이 순임금과 증자會子를 능가하는 효자라고 극찬한 반면, 화춘은 그 죄를 나열하며 도올[36]이나 도척보다 악한 자라 했고, 심씨와 범한에 대해서는 온 힘을 다해 그 죄를 성토해서 마치 멧돼지를 잡듯이 옭아맸다. 장평은 새벽에 숙정대肅政臺(어사대)로 가서 고발장을 바치며 말했다.

"소생 한범韓範은 화진의 지기입니다. 화진이 망극한 무고를 당한 데 분하고 원통함을 이기지 못해 감히 제가 직접 보고 들은 것을 아뢰어 풍헌風憲(어사御史) 앞에 훌륭한 친구의 원통함을 밝히고자 합니다."

이때 어사 사강謝江과 임윤林潤, 중승中丞 백경과 윤여옥이 모두 당상堂上에 앉아 있었다. 사강과 백경이 고발장을 들고 분연히 일어나 말했다.

"우리가 효자 화진의 원통함을 들은 지 오래되었습니다. 그러나 골육지간에 일어난 변이라 입증하기 어려웠기에 지금까지 풍속을 밝히고 교화를 바로잡지 못했으니, 벼슬아치로서 직무를 게을리하고 녹봉을 축내는 일이 이보다 심할 수 없습니다. 지금 한범이 아뢴 내용은 우리가 듣던 것 이상이니, 이를 알고도 그냥 내버려 둔다면

---

36. 도올檮杌 중국 고대 전설에서 순임금이 경계 밖으로 쫓아냈다는 사흉四凶의 하나. 오제五帝의 한 사람인 전욱顓頊의 아들로, 흉악해서 가르칠 수 없고 좋은 말을 알아듣지 못했다고 한다. 『춘추좌전』과 『사기』 「오제 본기」五帝本紀에 관련 내용이 보인다.

인륜이 무너질 것입니다. 황상께 속히 아뢰어 패륜아 화춘의 몸뚱이
와 머리를 갈라 다른 곳에 누게 해야 마땅합니다."

임윤이 탄식하며 말했다.

"화춘은 저의 매제이니, 저는 이 논의에 참여하지 않는 것이 옳습
니다. 다만 지난번 금의위에서 심씨에게 곤장을 치려 할 때 하상서
께서 화진의 마음이 상할까 싶어 황상께 아뢰어 심씨의 형벌을 면하
게 한 일이 있습니다. 그러니 여러분이 화진을 아끼신다면 심씨에게
는 관용을 베풀어야 할 것입니다."

그리고는 여옥을 돌아보고 말했다.

"형옥은 어진 사람이라 그 친구도 반드시 단정한 사람일 거요. 하
지만 지금 한범이란 자를 보니 눈동자가 바르지 못하고 말씨가 매우
교활하오. 이랬다저랬다 언행을 바꾸는 간사한 자가 기회에 편승해
이익을 얻으려는 게 아닐지 모르겠소."

여옥이 크게 깨닫고 말했다.

"범한과 장평이 본래 똑같은 악행을 저지르고 똑같은 죄를 지은
자인데, 이 고발장에서는 범한의 죄만 극렬히 논하고 장평을 아예
거론조차 하지 않았습니다. 장평이란 놈이 이름을 바꾸고 온 게 틀
림없습니다!"

이윽고 형구刑具를 갖추어 엄하게 문초하니 한범이 과연 장평이었
다. 사강 등이 화춘의 죄상을 황제에게 보고하고 사구[37]로 하여금 엄

꾸꾸꾸꾸

37. 사구司寇 주周나라 때 형벌을 맡아보던 벼슬. 여기서는 형부상서를 말한다.

한 형벌을 내려 법을 바로잡도록 청하자, 황제가 즉시 윤허하고 계향을 형부刑部에서 엄중히 소사하게 했다. 형부상서 정필이 급히 수레를 타고 관아에 나와 건장한 차인[38] 수십 명을 화부花府에 보냈다.

이때 화춘 모자는 조녀가 범한과 함께 달아났다는 소식을 듣자마자 가슴속에 원통하고 분함이 가득해서 땅을 치고 통곡하며 말했다.

"우리가 실성해서 요망하고 음탕한 계집에게 미혹되어 대자리를 강물에 던진 변과 주머니를 떨어뜨린 계교[39]를 멍하니 깨닫지 못하고 형옥 부부의 원한이 구천에까지 뻗치도록 했구나. 천도가 어그러지지 않았다면 우리가 어찌 무사하겠느냐!"

그때 갑자기 하인들이 소란스레 들어와 아뢰었다.

"형부에서 보낸 차인들이 공자를 급히 찾고 있습니다!"

심씨는 이마에 벼락을 맞은 듯 혼절해서 꼬꾸라졌다. 차인들은 화춘을 잡아갔다.

정필이 한범의 고발장에 의거해 화춘을 엄중히 신문하자 화춘이 두려워 어쩔 줄 모르며 대답했다.

"한범이란 자가 소생과 묵은 원한이 있기에 소생을 이처럼 무고하여 함정에 빠뜨린 것일 따름입니다."

정필이 웃으며 관아의 아전에게 말했다.

"조금 전 어사대에서 보낸 죄인을 잡아들여라."

---

38. **차인差人** 각 관아에 소속되어 잡일을 하는 사람.
39. **대자리를 강물에~떨어뜨린 계교** 범한 등이 남채봉을 녹살해 강물에 버린 일과 남채봉의 필적을 위소해 심씨 살해를 모의한 것처럼 꾸민 쪽지를 일부러 범죄 현장에 떨어뜨린 일.

화춘이 그 죄인을 보니 바로 장평이었다. 화춘은 장평 역시 한범의 고발로 잡혀 왔다 여기고는 장평을 돌아보고 말했다.

"자네나 나나 한범의 미움을 받아 이런 욕을 당하게 됐으니 정말 원통하고 분하구먼!"

장평이 팔꿈치로 화춘의 옆구리를 찌르며 말했다.

"내가 이미 바른 대로 다 아뢰었으니, 자네는 여러 말 말게."

정필은 그 광경을 보고 박장대소했고, 좌우의 아전들도 모두 입을 가리고 웃었다. 정필이 또 계향을 불러내 화춘과 대질 신문을 했다. 계향은 화춘의 면전에서 손뼉을 쳐 가며 화춘의 죄를 하나하나 꾸짖었다. 그러자 화춘은 변명하지 못하고 쯧쯧 혀를 차며 말했다.

"어머니께서 네게 베푼 은혜가 지극히 두터웠거늘, 네가 이렇게 배신한단 말이냐? 속담에 '여우가 자기가 태어난 동굴을 향해 울부짖으면 불길하다'고 한 것은 그 근본을 잊었기 때문이야."[40]

계향이 입술을 삐죽이며 말했다.

"내가 마님에게 받은 은혜와 공자가 돌아가신 어르신(화욱)께 받은 은혜 중에 어느 쪽이 더 무겁습니까? 공자는 돌아가신 어르신을 배신해 놓고, 오히려 내가 마님을 배반했다 꾸짖을 수 있습니까? 또 내 부모는 모두 화씨 집 사람인데, 내가 화씨를 근본으로 삼아야 옳습니까, 심씨를 근본으로 삼아야 옳습니까?"

"그럼 한림만 화씨고, 나는 화씨가 아니란 말이냐?"

---

40. 속담에 여우가~잊었기 때문이야 『구당서』「가서한전」哥舒翰傳에 나오는 말.

"공자는 조상에게 죄를 짓고 스스로 화씨 되기를 거절하지 않았습니까? 내가 우러르는 분은 오직 관림 한 분뿐입니다."

화춘이 버럭 성을 내며 말했다.

"너는 네 자신이 악하지 않다고 여기나 본데, 정당에 흉한 물건을 묻어 놓고 임씨의 소행이라고 말한 자가 누구였더냐?"

계향은 기가 꺾여 대답하지 못했다.

이날 화춘과 장평과 계향이 각각 신문을 받았는데, 이들은 모든 일을 범한과 조녀의 죄로 돌렸다. 그리하여 세 사람은 형틀을 씌워 옥에 가두고, 그날로 진국 13성省에 공문을 보내 범한과 조녀를 체포하라는 영을 내렸다.

이때 귀양貴陽 통판 유성양(빙선의 남편)이 지방관 중 으뜸으로 고을 백성을 잘 다스려 무영전[41] 학사에 발탁되었다. 유성양은 역마를 타고 서울로 올라오다가 동란주[42]에서 화진을 만났다. 유성양은 그동안 화진이 겪은 온갖 풍상을 위로하며 탄식해 마지않다가 말했다.

"형옥의 기색을 보니 형의 소식을 아직 듣지 못한 모양이군."

그러고는 화춘과 장평의 옥사가 어찌 전개되고 있는지 대강의 내용을 알려 주었다. 화진은 다 듣기도 전에 북쪽을 바라보며 목 놓아 울부짖고 뺨 가득히 줄줄 눈물을 흘리며 말했다.

"형님이 사지死地에 빠진 건 불초한 아우의 죄입니다. 형님이 죽고 나면 제가 어찌 홀로 세상에 살 수 있겠습니까?"

꽃꽃꽃꽃

41. **무영진武英殿** 사남성 태화문 광장 동쪽의 회화문熙和門 서쪽에 있는 전각.
42. **동란주東蘭州** 지금의 광서장족자치구 서북부 동란현東蘭縣과 하지시河池市 일대.

화진이 유성희를 돌아보고 말했다.

"내 마음이 어지러우니 군중軍中의 일을 어찌 도모할 수 있겠습니까?"

화진은 하늘을 우러러 크게 탄식했다.

"사는 게 죽느니만 못한 지 오랩니다! 제 운명은 왜 이리 기박하단 말입니까?"

유성희는 화진이 애처로워 위로의 말을 했다.

"예로부터 죄를 입어 포승에 묶이는 재앙을 당한다고 해서 모두 죽음에 이르는 것은 아닙니다. 지난날 선생이 옥에 갇혔을 때 사람들은 모두 선생이 죽으리라 여겼지만 끝내 무사하지 않았습니까? 지금 선생의 형님이 처한 위험은 지난날의 선생에 비하면 심각하지 않습니다. 또 선생의 우애가 지극하니 형님에 대해 하늘이 어찌 무심하겠습니까?"

화진이 울며 말했다.

"그렇지 않습니다. 조정에서는 저의 못된 행실을 모르고 모두들 형님에게 죄를 돌려 마음을 풀려 하니, 지금 형님의 억울함에 대해 한마디라도 해 줄 사람이 어디 있겠습니까? 아아, 윤장원(윤여옥)이 내 마음을 안다면 어떻게 해 볼 수 있을 텐데!"

유성양이 말했다.

"형부에서 보낸 공문을 보니 며칠 안으로 범한과 조녀를 잡기는 쉽지 않을 걸세. 그러니 이 옥사는 내가 조정에 돌아간 뒤에야 결말이 날 듯해. 내가 임어사(임윤)와 함께 힘껏 주선해 볼 것이고, 윤중승(윤여옥)을 만나면 자네 말을 꼭 전할 테니, 마음을 누그러뜨리게."

이윽고 빙선이 화려하게 채색한 가마를 타고 도착했다. 화진이 누이와 만나 슬피 울며 화춘의 억울한 사정을 말했다. 빙선 역시 측은하고 슬픈 마음에 눈물을 뚝뚝 떨구며 말했다.

"지금 어머니의 마음이 어떠시겠니? 언니(화춘의 아내 임소저)가 안 계시니 미음이라도 끓여 드릴 사람이 누가 있을까? 오빠가 불행한 일을 당한다면 우리는 천지간의 죄인이 될 테니, 어찌 낯을 들고 살 것이며 죽어서는 또 무슨 낯으로 부모님을 뵙겠니?"

두 사람이 마주 보고 눈물을 흘리자 유성양은 남매의 지극한 덕에 더욱 감동했다.

이튿날 유성양이 화진과 헤어져 서울에 도착했다. 화춘은 이미 신문을 받으며 거듭 곤장을 맞아 목숨이 경각에 달려 있었다. 유성양이 임윤을 찾아가 탄식하며 말했다.

"화춘의 죄는 실로 용서하기 어렵습니다. 그러나 제가 오는 길에 객관客館에서 형옥을 만나 보니, 그 간절한 마음과 애달픈 말에 눈물을 흘리지 않을 수 없었습니다. 형옥은 '형이 죽으면 저도 죽겠습니다'라고 하더군요. 형옥은 말을 쉽게 하는 사람이 아닙니다. 화춘 하나의 생사야 중요하지 않지만 형옥을 생각해야 하지 않겠습니까?"

임윤이 한숨을 쉬며 말했다.

"제가 형옥과 교분이 깊지는 않지만 누이동생이 늘 형옥이 어질다고 칭찬하며 민자건閔子騫에 비하더군요. 그러니 형옥이 자기 형을 아끼는 마음이야 말씀하지 않으셔도 충분히 알겠습니다. 또 제 사사로운 정으로 말하자면 화춘이 옥에 갇힌 날부터 누이가 거적을 깔고 엎드려 땅바닥에 머리를 조아린 채 밤낮으로 통곡하며 물 한 모금 입에 대지 않고 있으니, 형제로서 어찌 안타까운 마음이 없겠습니까? 그러나 화춘의 죄가 지극히 중해서 성상서(성필)가 특별히 준엄하게 죄를 논하고 계시니, 제가 감히 구구한 사정私情으로 입을 열지 못하겠습니다. 우리의 생각은 모두 공론公論이 아니니, 말해 본들 정상서가 어찌 생각을 바꾸시겠습니까? 조정 신하들을 일일이 꼽아 봐도 한마디 말로 정상서를 설득해서 이 일을 조정할 사람이 없습니다. 사학해[43]와 백성규白聖圭(백경)는 모두 황상께 화춘의 죄상을 아뢰는 데 참여한 사람이라 애당초 거론할 수 없고, 서상국徐相國(서계)과 하병부夏兵部(병부상서 하춘해)는 화춘을 원수처럼 미워하니 그를 애석히 여겨 비호해 줄 리가 없습니다. 지금 공론으로 화춘을 구할 수 있는 이는 윤장원 한 사람뿐입니다."

그러자 유성양이 윤여옥을 찾아가 말했다.

"형은 형옥이 어떤 사람이라 생각합니까?"

"어진 사람입니다."

"그렇지요. 어진 사람이 자기 때문에 친형을 죽게 했다면 세상에 떳떳하게 나설 수 있겠습니까? 형옥이 길에서 저를 만나 하늘을 우러러 눈물을 흘리며 말하더군요.

'아아! 윤장원이 내 마음을 안다면 어떻게 해 볼 수 있을 텐데!'"

여옥이 벌떡 일어나 말했다.

"무슨 말씀인지 알겠습니다!"

꽁꽁꽁꽁

43. 사학해謝學海 사강을 가리킨다. 사강의 자를 '학해'로 설정한 듯한데, 실존 인물 사강의 자는 중천仲川, 호는 민양산인岷陽山人이다.

여옥은 즉시 형부상서 정필을 찾아가 말했다.

"화진은 천하에 가장 우애 있는 사람이라서 형이 아침에 죽으면 그 자신은 저녁에 죽을 겁니다. 악을 제거하는 것이 통쾌한 일이기는 하나 어진 사람까지 죽게 만드는 참혹한 일이 벌어져서야 되겠습니까?"

정필이 말했다.

"자네 말이 옳다면 옳네. 하지만 화춘의 죄는 열 사람이 나누어 가진들 살아나기 어려우니, 어찌겠나?"

"제가 감히 오늘 당장 화춘을 석방해 주시기를 바라는 것은 아닙니다. 다만 어르신께서 우선 형벌을 누그러뜨렸다가 형옥이 돌아온 뒤에 형세를 보아 처리해 주셨으면 합니다."

"알았네."

이때 화춘은 이미 한탄과 후회가 뼈에 사무쳐서 슬피 울며 자책하고 있었다.

'범한과 장평과 조녀만큼 내게 알랑거리던 자가 없었고, 계향이와 난향이만큼 어머니께 알랑거리던 자가 없었지. 하지만 범한이란 놈은 조녀를 끼고 달아났고, 장평이란 놈은 내 죄악을 폭로했다. 계향이는 어머니를 구덩이 속으로 떠밀었고, 난향이도 지금 살아 있다면 무슨 흉계를 꾸몄을지 알 수 없다. 내가 어리석고 불초한 탓에 이런 무리들에게 빠져 성인 같은 아우와 어진 아내로 하여금 원한을 품게 하고 있을 곳을 잃게 만들었으니, 내 죄는 죽어 마땅하다! 무슨 면목으로 형옥과 아내를 보겠나?'

밤에 꿈을 꾸다가도 "형옥!"이라 외치며 목에 차고 있던 칼 위로 눈물을 흘리니, 옥리獄吏들도 그 모습을 보고 슬퍼했다.

심씨 역시 지난 잘못을 뉘우치고 선한 마음을 먹었다.

'내가 형옥을 박대한 건 돌아간 남편의 지나친 편애와 상춘정에서의 일이 골수에 사무쳤기 때문이야. 하지만 형옥은 10여 년 동안 한결같이 지극정성으로 나를 대하며 원망하는 기색이라고는 보인 적이 없으니 진정한 효자다. 남편이 형옥을 큰 그릇이라 여기고 편애한 것도 이 때문이었겠지. 이제 내가 벌인 일은 날이 갈수록 망했고 형옥의 원통함은 날로 드러나니, 천도는 속일 수 없구나. 사별한 뒤로 남편이 한 번도 꿈에 나타난 적 없거늘 요사이 몇 번이나 꿈에 나와 온화한 얼굴로 웃음 지으며 은근한 정을 담아 말했어.

〈악으로 시작해서 선으로 끝맺는 것이 선으로 시작해서 악으로 끝맺는 것보다는 낫다오. 이제 훌륭한 아들과 며느리에게 당신이 만년의 행복을 오래 누리도록 부탁했으니 자중자애하오.〉

잠에서 깨니 땀이 흘러 뺨을 적시고 있었지. 아아, 내 평생은 만사가 다 죄로구나! 스스로 목숨을 끊어 천지에 사죄해야 옳지만, 내가 죽고 나면 형옥의 효성에 보답할 길이 없다. 장차 은인자중하고 구차히 살며 효자의 마음을 위로하는 수밖에 없어.'

그때 빙선이 왔다는 말이 들렸다. 심씨는 허겁지겁 마루에서 내려와 빙선의 손을 잡고 통곡하며 자신의 죄를 질책했다.

"지난날 내가 어리석고 모질어 너희 남매가 몇 번이나 재앙을 당하게 했다. 중간에는 조녀에게 속아 맏며느리를 내쫓은 데다 윤씨와 남씨를 가두어 괴롭혔으며, 끝내 형옥을 만 리 밖으로 내쫓고 춘아瑃兒(화춘)는 옥에 갇힌 신세가 됐어. 내 죄는 머리카락을 다 뽑아도 헤아릴 수 없을 정도로 많아 용서받을 수 없구나."

빙신이 보니 심씨의 검던 머리가 모두 하얗게 셌고 하노 울어서 눈자위가 퀭했으며, 옷에는 때가 끼고 머리에는 먼지가 앉아 예전 모습을 조금도 찾아볼 수 없었다. 빙선은 애간장이 찢어질 듯이 참담해서 애달프게 울다가 혼절할 뻔했다. 빙선이 한참 뒤에 말했다.

"눈서리와 비바람도 모두 운명입니다. 초목이 어찌 감히 하늘과 땅을 원망할 수 있겠습니까? 오빠가 장평의 무고를 받아 지금 그 재앙을 예측하기 어렵지만, 제가 듣기로는 윤중승(윤여옥)이 정상서를 만나 처벌을 감하도록 요청했다고 합니다. 형옥이 만일 공을 세우고 돌아온다면 오빠도 자연 무사할 거예요."

심씨가 울며 감사의 말을 했다.

"내 아들의 죽은 뼈에 다시 살이 돋아난다면 이는 모두 유랑柳郎(빙선의 남편 유성양)과 윤중승의 덕이다. 윤중승이 제 누이의 원한을 생각지 않고 내 아들의 목숨을 힘써 구해 주니, 군자의 마음 씀은 실로 소인이 헤아릴 수 없는 것이구나!"

이윽고 빙선이 심씨에게 새 옷을 바치고 맛있는 음식을 올렸다. 빙선이 곁에서 시중을 들며 웃고 말하는 소리가 은은하니 심씨는 가슴을 치며 긴 한숨을 쉬고 말했다.

"너희 남매와 맏며느리는 혹시 내 죄를 용서할 수 있을지 모르겠지만, 윤씨가 엄부嚴府에서 욕을 당한 일과 남씨가 완사계에서 품은 원한에 대해서야 내 어찌 천벌을 면할 수 있겠니!"

빙선은 그제야 화진에게 들은 말을 전해 옥화와 채봉이 모두 무사함을 일렀다. 심씨는 마치 꿈에서 막 깨어난 듯이 몹시 기뻐하며 옥화가 위기를 모면한 일을 매우 기이하게 여겼다.

한편 화진이 부주에 도착하자 조공수趙公遂와 척계광이 반갑게 맞이하고 화진을 존귀한 빈객賓客으로 대우하며 기묘한 계책을 듣고자 했다. 화진이 몸소 성 위에 올라가서 서산해 군대가 바다와 육지에 걸쳐 펼친 진세陣勢를 바라보니, 개미가 모이고 구름이 뭉친 듯 군사가 많았고 운제와 충차[44]가 어지러이 놓인 가운데 포탄이 이리저리 날아다녔다. 화진은 조공수와 척계광에게 말했다.

"적군이 겉으로는 요란하게 허세를 부리고 있지만 속으로는 튼실한 방비가 없습니다. 상대를 가벼이 보고 교만해진 탓입니다."

닷새 뒤에 화진이 조공수 등과 함께 다시 성 위에 올라가서 적진을 살펴보고 말했다.

"병법에 '유리한 상황을 보면 놓치지 않고, 유리한 때를 만나면 의심하지 않는다'[45]는 말이 있습니다. 지금 적진을 보니 깃발은 어지러이 얽혀 있고 군마軍馬는 놀라 날뛰며, 징소리는 낮게 쳐져 탁하고 북소리는 물 먹은 듯 약합니다.[46] 이는 패배의 징후가 이미 드러난 것이니, 적들이 곧 달아날 것입니다. 지금 가벼운 수레와 적진 깊이 침투할 수 있는 정예 기병을 불시에 내보내 화살처럼 빠르고 쇠뇌처럼

ઝ૦ઝ૦ઝ૦

44. 운제雲梯와 충차衝車 고대의 전쟁에서 쓰이던 공성攻城 기구. '운제', 곧 '운제차'雲梯車는 구름에 닿을 만큼 높은 사다리차라는 뜻이다. 여섯 개의 바퀴가 달린 수레 위에 긴 사다리를 달아 성벽에 붙이고 병사들이 성벽을 기어오르게 했다. '충차'는 충격을 가해 성문이나 성벽을 부수는 수레 형태의 기구, 혹은 쇠뇌나 대포 등의 무기를 탑재한 5층 탑 형태의 기구를 말한다.

45. 유리한 상황을~의심하지 않는다 『육도』六韜 용도龍韜 「군세」軍勢에 나오는 말.

46. 깃발은 어지러이~먹은 듯 약합니다 『육도』 용도 「병징」兵徵에서 대패의 징조를 열거한 대목에서 따온 말.

강하게 적을 공격하면 적들은 목을 막느라 어깨를 드러내고 배를 보호히느라 등을 잃게 될 것입니다. 그러면 우리 군사들이 마주치는 적마다 깨뜨리고 가까이 있는 적마다 부숴 버릴 터이니, 이른바 '벼락 치는 소리에 귀를 가릴 겨를이 없고, 번갯불에 눈을 감을 겨를이 없다'[47]는 형세가 되겠지요."

조공수 등이 매우 기뻐 말했다.

"오직 선생의 명에 따르겠습니다!"

화진은 유성희에게 정예병사 2천 명을 거느려 모두 검은 깃발을 들고 검은 옷을 입게 한 뒤 나뭇조각을 입에 물려 소리를 내지 못하게 하고 한밤중에 몰래 성을 빠져나가 미리 미당구[48]에 매복하게 했다. 또 중군中軍의 장수 위립韋立에게는 몰래 병사를 이끌고 방랑해구[49]로 나가 깃발과 갑옷을 안남安南 군대처럼 차리고 안남에서 온 원병援兵이라 자칭하며 중류中流에 배를 정박해 두게 했다. 또 군사들에게 영을 내려 수십 곳에 지하 갱도를 파고, 잘 훈련된 날랜 군사 3천 명을 뽑아 붉은 깃발을 들고 붉은 갑옷을 입고 저마다 횃불과 북을 든 채 갱도 안에 들어가 있도록 한 뒤 명령했다.

"함성이 들리면 밖으로 나와라!"

조공수에게는 죽음을 무릅쓰는 용사 1,200기병을 거느려 천봉[50]과

꽃꽃꽃꽃

47. 벼락 치는~겨를이 없다 『육도』 용도 「군세」에 나오는 말.
48. 미당구尾唐口 가상의 지명.
49. 방랑해구磅硠海口 가상의 지명.
50. 천봉天棒 『육도』 호두虎韜 「군용」軍用에서 말한 '방수철봉유반'方首鐵棒維肦을 말한다. 쇠로 만든 곤봉으로, 머리 부분이 크고 모가 났으며, 무게가 12근에 자루의 길이가 5척 이상이다. 「군

도끼와 창을 들고 선봉에서 싸우게 했다. 척계광에게는 후퇴를 모르는 정예병 2,400명을 거느려 무강차[51]와 쇠뇌와 붉은 깃발과 눈처럼 차가운 빛을 번득이는 긴 창으로 무장하고 좌우에서 협공하게 했다. 부장副將 여덟 사람은 나머지 군사 4천 명을 거느려 쇠북과 징과 작은 종과 뿔피리를 들고 후위에 서서 병사들의 용기를 북돋게 했다.

3경이 되었다. 성문이 활짝 열리며 세 부대가 날듯이 튀어나오는데 별이 떨어지고 벼락이 떨어지는 듯했다. 화진이 왕겸·유이숙과 함께 성 위에 올라가 바라보니 적군은 혼비백산 혼란에 빠져 머리와 꽁무니를 서로 치받으며 어쩔 줄 몰랐다. 함성이 크게 울리며 무수한 횃불과 북이 땅 밑에서 튀어 오르더니 붉은 갑옷을 입은 병사들이 순식간에 나와 정신을 아득하게 하며 동쪽에서 찌르고 서쪽에서 몰아치자 적군은 놀란 듯 미친 듯 혼비백산했다. 철기군이 곧장 돌격하고 양쪽에서 쇠뇌를 발사하며 징소리와 북소리가 천지를 뒤흔들었다.

서산해가 다급해서 요술을 부리자 갑자기 광풍이 불며 폭우가 쏟아졌다. 그러나 화진이 곧바로 은진인이 준 부적을 꺼내서 장대에 붙여 휘두르니 비바람이 절로 그쳤다. 그러자 관군이 피를 밟고 시체를 넘으며 적을 남김없이 살육했다. 서산해가 황급히 남은 군사를 수습해 육로로 달아났다. 그러나 미당구에 이르자 유성희가 길목을

용」에서는 삼군三軍이 1,200개를 갖추어야 한다고 했다.

51. 무강차武剛車　무소 가죽 따위로 덮개를 단 전투용 수레. 수레 앞에 견고한 방패를 세우고 그 사이로 긴 창을 달아 군대의 전위에 배치했다. 한나라의 대장군 위청衛靑이 전투에 효과적으로 활용한 일이 유명하다.

막고 있다가 패잔병들을 모조리 죽였다. 그리하여 서산해 홀로 필마로 몸을 피해야 했다.

한편 서산해의 수군이 후퇴해서 방랑해구에 이르니 멀리 안남 군대의 깃발이 보였다. 배에 탄 채 의심하지 않고 전투에 패한 사실을 알리자 안남 수군으로 위장했던 위립의 군대가 바다에서 공격을 개시해 서산해의 수군 대부분을 몰살시켰다.

이튿날 조공수와 척계광이 술을 마련해 잔치를 열고 화진에게 절하며 말했다.

"저희들이 여러 해 동안 성을 지키며 노심초사했지만 미친 도적들을 한 발짝도 물러서게 하지 못했습니다. 그러나 선생께서는 홀로 신기한 계책을 운용하셔서 하룻밤 사이에 수십만 도적을 격파해 구덩이에 묻어 버리셨으니, 참으로 만고의 기이한 공적입니다."

화진이 감사 인사를 하고 말했다.

"서산해가 지금은 비록 패하여 기세가 꺾였으나 머잖아 병력을 총동원해서 다시 올 겁니다. 또 서산해는 안남을 위협해 굴복시켰으니, 이는 남방의 가장 큰 환난입니다. 안남이 배반하면 중국 사람들이 베개를 높이 베고 편안히 누울 수 없습니다. 장군께서는 한 번의 승리에 만족하지 마시고 더욱 큰 계책을 세우셔야 합니다. 조정에 표表를 올려 내년 봄 삼방[52]의 군사를 대대적으로 일으키겠다고 하십시오. 화주化州를 평정하고 서산해의 목을 고가[53]에 건 뒤에야 광서·

52. **삼방三方** 임금이 있는 북방을 제외한 동·서·남의 세 방위, 곧 전국을 이르는 말.
53. **고가藁街** 한나라 때 장안성 남문 안의 거리 이름. 제후국의 사신들이 머무는 숙소가 이곳에 있

광남 지방의 전란이 종식될 것입니다."

조공수가 "좋습니다"라고 말하며 화진의 지시대로 조정에 표를
올렸다.

었으며, 대역죄인을 참수하여 이 거리에 효시했다고 한다.

원수는 황제의 조서를 받고
미인은 비수를 던지다

광남경략사廣南經略使 조공수의 승전보가 대궐에 도착했다. 황제가 문화전文華殿에 나오자 한림학사가 표表를 읽었다. 황제는 매우 기뻐하며 서계를 돌아보고 말했다.

"화진은 천하의 기재奇才요! 짐이 현명하지 못해서 지난번에 이 사람을 죽일 뻔했구려."

서계가 머리를 조아리고 말했다.

"보필하지 못한 신의 죄이옵니다. 신은 화진의 억울함을 알고 있었으면서 폐하께 한 말씀도 올리지 못했으니, 실로 하춘해와 유성희에게 부끄럽습니다."

황제가 웃으며 말했다.

"짐은 화진의 영웅다운 기풍과 위엄 있는 법도를 한번 보고 여양후(화욱)가 다시 살아났다 여겼소. 그러나 소홍의 옥사를 듣고는 끝내 베틀의 북을 던지고 달아났으니,[1] 이로 보자면 짐의 부끄러움은

1. **베틀의 북(杼)을 던지고 달아났으니** 가장 신뢰하던 사람이라 할지라도 여러 사람들의 비방이 거듭되면 결국 불신하게 된다는 뜻으로, 증자曾子 어머니의 고사에서 따온 말이다. 증자, 곧 증참曾

경의 갑절이 되오."

그러고 나서 말했다.

"조공수 등이 나라를 위하여 수고를 아끼지 않고 적병 10만의 목을 베었으니, 논공행상을 조금도 늦출 수 없다. 경들은 의논하라."

서계가 아뢰었다.

"서산해의 교활함은 장사성²보다 심합니다. 남방에 웅거해 날로 무리를 늘리며 때로는 작은 배를, 때로는 거함을 몰아 무시로 쳐들어오니, 이는 종묘사직의 깊은 근심입니다. 한때 이들을 패배시켰다고 하나 영원히 후환을 끊기에는 아직 부족합니다. 지금 조공수 등이 올린 표문에서 요청한 바는 심모원려에서 나온 것입니다. 신의 생각에는 화진을 상장군³으로 삼고 유성희를 부장副將으로 삼아 조공수·척계광과 함께 곧장 경애瓊崖를 쳐서 다시 공을 세우게 한 다음 이들의 작위와 봉토를 논해도 늦지 않습니다."

병부상서 하춘해가 말했다.

"서각로의 말이 참으로 옳으나 이번 대첩은 실로 고금에 없던 것

參과 이름이 같은 사람이 살인죄를 범했는데, 이웃 사람이 증자의 어머니에게 아들이 살인을 저질렀다고 했으나 증자의 어머니는 내 아들이 그럴 리 없다며 계속 베를 짰다. 또 다른 사람이 와서 같은 말을 해도 증자의 어머니는 태연했으나, 세 번째 같은 일이 반복되자 증자의 어머니는 베틀의 북을 던지고 담장을 넘어 달아났다. 『전국책』戰國策 「진책」秦策에 관련 고사가 보인다.
2. 장사성張士誠 생몰년 1321~1367년. 원나라 말 강소성과 절강성 일대를 장악했던 농민반란군의 수장. 1353년 원나라에 반기를 들고 군사를 일으켜 이듬해 국호를 주周라 하고, 성왕誠王을 칭했다. 1357년 주원장 군사에 패배하고 원나라에 투항했다가 다시 세력을 넓혀 오왕吳王을 자칭했으나, 결국 주원장의 포로가 되어 남경으로 잡혀온 뒤 자살했다. 청렴하고 신중하며 남의 직언을 잘 받아들였다는 긍정적 평가와 심모원려 없이 이익에 따라 손쉽게 신의를 저버렸다는 부정적 평가가 공존하는 인물이다.
3. 상장군上將軍 군대의 최고 지휘관.

이니, 마땅히 큰 상을 내려 장수와 병사들을 위로하셔야 합니다. 다만 화진은 백의종군하여 죄명이 그대로 남아 있으니 단번에 상장군 벼슬을 내리는 것이 불가합니다. 또 유성희는 한 계급의 승진도 없이 어찌 삼군을 호령할 수 있겠습니까?"

황제가 말했다.

"경들의 말이 모두 옳다. 화진은 지난번 한림학사 벼슬을 빼앗고 서인으로 만들었으니 우선 그 직책을 돌려주고, 다시 무영전 대학사 겸 정남병마대원수[4]에 임명하여 절월節鉞을 내린다. 유성희는 화진을 힘써 천거한바, 인재를 추천한 데 대한 상으로 특별히 영병총관[5] 용문대장군龍門大將軍에 임명한다. 조공수는 정남부원수征南副帥에, 척계광은 전장군[6]에 임명한다. 이부낭중吏部郎中 손식[7]이 조명詔命(황명)을 전하도록 하라. 정남대원수 화진에게 상방검[8] 하나, 천리대완마[9] 두 필, 황금 갑옷과 투구 하나를 내리고, 남방 정벌에 나선 장수와 병사들에게 백금 5만 근과 비단 60만 필을 나누어 주라."

손식이 황제의 명을 받아 광남부에 도착했다. 조공수가 10리 밖까지 나와 맞이해 조서詔書가 든 함을 받들었다. 군영에 도착하니 향안[10]

---

4. 정남병마대원수征南兵馬大元帥 남방 정벌군의 대원수.
5. 영병총관領兵摠管 명나라 관제에 없는 직책으로, 대규모 군대를 파견할 때 임시로 설치하여 전체 군사를 통괄하게 한 '총병摠兵'을 가리키는 듯하다.
6. 전장군前將軍 대장군 다음가는 장군.
7. 손식孫植 명나라 세종 때인 1535년(가정 14) 문과 급제하여 광록소경, 남경 형부상서를 지냈다.
8. 상방검尙方劍 황제의 권력을 상징하는 보검으로, 황제가 대신에게 자신의 권한을 위임할 때 이 검을 내렸다.
9. 천리대완마千里大宛馬 대완국大宛國에서 나는 천리마. 대완국은 지금의 중앙아시아 페르가나 분지 일대에 있던 나라를 가리키는데, 명마의 산지로 유명했다.

과 온갖 의장이 이미 차려 있었다. 손식이 조공수에게 말했다.

"화원수花元帥(화진)가 직접 어명을 받으셔야 합니다."

유성희가 나가서 화진을 맞이해 왔다. 화진이 흰옷 차림으로 들어와 뜰에 꿇어앉자 손식이 조서를 읽었다.

황제가 광남부에 백의종군한 화진에게 명한다.

저 멀리 남방의 흉악한 무리들이[11] 감히 함부로 패악한 짓을 저질러 우리 변경을 침입하고 나의 백성들을 노략질했다. 산에는 망루를 세우고 바다에는 배를 띄워 벌처럼 고슴도치처럼 수많은 도적들이 모여들었다. 잠시 일어난 변란인 줄 알았더니 갈수록 방자하고, 쓰러진 줄 알았더니 다시 몰려와 겨울부터 여름까지 전란이 이어졌다. 짐은 이 때문에 근심하여 편안히 잠을 이룰 수 없었다.

경은 충성스런 장군의 뛰어난 후예요 이름난 재상의 현명한 자제로서, 얼굴은 관옥[12]처럼 아름답고 가슴속엔 수만 명의 병사를 지녔으며,[13] 군대를 지휘하는 것은 풍운과 같고, 전략을 운

10. **향안香案** 향로를 올려놓는 탁자.
11. **저 멀리 남방의 흉악한 무리들이** 『시경』 노송魯頌 「반수」泮水의 "저 멀리 회수淮水의 오랑캐들이" 구절을 흉내 낸 말.
12. **관옥冠玉** 관의 앞을 장식하는 옥.
13. **가슴속엔 수만 명의 병사를 지녔으며** 웅대한 계책과 용병술을 지녔다는 뜻. 『위서』魏書 「최호전」崔浩傳에 "흉중에 품은 뜻이 무장한 병사를 능가한다"라는 구절이 보이고, 북송의 문신 공평중孔平仲의 『공씨담원』孔氏談苑에 범중엄이 서하西夏의 침입에 대응하여 섬서성 국경 지대를 굳게 지키자 서하 사람들이 범중엄을 두고 "뱃속에 수만 명의 무장한 병사가 있다"라며 두려워했다는 기록이 보인다.

용함은 귀신과 같다. 경이 북채를 잡고 성가퀴에 올라 사기를
진작하니, 우리 군사들이 벼락처럼 저늘어가 폭풍처럼 몰아치
고 유성처럼 쏟아져 천둥처럼 때렸다.[14] 이에 교활한 적의 수괴
가 넋을 잃고 간신히 목숨만 건져 달아났으니, 경의 공적이 성
대하기 그지없다. 짐은 이를 참으로 가상히 여겨 경에게 한림
학사의 직첩을 돌려주고 예전의 죄과를 모두 사하노라.

아아! 적의 무리를 없애는 것은 풀을 제거하는 것과 같아 뿌리
를 완전히 없애지 않고 놓아두면 훗날 다시 자라나는 법이다.
이제 다시 군비를 정비하고 말을 달려 적의 소굴을 소탕해야
하니, 특별히 경을 무영전 대학사 겸 정남병마대원수로 임명하
여 조공수 이하 장수들 모두 경의 지시에 따르게 하노라. 전쟁
의 크고 작은 일 일체를 경에게 맡기니 삼방三方의 병마를 알맞
게 잘 헤아려 징발하도록 할 것이요, 일일이 짐에게 결재를 구
할 것 없다. 경은 힘쓰라!

가정 42년 춘정월[15]에 명한다.

화진은 머리를 조아리고 눈물을 흘리다가 손식을 우러러보고 말
했다.

"죄를 지은 천한 신하가 한때 작은 수고를 했다고 해서 어찌 단번

14. 벼락처럼 처들어가 - 천둥처럼 때렸다 사마상여의 「자허부」子虛賦에서 따온 말.
15. 가정嘉靖 42년 춘정월春正月 1563년 음력 정월.

에 외람되이 높은 지위에 오를 수 있겠습니까? 죽음이 있을 뿐, 감히 황명을 받들 수 없습니다."

손식이 정색하고 말했다.

"지나치십니다. 황상께서 선생을 죄인 명부에서 빼내어 억울함을 씻어 주고 대원수大元帥의 인수印綬를 내리셨으니, 지금이야말로 선생이 온 힘을 다해 황상의 은혜에 보답할 때입니다. 황상께서 인재를 대우하신 은혜를 생각지 않고 지나친 겸양만 고집하시는 것은 제가 보기에 너무 지나칩니다."

그러자 화진은 일어나서 절하고 조명詔命을 받았다. 유성희가 무릎을 꿇고 대원수의 관복冠服과 인수를 화진에게 올렸다. 화진이 물러나 장대[16]에 앉아 조공수 등의 경례를 받으니, 위용이 매우 장엄해서 유성희조차 감히 우러러볼 수 없었다. 왕겸과 유이숙은 기쁨이 극에 달해 눈물을 흘렸다.

원수 화진이 삼방에 소집령을 내려 서주[17] 총병總兵 설성문薛星文이 보병과 기병 2만, 진웅[18] 제독 왕림王琳이 기병 1만, 계림[19] 총병 위영魏縈이 보병 1만, 복건福建 총관總管 엄진儼鑛이 보병 8천을 거느리고 5월 5일 부주에 모이게 했다.

약속한 날이 되자 여러 진[20]의 병마가 모두 모였다. 화진은 황제가

16. **장대將臺** 군사를 지휘하는 장수가 올라서서 지휘하도록 높은 곳에 돌로 쌓은 대.
17. **서주敍州** 사천성의 부府 이름. 지금의 사천성 의빈시宜賓市 일대.
18. **진웅鎭雄** 지금의 운남성 진웅현 일대. 운남성·귀주성·사천성의 경계를 이루는 곳이다.
19. **계림桂林** 지금의 광서장족자치구 계림시 일대.
20. **진鎭** 군사 요충지에 둔 지방 행정구역.

하사한 백금과 비단을 장수와 병사들에게 나눠 준 뒤 전장군 척계광을 좌신봉, 용문대장군 유선희를 우신봉으로 삼고, 왕검과 유이숙을 각각 좌교위와 우교위[21]로 삼았다. 부원수 조공수는 본진本鎭의 병마 2만을 거느려 후군後軍에 두고, 여러 진의 대장들은 각각 자기 군사를 거느리고 뒤따르게 한 뒤 화진은 기병과 보병 8천 명을 거느리고 중군을 이끌었다.

안남 국경에 이르렀다. 안남왕 진흥陳興이 융복戎服(군복)을 입고 교외에 나와 맞이하자 화진이 수레에서 내려 안남왕의 손을 잡고 말했다.

"왕께서는 명나라의 두터운 은혜를 입었으면서 어찌 서산해와 몰래 화친하고 도적들이 상국上國(명나라)을 침략하는 것을 좌시하며 마음을 움직이지 않을 수 있단 말입니까?"

안남왕이 머리를 조아리고 눈물을 흘리며 말했다.

"변방의 소신小臣이 어찌 감히 그러겠습니까? 나라가 약하고 군대가 약해서 간교한 적에 대항할 수 없기에 억지로 우호 관계를 맺은 것일 따름이지 어찌 감히 천조天朝(명나라 왕조)를 잊겠습니까?"

화진이 유쾌한 태도로 위로하고 안남왕과 함께 성으로 들어갔는데, 군령이 엄숙해서 개나 닭도 놀라지 않았다.

이튿날 화진이 안남왕과 함께 적을 평정할 계책을 논했다. 안남왕이 말했다.

"황령皇靈(황제)이 보우하시니 하찮은 도적 괴수가 무슨 근심이겠

21. 좌교위左校尉와 우교위右校尉 '교위'는 6품 이하의 무관 관직.

습니까? 다만 서산해는 신기한 재주와 요망한 술법을 가지고 귀병鬼
兵(귀신 병사)을 부리니, 이것이 근심입니다."

화진이 웃으며 말했다.

"왕께서는 신임하는 신하 중 기민하고 병법에 밝은 사람 하나를
뽑아 기병 300을 거느리고 제 지휘에 따르게만 해 주십시오. 또 병사
들을 엄중히 단속해서 성을 지키고 있다가 적이 가까이 오면 그 후
방을 끊어 주십시오."

안남왕이 공손히 승낙하고 나가더니 좌위독[22] 병마철邢馬鐵을 불러
화진에게 보였다. 그러자 화진은 안남왕이 보내는 편지 한 통을 써
서 안남왕에게 그 편지를 베껴 쓰게 한 뒤 병마철에게 편지를 주며
말했다.

"자네는 이 편지를 가지고 화주化州에 가서 이리이리하라."

화진이 군대를 지휘해 전진하며 은진인이 준 작은 족자를 펼쳐 보
니 산천과 도로와 마을이 눈앞에 펼쳐진 듯했다. 화진은 대로를 버
리고 지름길로 화석령華石嶺을 넘은 뒤 설성문 등에게 분부를 내려 몇
개의 지점에 매복하게 하고, 자신은 조공수·척계광·유성희와 함께
마가천摩訶川에 진을 쳤다. 때는 9월 초순이어서 스산한 가을 기운에
초목이 시들고,[23] 변방의 피리 소리가 맑고 구슬펐다. 화진은 복건[24]
을 쓰고 학창의[25]를 입은 채 한밤중에 원문[26]을 거닐며 처연히 북쪽

━━━━━━
22. **좌위독左衛督**   임금의 친위부대 중 좌위左衛의 지휘관.
23. **스산한 가을 기운에 초목이 시들고**   『한서』 예악지禮樂志 「교사가」郊祀歌에 나오는 구절.
24. **복건幅巾**   도복道服에 갖추어 머리에 쓰던, 검은 천으로 만든 건巾.
25. **학창의鶴氅衣**   새의 깃털로 만든 외투. 『삼국지연의』에서 제갈공명이 학창의를 입고 손에 백우

을 바라보다 눈물로 옷깃을 적셨다. 유성희가 곁에 있다가 화진을 위로했다.

이때 병마철이 만화성萬化城에 도착해서 서산해를 만나 보고 안남 왕의 친서를 전했다. 그 내용은 대략 다음과 같다.

안남국왕 진홍은 만화국萬化國 서왕徐王(서산해)께 아룁니다.

저희 소국이 대국에 귀순하여 형제 되기를 맹세한 것은 진실로 대국의 위엄과 덕이 저희 소국을 감싸 주기에 충분하기 때문입니다. 지난번 대국이 부주富州를 정벌할 때 저희 소국은 흉년으로 백성이 병들어 실로 한 사람의 병사와 말도 참전하지 못했고 군량을 나르는 일조차 한 적이 없습니다. 그러나 지금 명나라 황제는 엉뚱한 곳에 화풀이를 하여 대국이 명나라 변경을 칠 때 저희 소국이 대국을 은밀히 도와 병사와 군량을 제공했다고 여깁니다. 그리하여 명나라에서는 10만 대군을 질풍노도처럼 휘몰고 저희 성 밑까지 닥쳐와 위협하고 있습니다. 저희 소국은 명나라에 비해 현격히 약한지라 패망할 날이 며칠 남지 않았음을 잘 알고 있으니, 너무도 두려워 어찌할 바를 모르겠습니다. 그럼에도 종묘사직을 저버릴 수 없어 성을 굳게 지키고 있는 것은 대국이 혹여 덕을 드리워 저희를 구원해 주지 않을까 하는 바람 때문입니다. 저희 소국이 위태로워 멸망하는

선白羽扇(흰 깃털로 만든 부채)을 쥐었다.
26. 원문轅門 군문軍門, 곧 군영軍營의 입구.

일이야 족히 말할 것도 못 되나, 다만 제나라를 멸한 군대가 반
드시 연나라를 무너뜨리고,[27] 농 땅을 일은 군대가 다시 촉 땅
으로 향하는 일[28]이 있지 않을까 두렵습니다.

서산해가 다 읽고 껄껄 웃으며 말했다.
"명나라 놈들이 스스로 죽을 길을 찾아왔구나. 지난겨울의 치욕을
이제야 씻을 수 있겠다."
그러고는 병마철에게 말했다.
"내가 대군을 일으켜 마천摩川 대로로 가면 너희 나라까지 30일 안
에는 도착할 것이다. 너희 왕이 30일을 버틸 수 있겠느냐?"
병마철이 대성통곡하며 말했다.
"소국이 뜻밖의 침입을 받아 아침저녁 사이에 멸망할 위기에 놓여
있으니, 깨진 항아리에 남은 물까지 불타는 가마솥에 들이붓듯이[29]
화급하게 대응한다 해도 구할 수 없을 것입니다. 대왕의 말씀대로라
면 저희 왕을 찾으러 건어물 가게로 와야 할 겁니다."[30]

ꙮꙮꙮꙮ

27. **제齊나라를 멸한~연燕나라를 무너뜨리고** 순망치한脣亡齒寒의 뜻. 전국시대 산동성의 제나라와
하북성의 연나라가 이웃해 있었기에 한 말.
28. **농隴 땅을~향하는 일** 득롱망촉得隴望蜀, 곧 작은 것을 얻은 뒤에 더 큰 것을 얻고자 한다는, 만
족을 모르는 탐욕을 뜻하는 말. '농 땅'은 감숙성 동부 지역, '촉 땅'은 사천성 지역.
29. **깨진 항아리에~가마솥에 들이붓듯이** 위급한 상황에 화급히 대응하는 모습을 비유하는 말.『사
기』「전경중완 세가」田敬仲完世家에서 유래하는 말이다.
30. **저희 왕을~할 겁니다** 이미 때를 놓쳐 구할 수 없다는 뜻. 수레바퀴 자국 속에서 말라 가던 붕
어가 장자莊子에게 한 됫박의 물을 부어 구해 달라고 청했는데, 장자가 멀리 있는 강둑을 터서
구해 주겠다고 하자 붕어는 화를 내며 당장 필요한 물을 주지 못한다면 "나를 찾으러 건어물 가
게로 와야 할 겁니다"라고 말했다는 고사가『장자』「외물」外物에 보인다.

서산해가 검을 뽑으며 일어나 말했다.

"내가 지금 정병 8만을 거느리고 곧장 무당산武當山 쪽으로 길을 잡아 하루에 100리를 달리면 열흘 안에 너희 나라에 도착할 것이다. 그리하면 되겠느냐?"

병마철이 거듭 절하여 감사를 표했다. 그리하여 서산해는 즉시 행장을 꾸렸다. 군마를 점검해서 군비를 즉시 준비하지 못한 군사마[31] 5인을 참형에 처하고, 병사 한 사람마다 여덟 되의 식량을 소지해서 치중輜重을 가볍게 했다. 또 대장 석만石萬으로 하여금 보병과 기병 10만을 이끌고 총석령叢石嶺을 넘고 천봉동遷峰峒을 지나 안남성 아래에 모이게 했다. 서산해 역시 그날로 화주에서 출발했다.

병마철은 거짓으로 겨드랑이 아래가 아프다는 핑계를 대고 화주성에 남았다. 이튿날 밤 병마철이 자신의 병사들을 시켜 각자 망초[32]와 유황을 가져다가 화주성의 궁궐과 창고에 불을 지르게 하니 순식간에 불빛이 하늘까지 뻗쳤다. 이때 성안의 장정들은 모두 전쟁에 나서고 노약자와 부녀자들만 남았기에 이들의 울부짖음으로 성이 들끓었다. 병마철은 기병대와 함께 궁궐로 돌입해서 왕비와 후궁, 궁궐을 지키던 장수와 재상 이하 수백 명을 죽였다.

이윽고 병마철은 서쪽을 향해 밤낮으로 말을 달려 서산해 군대를 좇아가서 무당산에서 서산해를 만났다. 서산해는 이미 설성문이 이끄는 군대에 패하여 몹시 분하던 터였다. 병마철이 거짓으로 울며

꽃꽃꽃

31. **군사마軍司馬** 교위校尉 아래의 무관직.
32. **망초芒硝** 초석硝石, 곧 질산칼륨. 화약의 원료로 쓰는 백색 광물.

말했다.

"대왕께서 친히 소국을 구하러 오셨다가 이런 치욕을 당하셨으니, 신이 대왕을 위해 목숨을 바치겠습니다."

마침내 병마철이 창을 들고 말에 올라 기병 300명과 함께 곧장 설성문의 진영을 향해 내달렸다. 설성문은 병마철을 바라보고 거짓으로 맞서 싸우는 척 몇 합을 겨루다가 말을 돌려 달아났다. 병마철이 승세를 탄 척하며 설성문 진영을 좌충우돌 공격하자, 설성문의 군대 역시 혼란에 빠진 척해 주었다. 서산해가 그 광경을 바라보고 북을 울리며 전진하니, 설성문은 군대를 수습해서 지세가 험한 곳으로 들어갔다. 서산해가 공격하려 하자 병마철이 말했다.

"지금 큰 적이 앞에 있거늘 대왕은 왜 작은 적을 치는 데 예기銳氣를 허비하려 하십니까?"

서산해가 말했다.

"적을 등 뒤에 내버려 두고 전진하는 건 위험한 일이 아닌가?"

병마철이 냉소하며 말했다.

"나약한 신의 눈에도 저들이 없는 듯이 보이거늘, 신령스런 위엄이 천하제일인 대왕께서 저들을 적으로 여기시다니, 참으로 부끄럽습니다. 저들이 여기 온 목적은 대국의 구원병이 오는 길을 끊자는 것에 불과합니다. 지금 이미 방어에 실패해서 대군이 지나가게 했으니, 저들은 끊어진 뿌리요 잘린 잎사귀일 따름인데 더 무슨 일을 할 수 있겠습니까?"

서산해는 그 말을 매우 그럴싸하게 여기고 수십 리를 전진해서 산골짜기 아래에 진영을 두었다. 병마철이 서산해에게 말했다.

"저희 나라에서 대국의 군대가 오기만을 갈망하고 있으니, 신이 먼저 가서 알리겠습ㅓ디."

서산해가 허락하자 병마철이 말을 달려 떠났다.

이튿날 서산해가 이른 아침에 급히 잠자리에서 식사를 하고 출발하려는데, 문득 수궁도독[33] 설영(薛永)이 서산해 앞에 와서 엎드려 머리를 풀어헤친 채 통곡하며 말했다.

"대왕께서 출발하신 이튿날 밤 3경에 안남 장군 병마철이 불을 질러 궁궐을 태우고 왕비와 장군과 재상들을 검으로 찔러 죽여 살아남은 이가 거의 없습니다."

서산해가 가슴을 치며 큰소리로 울부짖었다.

"하늘이 나를 죽이는구나! 하늘이 나를 죽이는구나! 진흥(안남왕)이란 늙은 도적놈이 명나라 장수와 음모를 꾸며 나를 여기까지 유인한 것이다. 내 이놈들을 산 채로 삼켜 버릴 테다!"

설영이 울며 말했다.

"병마철이 눈을 치켜뜨고 의기양양하게 말할 때 신은 이미 그자에게 다른 마음이 있음을 알았으나, 대왕께서 그자의 말을 철석같이 믿으시기에 신은 죽음이 두려워 감히 말씀드리지 못했습니다. 지금 대왕께서 간사한 적들의 술수에 빠지셨으니, 여기서 싸움을 벌이는 것은 불리합니다. 나라가 비록 치명상을 입었으나 우리 성(城)과 인민이 아직 남아 있습니다. 궁궐과 관청을 다시 세우고 여러 곳의 창고

33. **수궁도독**守宮都督 궁궐 수비의 임무를 맡은 최고 지휘관.

에 있는 곡식을 들여오면 그런 대로 틀이 잡힐 것이니, 해자를 깊이 파고 성벽을 높이 쌓아 명나라 군내가 오기를 기다리는 것이 좋겠습니다. 그렇게 하면 저들은 먼 길을 와서 지쳐 있으나 우리는 편안하고 저들은 굶주렸으나 우리는 배부른 상태이니, 적진 깊숙이 들어왔다가 고립무원의 지경에 빠지게 될 것입니다. 그리하여 싸우고 싶어도 싸울 수 없고 후퇴하고 싶어도 후퇴할 수 없을 테니, 결국 자연히 우리에게 사로잡히고 말 것입니다."

서산해가 큰소리로 울부짖었다.

"골육이 모두 죽었거늘 나 홀로 살아 무엇 하겠느냐! 분연히 앞으로 나아가 원수 놈을 잡아서 만 갈래로 찢어 버릴 것이니, 더 말하지 말라!"

마침내 말에 올라 사흘 밤낮을 달려서 화림곡華林谷에 이르렀다. 골짜기가 깊고 나무가 우거졌다. 군관軍官이 아뢰었다.

"골이 깊고 험해서 밤에는 행군이 불가능합니다."

서산해가 그 말을 듣지 않고 골짜기 안으로 들어가 10여 리를 갔다. 밤이 이미 깊어 군마가 불빛을 비춰 가며 전진했다. 갑자기 무시무시한 천둥소리가 산을 뒤흔들며 천지가 진동하더니 산 위에서 커다란 바윗돌이 무수히 떨어졌다.

이에 앞서 진웅 제독 왕림이 이미 군사 3천 명을 거느리고 산 위의 우거진 숲속에 숨죽여 매복하고 있었다. 왕림은 유격대를 보내 서산해 군대를 지켜보게 해서 서산해 군대가 그날 밤에 골짜기를 지나가게 될 줄 미리 알고, 군사들로 하여금 큰 바위들을 운반해 산등성이에 나란히 세워 두게 했었다. 서산해 군대가 골짜기를 반쯤 지났을 때 산 위에서 일시에 바위를 밀어 굴리니, 서산해의 군사들은 저희 끼리 우왕좌왕 몸을 부딪치며 앞으로 나아가지도 뒤로 물러서지도 못하다가 태반이 죽거나 다쳤다. 서산해는 하늘을 우러러 큰소리로 울부짖었다.

"하늘이 나를 돕지 않아 산도깨비도 나를 죽이려 하는구나!"

왕림은 서산해가 극도로 분한 상태에서 맞부딪치면 반드시 목숨을 걸고 싸우리라 생각한 데다 이미 화진의 밀지密旨를 받들고 있었기에 군사를 거두고 아무런 대응도 하지 않았다.

그날 밤 서산해는 남은 병사 5만과 함께 화림곡을 나와 너른 벌판에서 잤다. 또 사나흘을 진군해서 마가천에 이르렀다. 멀리 명나라 군대를 바라보니 시내 북쪽 벌판에 진을 치고 있었는데, 나무로 들판을 빙 둘러 진영을 가지런히 잘 갖추고 있었다. 서산해는 시내 동쪽의 낙산駱山 아래에 진을 쳤다. 그때 병마철이 홀로 말을 타고 시냇가에 와서 서산해를 불렀다.

"서왕徐王! 참 고생이 많소. 멀리 험한 길을 오셨는데 어디 아픈 덴 없소?"

서산해는 불같이 화가 치밀어 올라 말을 달려 나갔다. 서산해는 창검을 잘 썼고 활을 쏘면 백발백중인지라 병마철이 고삐를 채서 달아났다. 서산해가 정예병을 총동원해서 명나라 군대를 공격하려 하자 설영이 말 머리를 붙잡고 간언했다.

"우리 군사들의 피로가 극심하니 급작스레 전투를 벌여서는 안 됩니다. 대왕께서는 분을 참으시고 병사들을 쉬게 하셔야 합니다. 석만石萬의 군대가 도착한 뒤에 앞뒤에서 협공하면 이기지 못할 리 없습니다."

서산해는 설영을 질책했다.

"늙은것이 어디 감히 군대를 멈추게 하는가!"

마침내 전진해서 명나라 진영에 다가갔다.

화진은 척계광을 보내 먼저 전투를 벌이게 하고, 다시 유성희를 내보내 협공하게 했다. 사오십 합을 겨루고 있을 즈음, 병마철이 날 듯이 말을 달려 나오더니 서산해의 앞을 가로질러 공격하며 말했다.

"간사한 도적놈은 목을 보전하고 싶거든 얼른 항복해라!"

서산해가 눈을 부릅뜨고 소리를 지르다가 왈칵 피를 토하더니 창을 끌며 달아났다. 척계광과 유성희가 힘을 다해 추격하려 하는데, 화진이 징을 울려 군사를 거두었다. 유성희가 들어와 물었다.

"방금 요망한 도적을 잡기 직전이었는데 왜 급히 징을 울려 군사를 거두셨습니까?"

화진이 웃으며 말했다.

"적군의 형세를 보니 북소리의 기세가 쇠하지 않아서 가벼이 볼 수 없기 때문입니다."

서산해는 자기 진영으로 돌아왔으나 병들어 군무를 살필 수 없었다. 대장 악견鄂堅 등이 매우 근심하고 두려워 비밀로 했으나, 조공수 등이 소문을 듣고 화진에게 보고했다.

"서산해가 병들어 나오지 못한 지 이미 사흘이 지났습니다. 지금 공격하면 멸할 수 있습니다."

화진이 말했다.

"안 됩니다. 남방의 백성들은 오락가락 몇 번이나 배반해 왔기에 그 마음을 완전히 복종시키지 않고서는 후환을 끊을 수 없습니다. 지금 서산해가 병든 틈을 타서 공격해 멸한다면 저들은 틀림없이 이렇게 생각할 겁니다.

'서산해의 병 때문에 진 것이지 싸움을 잘못한 죄가 아니다.'[34]

내가 두려워하는 일은 군대를 되돌린 뒤에 또 서산해 같은 자가 발붙이고 일어설까 하는 것입니다."

화진은 군관을 시켜 악견 등에게 다음의 말을 전하라고 했다.

"너희 두목이 병들었다고 들었다. 잘 간호해서 병이 다 나으면 즉시 알려라. 내가 황제의 명을 받들어 죄인을 토벌하는 마당에 차마 남의 위태로움에 편승하지는 않으려 한다."

악견 등은 그 말이 매우 의심스러워 수비를 더욱 견고히 했으나 10여 일이 지나도록 명나라 군대가 공격해 오지 않았다. 서산해의 병이 낫자 악견 등은 저희들끼리 몰래 한숨을 쉬며 말했다.

"만일 화원수花元帥(화진)가 병들었다면 우리 왕은 필시 저렇게 하지 않았을 거야!"

이때 서산해의 대장 석만이 천봉동을 지나가자 계림 총병 위영이 궁수 8천 명을 이끌고 골짜기에 매복해 있다가 양쪽에서 활을 쏘아 석만의 군사 수만 명을 죽였다. 석만이 혈전 끝에 천봉동을 통과해서 급히 말을 달려 안남성 아래에 이르러 보니, 성의 수비가 매우 삼엄하고 성 밖에는 한 명의 군사도 없었다. 석만이 매우 의아해서 안

꽃꽃꽃꽃

34. 싸움을 잘못한 죄가 아니다 『사기』「항우 본기」에 나오는 말. 항우는 패망하기에 이르러 "이는 하늘이 나를 망하게 한 것이지 내가 싸움을 잘못한 죄가 아니다"라고 말했다.

남의 유격대를 붙잡아 묻고는 비로소 명나라 군대가 마가천에서 서산해와 대진하고 있음을 알았다. 석만은 매우 놀라 즉시 화석령으로 달려갔으나, 또 복건 총관 엄진에게 패하여 군사의 반 이상을 잃었다. 화석령에서 가로막혀 전진하지 못하고 있는데, 안남왕이 군사를 내보내 퇴로를 끊었다. 위영이 다시 쇠뇌 부대를 이끌고 뒤에서 공격하자 석만은 자살하고 그 군사들은 모두 엄진에게 항복했다.

서산해의 좌위독左衛督 탁림卓林이 서산해에게 말했다.

"신이 듣건대 명나라 원수의 용병술이 귀신같다고 하니 지략으로는 깨뜨릴 수 없습니다. 대왕께서는 신술神術을 써 보시는 것이 어떻겠습니까?"

서산해가 말했다.

"내 요술이 한 번도 패한 적이 없었다만 어찌 된 영문인지 부주 전투에서 일으켰던 풍우가 금세 그쳤기에 지금까지도 괴이하게 여기고 있다. 내 운수가 다해서 요술도 효험이 사라진 게 아닐까?"

탁림이 놀라 말했다.

"대왕께서는 왜 그런 상서롭지 못한 말씀을 하십니까? 신이 대왕을 위하여 명나라 원수의 머리를 가져오겠습니다."

그러고 나서 계책을 바치니 서산해가 고개를 끄덕이며 매우 기뻐 말했다.

"자네의 계책이 참으로 묘하군! 하지만 그 사람을 쉽게 얻지 못하면 어쩌지?"

"그 사람이 지척에 있으니 신이 불러오겠습니다."

탁림은 즉시 기병 몇을 데리고 보운산寶雲山을 향해 떠났다.

그날 밤 화진과 유성희가 군영 안을 산보하며 천문을 관찰했다. 화진이 유성희에게 말했다.

"요망한 별이 대각우성[35]을 범하더니 홀연 보이지 않는군요. 오늘 밤 자객이 내 군막으로 들어오지만 끝내 나를 해치지는 못할 모양입니다. 계창이 내 곁에서 자객이 어찌하는지 한번 보시지요. 성급히 행동하지는 마시구요."

4경이었다. 화진은 붉은색 가벼운 비단 적삼 차림에 작은 화양건[36]을 쓰고 군막 안에 쌍룡이 그려진 등불을 밝히고 베개에 기대 자고 있었다. 유성희는 갑옷을 벗고 칼을 버려둔 채 조용히 그 곁에 있었다. 홀연 한 줄기 음산한 바람이 군막 안으로 들더니, 미인 한 사람이 나비를 수놓은 치마를 입고, 머리는 초승달 모양으로 상투를 틀고, 이마에는 태을신[37] 부적을 붙이고, 손에는 8척 칼을 들고 서서 화진을 노려봤다. 화진이 기지개를 켜며 천천히 물었다.

"미인은 누가 보낸 사람이기에 내 머리를 가져가지 않고 서 있소?"

미인이 낭랑한 소리로 웃고 비수를 번득이며 다가오려 하자 화진이 목을 빼서 내밀었다. 미인은 쟁그렁 비수를 땅에 던지더니 옷깃

꽃꽃꽃꽃

35. **대각우성大角右星**　대각성大角星의 오른쪽 별. 대각성은 목동자리의 알파별로, 북쪽 하늘에서 가장 밝은 별인 아크투루스Arcturus에 해당한다. 고대 중국에서 대각성은 천왕天王의 별로 인식되었기에 대각성의 오른쪽 별, 곧 무프리드muphrid를 화진의 별로 설정한 듯하다.

36. **화양건華陽巾**　순양건純陽巾. 높고 평평한 윗부분에 손가락 마디 길이의 폭으로 주름을 잡은 비단 두건. 본래 도사나 은자들이 쓰던 두건인데, 명나라 때 일대 유행하여 유자儒者와 사대부 자제들도 썼다.

37. **태을신太乙神**　도교에서 받드는 천신天神.

을 여미고 절한 뒤에 말했다.

"원수는 천조天朝의 대인이십니다. 서왕徐王의 떠도는 혼이 솥 안에 갇힌 물고기와 같거늘 혼미하여 귀순하지 않고 음흉한 계책을 쓰려 했습니다. 제가 비록 서예가 홰나무에 몸을 던져 자살한 절개[38]는 갖지 못했으나, 홍선이 금합을 훔쳐 온 종적[39]이야 본받지 않을 수 있겠습니까? 그러나 첩이 돌아가 서왕에게 보고하지 않으면 서왕은 반드시 또 다른 사람을 보낼 겁니다. 촉루[40]에 눈이 없으니 나중에 올 자객이 저와 같은 마음일지 어찌 알겠습니까? 원수의 신물信物을 얻어 가서 서왕에게 전하면 감히 다른 마음을 먹지 못할 것입니다."

그러자 화진은 화복禍福을 자세히 말하고 속히 항복하기를 권하는 내용의 편지를 손수 써서 밀봉한 뒤 그 위에 서명을 해서 미인에게 주었다. 그리고 나서 미인의 이름을 묻자 미인이 대답했다.

"저는 안남 사람 이팔아李八兒로, 보운산에서 검술을 배웠습니다. 어제 서왕이 저를 불러 이 일을 시켰는데, 제가 사양하다가 부득이하여 억지로 이 일을 하게 되었습니다."

❀❀❀

38. 서예鉏麑가 홰나무에~자살한 절개 '서예'는 춘추시대 진晉나라의 역사力士로, 군주의 명을 받아 대부 조돈趙盾을 죽이러 그 집에 잠입했다가 조돈의 어질고 단정한 모습을 보고는 차마 죽이지 못하고 군주의 명도 어길 수 없어 그 집 뜰에 있던 홰나무에 머리를 찧어 자살했다. 『춘추좌전』에 관련 내용이 보인다.

39. 홍선紅線이 금합金盒을 훔쳐 온 종적 '홍선'은 당나라의 호협전기豪俠傳奇 「홍선전」紅線傳의 주인공이다. 여성 협객인 홍선은 자신의 주군 설숭薛嵩이 강성한 이웃 번진藩鎭의 위협으로 전전긍긍하자 적진 한가운데로 뛰어들어 삼엄한 경비를 뚫고 번진의 우두머리인 전승사田承嗣의 침실에 잠입하여 그 머리맡에 놓인 금합金盒을 몰래 가져왔다. 이 일로 전승사는 신변의 위협을 느끼고 설숭에게 화친을 요구했다.

40. 촉루屬鏤 명검名劍의 이름.

화진이 고개를 끄덕이니 이팔아가 두 번 절하고 물러갔다.

그날 새벽 서산해는 이팔아가 돌아오기만 학수고대하고 있었다. 홀연 서늘한 빛이 엄습하더니 이팔아가 앞에 나타났다. 서산해가 매우 반가워하며 급히 물었다.

"화진의 목은 어디 있느냐?"

이팔아가 소매 속에서 편지 한 통을 꺼내 던졌다. 서산해가 편지를 뜯어 흘끗 보고는 버럭 성을 내며 급히 큰 칼을 들어 이팔아를 내리쳤으나, 이팔아는 돌연 공중으로 사라져 간 곳을 알 수 없었다.

의로운 선비는 좋은 배필을 만나고

효녀는 간절한 소원을 이루다

이튿날 화진이 척계광 등에게 분부했다.

"오늘밤 적군이 반드시 쳐들어 올 겁니다. '맹금은 날개를 거두고 맹수는 귀를 접는다'¹는 말의 의미를 여러분은 아시겠지요?"

척계광 등은 명을 받고 물러가 깃발과 북을 내려 두게 했다. 또 병사들을 흩어 너덧 명씩 무리를 짓게 한 뒤 샛별처럼 듬성듬성 떨어뜨려 놓고, 어떤 병사는 앉고 어떤 병사는 선 채로 떠들썩하니 서로 치고받게 했다. 그러고는 또 짚을 묶어 수백 개의 사람 모양을 만들고 옷을 입혀 병사들 사이에 세워 둔 뒤 기병들로 하여금 마구 목을 베게 해서 마치 병사들의 난동을 막는 모습처럼 보이게 했다. 서산해가 멀리서 그 광경을 보고 웃으며 말했다.

"명나라 장수가 교만해서 병사들이 질서가 없구나!"

그날 밤 서산해는 악견과 탁림에게 각각 군사 5천 명을 이끌고 명

---

1. 맹금猛禽은 날개를~귀를 접는다　공격하기에 앞서 몸을 움츠려 상대를 방심하게 만든다는 뜻. 『육도』무도武韜 「발계」發啓의 "맹금은 먹이를 낚아채기 전에 낮게 날며 날개를 움츠리고, 맹수는 공격하기 전에 귀를 접고 바짝 엎드립니다"라는 구절에서 따온 말.

나라 진영을 소리 없이 습격하게 했다. 악견 등이 명나라 진영 앞 30보쯤 되는 지점에 이르렀을 때 갑자기 소공수와 병마철이 징에 기병을 거느리고 좌우 측면에서 말을 달려 나오며 함성을 지르자 서산해 군대가 깜짝 놀라 저희끼리 죽였다. 척계광이 미리 진영 안에 쇠뇌 부대 1만 명을 매복해 두었다가 일제히 쇠뇌를 발사하게 하니 적군의 시체가 산을 이루었다. 악견과 탁림도 모두 쇠뇌에 맞아 죽었다. 적군 병사 두어 명이 달아나 서산해에게 보고하자 서산해는 너무 놀란 나머지 자리에 쓰러졌다.

"내 명이 다했구나!"

설영이 부축해 일으키고 말했다.

"승패는 병가지상사²이거늘 대왕께선 왜 이리 성급하십니까? 지금 강한 병사들은 이미 죽었고, 남은 병사들은 모두 지쳤으며, 석만은 소식이 없습니다. 그러니 고국으로 돌아가 방어하며 저들을 안으로 끌어들여 결전을 도모하는 것이 가장 좋은 방책입니다."

서산해는 그 말을 옳게 여겨 즉시 철수해 달아났다. 그러나 설성문과 왕림이 이미 화진의 명을 받아 서산해의 퇴로를 끊고 있었기에 서산해는 힘써 싸웠으나 빠져나갈 길이 없었다. 화진이 또 대군을 거느리고 서산해의 후군을 엄습하자 서산해 군대는 형세가 궁해져서 투항하는 자들이 이어졌다. 화진은 병사들을 시켜 적군을 향해 외치게 했다.

꽃꽃꽃

2. **승패는 병가지상사兵家之常事** 전쟁에서 이기고 지는 일은 흔히 있는 일이니 한 번의 실패에 낙심하지 말라는 뜻으로, 『삼국지연의』에서 조조가 한 말.

"무기를 버리는 자는 모든 죄를 용서한다!"

그러자 적군이 모두 무기를 버렸다.

유성희가 말을 치달려 서산해 앞에서 설영의 목을 베고 서산해와 칼싸움을 벌였다. 서산해가 다급해져 하늘을 우러러 주문을 외었다. 별안간 사나운 바람이 일어나며 사방에 검은 기운이 퍼지더니 무수한 신병神兵들이 하늘에서 어지러이 내려왔다. 그러나 화진이 장대에 부적을 붙여 한번 휘두르니 천지가 맑아지며 기괴한 것들이 모두 사라졌다. 서산해가 피를 토하며 말에서 떨어지자 유성희가 그 목을 베었다.

화진이 진군해서 경애瓊崖에 이르니 백성들이 맞이해 절하고 눈물을 흘리며 말했다.

"오늘에야 비로소 호랑이 입에서 벗어나 부모의 품속으로 들어가게 됐습니다."

화진이 황제의 명으로 경애에 대사면령을 내리니, 북을 치고 춤추는 소리가 며칠 동안이나 그치지 않았다.

화진은 군대를 돌려 안남에 이르렀다. 안남왕이 궁중의 옥청전玉淸殿에 잔치를 베풀고 공로를 축하했다. 이때 안남왕의 딸인 양아공주陽阿公主 순교舜嬌가 절세미인에 뜻이 호탕해서 내심 천하의 영웅에게 시집가기를 바라고 있었다. 이날 양아공주가 주렴 사이로 유성희를 바라보니 빼어난 눈썹에 봉황의 눈을 지녔고 키가 8척 장신인지라 거듭 그 수려한 용모에 감탄했다. 왕후 탁씨卓氏가 딸의 뜻을 눈치채고 그날 밤 조용히 왕에게 사정을 알렸다.

이튿날 안남왕이 화진을 초청해 옥청전에서 다시 잔치를 열었다.

술이 거나해지자 안남왕이 화진을 향해 뭔가 할 말이 있는 듯했지만 머뭇거리며 입을 열지 못했다. 그러기를 서너 차례 반복하자 화진이 괴이하게 여겨 물었다.

"왕께서는 가슴속에 뭔가 하실 말씀이 있는데 하지 못하시는 듯합니다. 왕께서 저를 아신 지는 얼마 안 되지만 '경개여고'[3]라는 옛말이 있거늘, 왕께서는 왜 저를 이처럼 먼 사람처럼 대하십니까?"

안남왕이 무릎을 모으고 두 손을 모아 공손한 태도로 말했다.

"제가 감히 그럴 리가 있겠습니까? 가슴속에 품은 생각이 부끄럽기도 하고, 또 대인께서 윤허하지 않으실까 싶기도 해서 주저했을 뿐입니다. 그러나 대인께서 이미 물으셨으니 제가 어찌 감히 숨길 수 있겠습니까? 제게 양아라는 딸이 있습니다. 용모와 성품이 그다지 못나지는 않아서 제가 애지중지하며 늘 당세의 영웅호걸을 만나 시중을 들게 했으면 하고 바랐습니다. 그러나 우리나라는 천하고 누추해서 큰 인물이 없는 까닭에 나이 열여섯을 넘기도록 아직 배필을 구하지 못했습니다. 제가 늙어 병이 많아지면서 한을 품고 지하로 갈까 늘 걱정이었는데, 유장군(유성희)을 만난 뒤부터 마음속으로 환희작약하지 않을 수 없었습니다. 가까이서 함께 술잔을 나누며 그 멋스러운 담소를 몇 차례 접하고 보니, 흠모하고 우러르게 되어 제 혼백이 다 쏠리고 말았습니다. 부녀의 사사로운 정이 슬프다면 슬프고 우습다면 우습겠습니다만, 유장군이 저희에게는 상상 속의 매실[4]

<hr>

※※※※

3. **경개여고傾蓋如故** 제4회의 주52 참조.
4. **상상 속의 매실** 바라지만 실현할 방법이 없어 헛된 상상으로 자신을 위안함을 이르는 말. '화매

이요 그림의 떡이니, 이 굶주림과 목마름을 어찌 면할 수 있겠습니까?"

화진이 그 말을 듣고 유성희를 돌아보니 유성희는 눈이 휘둥그레진 채 아무 말이 없었다. 조공수가 무릎 꿇고 화진에게 말했다.

"계창(유성희)은 일찍 부모님을 여의고 아직 아내가 없어 막부幕府에서 생활하며 무료하게 지내 왔습니다. 그러다 문득 전공을 거듭 세우고 장군의 인수印綬를 찼으니, 이제야 계창이 좋은 때를 만난 것입니다. 여기에 더해 안남왕의 사랑하는 딸과 혼인하여 개가凱歌를 부르며 도성으로 돌아간다면 이야말로 대장부의 훌륭한 일이 아니겠습니까. 엎드려 바라건대 원수께서는 계창의 혼인을 허락해 주십시오."

화진이 미처 말하기 전에 유성희가 자리에서 물러나 무릎을 꿇고 허리를 곧게 펴 공경하는 예를 표하며 말했다.

"신하들이 황명을 받고 죄인을 토벌하기 위해 만 리 밖에 나와 창을 들었고, 황상께서는 노심초사하여 밤늦게 수라를 잡수시며, 사졸들은 한데서 지내고 있거늘, 저 혼자 무슨 마음으로 편안히 외국의 여자를 아내로 맞을 수 있겠습니까?"

화진이 감동한 얼굴로 탄복하며 말했다.

지갈'話梅止渴의 고사에서 유래한다. 후한 말 조조가 오나라를 향해 진군하던 중 물을 얻지 못해 병사들이 극심한 갈증에 시달렸는데, 조조가 "저 앞에 매림梅林이 있다"고 하자 병사들이 매실을 생각하며 입안에 침이 돌아 행군을 계속할 수 있었다고 한다. 이 고사는 유의경劉義慶의 『세설신어』世說新語 「기휼」假譎에 보인나. '매림'은 매화나무가 많기로 유명한 안휘성 함산현含山縣의 매산梅山을 말한다.

"계창이 예를 지키고 정도正道를 고집하니 참으로 권유하기 어렵군요. 하지만 하늘이 내리신 일을 저버리는 것은 상서롭지 못합니다 계창은 더 생각해 보십시오."

유성희가 대답했다.

"분부에 따르겠습니다만 황상의 명이 없으니 감히 제 마음대로 결정할 수 없습니다."

조공수가 말했다.

"그렇지 않습니다. 원수께서 위에 계시고 제가 혼인을 주관할 것이니, 오늘 결정의 책임은 계창에게 있지 않습니다."

안남왕이 다시 옷깃을 여미고 탄식하며 말했다.

"과인이 딸을 위해 속마음을 털어놓았다가 유장군에게 허물이 돌아가게 했으니 참으로 부끄러워 드릴 말씀이 없습니다. 그러나 원수께서 이미 저희를 가련히 여겨 살펴 주셨으니, 제 마음속에 있는 말을 감히 다하지 않을 수 없습니다. 제가 비록 궁벽한 땅에 살아 식견이 비루하지만 감히 비례非禮로 유장군에게 누를 끼칠 리 있겠습니까? 저와 유장군은 모두 폐하의 신하입니다. 사람이 하고자 하는 바를 하늘은 반드시 따르는 법이니,[5] 신하의 지극한 소원을 군부君父께서 어찌 따르시지 않겠습니까? 유장군이 원수의 분부에 따르고자 한다면 제가 마땅히 황상께 진심을 다해 간절한 마음을 아뢰는 글을 올리고 제 머리를 바쳐 유장군의 죄를 대신하겠습니다."

---

5. **사람이 하고자~따르는 법이니** 『서경』 주서周書 「태서 상」泰誓上에서 따온 말.

원수가 이어 말했다.

"그 일이라면 내가 이미 생각해 둔 게 있으니 계장은 더 고집하지 마세요."

유성희가 절하고 명에 따랐다. 안남왕은 매우 기뻐하며 직접 길일을 택하고, 이튿날 궁중의 부용전芙蓉殿에서 혼례를 거행했다. 예식을 마치고 유성희가 외전[6]으로 나오자 조공수와 척계광 등이 떠들썩하게 축하 인사를 했다. 유성희는 부모 생각이 나서 무심히 술잔을 들고 고개를 돌려 서쪽을 바라보며 소맷자락으로 눈물을 닦았다. 화진역시 유성희를 보고 얼굴이 숙연했다. 잠시 후 유성희가 꿇어앉아 말했다.

"제가 외람되이 원수의 지우知遇를 입어 골육보다 더한 은혜를 받았고, 조대인趙大人(조공수)은 저를 흙 속에서 발탁해 전장에서 말을 달리게 하셨습니다. 오늘의 저는 머리부터 발끝까지 모두 두 어른이 내려 주신 것이어서 저는 두 어른을 맏형과 작은아버지처럼 우러러 왔습니다. 지금 또 큰 덕을 입어 배필을 얻었으나 제게는 부모형제가 없으니, 아내와 함께 고국에 돌아간들 누구에게 예를 올리겠습니까? 이제 두 어른께서 저를 먼 사람으로 여기지 않으신다면 제 아내로 하여금 절을 올리게 하고 싶습니다."

조공수는 흔쾌히 허락했으나 화진은 고민하며 대답하지 못했다. 유성희가 거듭 간청하자 화진은 예에 어긋난다는 생각에 내키지 않

6. **외전外殿**   궁궐 안에 임금이 거처하는, 내전內殿(왕비가 거처하는 전각) 외의 전각.

았으나 어쩔 수 없이 따랐다. 그리하여 안남왕과 유성희가 읍하고 화진과 조공수를 부용전으로 안내했다. 공주는 규의[7]를 입고 명당㫄璫(주옥 귀고리)을 찰랑이며, 구진[8]에서 나는 물총새 깃털로 장식한 관을 쓰고, 육각 눈꽃 문양의 패옥을 차고 칠보七寶로 장식한 자리 위에서 예를 올렸다. 얼굴이 상쾌하고 맑아 마치 비 갠 가을 하늘에 떠오른 달덩이 같으니, 참으로 유성희의 천생배필이었다.

화진과 조공수가 다시 유성희와 함께 외전으로 나왔다. 화진은 숙소로 돌아와 유성희를 돌아보고 웃으며 사흘의 휴가를 주었다. 유성희가 웃음을 머금고 절하며 명령을 받들었다.

사흘 뒤 화진이 안남왕에게 말했다.

"저희가 1년 이상 전쟁터에 나와 있어 집으로 돌아가고픈 마음이 화살 같고, 또 나라 일에 기한이 있어 더 머물 수 없습니다. 대왕께서 이제 막 사위를 보아 새로운 정을 아직 충분히 나누지 못하셨을 텐데 갑자기 작별하게 되니 매우 섭섭하시겠습니다."

안남왕이 감히 더 머물라고 청할 수 없어 큰 한숨을 쉬며 말했다.

"조만간 제가 황성에 가서 조회를 올릴 것이니 머잖아 다시 뵐 수 있을 겁니다. 다만 원수의 성대한 덕이 뼈에 사무치게 고마워서 이별하려니 상심이 큽니다."

또 유성희의 손을 잡고 말했다.

꽃무늬 장식

7. **규의袿衣** 소매 폭이 넓고 연미燕尾 모양의 치맛단이 바닥까지 드리우게 만든, 긴 저고리.
8. **구진九眞** 지금의 베트남 북부 지역. 한나라 무제가 남월南越을 치고 구진군九眞郡을 설치한 바 있기에 이렇게 칭했다.

"과인이 사사로운 정에 이끌려 억지로 혼례를 올리게 해서 고향으로 돌아가는 계창의 마음을 어지럽혔으니, 참으로 부끄럽소. 하지만 과인은 늙었고 왕후도 병이 많아 양아의 일생은 오직 그대만 믿을 뿐이니, 계창은 끝까지 신의를 지켜 내 딸을 아껴 주기 바라오."

유성희가 서글피 대답했다.

"대왕께서 저를 비천하게 여기지 않고 귀한 따님을 주셨으니 그 은덕을 가슴에 새기고 있지만 보답할 길이 없습니다. 여자가 시집을 가면 남편을 따라야 옳으나 군사들과 함께 이동하는 것이 불편할 것이므로 데려가지 못하겠습니다. 내년에 대왕께서 조회하러 오실 때 데려와 제 소망을 저버리지 말아 주시기 바랍니다."

안남왕이 허락했다.

이튿날 안남왕이 공물貢物을 준비해 몸소 물건 싸는 것을 감독하고 사죄하는 내용의 표表를 올렸다. 또 황금과 비단이며 명마와 보물을 화진에게 선물했으나, 화진은 말 두 필만 받아 왕겸과 유이숙에게 나눠 주고 나머지 물건은 일절 받지 않았다. 화진이 병마철에게 후한 상을 내리는 한편 안남왕으로 하여금 높은 벼슬을 주게 하니, 왕이 즉시 대장군 벼슬을 내렸다. 안남왕이 교외의 정자까지 나와 화진을 전송하니, 화진은 왕의 충성스럽고 근실한 마음을 읽고 더는 남방을 근심할 필요가 없다고 생각했다.

이때 황제가 밤낮으로 대군의 승전보를 기다리며 조정에 나와서도 거듭 탄식하자 병부상서 하춘해가 아뢰었다.

"신등臣等이 외람되이 중대한 자리에 있으면서 멀리까지 교화를 펼치지 못한 탓에 도적이 창궐하여 황상의 근심이 이에 이르게 되었으니, 죽을죄를 지었습니다. 하오나 상나라 고종은 귀방鬼方을 정벌한 지 3년 만에야 비로소 승리했고,[9] 순임금은 유묘를 정벌하여 방패와 깃털 일산日傘을 들고 춤을 춘 뒤에야 완전히 복속시켰습니다.[10] 이제 우리 군대가 출정한 지 아직 2년이 채 못 되었고, 또 10만 대군이 객지 깊이 들어갔으니 군대를 운용하는 데 자연히 많은 시일이 걸릴 것입니다. 엎드려 바라건대 폐하께서는 마음을 조금 누그러뜨리십시오. 신이 보기에 대원수 화진은 빼어난 지략이 세상을 뒤덮고, 그 효성과 우애와 인의와 절제는 많은 복을 누려 마땅하니, 반드시 덕을 세우고 공을 세워 종묘사직에 빛을 더할 것입니다. 또 용문대장군 유성희는 웅대한 의기가 옛사람에 못지않으며, 척계광 등은 전쟁터에서 늙은 장군들인지라 군사의 일을 잘 압니다. 그러니 틀림없이 며칠 안으로 화주에서 승전보가 올 것입니다."

며칠 뒤 과연 승전보가 이르자 조야朝野가 모두 기뻐했다. 문무백관이 모여 하례하니 황제가 하춘해의 손을 잡고 말했다.

"경이 지난번 화진을 옥중에서 구하고 지금 또 화진이 반드시 승전할 것이라고 하더니, 그 말이 과연 옳았네. 화진이 공을 이룬 것은 모두 경의 힘이네."

᪃ ᪃ ᪃

9. 상商나라 고종高宗은~비로소 승리했고　상나라 고종 무정武丁이 중국 서북쪽의 이민족 국가인 '귀방'을 공략한 지 3년 만에 승리를 거두었다는 기록이 『주역』 기제괘旣濟卦에 보인다.

10. 순임금은 유묘有苗를~완전히 복속시켰습니다　순임금이 우禹로 하여금 남방의 이민족인 유묘를 정벌하게 했으나 30일 동안 유묘의 백성들이 굴복하지 않았는데, 군대를 거두고 순임금이 방패와 깃털 일산을 들고 춤을 추어 문덕文德을 펼치자 70일 만에 유묘가 복종했다는 기록이 『서경』 우서 「대우모」에 보인다.

그러고는 측근 시종을 보내서 도중에 화진을 맞아 위로하는 일을 신하들과 의논했다. 그때 갑자기 전전교위[11] 박신규朴藎圭가 뛰어 들어와 촉 땅의 도적 채백관[12]이 모반을 일으켰다는 보고 문서를 올리자 신하들이 대경실색했다. 서계가 아뢰었다.

"지금 촉 땅의 병력이 남방 정벌에서 돌아오지 못한 터라 채백관이 이 틈을 타서 감히 흉악한 야심을 품었습니다. 사천四川의 주요 진鎭이 분명히 모두 파괴되고 적의 세력이 맹위를 떨치고 있을 것이니, 삼진[13]의 병마를 일으켜 즉각 토벌에 나서야 합니다."

이부상서 곽박[14]이 아뢰었다.

"반란군이 험지를 근거로 삼아 난을 일으켰으니 토벌이 쉽지 않을 것입니다. 서주[15]의 대장으로는 설성문과 왕림이 있을 뿐인데, 지금 모두 남방 정벌에 나섰습니다. 다른 장수를 파견한다면 검남[16] 총병 최광崔光이 가까이 있기는 하나 홀로 임무를 감당하기 어렵습니다. 신의 생각에는 급히 화진에게 명을 내려 돌아오는 길에 촉 땅으

11. **전전교위殿前校尉** 대전大殿의 호위를 담당하던 친위대의 무관.
12. **채백관蔡伯貫** 생몰년 ?~1566년. 명나라 세종 때 농민반란군의 수장. 미륵신앙에 뿌리를 둔 백련교白蓮教를 바탕으로 농민들을 규합하여 1565년 반란을 일으키고 국호를 '대당'大唐이라 칭하며 사천성 동부 지역, 지금의 중경시重慶市 일대를 장악했으나 이듬해 순무사 유자강劉自强의 관군에 진압되어 포로가 된 뒤 살해당했다.
13. **삼진三秦** 섬서성 관중關中 지역을 이르는 말. 동으로는 함곡관函谷關, 남으로는 무관武關, 서로는 산관散關, 북으로는 소관蕭關의 4관關 가운데 있었으므로 '관중'이라는 명칭이 생겼다.
14. **곽박郭朴** 명나라 세종 때의 문신 곽박郭樸(1511~1593)을 모델로 한 인물로 보인다. 실존 인물 곽박은 세종의 두터운 신임을 받아 이부상서를 두 차례 지내고 무영전 대학사에 올랐다.
15. **서주西州** 중원 서쪽 지역. 여기서는 사천성 일대.
16. **검남劍南** 사천성 광원시廣元市 검문관劍門關 이남의 사천성 지역을 중심으로 운남성·귀주성·감숙성의 일부를 포함하는 곳의 지명.

로 가서 토벌하게 하면 반란군이 화진의 무서운 이름을 듣는 것만으로도 틀림없이 싸우지 않고 와해될 것입니다."

황제가 말했다.

"경의 의견이 좋기는 하나, 화진은 지금 만 리 밖 변방을 정벌하고 천신만고 끝에 돌아오고 있지 않은가? 조정에서 화진의 큰 공에 아직 보답하지 못했는데 거듭 토벌에 나서게 해 수고를 끼친다니, 짐의 마음이 편치 않다."

서계가 또 아뢰었다.

"신하가 나라를 위해 목숨을 걸기로 맹세했거늘, 감히 자기 몸의 수고롭고 편안함을 말할 수 있겠습니까? 다만 화진은 나라의 기둥이니 폐하께서 화진을 아끼시는 것도 당연합니다. 게다가 채백관 무리는 약탈을 일삼는 강도에 불과하니 편장[17] 한두 명으로도 충분히 평정할 수 있을 것입니다. 신의 생각에는 천 근 무게의 칼로 쥐새끼의 목을 치는 것은 걸맞지 않은 일입니다."

이때 조정의 논의가 통일되지 않았는데, 곽박의 의견에 동의하는 이가 많았다. 황제는 그 의견을 따라 한림翰林으로 하여금 조서詔書를 짓게 하여 원수 화진의 큰 공을 높이 기리는 한편 삼천[18]으로 군사를 돌려 채백관 무리를 토벌하라고 명했다.

꽃꽃꽃꽃

17. **편장偏將**　편장군偏將軍. 가장 낮은 지위의 장군.
18. **삼천三川**　사천성 일대. 당나라 때 검남서천劍南西川(성도成都를 중심으로 하는 사천성 중부 지역)과 검남동천劍南東川(삼대三臺를 중심으로 하는 사천성 동부 지역)과 산남서도山南西道(섬서성 한중漢中, 사천성 동부, 중경시 서부에 걸친 지역)의 삼진三鎭을 이르던 말.

그날 박신규가 황제의 명을 받들고 역마를 달려 무강주[19]에서 화진을 만났다. 화진이 네 번 절하고 소서를 받은 뒤 즉시 조공수·위영·엄진 등은 각각 자기 진鎭으로 돌아가게 하고, 자신은 설성문·왕림과 함께 정예병사 2만을 뽑아 곧장 서천[20]으로 향했다. 박신규가 화진에게 작별 인사를 하자 화진은 황제의 은혜에 감사하는 표를 올리고, 또 심씨에게 편지를 써서 보냈다.

이에 앞서 남표는 화진과 헤어진 뒤 즉시 나귀를 타고 아이종과 함께 딸의 종적을 찾아 촉 땅을 두루 돌아다녔으나 끝내 소식을 알 수 없었다. 남표는 망연자실 돌아와 한부인에게 말했다.

"딸아이의 소식이 마치 망망대해에 떠다니는 부평초 같아서 이승에서는 다시 만날 길이 없을 것 같습니다. 하지만 화군(화진)은 우리 딸이 죽지 않았다고 분명히 말했으니, 내가 하늘에 오르고 땅속으로 들어가더라도 반드시 찾고야 말 겁니다."

한부인이 애통해하다가 잠시 후 남표에게 말했다.

"부모 자식 간의 정으로 말하면 하루도 이별을 견디기 어렵지만, 우리 부부가 딸아이를 잃고 견뎌 온 세월이 벌써 9년이 넘습니다. 이제 찬바람이 불어오고 삭기朔氣(북방의 한기寒氣)가 차츰 맹렬해지니 상공께서 눈서리를 밟다가 몸을 상하기 쉬워요. 잠시 머물러 봄이 올 때까지 참고 기다리세요."

곽선공 역시 만류하자 남표는 길 떠날 생각을 일단 접었지만 남

몰래 눈물을 흘리고 속으로 탄식하며 하루를 보내는 것이 마치 1년 같았다.

이듬해 2월에 남표가 다시 동천[21] 서쪽부터 깊은 산속의 암자와 절을 샅샅이 찾아다녔다. 3월 초순에 화악산 자현암資賢庵에 이르니 여승 두어 사람이 맞아들여 차를 내왔다. 남표가 지팡이를 멈추고 배회하며 무심히 주위 풍광을 둘러보는데, 홀연 꼬리가 붉은 곤줄박이 한 마리가 암자 뜰의 대숲에서 날아와 남표의 소매 위에 앉았다. 곤줄박이는 머리를 우러러 지저귀는 것이 마치 뭔가 하고 싶은 말이 있는 듯했다. 남표는 놀랍고 이상해서 여승들 쪽을 돌아보았다. 그중 한 여승이 나이는 쉰 살가량에 얼굴이 청수하고 눈이 맑으며 도기道氣가 왕성해 보였다. 그 여승은 남표의 서글프고 허둥대는 듯한 얼굴을 보고 다가와 물었다.

"상공께서는 무슨 연유로 이곳에 오셨습니까? 또 어떤 슬픈 일이 있기에 기색이 편치 않으십니까?"

남표가 서글피 대답이 없더니 한참 동안 몇 번이나 긴 한숨을 쉰 뒤에 말했다.

"제 운명이 기박해서 딸아이를 잃어버린 뒤 죽었다고 여긴 지 벌써 10년이 되었습니다. 그러다가 작년 가을에 우연히 사위 화진을 만나 제 딸이 살아 있다는 말을 들었습니다. 딸아이는 온갖 위험과 곤액을 두루 겪다가 남장을 하고 촉 땅의 산중으로 들어가 청원 스

---

21. 동천東川 검남동천劍南東川. 면양시綿陽市 삼대현三臺縣을 중심으로 하는 사천성 동부 지역

님에게 의지하고 있다더군요. 저는 그 소식을 들은 뒤로 촉 땅을 두루 찾아다니며 천신天神과 지신地神께 빌었습니다. 달이 가고 해가 가도록 전심전력을 다하고 있는데, 지금 이 암자에 들어오니 문득 마음이 움직입니다. 혹시 스님께서는 우리 집안의 은혜로운 보살이신 청원 스님을 아십니까?"

여승은 그 말을 듣고 희미하게 웃음을 띤 채 합장하며 대답했다.

"상공께 그런 회포가 있으셨군요. 그렇지만 천도天道가 심원하여 모든 만남에는 때가 있는 법입니다. 우선 마음을 조금 누그러뜨리고 잠시 선방禪房에 드시어 마음을 하나로 모으면 천지신명이 절로 감동하실 것입니다."

남표는 그 말을 듣고 마음이 답답하고 더욱 서글퍼져서 눈자위 가득 눈물이 흘러내렸다.

이때 채봉은 암자 북쪽의 작은 집에 있었다. 계앵이 마침 암자에 내려왔다가 남표와 청원이 말하는 소리를 들었다. 몸을 숨기고 한참 동안 이들의 대화를 엿듣다가 비로소 옛 주인 남표가 살아서 그곳에 온 것을 알고는 슬픔과 기쁨으로 펄쩍펄쩍 뛰며 채봉에게 가서 알렸다. 채봉은 놀라움과 기쁨이 극에 달해 탄성과 눈물이 함께 터져 나왔다. 급히 계앵을 보내 청원을 청해 오도록 하니, 이윽고 청원이 웃음을 머금고 오며 멀리서부터 말했다.

"부인! 부인! 10년 겪은 곤액이 문득 한바탕 봄날의 꿈 같습니다. 죽었던 아버지와 죽었던 딸이 이 세상에 살아서 만나게 되었군요! 앞으로는 무량한 복록을 누리실 겁니다. 다만 재앙의 기한이 아직 다 차지 않았으니, 오늘밤 재앙이 모두 소진된 뒤에 부녀가 만나셔야 합니다."

채봉은 얼굴 가득 눈물을 흘리며 일어나서 청원을 향해 무수히 감사 인사를 했다.

이튿날 새벽에 청원이 채봉을 데리고 선방에 가서 웃으며 남표에게 말했다.

"상공께선 잃어버린 딸을 보고 싶으십니까?"

남표가 눈을 들어 보고는 깜짝 놀라 급히 채봉을 부둥켜안았다. 두 사람이 목 놓아 통곡하자 계앵도 채봉을 붙들고 울었고, 슬픔이 온 방에 퍼져 모든 여승들이 눈물을 흘렸다. 남표가 채봉의 등을 어루만지며 울다가 말했다.

"내 죄악이 쌓이고 쌓여 귀신이 노한 까닭에 너를 이 지경에 이르게 했구나!"

채봉은 남표의 옷자락을 부여잡고 서글피 말했다.

"제가 타고난 명이 흉악해서 부모님을 잃고 떠다니며 곤액을 겪다가 이 지경에 이르렀으니, 한 번 죽는 게 만 번 사는 것보다 낫다고 여겼어요. 하지만 상군湘君의 밝은 가르침과 관음보살의 자비로운 가르침이 있었기에 혹시 이 세상에서 다시 부모님을 뵐 수 있지 않을까 기대하며 지금까지 구차히 살아 왔어요."

그러고는 금사주金沙洲에서 선녀가 나타나 해 준 말이며 명주암明珠庵에서 관음보살이 꿈에 나타난 일, 청원이 자비를 베풀어 목숨을 구해 준 은혜를 차례로 말했다. 남표는 경악을 금치 못하며 청원을 돌아보고 감사 인사를 했다.

"우리 집안의 은혜로운 보살이신 청원 스님은 다른 분이 아니라

바로 스님이셨군요! 산처럼 바다처럼 크나큰 은덕을 세세생생에 어
찌 다 부답할 수 있겠습니까?"

청원이 겸손하게 말했다.

"승려는 본래 자비를 업으로 삼는 것인데, 제가 특별히 한 일이 없
습니다. 설사 제가 없었다 한들 천하에 어찌 남부인을 구할 사람이
없었겠습니까?"

남표가 채봉에게 말했다.

"네 어머니가 밤낮으로 네 소식만 기다리고 있으니, 내가 먼저 돌
아가 소식을 전하고 즉시 나귀를 보내 너를 맞이해야겠다."

청원이 앞으로 나와 말했다.

"부인의 액운이 이제 다해서 산문山門에 하루라도 더 머물러서는
안 됩니다. 여기서 운수동까지는 100여 리밖에 안 되니, 부인은 남자
옷으로 갈아입고 상공의 나귀를 따라가십시오. 저는 계앵과 함께 그
뒤를 좇아가겠습니다."

채봉은 매우 기뻐하며 즉시 들어가 옷을 갈아입고 남표를 따라갔다.

이때 한부인은 딸의 소식을 고대하고 있었다. 그러던 어느 날 남
표가 매우 아름다운 소년과 함께 바쁜 걸음으로 들어왔다. 한부인이
영문을 몰라 어리둥절해 있는데, 채봉이 마루에 올라 한부인을 끌어
안고 슬피 울부짖었다. 한부인이 붙잡고 통곡하며 말했다.

"네가 우리 채봉이구나!"

채봉이 울며 말했다.

"부모님께서 강물에 투신하시는 것을 제 눈으로 보고도 저 홀로
목숨을 부지해 오늘까지 살았으니, 위로는 하늘을 저버리고 아래로

는 땅에 부끄러웠어요!"

이윽고 어머니에게 위로의 말을 했다.

"부모님께서 무고하시고 제가 살아 있으니, 기왕의 슬픔은 다 지나갔고 앞날에는 끝없이 기쁜 일만 있을 거예요. 너무 슬퍼하시다가 남은 애간장까지 끊어져서야 되겠습니까?"

한부인이 오열하며 말했다.

"너를 얻었으니 내가 죽은들 무슨 한이 있겠니?"

그러고 나서 청원의 은덕에 거듭 감사 인사를 하자 청원이 사양하며 말했다.

"두 분 부인께서 불가에 공덕을 쌓으셨기에 오늘 같은 날이 온 것입니다. 저는 관음보살의 자비로운 가르침을 받들어 행했을 뿐인데 무슨 은덕이 있겠습니까?"

한부인이 또 헤어진 뒤의 파란만장한 일을 채봉에게 이야기하자 채봉은 슬픈 낯빛을 억지로 감추었으나 한부인은 맑은 눈물을 끊임없이 흘렸다. 한부인이 화부花府 소식을 묻자 채봉이 한참 동안 탄식하다가 말했다.

"제가 부모님 슬하를 일찍 떠나 잘 배우지 못한 데다 양부모님(윤혁 부부)께서 지나치게 아껴 주셔서 일마다 제 뜻대로 해 주셨기에 제가 오만방자해져서 부덕婦德과 자식의 행실을 하나도 닦지 못했어요. 그러니 전후로 겪은 위험과 곤욕이 모두 제가 자초하지 않은 것이 없습니다. 빈산에 숨어 살다 보니 만사가 모두 후회요, 가만히 생각하다 차라리 잠들어 깨어나고 싶지 않았어요."[22]

한부인은 딸의 말을 기특하게 여겨 감탄하며 말했다.

"지난번에 사위도 모든 게 자기 죄라며 너처럼 자책하더구나. 성인께서 '덕 있는 사람은 외롭지 않아서 반드시 이웃이 있다'[23]고 하신 말씀을 어찌 믿지 않을 수 있겠니!"

그날 밤 한부인이 계영을 불러 그동안 채봉이 겪은 재앙을 세세히 물었다. 계영은 동정호에서 겪은 일부터 차례차례 자세히 아뢴 뒤 윤부尹府의 두터운 은덕을 칭송하며 감격의 눈물을 쏟았다. 그러나 화부에서 겪은 일에 대해서는 채봉을 몰래 곁눈질하며 감히 바른 대로 고하지 못하고 대강의 이야기만 전했다. 또 명주암에서 대자리를 펼쳐 채봉의 목숨을 구하던 일에 이르러서는 오열하며 말을 이루지 못했다.

이튿날 청원이 돌아가겠다고 했다. 남표 부부가 중당에서 전송하며 훗날 다시 만날 수 있을지 묻자 청원이 대답했다.

"제 사형師兄 두 사람이 천축국天竺國(인도)에 있는데 제게 편지를 보내 초청한 지 벌써 3년이 지났으나 남부인 때문에 가지 못했습니다. 이제 서천西天(인도)으로 돌아가면 중국 땅과는 영영 이별입니다."

그러고는 채봉을 향해 탄식하며 말했다.

"이제 부인의 옥 같은 얼굴과 이별하며 제 마음에 미련이 남는 걸 보니 속세의 때가 아직 다하지 못한 모양이라 스스로 우습군요. 모쪼록 헤어진 뒤 더욱 성대한 덕을 쌓으시어 다복하시기를 바랄 따름

꾸꾸꾸

22. **가만히 생각하다~싶지 않았어요** 『시경』 패풍 「백주」柏舟의 "가만히 생각하다/잠 깨어 가슴 치네" 구절과 『시경』 왕풍王風 「토원」兔爰의 "이 온갖 걱정을 만나니/차라리 잠들어 깨어나고 싶지 않네" 구절에서 따온 말.
23. **덕 있는~이웃이 있다** 『논어』 「이인」里仁에 나오는 말.

입니다."

채봉이 중문에서 전송하며 수옥같은 눈물을 펑펑 흘렸고, 계앵은 목 놓아 슬피 울었다. 청원이 차마 떠나지 못하며 오랫동안 발걸음을 떼지 못했다.

그 뒤로 채봉은 색동옷을 입고 부모님을 곁에서 모시며 즐거운 웃음으로 하루하루를 보냈으나 윤혁 부부와 옥화를 생각할 때마다 마음이 아팠다. 하루는 총계정에서 지은 시가 생각나서 눈물을 흘리며 계앵에게 말했다.

"천지신명이 시를 통해 내게 앞날을 알려 준 것이었거늘 내가 깨닫지 못했다니, 애석하구나!"

금관루에서 군사들에게 잔치를 베풀고

문화전에서 공훈을 기리다

심씨는 잘못을 뉘우친 뒤로 빙선을 만금 보물처럼 사랑해서 앉으나 누우나 항상 의지하며 잠시도 잊지 못했다. 또 항상 선잠을 자며 긴 한숨을 쉬고[1] 슬픈 마음에 비통해하다가 화진을 언급할 때마다 눈물을 흘렸다. 급기야 화주의 승전 소식을 듣고는 기쁨이 가득한 얼굴로 두 손을 모아 하늘에 감사하며 말했다.

　"진아珍兒가 돌아오는 날이 곧 춘아椿兒(화춘)가 살아나는 날이다!"

　또 화진이 다시 군대를 돌려 촉 땅으로 들어갔다는 소식을 듣고는 망연자실해서 잠을 이루지 못하고 먹지도 못했다. 그러던 중에 갑자기 박신규가 와서 화진의 편지를 전했다. 심씨는 황급히 봉투를 뜯어보았다.

　　죄 많은 아들 진이 피눈물을 흘리며 머리를 조아려 두 번 절하고 어머니께 편지를 올립니다.

1. **선잠을 자며 긴 한숨을 쉬고**　『시경』 소아 「소변」小弁에 나오는 말.

죄 많은 아들은 타고난 성품이 어리석고 나약하며 마음가짐이 좋지 못한 탓에 어머니께서 길러 주신 은혜를 생각지 못하고 형의 우애를 끝내 헤아리지 못하여, 의리를 어지럽히고 덕을 해치며 인륜을 저버렸습니다. 제 평생을 돌아보건대 죽고도 남는 죄가 있거늘, 하늘이 듣지 못하고 귀신이 알지 못해서 저는 도리어 죄에서 벗어나고 형이 홀로 재앙에 걸릴 줄 어찌 알았겠습니까? 그렇다면 하늘도 믿을 수 없고 이치도 믿을 수 없는 것입니까?

죄 많은 아들은 형의 소식을 듣고 마음과 뼈가 으스러져서 당장 대궐 문 아래 나아가 제 목을 찔러 자결함으로써 형의 지극한 원통함을 밝히고 싶었습니다. 그러나 제 몸이 군적軍籍에 매여 있어 자유롭지 못한 까닭에 울울한 마음을 품고 길이 애통해하며 날개가 없는 것을 한탄할 따름입니다.

지난날 어머니의 덕이 하늘을 감동시키고 조상의 영령이 도우시어 제가 외람되이 정벌의 책임을 맡게 되었습니다. 스스로 헤아리건대 저의 얕은 재주로 일을 그르칠 줄 잘 알고 있었으나, 감히 제가 분연히 명을 받들어 생사를 걸고 국가의 위난을 구하기 위해 나선 데에는 까닭이 있습니다. 만의 하나 요행으로 작은 공을 세운다면 조정에서 반드시 저의 죄를 사면하여 고향으로 돌려보내 줄 터이니, 그때 온 가족을 이끌고 대궐로 가서 북을 울려 지극한 원통함을 알리는 것이 제 소원이었습니다. 어머니께서 염려해 주시고 천행을 입은 덕분에 군대를 잃고 조상을 욕보이는 데 이르지 않았으니, 이 어찌 죄 많은 아들의 실낱같은 힘과 보잘것없는 재주로 할 수 있는 일이었겠습니까? 진실로 어머니의 복이 무량하고 형의 원통함이 지극히 통절하여 천지신명을 감동시켰기 때문입니다.

군사를 돌려 고국으로 향할 때 제 마음은 가슴에 뜨거운 물을 품은 듯, 손에 불을 쥔 듯 다급했습니다. 그러나 지금 강주岡州(무강주)에 이르러 다시 서쪽을 토벌하라는 명을 받으니, 놀라 어찌할 바를 모르겠고 마음이 아파 무너져 내리는 듯합니다. 지엄한 황명을 사사로운 일로 사양할 수 없으니, 속히 임무를 마치고 질풍처럼 말을 달려 동쪽으로 돌아가겠습니다. 엎드려 생각건대 어머니의 걱정이 날로 깊어 가고 형의 위험이 날로 더욱 급박하니, 눈앞의 모든 일에 신산한 제 마음을 어찌 전할 수 있겠습니까? 종이를 앞에 두니 가슴이 막히고 필설 또한 잘 움직이지 않습니다. 모쪼록 어머니께서는 더욱 건강히 계시기를 바랍니다.

심씨가 편지를 다 읽고 눈물을 쏟으며 오열하다가 빙선을 돌아보고 말했다.

"늙은 어미가 어질지 못해 이처럼 훌륭한 아들을 저버렸으니, 손가락을 깨물어 피를 내서 맹세한들 후회막급이구나! 형옥(화진)이 도리어 자기 죄를 극렬히 자책하고 나의 덕과 형의 원통함을 일컬으니, 형옥은 내가 잘못을 뉘우친 줄 모르고 내가 예전 그대로라 생각하는 모양이다. 하늘에 사다리가 있다면 내가 하늘 위로 달아날 것이요, 땅에 구멍이 있다면 땅속에 숨어야지, 내가 어찌 감히 이 얼굴을 들고 형옥을 다시 마주할 수 있겠니!"

빙선이 대답했다.

"지난날 어머니께서 형옥의 정성을 살피지 못하신 것은 참소하는 자들의 이간질 때문이지 어머니의 본심이 아닙니다. 『시경』에 '참소하는 말을 달콤하게 여기니/이 때문에 난이 커지네'²라고 했으니, 예로부터 참소하는 말이 일으키는 재앙이 대개 이렇습니다. 그러니 어머니께서 형옥에게 부끄러워하실 일이 무엇 있겠습니까?"

심씨가 말했다.

"네 말은 내 허물과 악행을 숨기고자 하는 것이지 진심으로 하는 말이 아니야. 만일 내가 평생 동안 저지른 악을 참소하는 말을 들었던 탓으로 돌리고 내 본심이 아니라 여긴다면 이는 겉으로만 허물을 고치고 마음은 고치지 않았다는 거야."

빙선이 눈물을 흘리며 말했다.

"어머니의 자책이 너무 심하십니다. 그렇게까지 말씀하시면 저와 형옥의 마음이 어찌 편하겠습니까?"

이때 채백관 무리가 이미 대족·동량 등 일곱 성³을 함락시키고 나라 이름을 '대당'大唐이라 칭하더니, 수만 명의 무리를 이끌고 바야흐로 성도成都를 함락시켜 근거지로 삼으려 했다. 그러나 적의 무리들

---

2. **참소하는 말을~난亂이 커지네** 『시경』 소아 「교언」巧言에 나오는 구절.
3. **대족大足·동량銅梁 등 일곱 성** '대족'과 '동량'은 각각 지금의 중경시 대족구大足區와 동량구銅梁區에 해당하는 현縣 이름. 채백관은 1565년부터 이듬해에 걸쳐 자신의 출신지인 대족을 비롯하여 동량, 합주合州, 영창榮昌, 안거安居, 정원定遠, 벽산璧山의 일곱 고을을 함락시켰다. 이 지역은 지금의 중경시 및 사천성 무승현武勝縣 일대다.

은 문득 화진의 군대가 이르렀다는 말을 듣자마자 전의를 잃고 삽시간에 무너졌다. 이에 실성문이 추격해서 재백관의 목을 베니, 촉 땅이 다시 평안해졌다.

화진이 성도에 들어가 금관루⁴에서 장수와 병사들에게 큰 잔치를 베풀자 사천四川 포정사布政使 이하 모든 사람이 원문轅門에 부복했다. 큰 종을 치고 영고⁵를 두드리며 파진악破陣樂(승전곡勝戰曲)을 연주하자 유성희와 척계광이 기분 좋게 술에 취해 검을 뽑고 일어나 춤을 추었다. 왕겸과 유이숙은 금관루 북쪽 난간에 기대서서 만리교 서쪽의 작은 초가집⁶을 가리키고 함께 눈물을 흘리며 말했다.

"저기가 우리 한림(화진) 어른께서 3년 동안 고초를 겪으신 곳이군요."

화진이 유이숙을 불러 말했다.

"자네는 청성으로 가서 남어사(남표)의 소식을 알아보고 오게."

유이숙이 명을 받고 물러가는데 홀연 장대將臺 앞으로 수레 덮개를 활짝 열어젖힌 붉은 수레를 타고 오는 사람이 보였다. 원문을 지키던 용맹한 병사들이 물렀거라 외치는 소리가 천둥벼락이 치는 듯 우렁찼다. 군막 앞의 기병이 날듯이 말을 달려 나가 그 벼슬아치의 이름을 묻자 수레를 모는 이가 대답했다.

※※※※

4. **금관루錦官樓** 사천성 성도 남쪽에 있던 금관성錦官城의 누각.

5. **영고靈鼓** 육면고六面鼓. 여섯 개의 북을 원형으로 둘러 매달아 국가 제례 등에 쓰이던 악기.

6. **만리교萬里橋 서쪽의 작은 초가집** 두보가 완화계浣花溪의 초당에 머물며 쓴 시 「광부」狂夫 중 "만리교 서쪽에 초가집 하나"(萬里橋西一草堂)라는 구절이 있기에 한 말. '만리교'는 사천성 성도에 있던, 금강錦江을 가로질러 놓은 다리.

"청성산 남어사 어른께서 통정사 참의[7]에 임명되어 지금 명을 받들고 서울로 가시는 중입니다."

기병이 돌아와 보고하자 화진이 매우 기뻐하며 왕겸으로 하여금 원문 밖에 나가 모셔 오게 했다. 화진이 누각 아래로 내려가 맞이하니, 남표가 높은 관을 쓰고 옥홀玉笏을 손에 쥔 채 환히 웃으며 들어와 말했다.

"내가 오늘에야 비로소 대원수의 위의威儀를 알았소이다."

그러고는 화진의 손을 잡고 누각으로 올라가 화진과 가까운 자리에 앉더니 말했다.

"사위가 남방을 정벌하고 서방을 토벌해서 혁혁한 공명을 이룬 것이야 본래 자네의 역량으로 충분히 할 수 있는 일이니 크게 축하할 것도 못 되네. 하지만 나는 궁벽한 산의 썩은 재목에 불과해서 촉 땅에 떠도는 혼이 될 것이라 생각했거늘, 다행히 자네의 은혜를 입어 다시 바람을 타고 하늘에 올라 장차 조상의 산소 곁에 뼈를 묻게 되었으니, 어찌 내가 감히 바랄 일이었겠나?"

화진이 대답했다.

"제가 전쟁터에서 말을 달리느라 조정 일을 자세히 듣지 못했습니다만, 빙장의 오늘 행차는 황상의 홍복洪福 아님이 없거늘 어찌 제 은혜라 하십니까?"

그러자 남표가 주머니 속에서 작은 글씨로 쓰인 편지 한 장을 꺼

※ ※ ※

7. 통정사通政司 참의參議 '통정사'는 통정사사通政使司의 약칭으로, 황제에게 올라오는 상소와 민원 처리를 담당하던 기관. '참의'는 통정사사에 둔 정5품 관직.

332

내 화진에게 주었다.

"윤준희(尹헌)의 편지일세. 이걸 보면 내 말이 무슨 뜻인지 알 수 있을 거야."

화진이 편지를 다 읽어 보니 남표가 유배 간 뒤 조정에서 있었던 일과 개인적인 소식이 자세하게 적혀 있었는데, 특히 화진 부부의 일이 매우 상세했다. 편지 하단에는 또 다음의 내용이 적혀 있었다.

황상께서 남도행의 말을 들으신 뒤로 더욱 엄숭을 의심하셔서[8] 엄숭에 대한 총애가 날로 쇠해 갔습니다. 그리하여 어사 임윤이 엄세번의 교만하고 참람하며 무도한 죄를 탄핵하자 엄세번이 하옥되어 사형 판결을 받았습니다. 엄숭에 대해서는 관작을 빼앗고 가산을 적몰[9]했으며, 언무경 등의 무리 또한 모두 폐출했습니다. 황상께서 조정의 큰 권한을 장악하시니 조정이 숙연해졌습니다. 하루는 황상께서 조정에 나와 탄식하며 말씀하셨습니다.

"남표는 강개한 충신이거늘 권세 있는 간신을 극력 탄핵하다가 실패하여 죽고 말았으니, 예부禮部에서 관작을 추증追贈하고 제

꺎꺎꺎꺎

8. **황상께서 남도행藍道行의~엄숭을 의심하셔서** '남도행'은 명나라 세종 때의 저명한 도사로, 서계의 추천을 통해 세종을 만났다. 도교를 신봉하던 세종의 두터운 신임을 얻었으나, 세종 앞에서 엄숭의 전횡을 공격했다가 엄숭의 보복을 받아 옥사했다. 남도행이 엄숭을 간신으로 지목한 뒤로 세종이 엄숭을 의심하기 시작했다는 기록이 청나라 곡응태谷應泰가 찬撰한 『명사기시본말』明史紀事本末 「세종숭도교」世宗崇道教(세종이 도교를 숭상하다)에 보인다.

9. **적몰籍沒** 중죄인의 재산을 모두 몰수하고 가족까지 처벌하는 일.

사를 올리도록 하라."

그러자 시독학사[10] 유성양이 아뢰었습니다.

"남표는 화진의 빙장입니다. 신이 귀양貴陽에서 부름을 받아 조정으로 들어올 때 동란주東蘭州에서 화진을 만났는데, 화진은 촉땅의 산중에서 남표를 만난 일이 있다고 했습니다. 남표의 말로는 동정호에 몸을 던져 죽던 밤에 촉 땅 사람의 구원을 받아 산속으로 함께 들어가 목숨을 겨우 보전했다고 합니다."

황상께서 이 말을 듣고 매우 기이해하시며 특명을 내려 직첩을 돌려주게 하시고 통정사 참의에 발탁하셨습니다. 대신[11]들은 남어사가 죄인 신분으로 달아나서 나타나지 않은 점을 들어 법에 의거하여 처벌해야 한다며 쟁론을 벌였으나 황상께서는 이렇게 말씀하셨습니다.

"그대들의 주장은 참으로 대신의 직책에 걸맞다. 그러나 지금 짐의 명령은 남표를 가련히 여겨서만이 아니라 실은 화진의 입장 때문이다."

황상께서는 그날 또 명을 내려 화진의 원비元妃 윤씨(옥화)를 진국부인晉國夫人에 봉하시고, 차비次妃 남씨(채봉)는 초국부인楚國夫人으로 추증하셨습니다. 그러자 제 아들 여옥이 아뢰었습니다.

"지난번 대간臺諫(대신臺臣)의 주문奏文(임금에게 아뢰는 글)에는 남

❀❀❀
10. **시독학사侍讀學士** 국가 제도, 역사, 문학 등의 여러 분야에 걸쳐 황제의 자문에 응하는 일을 맡은 한림원의 관직.
11. **대신臺臣** 어사대御史臺의 신하, 곧 임금에게 간언하는 일을 임무로 하는 간관諫官.

씨가 화춘의 첩 조씨에게 살해되었다고 했으나, 신이 나중에
듣기로는 남씨 역시 촉 땅 여승의 구원을 받아 지금 성도에 있
다고 합니다."

황상께서 탄식하셨습니다.

"남표 부녀가 모두 촉 땅 사람의 구원을 받아 살아났다니 참으
로 기이한 일이다!"

황상께서 다시 명을 내려 남씨를 촉국부인蜀國夫人으로 고쳐 봉
하고, 성도 지부 경창에게 조서를 내려 남부인을 호송해 오게
하셨습니다. 며칠 뒤에는 또 이런 명을 내리셨습니다.

"효는 백행의 근원이다.[12] 지금 무영전 대학사 겸 정남대원수
화진의 효가 천하에 알려져 짐이 매우 가상히 여긴다. 무릇 효
는 추은[13]보다 큰 것이 없으니, 작고한 화진의 부친 병부상서
여양후 화욱을 위국공魏國公에 추증하고, 화진의 모친 정씨는 위
국부인魏國夫人에 추증하며, 화진이 개선한 뒤 예관[14]을 파견하여
그 부모의 사당에 제사지내게 하라."

화진은 편지를 읽다가 이 대목에 이르자 일어나서 북쪽을 향해 네
번 절하며 감격의 눈물을 비 오듯 흘렸다. 남표는 또 딸을 찾던 전말
을 들려주며 눈물을 흘리기도 하고 웃기도 하더니 이렇게 말했다.

---

12. **효는 백행百行의 근원이다** 당나라 현종이 쓴 「효경 서문」(孝經序)에서 따온 말.
13. **추은推恩** 공로가 큰 신하의 가족에게 작위나 봉호封號를 내리는 일.
14. **예관禮官** 의례儀禮를 주관하는 관리.

"윤중회는 전쟁 통에 사람을 시켜 이 편지를 보냈고, 경지부耿知府 (경창)는 황상의 명을 받들어 수레와 말과 위의를 갖추어 왔네. 그래 서 어제 곽선공과 작별한 뒤 아내와 딸을 데리고 오다가 자네가 여 기서 군사들에게 잔치를 베풀고 있다는 말을 듣고 내가 먼저 수레를 재촉해서 온 걸세."

그러자 화진은 유이숙으로 하여금 두 부인의 가마를 맞아 관아 서 쪽에 있는 해당루[15]에서 쉬게 했다.

그날 저녁 화진이 남표와 함께 해당루에 갔다. 한부인은 사위의 영화로움을 보고 딸을 돌아보며 기쁨을 이기지 못했다. 화진은 채봉 을 마주하고 크게 탄식하며 말했다.

"제 운명이 기박하고 죄가 무거워 부인에게까지 재앙을 끼쳤으니, 오늘 만나 부인을 대할 면목이 없습니다."

채봉이 엄숙한 얼굴로 대답했다.

"제가 불민해서 재앙을 앞당긴 것이니, 누구를 원망하고 누구를 탓하겠습니까? 서방님께서 전장에서 말을 달리시며 전차와 병사들 을 상하지 않고 돌아오셨으니, 제 마음이 기쁘고 다행스럽기 그지없 습니다."

화진이 또 남표와 조용히 대화를 나누었다. 남표가 말했다.

"뜬구름이 걷히고 대명[16]이 예전처럼 빛나니, 자네가 어려서 배운

15. **해당루海棠樓** 성도부成都府 관아 서쪽에 있던 누각. 송나라 조박趙朴의 『성도고금기』成都古今記 에 의하면 당나라 절도사 이회李回가 건립했다고 한다.
16. **대명大明** '해와 달'이라는 뜻과 '명나라'라는 뜻을 함께 지닌 말.

학문을 성년이 되어 세상에 펼치기에[17] 참으로 좋은 때를 만났네. 나는 이제 살날이 얼마 안 남았고 세상 재미도 잃어서 지금 서울에 가는 건 그저 황상의 은혜에 감사를 표하기 위해서일 뿐이야. 우리 부부가 외로이 돌아갈 곳이 없으니 자네에게 의지해 여생을 보낸다면 다행이겠네. 윤중회의 은덕은 각골난망이나 보답하기 어렵군."

화진이 탄식하고 말했다.

"빙장께서 곽선공에게 두터운 은혜를 받으셨는데, 그분은 속세 밖의 고사高士이니 장차 어떻게 보답하려 하십니까?"

남표가 말했다.

"내가 곽선공과 작별할 때 이런 말을 했지.

'선생의 연세도 많으시고 저 또한 살날이 얼마 남지 않았으니, 이번 생에는 제가 은혜를 갚지 못할 듯합니다.'

그랬더니 선공이 웃으며 말하더군.

'제 속세 인연이 얼마 남지 않아 훗날 다시 만나기는 어렵겠습니다. 하지만 제 손자를 화원수에게 의탁할 것이니, 공께서는 이미 제게 큰 보답을 하신 셈입니다.'

내가 놀라서 물었네.

'선생의 손자가 지금 어디 있으며, 언제 화군에게 의탁한다는 겁니까?'

그러자 선공이 또 웃으며 말했네.

---

17. 어려서 배운~세상에 펼치기에 『맹자』「양혜왕 하」梁惠王下에서 따온 말.

'천기를 미리 누설하면 안 됩니다만 제 외아들 위璋가 강남 송강[18] 땅에 사는데, 앞으로 3년 뒤에 아들을 낳을 겁니다. 이 아이가 초년에 필시 큰 위험에 빠질 터인데, 화원수가 아니면 구할 수 없습니다.'

나는 그 말을 듣고 황당무계하다고 생각했지만 대개 이 노인의 신기함이 늘 이런 식이었거든. 자네는 고서古書에 두루 밝으니 묻네만 세상에 이런 허탄한 이치도 있는가?"

화진이 웃으며 말했다.

"예로부터 방외인[19]들이 왕왕 괴상한 이야기를 한다지만, 성인 공자께서 신이한 일과 괴이한 일에 대해 말씀하지 않으신 뜻[20]과는 다르겠지요."

이튿날 남표가 길을 떠났다. 채봉은 구슬로 장식한 관을 쓰고 적위[21]를 입고 황금으로 장식한 화려한 수레를 탔다. 국부인[22]의 의장을 갖추어 난기[23]가 하늘에 펄럭이고 봉극[24]이 구름을 찔렀으며, 색동옷 입은 시녀 300명이 짙은 화장에 화려한 옷을 차려입고, 수놓은 안장을 얹은 값진 말들이 앞뒤에서 옹위하니, 그 위용이 찬란하게 빛났다. 성도 지부가 군마 3천을 거느리고 와서 행차를 보호했다. 화

---

18. 송강松江 지금의 상해시上海市 송강구松江區 지역.
19. 방외인方外人 세상 밖의 사람. 속세를 떠나 사는 도사, 승려, 은자 등을 이르는 말.
20. 성인 공자孔子께서 ~않으신 뜻 『논어』「술이」에 "선생님께서는 괴력난신怪力亂神(괴이한 일, 무력, 패란悖亂, 귀신이나 신선)에 대해 말씀하지 않으셨다"라는 구절이 있다.
21. 적위翟褘 꿩 무늬를 수놓은, 왕후의 최고 예복.
22. 국부인國夫人 국공國公(친왕親王·군왕郡王 다음가는 작위)의 봉작封爵을 받은 신하의 부인에게 내리는 봉호.
23. 난기鸞旗 난새를 수놓은 제왕의 깃발.
24. 봉극鳳戟 봉황 장식을 한 창.

진은 승선교[25]에서 이들 일행을 전송했다.

이에 앞서 성준은 태수 임기를 마치고 조정에 들어와 춘방 학사[26]가 되었다. 성부인이 소흥으로 돌아와 화욱의 사당에서 통곡한 뒤 취하당에 거처하니, 화씨 집안의 하인들은 인자한 어머니를 다시 만난 듯 여겨 환호성이 집안에 가득했다. 성부인은 임소저와 빙선과 윤옥화에게 손수 편지를 써서 보냈으나 심씨 모자의 소식은 묻지 않았다. 성준 또한 여러 번 화부花府 대문 앞을 지났으나, 들어가서 심씨를 만나보지는 않았다. 이에 심씨가 더욱 부끄러워했다.

삼천三川에서 승전보가 이르자 성준과 윤여옥이 황명을 받들고 화진을 도중에 맞이하기 위해 나갔다가 채봉의 행차를 만났다. 그 성대한 위의를 바라보고 성준이 여옥을 돌아보며 탄식했다.

"형의 누이는 복록이 이처럼 크니, 100명의 조녀趙女가 있다 한들 어찌 해칠 수 있겠소?"

그리하여 길가의 관정[27]에 천막을 설치하고 성준과 여옥이 채봉과 만났다. 채봉은 여옥을 보고 기쁘기 그지없어 말을 이루지 못하고 눈물을 뿌리며 흐느꼈고, 여옥은 목 놓아 울며 눈물을 쏟았다. 성준과 남표도 이들을 보며 한숨을 쉬었다. 남표는 여옥의 손을 잡고 한참 동안 정답게 이야기를 나누다가 작별하고 떠났다.

성준과 여옥이 강주[28]에서 화진을 만나 황명을 전하니, 화진은 먼

25. 승선교昇仙橋 성도 북문 밖에 있던 다리.
26. 춘방春坊 학사學士 춘방 대학사를 말한다. '춘방', 곧 태자궁의 장관으로, 정5품 관직이다.
27. 관정官亭 오가는 관리들이 숙식을 하며 쉴 수 있도록 지은 정자.
28. 강주絳州 지금의 산서성 신강현新絳縣 일대.

저 심씨의 안부와 옥중에 있는 형의 소식을 성준에게 물으며 두 줄기 눈물을 흘렸다. 성준이 감탄하며 말했다.

"나는 서울에 온 지 몇 달이 지나도록 숙모(심씨)께 인사드리지 않았는데, 지금 자네를 보니 박정한 내가 부끄럽네."

여옥이 화진에게 말했다.

"지난번에 제가 유자득柳子得(유성양)의 말을 듣고 정상서(정필)를 만나 백씨伯氏(화춘)의 옥사를 늦춰 달라고 말씀드렸습니다. 요사이 옥리들에게 듣기로는 백씨가 자못 뉘우치는 마음이 있다고 하니, 형을 위해 축하할 일입니다."

화진이 일어나 여옥에게 절하고 말했다.

"장원은 참으로 선을 좋아하는 군자라고 할 만하오. 내가 천하에 선 것은 모두 장원이 내려준 것이오."

이날 성준과 여옥이 유성희와 처음 만나 손을 맞잡고 즐거워하는 것이 마치 평생의 지극한 친구 사이 같았으니, 호걸지사가 의리를 끝없이 사모하는 것이 대개 이와 같다.

이에 앞서 범한이 도망가던 때의 일이다. 범한은 누급을 찾아가서 말했다.

"나 같은 서생이 두 미인과 함께 많은 금은보화를 지니고 산으로 들로 쫓겨 다니다 보면 도적을 만나는 변이 있지 않을까 싶네. 자네가 내 곁에서 지켜 준다면 천 냥을 나눠 주겠네."

누급이 웃으며 말했다.

"천금, 천금이라! 거기에 미인 하나도 나눠 받을 수 있겠나?"

범한이 손을 들어 난수를 가리켰다. 누급은 매우 기뻐하며 처자식을 버리고 그 즉시 칼을 뽑아 들더니 범한을 따라나섰다. 하남부[29]에 이르러 범한은 이름을 뇌철雷轍로 바꾸었다. 집을 세내어 두 요망한 여자에게 한 채씩 나눠 준 뒤 음탕한 짓을 즐기는 한편 무뢰배 청년들과 결탁해서 밤마다 나가 도적질을 하고 다니니, 이웃 사람들이 손가락질하며 의심했다.

2년이 지났다. 범한은 전국에서 자신을 체포하려 한다는 소식을 듣고 매우 두려워했다. 그러자 누급이 말했다.

"지금 이웃에 우리를 흘겨보는 자들이 많네. 오래 앉으면 새도 화살을 맞는다는 속담이 있잖나. 부평초처럼 사해에 떠다니는 게 좋겠네."

범한이 말했다.

"옳은 말이야!"

마침내 집을 버리고 한밤중에 달아나 민월[30] 지방을 두루 돌아다니다가 1년 남짓 뒤에는 태원부[31]에 이르러 유차현[32]에 숨어 지냈다. 몇 달이 못 되어 갑자기 마을이 떠들썩하더니, 태원 부윤府尹이 대원수 화진을 영접하러 고을 경계에 나간다는 말이 들렸다. 범한이 놀라 누급에게 말했다.

"이소와 배삼이 또 호기를 놓쳐서 원수 놈이 뜻을 이루게 만들었어! 이 녀석이 천하를 호령하면 나와 자네는 도망칠 곳이 없네. 원

❧❧❧❧

29. **하남부**河南府　지금의 하남성 낙양시洛陽市 일대.
30. **민월**閩越　지금의 복건성 및 절강성 남부 지역을 이르던 말.
31. **태원부**太原府　지금의 산서성 태원시太原市 일대.
32. **유차현**榆次縣　태원부에 속한 현 이름. 지금의 산서성 진중시晉中市 유차구榆次區 일대.

앙이 안릉 성문 밖에서 칼에 찔려 죽었지만 사람들은 누가 죽였는지 몰랐다지.[33] 참으로 기묘하지 않나?"

누급이 머리를 절레절레 흔들며 말했다.

"그분은 하늘이 보호하고 있어. 죽우당에서 놀랐던 일이 지금도 두렵네. 난 다시는 못 해."

범한이 협박했다.

"내가 붙잡히면 자네를 끌고 들어가 함께 죽을 거야."

누급은 고개를 숙이고 묵묵히 생각에 잠겼다.

'죽이지 못할 사람을 죽이려다 실패해서 죽느니, 죽일 수 있는 놈을 죽이고 내가 사는 편이 낫지 않겠나!'

누급은 그 자리에서 칼을 뽑아 범한의 머리를 벤 뒤 부윤에게 달려가 고했다.

"관아에서 범한을 잡으라는 영이 있었는데, 이자는 속임수를 잘 써서 놓치기 쉬우므로 곧장 목을 베어 바치나이다."

부윤이 깜짝 놀라는 한편 그 말의 허실이 의심스러워 누급을 결박한 뒤 아전과 군졸로 하여금 범한의 집을 덮쳐 조녀와 난수를 체포하게 했다. 부윤은 급히 강주絳州를 향해 말을 달려 도중에서 화진을

꽃꽃꽃꽃

33. 원앙袁盎이 안릉安陵~죽었는지 몰랐다고 범한이 누급에게 살인을 교사하는 뜻에서 한 말. '원앙'은 전한 문제·경제景帝 때의 문신으로, 직간과 공평무사한 일 처리로 명망이 높았다. 벼슬에서 물러나 '안릉'(하남성의 지명) 집에 살며 경제의 자문에 응하던 중 경제의 아우로서 제위를 노리던 양왕梁王의 계획을 좌절시켰다. 이에 앙심을 품은 양왕이 자객을 보냈는데, 첫 번째 자객은 원앙의 인품에 심복하여 그냥 물러갔으나, 두 번째 자객이 안릉 성문 밖에서 원앙을 살해했다. 『사기』「원앙·조조 열전」袁盎鼂錯傳에 관련 내용이 보인다.

맞아 인사한 뒤 상황을 보고하고, 화진의 앞에 누급과 두 여자를 결박한 채로 무릎 꿇렸다. 조녀와 난수가 화신을 우러러보고 죽을죄를 지었다며 빌자 성준과 윤여옥이 손뼉을 치며 통쾌해했다. 누급은 범한이 벌인 흉악한 일을 털어놓으며 범한이 자기에게 심씨를 찔러 죽이게 했으나 실수로 난향을 죽이게 되었다고 했다. 죽우당에서 화진을 죽이려다 문 앞에서 거인이 소리를 버럭 지르던 일을 말하기에 이르자 화진은 귀를 막고 차마 듣지 못하더니 부윤에게 말했다.

"저자가 범한의 목을 베긴 했으나 범한보다 더 흉악한 자이니 두 여자와 함께 차꼬를 채워 서울로 올려 보내십시오."

부윤이 또 고했다.

"아전들이 난수와 조녀를 잡을 때 금은보화가 많이 나왔는데, 그 중 기이한 물건이 두 개 있었습니다. 조녀에게 어디서 난 것이냐 물었더니 이러저러하게 대답하기에 제가 놀랍고 해괴하여 감히 아룁니다."

성준이 말했다.

"홍옥천紅玉釧과 청옥패靑玉佩가 아닙니까?"

부윤이 맞다고 하자 성준은 유이숙을 시켜 두 물건을 가져다 화진의 보관함 속에 간직하게 했다.

화진이 탁록역[34]에 이르니 한림 검토[35] 진창운陳昌雲이 태감太監(환

꿈꿈꿈

34. **탁록역涿鹿驛** 북경 서쪽의 하북성 탁록현涿鹿縣에 있던 역.
35. **한림翰林 검토檢討** 한림원 검토. 명나라 때 편수編修 아래의 종7품 관직으로 사관史官의 임무를 맡았다.

관)과 함께 황제가 하사한 술을 받들고 왔다. 황제는 옥하교[36]까지 나와 화진을 맞이했다. 화진이 황금 갑옷과 황금 투구에 황제가 내린 천리대완마를 타고, 고아대독[37]과 금월옥척[38]을 빛내며 앞장서니, 주작朱雀과 창룡蒼龍(청룡)이 그려진 깃발이며 초요구진기[39]가 100리에 걸쳐 구름을 쓸고 해를 가렸다. 유이숙과 왕겸은 조개로 장식한 투구를 쓰고, 호랑이 가죽으로 만든 활집을 메고, 용총마龍驄馬(천리마)를 탄 채 화진을 양옆에서 호위했다. 유성희와 척계광은 군대를 좌우로 나누어 길을 정돈하며 대열을 정연히 유지하니 밤하늘에 별들이 늘어서 운행하는 듯했고, 징소리와 북소리며 개가를 부르는 소리가 산이 움직이고 바다가 뒤집히는 듯 우렁차게 울려 퍼졌다. 황제는 황색 장막과 황색 일산 아래에서 그 광경을 바라보며 눈썹에 기쁨이 가득하여 황제의 악대로 하여금 「강한」[40]의 노래를 연주해 화진의 군대를 맞이하게 했다.

화진이 말에서 내려 머리를 조아리자 황제가 곁에서 모시는 신하로 하여금 읍하고 화진을 인도해 오게 했다. 화진이 투구를 벗고 머

꽃꽃꽃

36. **옥하교玉河橋** 자금성의 태화문太和門(태화전의 정문) 앞 옥하玉河(자금성 안으로 흐르는 운하)에 놓인 다리.
37. **고아대독高牙大纛** 깃대 위를 상아로 장식한, 장군의 깃발.
38. **금월옥척金鉞玉戚** 금도끼와 옥도끼. 임금이 높은 벼슬아치나 장수에게 권력을 위임하는 증표로 주던 신물信物.
39. **초요구진기招搖句陳旗** 구진육성句陳六星을 그려 넣은 초요기招搖旗. '초요기'는 대장군이 장수들을 부를 때 사용하던 대형 깃발. '구진육성'은 자미원紫微垣에 속하는 여섯 개의 별로, 고대 중국에서는 천자에 대응되는 북극성을 보좌하는 별이라고 여겼다.
40. 「**강한江漢**」 『시경』 대아의 편명. 주나라 선왕宣王이 회이淮夷(황하 이남 회하 일대에 걸쳐 살던 이민족)를 평정하고 개선한 장군 소호召虎에게 상을 내리며 그 무공을 기리는 내용의 노래.

리를 조아려 형 화춘의 죽을죄를 대신 받기를 청했다. 그러자 황제는 즉시 숭관ᅟ中官(한관)으로 하여금 황세의 설월을 가지고 가서 형부刑部의 감옥에서 화춘을 방면하게 했다. 화진이 눈물을 흘리며 은혜에 감사하자 황제가 친히 화진의 손을 잡고 은총을 내렸는데, 이는 고금에 없는 일인지라 신하들이 모두 안색을 고쳤고, 하상서(하춘해)는 기쁨이 더욱 넘쳤다.

이날 심씨는 화진이 도성 밖에 도착했다는 말을 듣고 빙선과 함께 기쁨을 이기지 못했다. 남녀 하인들에게 계속 소식을 전하게 했는데 홀연 이런 보고가 들어 왔다.

"큰 공자(화춘)가 옥중에서 사면을 받고 들어옵니다!"

심씨가 미처 신도 신지 못한 채 거꾸러질 듯이 중문을 나서니, 과연 화춘이 봉두난발에 귀신 같은 몰골로 들어왔다. 모자는 서로 부둥켜안고 통곡했다. 빙선이 울며 화춘을 부축해서 마루에 오르게 하자 화춘은 빙선 앞에 머리를 조아렸다. 아아! 사람이 궁하면 근본으로 돌아가는 법이니,[41] 이 모자가 곤액을 겪지 않았다면 어찌 이렇게 될 수 있었겠는가!

화진 행차의 선두에서 벽제하는 자들이 화부 문 앞에 도착하자 하인이 들어와 여종에게 알렸다.

"원수 상공께서 흰옷을 입고 문밖에서 석고대죄를 청하신다!"

심씨가 매우 놀라 울며 말했다.

꽃꽃꽃꽃

41. 사람이 궁하면 근본으로 돌아가는 법이니 『사기』「굴원 열전」屈原列傳에 나오는 말.

"형옥이 우리 모자를 믿지 못하는구나! 내 배를 가르고 창자를 꺼내서 형옥에게 속마음을 보여 주어야겠다!"

하인이 문밖에 나가 화진에게 그 말을 전하자 화진이 즉시 일어나 들어왔다. 심씨는 급히 화진을 붙들고 슬피 울며 말했다.

"늙은 어미가 흉악해서 효자에게 원통함을 품게 한 탓에 하늘이 진노하여 죄와 벌이 첩첩이 이르렀구나! 내가 지금껏 구차히 살아 목숨을 보전하고 있는 것은 모두 네 은혜."

화진이 땅에 엎드려 비 오듯 눈물을 쏟으며 말했다.

"소자의 못난 행실 때문입니다."

심씨가 큰소리로 곡하며 말했다.

"형옥, 이 무슨 말이냐! 하늘이 맑지 않고 해와 달이 밝지 않다면 혹시 그럴 수 있다 하겠지만, 네가 못난 행실을 했다니 가당키나 한 말이냐?"

화춘은 화진을 마주 보고 울며 말했다.

"내가 어리석고 고집스러워 네게 지은 죄가 산처럼 바다처럼 크거늘 너는 넓은 도량과 큰 덕으로 조금도 마음에 새겨 두지 않으니, 내가 어찌 감히 사람이라 자처할 수 있겠니?"

화진은 형의 얼굴이 매우 상한 것을 보고 몹시 상심해서 목 놓아 통곡했다. 심씨가 화진을 위로하며 말했다.

"춘이 범한 죄는 만 번 죽어 마땅하거늘, 오늘 천은天恩(임금의 은혜)을 입은 건 모두 네 은덕이야."

화진이 울며 대답했다.

"아들이 어머니를 사랑하고 아우가 형을 사랑하는 것은 하늘의 이

346

치입니다. 어머니께서는 왜 '은덕' 두 글자를 말씀하셔서 거듭 저를 민망하게 하십니까?"

심씨도 울며 말했다.

"아무 죄 없는 네가 걸핏하면 자기에게 죄가 있다고 말하니, 나야말로 민망하기 그지없구나."

화진은 그 뒤로 다시는 자기에게 죄가 있다는 말을 하지 않았다.

화진이 빙선과 겨우 몇 마디 인사를 나누었을 때 하인이 들어와 아뢰었다.

"서각로(서계)와 하상서 등 여러 재상이 오셨습니다!"

화진이 외당에 나가 맞이했다.

이날 화부 문 앞의 거리가 떠들썩하고 수레와 말이 길을 가득 메웠다. 오색 깃발이 나부끼고 창검이 서릿발처럼 번쩍이더니 매겹[42]을 차고 어복[43]을 멘 병사들이 무리 지어 두 계단[44] 사이를 절도 있게 걸었다. 화부의 하인들은 재앙으로 황폐해졌던 집안이 다시 화려하게 빛나는 광경을 보고 모두 눈물을 흘리며 말했다.

"돌아가신 어르신의 성대하던 시절을 오늘 다시 보게 될 줄 어찌 알았겠나!"

한편 남표는 황성에 도착해서 채봉과 함께 곧장 윤부에 갔다. 윤

42. **매겹韎鞈** 붉게 물들인 가죽으로 만든 슬갑膝甲. '슬갑'은 무릎까지 내려오는 길이로 허리에 걸쳐 바지 위에 입는 보호 장구.
43. **어복魚服** 물고기 껍질로 만든 화살통.
44. **두 계단** 주인이 오르내리는 동쪽 계단과 손님이 오르내리는 서쪽 계단. 『예기』 「곡례 상」曲禮上에 "주인은 동쪽 계단으로 나아가고, 손님은 서쪽 계단으로 나아간다"라는 구절이 있다.

혁이 맨발로 뛰어나와 맞이하고 눈물부터 쏟으며 말했다.

"자평! '죽은 사람은 다시 살아날 수 없다'[45]는 말이 허튼 말이었구려!"

남표가 윤혁의 은혜에 감사 인사를 하고 말했다.

"죽은 사람이 다시 살아나도 그 사람 앞에 부끄러울 것이 없는 이[46]란 바로 그대를 두고 이르는 말이오."

조부인(윤혁의 아내)과 옥화가 채봉을 붙잡고 통곡했으며, 채경과 백소저(백경의 누이)도 눈물을 뿌렸다. 윤혁은 채봉의 자태가 아름답고 중후해서 엄연히 국부인國夫人의 풍모를 지닌 것을 보고 어루만지며 사랑하다가 큰 한숨을 쉬며 말했다.

"사람이 세상에 태어나매 슬픔과 기쁨이 교차하고, 잠깐 사이에도 차가웠다 뜨거웠다 극과 극을 오가는 건 본래 당연한 이치다. 그러나 떠돌아다니며 온갖 신고辛苦를 겪고 만 번 죽다 살아난 이로 말하자면 세상에 너 같은 사람이 또 있겠니? 예로부터 미인은 재앙을 부르고, 천재는 상서롭지 못한 법이다. 세상 만물은 지극히 깨끗한 것을 꺼리고, 귀신은 지극히 아름다운 존재를 미워하기 때문이지. 『시경』「사간」斯干에 딸을 낳아서는 '잘못하는 일도 없고 잘하는 일도 없게 하며／오직 술과 밥을 의논하여／부모에게 근심을 끼치지 않게 하

꿈꿈꿈꿈

45. 죽은 사람은~수 없다 『손자』孫子「화공」火攻, 『사기』「태사공 자서」太史公自序 등에 두루 보이는 구절.

46. 죽은 사람이~없는 이 『사기』「조 세가」趙世家에서 인용한 "죽은 사람이 다시 살아나도 산 사람이 부끄럽지 않다"라는 속담. 『사기』「진 세가」晉世家 중 "죽은 사람이 다시 살아나도 산 사람이 부끄럽지 않게 하겠습니다"라는 춘추시대 진나라 대신 순식荀息의 말 등에서 따온 말.

라'[47]라고 한 것도 성인의 지극한 말씀이야.

이세 화군이 황상의 지우를 입어 길운을 타고 높이 날아올라 낭묘廊廟(조정)의 높은 지위에 오르고 온 천하에 명성을 떨치게 되었다. 너는 그 내조자가 되어 빛을 안으로 머금고 덕을 감추며 자신을 낮추고 겸손하게 절제할 것이며, 밤낮으로 조심조심 삼가고 두려워하여 길이 천명天命을 보전하도록 해라. 내 소망은 그것뿐이다."

채봉이 두 번 절하고 공손히 분부를 받들었다.

이튿날 황제가 문화전[48]에 앉아 화진과 여러 대신을 부르고 논공행상을 했다. 하춘해를 일등공신으로 삼아 수충보국광록대부[49] 상주국[50] 겸 이부상서 문연각 대학사 벼슬을 내려 내각[51]에 들이고, 평원후平原侯에 봉하여 식읍食邑 3천 석을 내리면서 특별히 진현관[52]을 내렸다. 화진에게는 분충효무광록대부[53] 상주국 병부상서 겸 문화전

---

47. 잘못하는 일도~않게 하라   『시경』 소아 「사간」에 나오는 구절. 주회朱熹는 이에 대해 "여자는 순종을 정도正道로 삼으니 잘못하는 일이 없으면 족하며, 너무 잘하는 일이 있으면 길상吉祥으로 바랄 만한 일이 아니다"라는 주석을 붙였다.
48. 문화전文華殿   명나라 황제의 편전便殿. 제5회의 주39 참조.
49. 수충보국광록대부輸忠輔國光祿大夫   '수충보국'은 충성을 다해 나라의 다스림을 보좌했다는 뜻. '광록대부'는 정해진 인원 없이 공을 세운 신하에게 더하여 내리는 관작으로, 명나라 때는 종1품 관직에 해당했다.
50. 상주국上柱國   본래 춘추전국시대 '주국'柱國, 곧 국가의 수도를 방위하는 대장군의 직위였는데, 여기서는 명나라 때 공훈을 세운 문신과 무신에게 내리는 정1품 최고의 품계인 좌우주국左右柱國보다 더 높은 품계라는 의미에서 쓴 명칭으로 보인다.
51. 내각內閣   명나라 때 국가의 주요 정책을 결정하던 중앙 정무 기구. 명나라 초에는 황제의 자문 기구에 불과했으나 차츰 권한이 강화되어 세종 때 하언과 엄숭 등이 내각을 대표하게 된 뒤로는 6부의 행정 업무를 내각에서 상악하기에 이르렀다.
52. 진현관進賢冠   황제에게 예를 올릴 때 쓰던 관. 가늘게 짠 검은 비단으로 앞은 높고 뒤는 낮게 만들었다.

대학사 참지정사[54] 태자태부[55] 제독산서광동군무사[56] 벼슬을 내리고
진국공晉國公에 봉하여 식읍 5천 석을 내렸다. 유성희에게는 영록내
부[57] 우주국[58] 벼슬을 내리고, 전전도지휘사[59]로 특진시켜 금의위錦衣
衛(황제의 친위대) 용문대장군을 겸하게 하는 한편 서평후西平侯에 봉하
여 식읍 2천 석을 내렸다. 척계광·조공수·설성문은 모두 차등을 두
어 작위를 올려 주었고, 왕겸과 유이숙에게는 특별히 전전교위殿前校尉
벼슬을 내렸다. 평원후 하춘해 이하 상을 받은 이들이 머리를 조아
려 은혜에 감사했다.

황제가 진국공 화진에게 말했다.

"경은 집안 대대로 충정忠貞이 독실하여 왕실을 위해 수고하며 세
운 위대한 공적이 태상에 기록되리니[60] 짐의 마음이 기쁘기 한량없
다."

황제가 대전 위에서 선온宣醞할 것을 명하고 직접 옥잔을 들어 하

❧❧❧❧

53. 분충효무광록대부奮忠效武光祿大夫　'분충효무'는 충성심을 떨쳐 무공을 이루었다는 뜻.

54. 참지정사參知政事　당송唐宋 때 재상, 혹은 부재상副宰相에 해당하는 관직. 명나라 때에는 각 성
省의 행정을 총괄하는 포정사布政使의 부직副職이었는데, 여기서는 재상의 의미로 썼다.

55. 태자태부太子太傅　태자의 사부. 태사太師·태보太保와 함께 삼공三公으로 불리던 정1품 관직.

56. 제독산서광동군무사提督山西廣東軍務事　산서성과 광동성의 군사 총사령관.

57. 영록대부榮祿大夫　명나라 때 정해진 인원 없이 처음 종1품으로 승진하는 신하에게 더하여 내리
던 관작.

58. 우주국右柱國　좌주국左柱國과 함께 명나라 때 무훈을 세운 장군에게 내리는 정1품 최고의 품계.

59. 전전도지휘사殿前都指揮使　대전大殿의 호위를 담당하는 친위대의 사령관. '도지휘사'는 본래
각 성省의 군사를 지휘하는 사령관을 말한다.

60. 집안 대대로~태상太常**에 기록되리니**　『서경』주서周書「군아」君牙에서 따온 말. '태상', 곧 태상
기太常旗는 고대 중국의 임금이 하늘에 제사지낼 때 쓰던, 해와 달을 그려 넣은 깃발. "공이 있는
사람의 이름을 임금의 태상에 쓴다"라는 기록이 『주례』周禮에 보인다.

춘해에게 내리며 말했다.

"옛날 천신이 참형을 낭할 뻔했을 때 하후영夏侯嬰이 그 목숨을 구하고,[61] 곽자의가 참형을 당할 뻔했을 때 이백李白이 그 목숨을 구한 일이 있다.[62] 짐은 책을 읽다가 이 대목에 이를 때마다 한나라와 당나라에서 하후영과 이백을 일등공신으로 삼지 않은 점이 한스러웠노라."

신하들이 모두 만세를 불렀다.

❀❀❀❀

61. 한신韓信이 참형을~목숨을 구하고　한나라의 개국공신 한신이 항우의 휘하에 있다가 처음 유방에게 와서 말단 관리로 있던 시절 군법을 위반한 일이 있었는데, 같은 죄를 지은 무리 13인이 참형을 당한 뒤 자기 차례가 되자 "한왕漢王(유방)은 천하를 얻고자 하면서 어찌 장사의 목을 베려 하는가!"라고 말하니 하후영이 기이하게 여겨 처형을 중지하고 이야기를 나눈 뒤 한신을 중용하도록 추천했다는 고사가 『사기』「회음후 열전」에 보인다. '하후영' 또한 한나라의 개국공신으로, 호는 등공滕公이다. 유방의 어린 시절 친구로 항우의 군대를 격파하고 개국 초의 반란을 진압하는 데 공을 세워 여음후汝陰侯에 봉해졌다.

62. 곽자의郭子儀가 참형을~일이 있다　'곽자의'는 당나라의 명장으로, 현종 때 안록산의 난 등 여러 차례의 변란을 진압하여 병부상서가 되고 분양왕汾陽王의 봉호를 받았으며, 대종代宗 때 장안長安을 함락시킨 위구르와 토번을 격퇴하는 등 혁혁한 무공을 세워 임금이 존경하는 신하에게 주는 상부尙父라는 호칭을 받았다. 곽자의가 청년 시절 죄를 지었는데 이백의 도움으로 처벌을 면했다가 훗날 안록산의 난에 연루되어 처형당할 위기에 놓인 이백을 구해 은혜를 갚았다는 기록이 『신당서』「이백전」李白傳에 보인다.

효부는 옛집으로 돌아오고
한을 품은 여인은 인연을 이루다

이날 화진이 집으로 돌아와 면류관[1]에 예복을 입고 심씨에게 절했다. 심씨는 기쁨이 극에 달해 눈물을 흘리며 말했다.

"지극한 덕을 지닌 남편과 정부인은 오늘 우리 효자의 영광을 보지 못하고, 나처럼 어질지 못하고 의롭지 못한 자가 홀로 이 복을 누리다니, 하늘의 이치를 알 수 없구나!"

화진이 감동해서 눈물을 흘리며 민망해했다. 그러자 화춘이 화진의 손을 잡고 진심으로 아끼는 마음을 전하니 따스한 봄기운이 돌아온 듯했다. 그 뒤로 형제는 정당正堂에서 심씨를 문안하고 심씨의 식사를 챙겼다. 심씨는 그때마다 화진을 먼저 어루만진 뒤 화춘을 돌아보았다.

어느 날 화진이 감기에 걸려 여러 날을 앓았다. 심씨는 화진의 머리맡에서 간호하며 잠시도 곁을 떠나지 않았고, 화춘은 손수 약탕관을 들고 불을 피워 약을 달였다. 유성양이 그 광경을 보고 탄식하며

---

1. **면류관冕旒冠** 면류(끈으로 꿰어 늘어뜨린 주옥)로 장식된 관. 명나라 때에는 황제와 태자, 봉왕封王(제후)만 쓸 수 있었다.

말했다.

"경옥(화춘)이 허물을 고치고 나니 형옥(화신)보다 이길구나!"

이때 태원太原에 있던 죄인들이 서울에 도착했다. 이들은 장평과 함께 저잣거리에서 처형될 예정이었다. 심씨가 사람을 보내 조녀의 죄를 꾸짖고 싶어 하자 빙선이 만류했다.

"죽이는 것만으로 족하거늘, 죄를 꾸짖는다 해서 무슨 이득이 있겠습니까? 또 악인과는 더불어 말하기 어려운 것이니, 혹 불손한 말을 듣게 되지 않을까 싶습니다."

심씨가 말했다.

"내가 도저히 참을 수가 없구나!"

그리하여 심씨는 사람을 시켜 이런 말로 조녀를 꾸짖게 했다.

"너에게 다섯 가지 큰 죄가 있다. 첫째, 네가 요망한 얼굴을 음탕하게 단장하고 높은 담장 아래를 오가며 내 아들에게 눈빛으로 정을 보내고 마음을 홀려² 예에 어긋난 행동에 빠지게 한 죄다. 둘째, 정실부인을 투기해서 시어머니를 저주했다고 무고한 죄다. 셋째, 시어머니의 명을 빙자해서 정숙한 부인에게 독을 먹이고 대자리에 말아 강물에 던진 죄다. 넷째, 흉악한 식객과 몰래 결탁해서 정당에 칼이 이르게 하고 한림(화진)을 큰 재앙에 밀어 넣은 죄다. 다섯째, 우리 집 금은보화를 모두 훔쳐 내 음탕한 정부情夫와 야반도주한 죄다. 네가 이 다섯 가지 큰 죄를 지고도 감히 촌참³을 면할 수 있겠느냐?"

❧❧❧❧

2. **눈빛으로 정을 보내고 마음을 홀려**   『사기』「화식 열전」貨殖列傳에 나오는 구절.

3. **촌참**寸斬   시체를 마디마디 만 갈래로 찢는 형벌.

조녀가 버럭 성을 내며 말했다.

"원수 어른(화진)이 나를 죽이신다면 내가 기꺼이 받아들이겠지만, 심부인은 나를 꾸짖을 수 없소. 부인의 아들이 예를 안다면 아무리 내가 음탕하게 집적였던들 어찌 그가 제 발로 담장을 넘었겠소? 부인이 현명해서 참소하는 말을 받아들이지 않았다면 내가 어찌 임씨를 무고할 수 있었겠소? 남부인(채봉)이 정숙한 부인인 줄 부인이 알고 있었으면 왜 손수 매질을 하고 중문 밖 행랑채에 가두었소? 부인이 한림 부부를 친자식처럼 여겨 사이를 두지 않았다면 아무리 내가 재앙을 일으킬 마음을 가졌다 한들 어찌 편승할 수 있었겠소? 부인의 아들이 단정한 벗을 사귀고 안팎을 엄하게 단속했다면 내가 누구를 좇아 달아날 수 있었겠소? 뚫린 구멍에 바람이 들고[4] 썩은 고기에 벌레가 생기는 법이오. 부인의 집이 어지럽지 않은데 나 혼자 어지럽혔겠소?"

저자에 모인 사람들이 모두 깔깔 웃어댔다. 심씨는 그 말을 전해 듣고 후회했다.

"딸의 말을 듣지 않은 게 한스럽구나!"

화진이 윤부尹府에 가니 윤혁이 손잡고 함께 옥화의 침실로 들어가 환히 웃으며 말했다.

"자네 부부는 이제 겨우 스무 살을 넘겼으니, 육례가 조금 늦어져 지금 처음 만났다 해도 늦은 나이라고는 할 수 없네. 지난날의 슬픔

---

4. **뚫린 구멍에 바람이 들고** 전국시대 초나라 송옥宋玉의 「풍부」風賦에 나오는 구절.

과 기쁨은 전생의 일로 치부하는 게 좋겠어."

화진이 탄식하며 대답했다.

"『예기』에 '나이 서른에 아내를 맞이한다'[5]라고 한 것도 우연이 아닌 듯합니다. 우리나라는 조혼早婚이 풍습을 이루어 아무것도 모르는 아이들을 억지로 혼인시키니 어찌 재앙이 생기지 않겠습니까?"

윤혁이 웃으며 말했다.

"자네 말대로 옛날의 예법을 고집한다면 자네도 서른 살이 아직 멀었네. 세상에 혼인하지 않은 국공[6]도 있단 말인가?"

잠시 후 윤혁이 일어나 나가자 화진이 옥화에게 탄식하며 말했다.

"내가 보잘것없는 몸에 부족한 덕으로 하늘의 돌보심을 입어 부인과 다시 만났습니다. 위기에 닥치면 내 죄를 살피고, 복을 받으면 재앙을 생각하는 것이 하늘을 섬기는 도리입니다. 부인과 남부인은 감히 영예롭고 귀한 사람이라 자처하지 말아야 할 것입니다."

옥화가 두려워하는 모습으로 대답했다.

"저희가 어찌 감히 그러겠습니까?"

며칠 뒤 화춘이 화진에게 두 부인을 집으로 맞아들이라고 권하자 화진이 말했다.

"형수님이 아직 돌아오지 않으셨는데, 어찌 제 아내가 먼저 돌아올 수 있겠어요?"

화춘이 한숨을 쉬며 말했다.

ꙡꙡꙡ

5. 나이 서른에 아내를 맞이한다 『예기』「내칙」內則에 나오는 말.
6. 국공國公 공신에게 주는 최고의 봉작封爵. 종실의 친왕親王·군왕郡王 다음가는 지위.

"임씨 보기가 부끄럽고, 임씨가 돌아오려 하지 않을까 두렵기도 하구나."

화진이 말했다.

"예로부터 현숙한 아내 중에 요망한 첩의 재앙을 당한 사람이 많습니다. 형수님의 덕과 도량으로 어찌 지난 일을 마음에 두고 있겠습니까?"

그리하여 화진이 심씨에게 임소저를 맞아들이자고 말했다. 심씨는 임소저의 집에 양운(정부인과 성부인을 모시던 늙은 여종)을 보내며 말했다.

"나를 위해 잘 이야기해 다오."

양운이 임소저의 집에 가서 임소저를 만나 보고 심씨와 화춘이 날이 갈수록 잘못을 뉘우치고 선한 사람이 되어 가고 있음을 자세히 알리자 임소저가 감탄했다.

"서방님(화진)은 순임금 이후의 한 분이시구나!"[7]

그날로 임소저가 화부로 돌아왔다. 심씨가 임소저의 손을 잡고 눈물을 흘리며 말했다.

"우리 모자의 망조가 한두 가지가 아니었거니와 자네가 나간 뒤로 집안이 더욱 어지러워졌네. 자네의 지극한 덕이 하늘을 감동시키지 않았던들 우리 모자에게 어찌 오늘이 있겠나!"

임소저가 공손히 자리에서 물러나 엎드려 말했다.

꽃꽃꽃꽃

7. **서방님은 순임금 이후의 한 분이시구나** 순임금이 자신을 죽이려 했던 못된 아버지와 이복동생을 개과천선하게 하듯이 화진이 심씨와 화춘의 마음을 돌렸기에 한 말.

"지난날의 변란은 모두 제 불민함 때문입니다. 제 죄가 죽어 마땅하거늘 만물을 기르는 천지의 은혜가 바다에 떠디니는 부평초와 뿌리 뽑힌 아욱 같은 저에게까지 두루 미치니, 제가 실로 죽을 곳을 알지 못하겠습니다."

이윽고 화춘과 임소저가 만났다. 화춘은 공손히 두 손을 모으고 긴 한숨을 쉰 뒤에 말했다.

"내가 인륜을 해치고 의리를 저버려 스스로 나락에 떨어졌으니, 이제 와 눈물 흘리며 한탄한들 어쩌겠소?"[8]

임소저가 화춘을 보니 말씨가 정돈되고 몸가짐이 단정한 것이 예전의 교묘한 말솜씨에 좀스러운 태도와는 전혀 딴판이었다. 임소저가 일어나 공경을 표하고 대답했다.

"제가 나약해서 서방님을 잘 섬기지 못했으니, 서방님께서 덕을 잃으신 것은 저의 죄입니다."

그러고는 화진을 향해 말했다.

"사직[9]이 말없이 도우시어 귀하신 몸이 편안하시니, 우리 가문만의 경사가 아니라 나라의 큰 복입니다."

임소저는 또 빙선과 더불어 헤어진 뒤의 정회를 말하며 두 줄기 눈물을 흘렸다.

이튿날 심씨가 수레와 의장儀仗을 보내 옥화와 채봉을 맞이했다. 옥화와 채봉이 명을 받들어 이르자 심씨가 울며 사과했다.

꽃꽃꽃

8. **눈물 흘리며 한탄한들 어쩌겠소** 『시경』 왕풍 「중곡유퇴」中谷有蓷에 나오는 말.
9. **사직社稷** 제왕이 국가와 백성의 안녕을 빌며 제사를 지냈던 토지의 신과 곡식의 신.

"『시경』에 '뻔뻔하게 면목을 들고/끝없이 사람을 쳐다보네'[10]라고 한 것이 나를 두고 한 말일세. 내가 비록 남현부南賢婦(채봉)를 죽이지는 않았으나 현부의 재앙은 내 불민함에서 비롯된 거야. 엄부嚴府에서 당한 수치에 대해서는 내가 정말 배를 갈라 윤현부尹賢婦(옥화)에게 사죄하고 싶네."

옥화와 채봉은 황공하여 모든 일이 자신들의 죄라고만 말할 따름이었다. 심씨가 옥화와 채봉을 어루만지며 말했다.

"심하구나! 형옥과 자네들이 모두 허물을 자기 것으로 돌리다니. 그럴수록 내가 몸 둘 곳이 없네. 하지만 성인께서는 허물 고치는 것을 허락하셨으니,[11] 이제 나는 자네 부부의 은덕에 의지해서 여생의 죄를 면하고 땅에 묻히기를 바랄 뿐이야."

그러고는 화진이 가져온 홍옥천과 청옥패를 옥화와 채봉에게 각각 주고 탄식하며 말했다.

"수극의 옥이 다시 진晉나라 곳간으로 돌아왔네!"[12]

이에 심씨가 화진을 불러 두 부인과 함께 앞에 나란히 앉히고 기쁨의 눈물을 흘리며 즐거워했는데, 그 지극한 정성이 사람을 감동시

---

10. 뻔뻔하게 면목을~사람을 쳐다보네 『시경』 소아 「하인사」何人斯에 나오는 말.
11. 성인께서는 허물 고치는 것을 허락하셨으니 『논어』「학이」學而의 "허물이 있으면 고치기를 꺼리지 말라". 『논어』「위령공」衛靈公의 "허물이 있어도 고치지 않는 것을 진짜 허물이라 한다" 구절을 염두에 두고 한 말.
12. 수극垂棘의 옥이~곳간으로 돌아왔네 보물이 원래 있어야 할 곳으로 돌아왔다는 뜻. '수극'은 춘추시대 진晉나라의 지명으로, 고급 옥이 나는 곳이다. 진晉나라 헌공獻公이 우虞나라 군주에게 수극의 벽옥을 주며 괵虢나라를 정벌하기 위해 길을 열어 달라 요청했는데, 우나라 군주가 벽옥을 탐내 길을 열어 주자 결국 진나라가 괵나라에 이어 우나라까지 멸망시킨 뒤 수극의 벽옥도 되찾았다는 고사가 『춘추좌전』에 보인다.

켰다. 늙은 여종들은 서로 돌아보고 눈물을 흘리며 말했다.

"정부인이 다시 살아나신다 한들 이보다 더할 수 있겠는가?"

하루는 옥화와 채봉이 빙선과 함께 심씨를 모시고 있는데 심씨가 말했다.

"내가 무료하니 자네들이 재미난 말로 웃음을 주면 좋겠네."

빙선이 웃으며 옥화에게 말했다.

"내가 여기 오던 날 시녀들이 전하기를, 부인이 조녀의 뺨을 때렸다고 하더군요. 내가 알기로는 부인이 결코 그런 행동을 할 사람이 아닌데, 부인의 언행이 하인들에게 믿음을 얻지 못했나 봐요."

심씨가 웃으며 말했다.

"하인들은 이를 것도 없구나. 나도 그 말을 들었지만, 그때는 그 사람이 윤현부가 아니라 윤학사(윤여옥)인 줄 몰랐지."

옥화가 웃으며 빙선에게 말했다.

"제 아우가 방탕해서 그처럼 예에 어긋나는 해괴한 일을 벌이고도 의기양양하게 와서 이렇게 자랑하더군요.

'내 정체가 탄로 날까봐 통쾌할 만큼 세게 치지는 못했어.'"

심씨가 그 말에 포복절도했다. 빙선이 낭랑히 웃으며 말했다.

"그만하면 통쾌하지 얼마나 세게 쳐야 통쾌하단 말이오?"

빙선이 설고를 돌아보고 말했다.

"자네도 엄부에 갔었나?"

설고가 웃으며 대답했다.

"쇤네는 늙고 겁이 많아 뒤떨어져 있고 싶었는데 장평이 저를 밖으로 내쫓으니, 울고 싶은 아이를 때려 준 격이었습니다."

심씨가 또 큰소리로 웃었다.

한편 하진은 상소히여 신영을 살피고 가묘[13]를 서울 집으로 모셔 오고 싶다고 청했다. 황제가 손수 조명詔命을 써서 윤허하지 않으며 말했다.

"경이 전장에서 말을 달리고 돌아온 터에 또다시 먼 길을 가는 것은 마땅치 않다. 경의 가묘는 성준으로 하여금 맞이해 오게 하라."

그리하여 성준이 소흥에 가기로 했다. 심부인은 성준에게 사죄하며 성부인을 모셔 올 것을 청했다. 화춘이 성준을 따라가겠다고 했으나 화진은 화춘의 심신이 아직 다 낫지 않았다며 만류해서 그만두게 했다.

이때 화춘은 침실 깊숙이 틀어박혀 폐인을 자처하며 오직 아우 남매와 함께 하루 종일 어머니 곁에서 담소를 나눌 뿐 손님이 와서 만나기를 청해도 그때마다 병을 이유로 거절했다. 하루는 유성희와 윤여옥이 찾아와 굳이 만나기를 청했다. 화춘이 여전히 만나려 들지 않자 심씨가 말했다.

"두 분은 네 은인이다. 지난번에 두 분의 힘이 아니었더라면 네가 어찌 부모형제 간의 지극한 즐거움을 누릴 수 있겠니?"

화춘이 마지못해 외당에 나오는데 움츠러든 얼굴과 부끄러워하는 표정이 스스로 자신을 용납하지 못하는 듯했다. 유성희가 화진에게 말했다.

13. **가묘家廟** 선조의 위패를 모신 사당.

"제가 어제 평원후平原侯(하춘해)를 뵈었는데, 이런 말씀을 하시더군요.

'듣자니 진공譜公(화진)의 형이 개과천선했다고 하더군. 내가 벼슬에 추천해서 새 사람이 된 것을 칭찬하려 하네.'"

화진이 미처 대답하기 전에 화춘이 매우 놀라 머뭇거리며 말했다.

"차라리 머리를 풀고 산속으로 들어갈망정 저는 결코 얼굴을 들고 사대부의 대열에 설 수 없습니다."

달포가 지나서 과연 화춘에게 대리평사[14] 벼슬을 내렸으나, 화춘은 끝내 명에 응하지 않았다. 당시의 의론은 화춘의 태도를 좋게 평가했다.

이에 앞서 엄숭이 아직 권력을 잃기 전의 일이다. 엄숭의 아내 홍씨가 윤여옥에게 혼인을 재촉하려 하자 엄숭이 말했다.

"안 되오. 윤혁은 대하기 어려운 사람인지라 설사 내 권세가 예전 같다 할지라도 압박할 수 없거늘, 하물며 내 권세가 이미 무너진 지금에야 더 말할 나위가 있겠소! 접때 윤여옥을 보니 밝고 어질며 화락하고 단아해서 결코 의리를 저버릴 사람이 아니었소. 게다가 근래에 이른바 명류名流(유명인사)라 하는 자들이 번갈아 글을 올려 나를 공격하는데, 유독 윤여옥만은 한마디 말도 없으니 그 뜻을 알 만하오. 부인은 우선 기다려 보시오."

그 뒤 홍씨가 병들어 죽고 만 2년이 지나자마자 엄숭이 완전히 권

꽃꽃꽃꽃

14. 대리평사大理評事 형사사건을 심리하고 판결하는 관서인 대리시大理寺의 정7품 관직.

력을 잃었다. 월화(엄승의 딸)는 유모와 함께 양제원[15]에서 화를 피했다. 이때 백소저의 유모 금선錦仙이 양제원에 왕래하다가 월화의 고상하고 아름다운 모습을 보고는 가련히 여겨 자기 집으로 데리고 와 함께 지냈다. 백소저는 월화가 비범한 사람이라는 말을 듣고 한번 그 얼굴을 보고 싶어 금선에게 누차 간청했다. 그러자 금선이 웃으며 말했다.

"그 소저는 두 눈동자가 샛별 같고 두 뺨이 복사꽃 같으며, 입술은 붉고 치아는 희며, 풍성한 검은 머리에 윤기가 흘러 아름답기 그지없습니다. 부인이 그 자색을 보고 싶으시면 거울을 들어 자신을 비춰 보시면 돼요. 또 그 소저가 비록 곤궁해서 남의 집에 몸을 맡기긴 했으나, 처녀의 몸으로 어찌 소년명사 댁에 출입하려 들겠습니까?"

백소저가 여전히 간청하기를 그치지 않자 금선이 돌아가 월화에게 말을 꺼내 봤다.

"이웃집 소저가 소저와 사귀고 싶어 하네요. 이웃집 소저는 자상하고 신실하며 남을 아끼는 사람이니, 저와 같이 한번 가 보시렵니까?"

월화가 말했다.

"뉘 댁 소저이신가요?"

"그 댁은 빈한한 사족士族인데, 백공자白公子의 누이라고만 하데요."

월화가 사양하며 말했다.

---

15. **양제원養濟院**　의지할 곳 없는 고아나 누인 등을 수용하여 구호하던 보호소. 명나라 때 전국 각지에 있었으며, 현縣에 설치한 양제원 한 곳에 수천 명을 수용했다는 기록이 남아 있다.

"제가 비록 미천한 자이지만 이리저리 다니며 사람을 사귀는 건 여자의 할 일이 아닌지라 감히 분부에 따르지 못하겠습니다."

금선이 화난 체하며 강요했다.

"벌써 허락한 일이라 소저가 가지 않으면 틀림없이 내가 꾸지람을 받을 텐데, 나더러 어찌 감당하란 말입니까?"

월화의 안색이 바뀌자 금선이 말했다.

"소저는 내 말을 듣고 내게 딴 마음이 있다고 의심하는 겁니까? 내가 다른 마음을 먹었다면 소저에게 곧이곧대로 고하면 되지, 그렇게 하지 못할 이유가 무엇이기에 몰래 속여서 당초에 소저를 데려온 호의를 저버리겠어요?"

월화가 물리치기 어렵다고 보고 눈물을 흘리며 허락했으나, 여전히 의심이 남아 있어 몰래 품속에 작은 칼을 간직해 두었다.

마침내 금선이 월화를 가마에 태우고 윤부에 들어가 백소저에게 인사하게 했다. 백소저는 월화를 보고 신기하게 여겨 감탄하며 물었다.

"소저는 뉘 집 따님이시고, 무슨 일로 집을 떠나오셨습니까?"

월화가 대답했다.

"제 이름은 홍매아洪梅兒입니다. 어려서 부모를 여의고 이리저리 떠돌이 생활을 해 왔습니다."

월화의 목소리는 대숲에 부는 산들바람 같아서 그윽한 울림이 참으로 듣기 좋았다. 백소저는 월화를 사랑하는 마음이 들어 이렇게 말했다.

"사람의 오륜 중에 붕우가 한 자리를 차지하고 있습니다. 우리가 비록 여자이나 취향이 서로 맞는다면 규중閨中의 지기가 되어도 무방

할 겁니다. 제가 거처하는 곳에 조용하고 외진 협실火室이 있으니, 며칠 머물며 제가 소서의 꽃다운 창기에 젖노복 해 주실 수 있겠습니까?"

월화는 비록 금선의 강요로 어쩔 수 없이 와서 백소저를 만났으나, 백소저의 용모와 옷차림이며 거처하는 곳의 화려함을 보고는 결코 빈한한 사대부가의 소저가 아니라고 여겨 금선이 자기를 속였다고 의심했다. 그러던 차에 백소저가 머물러 달라고 청하는 말을 듣고 보니 더욱 마음이 불안해서 이렇게 대답했다.

"누추한 제가 부인을 곁에서 모시는 것이 어찌 저의 지극한 소원이 아니겠습니까? 하지만 저는 예전부터 이상한 병을 앓아 밤마다 고통을 겪고 있기에 댁에 머물러 잘 수 없습니다."

말을 채 마치기 전에 옥화가 들어왔다. 월화는 옥화를 올려다보더니 고개를 숙이고 허둥지둥하며 눈물을 줄줄 흘렸다. 옥화가 이상하다 싶어 백소저에게 물었다.

"이 여인은 누구신가?"

백소저가 월화의 말을 그대로 전했다. 옥화가 월화를 자세히 보더니 이윽고 백소저에게 눈짓을 해서 함께 밖으로 나간 뒤 말했다.

"이 여인이 나를 보자마자 돌연 안색이 변하니 참으로 괴이한 일이네. 예전에 장원이 나 대신 엄숭의 집에 들어갔던 일이 있잖아. 접때 장원이 내 방에서 엄숭의 집에서 있던 일을 말해 주었는데, 엄숭의 딸과 이러저러한 우스운 일이 있었다고 해. 장원이 결국 호구에서 벗어날 수 있었던 건 모두 엄녀嚴女(월화)의 공이라고 하더군. 장원은 서글피 탄식하며 이런 말도 했지.

'엄녀의 아리땁고 아담한 모습은 품격 있는 규수의 자태라 하기에 족하고, 높은 의기와 빼어난 지혜는 규방에서 보기 드문 것이었어. 내가 그 용모와 지혜를 더럽혔으니, 엄녀는 장차 규중에서 수절하다 말라 죽을 거야. 내가 누나 때문에 공연히 남에게 악을 쌓았소!'

나는 그 말을 듣고 너무 마음이 아팠지. 그래서 아버지께 간절히 말씀드려 장원으로 하여금 엄녀의 원한을 조금이나마 풀게 하려 했는데, 엄숭의 죄명이 날이 갈수록 떠들썩하다 보니 감히 입을 열지 못하고 있었어. 엄숭이 적몰된 뒤로 장원을 보니 멍하니 어찌할 바를 모르는데, 이는 호색한이 미녀를 그리워하는 정이 아니었네. 덕을 좋아하고 인을 즐기는 사람이라면 그럴 수밖에 없었을 거야. 내가 안타까운 건 엄녀의 처지 때문만이 아니라 실은 장원이 의리를 저버린 사람이 될까 싶기 때문일세. 지금 이 여인의 우아한 모습을 보니 장원이 말하던 바와 흡사하고, 슬픈 얼굴과 원망어린 몸짓을 보니 서글픈 마음이 들어. 내 생각에는 엄녀가 사정이 군색하고 종적이 위태로워 몸을 의탁할 곳이 없자 혐의를 무릅쓰고 금선의 집에 몸을 맡긴 듯해."

백소저가 문득 깨닫고 서글픈 얼굴로 말했다.

"예전에 진부인(진채경)이 제게 이런 말을 했어요.

'서방님이 엄녀의 은혜를 저버리고 배신하는 건 우리의 수치예요. 우리가 힘을 다해 주선해 보는 게 어떨까요?'

저는 그때 처음 서방님에게 이런 일이 있었다는 걸 알고, 오빠에게 이 일을 말해 주었어요. 진부인도 진한림(진창운)께 같은 말을 했지요. 제 오빠와 진한림이 함께 시아버님(윤혁)께 간절히 말씀드렸지만, 시아버님께서는 엄숭을 매우 미워하셔서 준엄한 말씀으로 허락하지 않으셨어요. 결국 시아버님이 서방님을 엄하게 꾸짖으시는 일까지 벌어져 저희들은 황송해할 뿐이었지요. 지금 부인이 이런 가르침을 주시니, 저는 이 소저가 틀림없이 엄녀라는 걸 알게 됐고 그 사정을 더욱 슬퍼하게 되었어요. 하지만 시아버님이 지엄하셔서 저희는 감히 또 말씀을 올리지 못하겠어요. 부인은 저희와 처지가 다르니, 부인께서 엄녀에게 덕을 베풀어 주시기 바랍니다."

이윽고 백소저가 방으로 돌아와 웃으며 월화에게 물었다.

"소저는 윤부인과 안면이 있지요? 좀 전에 소저의 기색을 보고 퍽 의아했어요."

월화가 슬피 울며 감히 대답하지 못했다. 백소저가 다가가 월화의 손을 잡고 한숨 쉬며 말했다.

"소저가 지난날 위급한 지경에서 서방님을 구해 주셨으니, 내 어찌 소저의 은혜를 잊을 수 있겠어요? 소저는 그저 천명을 편안히 여기고 순리대로 처하며 하늘이 맺어 준 인연이 저절로 이루어지기만 기다리세요."

월화가 눈물을 흘리며 일어나 절하고 말했다.

"부인께서 제 마음속을 환히 아시니, 나를 낳은 이는 부모요 나를 알아준 이는 부인입니다.[16] 제가 비록 집안에 망극한 재앙이 있어 이름을 바꾸고 떠돌아다니는 신세이지만, 본래 재상가의 딸로서 한 가

---

16. **나를 낳은~이는 부인입니다** 춘추시대 제나라 관중管仲이 벗 포숙鮑叔과의 우정을 회고하며 "나를 낳은 이는 부모요, 나를 알아준 이는 포숙이다"라고 했던 말에서 따온 구절.

닥 수오지심[17]은 지니고 있어 혐의를 멀리해야 한다는 건 대략 알고 있습니다. 그러나 불타는 숲속의 토끼가 달아날 곳을 택하지 못하고, 그물에 잡힌 고기가 살 곳을 정하지 못하는 처지가 되어, 마침내 둥지를 찾던 새가 울면서 짝을 찾아 나선 까투리[18]라는 조롱을 받기에 이르렀습니다. 저는 지금 죽어서 아무 일도 몰랐으면 하는 마음뿐입니다!"

백소저가 한숨을 쉬고 슬퍼하며 더욱 은근한 정을 담아 월화를 대하더니 화려한 옷과 좋은 음식을 금선의 집으로 보냈다.

한편 옥화가 화진에게 사정을 전하자 화진이 윤혁을 찾아가서 말했다.

"군자는 남의 악은 잊고 남의 덕은 잊지 않는 법입니다. 엄숭의 죄가 비록 천지에 가득하나, 그 딸이 장원에게 베푼 덕은 진 회공이 진영에게 받은 도움[19]보다 못하지 않습니다. 빙장께서는 왜 장원으로 하여금 아녀자의 은덕을 저버리게 하십니까?"

윤혁이 말했다.

🐞🐞🐞

17. 수오지심羞惡之心 자신의 잘못을 부끄러워하고 남의 잘못을 미워하는 마음. 사단四端 중 하나로, 의義에 대응된다.

18. 울면서 짝을 찾아 나선 까투리 『시경』 패풍邶風 「포유고엽匏有苦葉」의 "건너는 곳에 물이 가득하고/까투리 격격 우네./물이 넘쳐도 수레바퀴 자국 적시지 않고/까투리 울며 장끼를 찾네"에서 따온 말. 주희는 이에 대해 음란한 사람이 예의를 헤아리지 않고 자기 배우자가 아닌 짝을 구함을 비유한 것이라고 해석했다.

19. 진晉 회공懷公이 진영辰嬴에게 받은 도움 진晉나라 회공이 태자 시절 진秦나라에 인질로 와서 진秦 목공穆公의 딸 진영, 곧 회영懷嬴과 결혼했는데, 회공이 고국으로 달아나려 하자 회영은 아버지를 저버릴 수 없다며 동행하지 않았으나 남편을 위해 그 탈출 사실을 누설하지 않았다. 관련 고사가 『열녀전』에 보인다.

"근래에 백성규白聖圭(백경)와 진자망陳子望(진창운)도 내게 같은 말을 했지만, 나는 국적國賊(여저)의 딸을 며느리로 삼을 수 없다고 했네. 또 조정에서 이 일을 알면 나를 어떤 사람으로 여기겠나?"

"감히 빙장의 말씀이 틀렸다는 게 아닙니다. 하지만 장원의 명성이 당세에 우뚝하고 앞길이 구만리거늘, 한 여자가 원한을 품고 죽게 한다면 어찌 장원에게 흠이 되지 않겠습니까? 제가 이 일에 대해 여러모로 생각해 보니 선처할 길이 있습니다. 빙장께서는 부디 허락해 주십시오."

윤혁이 웃으며 말했다.

"자네처럼 준엄하게 예를 지키는 사람이 이런 말을 하다니, 내가 얼마나 꽉 막힌 사람인 줄 알겠네. 참으로 어려운 문제지만, 내 어찌 자네의 말을 듣지 않겠나?"

그리하여 화진은 하춘해를 만나 이 일을 의논했다. 하춘해가 탄식하더니 조용히 황제에게 아뢰었다.

"왕정王政은 세상 만물 중 단 하나라도 제자리를 얻지 못하게 해서는 안 됩니다. 지금 춘방 좌학사[20] 윤여옥은 일찍이 엄숭의 딸과 사랑을 맹세한 일이 있습니다. 그러나 그 부친 윤혁은 그 여자가 역적의 딸이라는 점을 꺼려 혼인을 허락하지 않고, 엄숭의 딸은 죽음을 작정하고 수절하고 있으니, 그 사정이 참으로 딱하다고 합니다."

황제가 놀라 말했다.

---

20. **좌학사左學士**   춘방 대학사. 제8회의 주18 참조.

"윤여옥처럼 맑은 절조를 가진 이가 어쩌다가 엄숭의 딸과 사랑을 맹세했단 말인가?"

하춘해가 그 전말을 아뢰자 황제가 웃으며 말했다.

"엄세번은 하는 일마다 이처럼 무도하니 사형에 처해 마땅하다. 그러나 그 잔약한 누이는 죄가 없으니, 특별히 윤여옥에게 소실로 취하게 하라."

그리하여 윤여옥은 매우 기뻐하며 길일을 택해 월화를 맞이했다. 백경이 혼례 물품을 성대히 마련하고 진채경과 백소저가 손수 예복을 지어 백부白府에서 혼례를 올렸다. 아아! 하늘을 밝히는 복을 상서로움으로 맞아들이는 일[21]을 진부인과 백부인이 함께했다.

심부인의 장수를 빌고
하춘해의 은덕에 보답하다

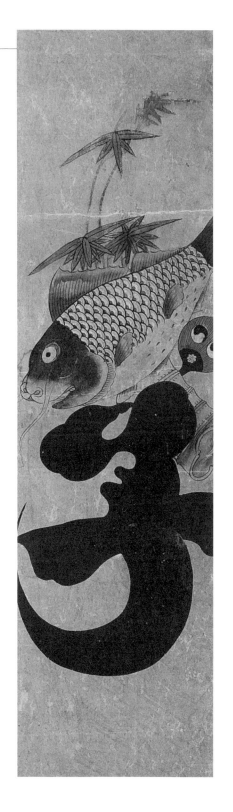

성준이 소흥에 도착했다. 성부인은 심씨의 편지를 보고 아들에게 말했다.

"이 사람이 이렇구나! 사람의 성품은 본래 이처럼 선한 것이다!"

성부인이 마침내 길을 나서 서울에 도착했다. 화진 형제가 나와 가묘家廟를 맞이하는데, 화진의 마음이야 말하지 않아도 알 만했고, 화춘은 관을 벗고 머리를 조아리더니 봇물 터지듯 눈물을 흘렸다. 성부인이 화춘의 손을 잡고 가상히 여겨 탄식하며 말했다.

"내가 죽어서 아우를 만나도 이젠 할 말이 있겠구나!"

그러고는 심씨와 반갑게 웃으며 대화를 나누었다. 심씨가 사죄의 말을 했다.

"제가 저지른 악행을 생각지 않으시고 저희 모자의 죄를 용서해 주시니, 제가 만 번 죽어도 여한이 없습니다."

성부인이 웃으며 말했다.

"자네 모자가 개과천선해서 사람의 도리를 크게 밝혔네. 하늘과 우리 선조들도 이미 용서하셨으니, 설사 내가 용서하지 않으려 한들 그럴 수 있겠니?"

성부인이 또 임소저에게 말했다.

"장강[1]이 한을 품고 반비[2]가 무고를 받은 것이 비록 두 임금[3]이 현명하지 못했기 때문이기는 하나, 또한 자신의 불행한 운명 때문이기도 하지. 한번 쏟아진 물은 다시 담을 수 없는 법이지만, 지금 듣자니 경옥(화춘)이 자네를 공경하고 소중히 여기는 것이 예전보다 백배는 더하다고 하더군. 하늘이 자네에게만 후하니, 반비와 장강이 지하에서 두 임금을 더욱 원망하지 않겠나."

또 옥화와 채봉과 화진에게 말했다.

"옥은 쪼지 않으면 기물을 이루지 못하는 법이니, 자네들이 누리는 오늘의 영광이 곤액으로부터 나온 것이 아니겠는가?"

모두들 성부인에게 절하고 공경을 다해 인사하니 심씨가 더욱 기뻐했다.

한편 황제가 예관禮官을 보내 위국공魏國公 화욱에게 제사를 드리게 하고, 심씨에게 추은推恩하여 진국대부인晉國大夫人의 봉호를 내렸다. 또 여러 신하들이 임소저의 효성스러움과 의로움을 아뢰자 특별히 명하여 정려문을 세우게 하고 현부인縣夫人의 직첩을 내렸다. 그리하여 화부의 은총과 영광이 온 세상을 놀라게 했다.

화진의 새집이 완성되자 황제가 화진의 집에서 심씨의 장수를 비

1. 장강莊姜 춘추시대 위衛나라 장공莊公의 아내. 첩 때문에 부인의 자리를 잃고 『시경』 패풍 「녹의」 綠衣 시를 지었다고 한다.
2. 반비班妃 한나라 성제成帝의 총애를 받다가 버림받은 반첩여班婕妤를 말한다. 제5회의 주62 참조.
3. 두 임금 위나라 장공과 한나라 성제.

는 잔치를 베풀어 주었다. 이에 삼진[4]의 특산물과 촉 땅의 고급 비단이며 13성省 여러 고을에서 바치는 온갖 예물이 구름처럼 모여들었다. 남경 도어사에 새로 임명된 유성양은 남경의 기녀 800명을 뽑아 잔치에 보냈고, 진부[5]의 기녀 500명도 참석했다.

그날 심씨가 예복을 차려입고 나와 정당 경은루慶恩樓에 앉고, 내외 인척과 공경부인公卿夫人들이 일제히 모였다. 이때 안남왕이 양아공주와 함께 서울에 이르러 공주는 내연內宴(안채의 잔치)에, 왕은 외연外宴(사랑채의 잔치)에 참석했다. 비췻빛 장막이 구름처럼 하늘에 떠 있고, 그림 그린 병풍이 산처럼 펼쳐졌으며, 수놓은 비단 자리가 별이 늘어서고 바둑돌이 놓인 것처럼 화려하게 깔렸다. 옥화와 채봉은 국부인의 예복을 갖춰 입고, 임소저와 요소저(성준의 아내)는 모두 칠보로 화려하게 단장하고 심씨과 성부인을 호위해 앉았다.

동서로 손님들의 자리를 나누어 동쪽에는 상국相國 서계의 부인이 으뜸이 되어 상서 정필의 부인 이하 여러 부인들이 앉고, 서쪽에는 상국 하춘해의 부인이 으뜸이 되어 윤혁의 부인 이하 여러 부인들이 앉았다. 꽃 같은 얼굴과 달 같은 자태가 서로를 비추고, 금빛과 비췻빛에 수놓은 구슬의 광채가 온 누각을 황홀히 비추었다.

젊은 부인 중 으뜸은 천연한 자태가 휘황찬란하며 신선 같은 태도를 지닌 촉국부인 남채봉이었다. 그다음은 유성양의 부인 화빙선

〰〰〰

4. **삼진三晉** 전국시대의 소趙·위魏·한韓 삼국을 통칭하는 말로, 지금의 산서성 일대에 해당한다.
5. **진부晉府** 진국공晉國公 화진의 집.

으로, 둥근 눈썹에[6] 아리따운 모습이 흘러넘쳤다. 그다음은 윤여옥의 부인 진채경으로, 웃음 짓는 모습이 우아하고 어여쁜 눈에서 빛이 흘렀다.[7] 그다음은 진국부인 윤옥화로, 곱게 단장한 모습이 단정하며, 고상하고 맑은 기품이 있었다. 그다음은 양아공주로 청량하고 총명하며 엄숙한 태도가 빛났다. 그다음은 백소저와 진창운의 부인 단씨段氏였으며, 그 밖의 부인들 또한 자못 아름다웠다.

화려한 옷을 입은 기녀들이 저마다 풍물을 잡아 뜰에서는 종과 경쇠를 치고, 마루에서는 거문고와 비파를 연주했다. 소매를 너울거리며 발을 움직이는 춤사위는 늘씬한 기러기가 하늘을 훨훨 나는 듯했고, 대들보에 서리서리 휘감기는 노랫소리는 봉황새의 맑은 울음소리 같았다. 붉은 쟁반에 옥그릇이 연이어 나오니 진귀한 과일과 풍미 있는 음식에서 맛있는 냄새가 진동했다.

화진은 구류면[8]을 쓰고 검은색과 청색의 꽃무늬를 수놓은 예복[9]을 입었는데, 얼굴은 백옥 같고 기운은 온화한 바람 같았다. 화진이 두 국부인과 함께 호박琥珀으로 만든 술잔에 장수를 기원하는 술을 따라 두 손으로 받들고 꿇어앉아 심씨에게 바치니 쟁그랑쟁그랑 패옥 소리가 맑게 울렸다. 심씨는 화진의 등을 어루만지며 기쁨에 겨워 입

---

6. **둥근 눈썹에**　후한의 문인 장형張衡의 「남도부」南都賦에 나오는 말.
7. **어여쁜 눈에서 빛이 흘렀다**　장형의 「서경부」西京賦에서 따온 말.
8. **구류면九旒冕**　끈으로 꿴 주옥 아홉 가닥을 늘어뜨린 면류관. 황제는 백옥주白玉珠 열두 가닥의 면류관을 쓰고, 황태자와 제후는 청주靑珠 아홉 가닥의 면류관을 썼다.
9. **검은색과 청색의 꽃무늬를 수놓은 예복**　『시경』진풍秦風「종남」終南에 나오는 말로, 고대 제후의 의복.

이 벌어졌고, 환희가 극에 달하자 탄성을 흘렸다. 주렴 안에 있던 부인들이 모두 "아!" 소리를 내며 심씨가 누리는 만년의 복록에 감탄했다.

화춘 부부와 빙선 부부, 성준 이하 친인척들도 장수를 비는 술을 한 잔씩 올렸다. 하춘해와 유성희와 윤여옥 등도 마루에 올라 술을 올렸다. 황제가 또 팔진과 어온[10]을 보내 예부시랑 임윤으로 하여금 황명을 받들어 심씨에게 술을 따르게 하니, 이날의 영광은 고금에 없던 일이었다.

그 뒤로 심씨는 진부晉府에 와서 살았다. 날마다 화진 형제와 세 며느리와 딸과 함께 한껏 즐기며 영화로운 봉양을 누리니, 이로 말미암아 천하의 자식 된 자들이 더욱 힘써 효도하고자 하는 마음을 가졌다.

화진은 조정에 들어간 지 몇 년 만에 황제의 총애가 날로 두터워지고 세상의 기대와 신망이 날로 중해졌으나 밤낮으로 공경하고 두려워하며[11] 아랫사람들을 공손하게 대했다.[12] 두 부인은 넉넉한 부덕婦德을 지녀 집안의 상하 관계가 엄정하면서도 화락했다. 옥화와 채봉이 연이어 아들딸을 낳으니 모두 명주明珠 같았다. 옥화의 아들 천린天麟이 세 살이 되자 심씨가 특히 아껴 임소저의 양자로 삼게 하니, 화춘이 매우 기뻐했다. 그 뒤 임소저가 아들 둘을 낳았으나 천린을

10. 팔진八珍과 어온御醞 '팔진'은 여덟 가지 진미. 『예기』「내칙」에서는 순오淳熬·순모淳母·포돈炮豚·포장炮牂·도진擣珍·지漬·오熬·간료肝膋를 여덟 진미로 꼽았다. '어온'은 임금이 내리는 술.
11. 밤낮으로 공경하고 두려워하며 『서경』 주서 「태서 상」에 나오는 말.
12. 아랫사람들을 공손하게 대했다 『진서』陳書 「시흥왕백무전」始興王伯茂傳 등에 나오는 말.

장자로 삼았다.

하루는 채봉이 화진과 마주앉아 탄식하며 말했다.

"부귀해진 뒤에 남의 은공을 잊는 것은 상서롭지 못한 일입니다. 제가 초 땅[13]을 떠돌다가 촉 땅으로 들어갔을 때 목숨을 의지할 수 있었던 이는 오직 계앵 한 사람뿐이었습니다. 지금 저는 여자로서 최고의 지위에 올랐으나 계앵은 여전히 여종의 신세를 면하지 못하고 있는데, 금은이나 비단으로는 그 은혜에 보답할 수 없습니다."

화진이 크게 깨닫고 마침내 계앵을 노비에서 해방시켜 왕겸의 아내가 되게 했다. 왕겸은 계앵의 충심에 감복해서 아내를 각별히 공경하고 아꼈다.

이때 화진은 서계·하춘해와 힘을 합해 정사를 돌보고, 윤여옥과 유성양은 문장과 재덕才德으로 한 시대를 빛내 모두 정경正卿(재상)에 올랐으며, 성준은 이부시랑이 되고, 진창운과 백경도 나란히 명성을 드날리며 군주의 덕을 밝히니, 세상에서는 가정 말년[14]의 치세가 찬란하다고 일컬었다.

이에 앞서 황제가 엄숭의 집을 특별히 유성희에게 내렸다. 이 집은 황성 제일의 저택으로, 높은 집과 그윽한 누각이며 층층겹겹의 누대와 정자가 늘어섰고, 금옥 와당瓦當이며 비단 무늬를 아로새긴 창에 구름을 새기고 신선을 그려[15] 호화롭기가 황제의 궁궐이나 다

13. 초楚 땅   지금의 호남성과 호북성 지역.
14. 가정嘉靖 말년   '가정'은 명나라 세종이 1521년부터 1566년까지 썼던 연호.
15. 비단 무늬를~신선을 그려   『후한서』「양기전」梁冀傳에서 사치스러운 저택을 묘사한 구절에서 따온 말.

름없었다. 동산은 20여 리나 되어 아름다운 꽃나무들이 등림[16]처럼 울창했고, 꽃이 만발한 난간과 물가에서 새소리와 길짐승 소리가 들려왔다.

어느 날 유성희가 화진을 집으로 초대해 춤과 노래를 흠뻑 즐기자 화진이 근심스레 탄식하며 말했다.

"엄숭의 호사가 이러했으니 어찌 망하지 않을 수 있었겠습니까? 앞서가던 수레가 뒤집히면 뒤따르는 수레가 경계해야 하는 법입니다."[17]

유성희가 두려워 몸 둘 바를 모르더니 그날로 당장 사치스런 집들을 헐어 버리고, 그 뒤로는 옷과 거마를 모두 검소하게 했다. 화진이 덕으로써 사람을 아끼는 것이 모두 이런 식이었다.

하루는 유성희가 양아공주와 마주 앉아 남방 정벌하던 때의 일을 말하다가 감탄하며 말했다.

"진공晉公(화진)은 하늘에서 온 사람입니다! 자객 이팔아가 검을 휘두르며 다가올 때 진공 곁에 앉아 있던 나는 혼비백산했었지요. 하지만 진공은 두건을 벗어 이마를 내놓은 채[18] 웃으며 말씀하셨고, 그러자 이팔아는 저도 모르는 사이에 비수를 내던지고 말더군요. 진공의 숭고함은 북두성과 같고 중후함은 태산과 같았으니, 평생 동안

---

16. 등림鄧林 전설 속의 울창한 숲. 과보夸父가 해그림자를 따라 달리다가 목이 말라 죽었는데, 그 때 버린 지팡이가 변해 '등림'이라는 수천 리 숲을 이루었다는 이야기가 『산해경』山海經과 『열자』 列子 「탕문」湯問에 보인다.
17. 앞서가넌 수레가~하는 법입니다 한나라 유향劉向의 『설원』說苑 「선설」善說에 나오는 말.
18. 두건을 벗어 이마를 내놓은 채 거리낌 없이 시원스럽고 초탈한 태도를 뜻한다.

나는 나 자신을 영웅호걸로 여겨 왔으나 그제야 비로소 천하에 진짜 영웅호걸이 있는 줄 깨달았습니다."

양아공주가 이 말을 듣고 서글피 눈물을 머금었다. 유성희가 놀라 물었다.

"부인은 왜 내 말을 듣고 갑자기 슬픈 기색을 띠십니까?"

양아공주가 대답했다.

"이팔아는 바로 제가 궁궐에 있던 시절의 제 시녀였습니다. 그 아이는 지혜롭고 의리를 숭상했으며 시를 잘 짓고 역사에도 밝았습니다. 저는 팔아를 사랑해서 서로 속마음을 털어놓고 지냈지요. 언젠가 팔아가 저와 함께 『시경』 「강유사」[19]를 읽다가 웃으며 이런 말을 하더군요.

'공주님 역시 저를 데려가지 않으실 거면서 저더러 이 노래를 부르라 하시는군요?'

저는 그 말을 가련히 여겼습니다. 그 뒤에 불행히도 제 오라버니가 팔아에게 마음을 두고 거듭 핍박해서 피하기 어려운 지경에 이르렀습니다. 팔아는 깊은 산으로 달아나 검술을 배웠는데, 제가 장군과 혼인한다는 소식을 듣고 이런 시를 보내 왔습니다.

따뜻한 규방 찬 매화에
봄볕이 깃들었다고.

꾳꾳꾳꾳

19.「강유사」江有汜 『시경』 소남召南의 편명. 한 여인이 시집갈 때 자신의 시녀를 잉첩媵妾으로 함께 데려가지 않았지만 시녀가 원망하지 않음을 찬미한 노래.

가련해라 창밖의 나무는

가지 뻗지 못했다네.

　제가 여기 올 때 팔아가 산중에서 나와 반강[20] 가에서 저를 전송하
며 또 이런 시를 지어 주었습니다.

남쪽 바다에서 태어난 새

바람 타고 북쪽으로 가네.

산꼭대기에 떨군 깃털 하나

외로운 구름 따라 홀로 날아가네.

　그러고는 「낙화춘」[21] 한 곡조를 불렀는데, 마치 옥퉁소 소리가 도
중에 끊어진 듯 처량해서 차마 들을 수 없었습니다. 저는 비록 규목
의 덕[22]이 없으나 장군은 의기가 높으시니, 이 여인이 돌아갈 곳을
잃게 해서야 되겠습니까?"

　유성희가 매우 기뻐하며 마침내 안남에서 이팔아를 맞이해 소실
로 삼았다.

　이때 이미 벼슬에서 물러난 남표는 화진의 이웃으로 이사해 채봉
과 서로 의지하며 살았다. 때때로 윤혁·진형수와 함께 성 밖의 산수

20. 반강盤江　광서장족자치구 융안현隆安縣 앞을 흐르는 우강右江의 명나라 때 이름.
21. 「낙화춘」落花春　악곡 이름.
22. 규목樛木의 덕　정실부인이 투기하는 마음 없이 첩을 은혜로 대하는 미덕. 문왕文王의 비妃인 태
　　사太姒의 덕을 노래한 『시경』 주남 「규목」樛木에서 유래하는 말.

에서 유유자적 노닐었고, 그때마다 화진과 윤여옥도 말 머리를 나란히 해서 이들을 따랐다. 하루는 옥천산 서호[23]에서 노니는데, 10리 남짓한 호수 둘레에 연잎과 가시연꽃이며 물새들이 구름 노을 속에 어리비쳤다.[24] 모두들 서로 돌아보고 즐거워하며 잔을 띄워 마시는데, 문득 거친 베옷을 입고 짚을 꼬아 만든 허리띠를 띤 이가 희끗희끗한 머리에 구부정한 걸음걸이로 산골짝에서 내려오는 것이 보였다. 윤혁이 바라보고 눈물을 흘리며 말했다.

"승상의 고달픔이 심하군요!"

모두들 놀라고 의아해서 묻자 윤혁이 말했다.

"저 사람은 엄숭입니다."

윤혁이 여옥에게 분부했다.

"네가 가서 모셔 와라."

여옥이 엄숭에게 읍하고 인도해 왔다. 윤혁이 자리를 내주며 큰 한숨을 쉬고 말했다.

"30년 동안 재상을 지낸 분에게 오늘 같은 날이 있을 줄 어찌 알았겠습니까?"

엄숭이 눈물을 흘리며 평생의 죄를 사과했다. 윤혁이 말했다.

"우리가 이미 속세 밖에 묻혀 사는 사람이 됐으니, 예전의 은혜와 원한을 따져 무엇 하겠습니까. 함께 술이나 한잔 하시는 게 어떻겠

❀❀❀

23. **옥천산玉泉山 서호西湖** '옥천산'은 북경 이화원頤和園 서쪽에 있는 산 이름. '서호'는 옥천산 아래에 있는 호수로, 지금의 북경 이화원 안에 있는 곤명호昆明湖를 말한다.
24. **10리 남짓한~속에 어리비쳤다** 『대명일통지』大明一統志 중 서호西湖에 관한 묘사에서 따온 구절.

습니까?"

엄숭의 잎에 술과 안주를 내오게 했다. 엄숭이 몇 잔 마시더니 윤여옥을 돌아보고 눈물을 흘렸다. 윤혁이 말했다.

"그대의 따님이 현숙해서 이미 며느리로 맞았으니 슬퍼하지 마십시오."

엄숭은 일어나 거듭 절하며 눈물을 줄줄 흘렸다. 윤혁이 탄식하며 말했다.

"모두 황상의 은혜이지 내 덕이랄 게 무엇 있겠습니까?"

그러고는 엄숭에게 자기 옷을 벗어 주고 전송했다.

그날 화진이 돌아와 옥화에게 이 이야기를 전하고 탄식하며 말했다.

"빙장의 마음씨가 이러하시니 장원의 자손은 반드시 창성할 겁니다."

세종 황제가 승하하자 화진은 평생 지우를 입었던 일을 생각하며 곁에서 모실 수 없는 것이 한스러워 3년 동안 울며 술과 고기를 가까이하지 않았다.

융경 2년[25]에 화진이 이부상서가 되어 내각에 들어가 기무機務를 관장했다. 덕을 지켜 사사로움이 없으며[26] 하늘과 땅을 공경하고 신봉하니,[27] 황제가 특별히 예우하여 '상부'[28]라고 불렀다.

---

25. 융경隆慶 2년   1568년. '융경'은 명나라 목종穆宗의 연호. 1567~1572년.
26. 덕을 지켜 사사로움이 없으며   『초사』楚辭 구장九章 「귤송」橘頌에 나오는 말.
27. 하늘과 땅을 공경하고 신봉하니   『서경』「주관」周官에 나오는 말.
28. 상부尙父   임금이 아버지처럼 존경하는 대신을 일컫는 칭호.

6년 뒤 목종이 승하했다. 화진이 하춘해와 함께 황제의 유명遺命을 받들어 위태로운 상황에서 어린 군주[29]를 보좌하며 낯빛을 엄정히 하고 조정에 서니 풍채가 늠름했다.

이때 환관들이 정권을 잡았는데, 그중 태감 풍보[30]라는 자가 음험하고 지략이 많았다. 풍보는 재상 장거정[31]과 몰래 결탁해서 대신들을 제거하고 자신이 위세를 부리고자 음모를 꾸몄다. 그러나 황태후가 화진에게 크게 의지하고 황제도 화진을 스승으로 섬기는지라, 풍보의 무리가 화진에게는 감히 흉계를 부리지 못하고 먼저 황태후와 황제에게 하춘해를 무고했다.

"하춘해가 이런 말을 했습니다.

'과부와 고아는 여러 환난을 감당할 수 없으니, 장성한 군[32]을 택해서 황제로 세우는 것이 좋겠다.'"

황제와 황태후가 이 말을 듣고 깜짝 놀라 이튿날 조회를 열고 명을 내려 하춘해의 관작을 삭탈하게 했다. 하춘해는 자기 죄가 무엇인지도 모른 채 금의옥에 갇혀 명을 기다렸다.

༄༅༄

29. **어린 군주** 명나라 신종神宗(재위 1573~1619)을 말한다. 열 살에 즉위했다.
30. **풍보馮保** 생몰년 1543~1583년. 명나라의 환관. 세종 때 환관이 되어 목종의 두터운 신임 아래 목종 임종 때 유언을 받든 대신 중 하나가 되었다. 신종이 어린 나이로 즉위하자 사례병필태감司禮秉筆太監, 사례장인태감司禮掌印太監 등을 지내며 권력을 장악하여 재상 장거정과 함께 국정을 운영했으나, 훗날 신종의 신임을 잃어 가산을 적몰당하고 남경으로 축출되어 병사했다.
31. **장거정張居正** 생몰년 1525~1582년. 명나라의 문신. 세종 때 문과에 급제하여 목종 때 동각 대학사, 이부상서를 역임한 뒤 수보首輔가 되었다. 신종 초기까지 10년 동안 재상을 지내며 재정 개혁안을 시행하고, 척계광 등을 중용하여 변방의 방어에 성공했다. 병사한 직후 탄핵을 받아 적몰당하고 관작을 빼앗겼으나, 희종熹宗 때인 1622년 명예를 회복했다.
32. **군君** 왕자. 여기서는 선제先帝인 목종의 형제를 가리키는 듯하다.

이때 마침 화진은 새로 조성한 능[33]의 향관[34]이 되기를 청하여 향수[35]에 가 있었다. 풍보의 무리는 화진이 산생을 것을 두려워했기에 화진이 조정 밖에 나간 틈을 타서 이런 변란을 일으킨 것이었다. 신하들이 급히 상소해서 간언했으나 받아들여지지 않았다. 화진은 돌아오는 길에 이 소식을 듣고 격앙되어 탄식했다.

"내가 두 황상의 조정에서 융성한 은혜를 받았으니, 감히 죽음으로 보답하지 않을 수 있겠는가!"

질풍같이 말을 달려 돌아와 곧장 조정으로 들어가서 이부상서 윤여옥, 호부상서 성준, 대학사 유성양, 형부상서 손식,[36] 예부시랑 임윤, 서평후 유성희, 좌도어사[37] 갈수례,[38] 우도어사 해서,[39] 이부시랑 백경, 호부시랑 진창운 등과 함께 황제를 뵙기를 청했다. 풍보가 매우 두려워 이들을 가로막고 황제에게 아뢰지 못하게 하려 하자 전전교위 왕겸이 칼자루를 잡고 성난 소리로 말했다.

"진공晉公(화진)은 선제先帝의 상부尙父시거늘, 어찌 감히 이럴 수 있소?"

ᢒᢃᢒᢃᢒᢃᢒᢃ

33. **새로 조성한 능陵** 명나라 목종의 능인 소릉昭陵을 말한다. 명십삼릉明十三陵의 하나로, 지금의 북경시 창평구昌平區에 있다.
34. **향관享官** 제사를 맡아 주관하는 관원.
35. **향소享所** 제사를 지내는 곳.
36. **손식孫植** 제10회의 주7 참조.
37. **좌도어사左都御史** 감찰·탄핵의 임무를 맡은 '도찰원'의 장관 중 하나. 명나라는 도찰원의 장관으로 정2품의 좌도어사와 우도어사右都御史를 두었다.
38. **갈수례葛守禮** 생몰년 1502~1578년. 명나라의 문신으로, 세종 때 남경 예부상서, 목종 때 형부 상시, 좌도어사를 역임한 뒤 신종 즉위 초에 은퇴하여 태자소보太子少保 벼슬을 받았다.
39. **해서海瑞** 제3회의 주60 참조.

풍보의 무리가 당황해서 환관들로 하여금 급히 동액문[40]을 막게 했다. 유성희가 눈을 부릅뜨고 곧상 들어가며 말했다.

"나는 무인武人이라 번쾌 장군이 곧장 문을 열어젖히고 들어간 일[41]만 안다!"

그리하여 화진 일행이 안으로 들어가니, 황제는 함경당涵敬堂에 있었다. 화진이 황제 앞에 나아가 눈물을 흘리며 소리 높여 말했다.

"대행황제[42]께서 승하하실 때 폐하를 앞에 두시고 하춘해와 저의 손을 끌어 잡으시며 이런 명을 내리셨습니다.

'짐은 경들과 영원히 작별하게 되었소. 나라는 위태롭고 내 아들은 약하니, 믿을 것은 오직 경들뿐이오.'

저희들은 울며 명을 받들고 서로 돌아보며 삼가 안절부절못하면서 나라를 위해 목숨을 버리지 않고서는 지하에서 대행황제께 절할수 없다 여겼습니다. 그리하여 하춘해는 내치內治를 담당하고 저는 외치外治를 맡아 폐하를 받들어 즉위하시게 하고, 궁중과 조정을 단속해서 대행황제의 장례를 준비했습니다. 산릉山陵이 이제 막 조성되어 흙이 아직 마르지 않았거늘 하춘해가 홀연 죄를 얻어 조정에서

◈◈◈◈

40. 동액문東掖門 궁전 정문 동쪽 모서리에 낸 작은 문.

41. 번쾌樊噲 장군이~들어간 일 허락 없이 곧장 문을 밀어젖히고 돌입한다는 뜻. 경포黥布가 반란을 일으켰을 때 한나라 고조가 병들어 누워 호위병들에게 신하들의 출입을 엄금하게 하자 개국공신 주발周勃과 관영灌嬰을 비롯한 대신들이 10여 일 동안 감히 들어가지 못했으나, 명장 번쾌가 호위병을 무시한 채 문을 열어젖히고 돌입하자 대신들이 그 뒤를 따라 고조를 만날 수 있었다는 고사가 『사기』「번역등관 열전」樊酈滕灌列傳에 보인다.

42. 대행황제大行皇帝 죽은 지 얼마 안 되어 아직 시호를 올리지 못한 황제를 일컫는 말. 여기서는 목종을 가리킨다.

388

얼결에 쫓겨나니, 벼슬아치들은 놀라고 아녀자들도 탄식하고 있습니다.

소신이 여러 신하들의 말을 듣기로는 하춘해의 죄가 명백하지 않으며, 대학사 장거정이 사례태감[43] 풍보 등과 갑자기 가까워져 몰래 왕래하다가 이러한 화가 일어났다고 하니, 아아! 사정을 알 만합니다. 하춘해는 충직하고 강인해서 환관 소인배들에게 불평을 사 왔습니다. 음험한 장거정이 부귀를 탐하다가 이에 편승해서 함부로 망측한 일을 꾸몄으니, 상관걸이 곽광에게 원한을 풀고,[44] 홍공과 석현이 소망지蕭望之에게 원한을 풀려 했던 일[45]과 같습니다. 폐하께서 충년[46]에 즉위하시어 호오好惡가 아직 정해지지 않은 틈을 타서 이 무리들이 안팎으로 선동하니 천하가 장차 크게 어지러울 것입니다. 폐하께

---

43. **사례태감司禮太監** 명나라 때 환관의 최고 관청인 사례감司禮監의 환관. 사례감은 본래 황성 안의 의례를 담당하고 환관과 궁궐 안의 사무를 관리하는 관청이었으나, 명나라 중기 이후에는 황제의 결재를 대리하여 국정 전 분야의 정책을 결정하는 등 절대적 권력을 행사하기에 이르렀다.

44. **상관걸上官桀이 곽광霍光에게 원한을 풀고** '상관걸'과 '곽광'은 모두 한나라 무제 때의 장군이자 대신으로, 각각 좌장군左將軍과 대장군으로서 무제가 죽을 때 어린 태자를 잘 보필하라는 유조遺詔를 받았다. 소제昭帝가 새 황제로 즉위한 뒤 상관걸은 독단으로 자신의 손녀를 황후로 책봉했다가 아들 상관안上官安이 처벌을 받는 등 곽광과 거듭 대립하게 되자 곽광을 살해하고 소제를 폐위하려 했으나 발각되어 멸족당했다. 『한서』 「곽광전」霍光傳과 「외척전」外戚傳에 관련 내용이 보인다.

45. **홍공弘恭과 석현石顯이~했던 일** '홍공'과 '석현'은 모두 한나라 선제宣帝·원제元帝 때의 환관으로, 원제 때 권력을 장악하여 정사를 오로지했다. '소망지'는 한나라의 문신으로, 선제宣帝 때 태자태부를 지내며 태자를 잘 보필하라는 유조를 받았으나, 원제가 즉위한 뒤 환관의 전횡을 막는 등 개혁 정책을 시행하려다가 오히려 홍공과 석현의 모함에 빠져 하옥된 뒤 극약을 먹고 자살했다. 『한서』 「소망지전」蕭望之傳에 관련 내용이 보인다.

46. **충년沖年** 열 살 안팎의 어린 나이.

서는 주나라 성왕 때 유언비어를 퍼뜨리던 자가 누구였는지,[47] 한나라 영제 때 두무竇武와 진번陳蕃이 누구 손에 죽었는지[48] 한번 살펴보아 주십시오.

『예기』에 이르기를 '천자가 붕어하시면 왕세자는 3년 동안 총재家宰의 말을 들어 다스린다'[49]라고 했는데, 지금은 하춘해가 바로 총재입니다. 그 한 몸에 국가의 안위가 달렸으니, 생사를 걸고 국정을 주재하고 있습니다. 선제先帝께서 사람을 잘못 보셨다고 한다면 그만이지만, 그게 아니라면 폐하께서 지금 하실 일은 아침저녁으로 신하들과 함께 선제의 영전에 곡하시는 것뿐입니다. 지금 하춘해를 참소하는 자들은 반드시 '춘해에게 다른 마음이 있다'고 할 것입니다. 하춘해에게 과연 다른 마음이 있다면 소신은 하춘해와 한마음이거늘, 폐하께서는 어찌 소신을 물리치지 않으시고 유독 하춘해만 물리치십니까?"

<hr/>

47. 주周나라 성왕成王~자가 누구였는지 주나라 성왕이 어린 나이에 즉위하여 숙부인 주공周公이 섭정하자 주공의 형제인 관숙管叔·채숙蔡叔·곽숙霍叔이 불만을 품고 주공이 왕위를 찬탈할 것이라는 유언비어를 퍼뜨려 무고했던 일을 말한다. 관숙 삼형제는 곧이어 상商나라 주왕紂王의 아들 무경武庚을 군주로 내세워 반란을 일으켰으나, 주공에게 진압되어 주살당하거나 유배되었다. 『사기』「노 주공 세가」魯周公世家에 관련 내용이 보인다.

48. 한나라 영제靈帝~손에 죽었는지 후한 영제 때의 대신 두무와 진번이 조절曹節·왕보王甫 등의 환관 세력에게 패하여 죽은 일을 말한다. 두무는 후한 환제桓帝의 장인으로, 환제에 이어 영제가 즉위하자 대장군이 되었으며, 진번은 영제 때 태부太傅가 되어 두무와 함께 국정을 이끌었다. 두무와 진번은 환관 세력의 국정 농단을 미워하여 이들을 제거할 계획을 세웠으나, 도리어 환관들이 황제의 명을 빙자하여 동원한 관군의 반격을 받아 두무는 자결하고 진번은 사로잡혀 주살당했다. 『후한서』「두무전」竇武傳과「진번전」陳蕃傳에 관련 내용이 보인다.

49. 천자가 붕어하시면~들어 다스린다 『예기』「단궁 하」檀弓下에 나오는 말. '총재'는 주나라 때 육관六官의 우두머리로, 가장 으뜸이 되는 신하를 말한다.

황제가 이야기를 다 듣기도 전에 환히 깨닫고 눈물을 흘리며 말했다.

"선생의 말씀이 아니었으면 소자가 종묘사직을 망칠 뻔했습니다."

그리하여 당장 장거정을 변방으로 귀양 보내고, 풍보를 비롯한 그 무리 13인은 곤장을 쳐서 밖으로 쫓아낸 뒤 황제가 손수 조명詔命을 써서 하춘해를 부르고 그 관직을 회복시켰다. 세상 사람들이 이 소식을 듣고 감탄했다.

"하공(하춘해)이 화공(화진)을 구하고 화공이 하공을 구한 것은 참으로 사람을 잘 알아보고 은덕을 잘 갚은 일이라 할 만하다. 이는 모두 천하의 지극한 공명정대함이지 일신의 사사로운 은혜가 아니다."

만력 6년50 화진과 유성희가 금산51의 반란군 두목 마방지馬芳枝를 강남에서 토벌하고, 반란군에서 세자世子라고 칭하던, 열 살 나이의 선경善慶이란 아이를 사로잡았다. 유성희가 목을 베려 하는데, 화진이 선경의 용모가 특이함을 보고 마음이 움직여 급히 중지시켰다. 화진이 아이를 불러 이야기해 보니 아이는 이렇게 말했다.

"저는 송강松江 사람 곽위郭瑋의 아들로, 난리 통에 부모를 잃은 뒤 유모와 함께 도적들에게 사로잡혔습니다. 마방지가 아들이 없던 터에 저의 총명함을 아껴서 키우며 세자라고 칭했습니다."

화진은 그제야 곽선공의 말을 깨닫고 멍하니 신기해하며 선경을 거두어 돌아왔다. 남표는 곽선공을 그리워하며 선경을 친자식처럼

✿✿✿✿

50. **만력萬曆 6년** 1578년. '만력'은 명나라 신종神宗의 연호. 1573~1619년.
51. **금산金山** 지금의 상해시 금산구金山區 일대. 명나라 때 왜구의 침략을 막기 위해 이곳에 금산위 金山衛를 설치했다.

사랑했다.

화진이 누차 큰 공을 세우고 장군과 재상이 되어 천하를 자기 임무로 여긴 지 50년이 지났다. 황제는 화진을 의지하며 중히 여겼고, 백성들은 화진을 사랑하고 흠모했으며, 풍속이 다른 이민족들도 화진의 이름을 들으면 늘어서서 절을 했다. 사람들은 화진을 이렇게 평가했다.

"곽분양[52]의 충성스러움과 한위공[53]의 덕을 가졌으며, 선제先帝의 지우를 입고 그 뒤를 이은 황제에게 은혜를 갚고자 한 점은 제갈공명에 가깝다."

옥화의 아들은 천린天麟(화춘의 양자)·천보天寶·천상天祥·천수天壽이고, 채봉의 아들은 천웅天雄·천경天卿·천로天老, 딸은 명교明嬌·옥교玉嬌이다. 일곱 아들이 차례로 과거에 급제했고, 천린·천보·천웅은 장원급제했다.

천린은 유성희의 딸과 혼인했다.

천보는 나이 열여섯에 한림학사로서 계양공주桂陽公主와 혼인해서 부마도위駙馬都尉(임금의 사위)가 되었다. 문무의 재주를 겸비하여 나가서는 장수가 되고 들어와서는 재상이 되어 명망이 가장 높았으며 태원왕太原王에 봉해졌으니, 천보가 바로 진공의 장자다.

한편 하춘해는 임종할 때 어린 아들 성晟을 화진에게 부탁했는데,

꽃꽃꽃꽃

52. **곽분양郭汾陽** 분양왕汾陽王 곽자의郭子儀를 말한다. 제12회의 주62 참조.
53. **한위공韓魏公** 위국공魏國公 한기韓琦를 말한다. 북송의 명신으로, 범중엄과 함께 서하의 침입을 막고 10년 동안 재상을 지내며 세 임금을 훌륭히 보좌했다.

장성해서 명교와 혼인했다. 하성夏晟은 일찍 벼슬길에 나가 충절을 다해 군주를 섬기니 부친의 기풍이 있었으며, 명교는 채봉을 쏙 빼닮았다.

천웅은 어릴 때 서계의 손녀와 정혼했는데, 서계가 죽은 뒤 그 손녀가 태자비로 간택되었다. 서계의 손녀는 죽음을 각오하고 황명에 항거해서 장차 큰 재앙이 닥쳐올 뻔했으나, 계양공주의 도움으로 결국 천웅의 아내가 되었다.

남표는 옥교를 곽선경과 혼인시켰다. 곽선경은 천보와 함께 내주[54]에서 왜적 80만을 격파하고 정구후定丘侯에 봉해졌다.

유성양은 아들 넷을 두고, 성준 또한 아들과 딸을 두었다.

윤여옥은 내각에 들어가 제남백濟南伯에 봉해졌다. 아들 열하나를 두었는데 그중 여덟이 과거에 급제해서 모두 높은 벼슬을 했다. 딸은 셋을 두었는데 화춘의 아들이 그 둘째 사위다.

유성희의 아들 현보賢輔는 벼슬이 대사마大司馬(병부상서)에 이르렀는데, 윤여옥의 맏딸이 그 아내다. 현보의 아우 넷 중 둘은 이팔아 소생이다. 그중 의보義輔가 용맹하고 전쟁에 능하여 공을 세우고 상산후常山侯에 봉해졌다.

이들에 대해서는 모두 별전[55]이 있다. 유이숙과 왕겸의 아들 또한 현달한 사람이 많았다.

---

54. **내주萊州** 지금의 내주시萊州市를 중심으로 하는 산동성 동북부 지역.
55. **별전別傳** 별도의 전傳. 혹은 별도의 작품이나 책. 작품의 본편本篇을 뜻하는 '본전'本傳에 상대되는 밀로도 쓰이는데, 『장선감의록』을 본전으로 본다면 별전은 그 속편續篇에 해당하는 작품을 가리킨다.

심씨는 화진의 복을 30년 동안 누리다가 죽었다. 화진이 슬퍼하고 그리워하는 것이 생모 성부인을 여의있을 때와 똑같았다. 성부인 또한 수를 다 누리고 세상을 떴다.

화진은 나이 여든에 벼슬에서 물러나 두 부인과 함께 소흥으로 돌아갔는데, 동안童顏이 여전히 시들지 않았고 자유자재 초탈한 모습이어서 멀리서 보면 신선 같았다고 한다.

아아! 충효는 사람의 본성이요, 사생과 화복은 운명이다. 운명은 내가 알 수 있는 바가 아니니, 다만 나의 본성을 다할 따름이다. 범한과 조녀는 간교한 악행을 극한까지 다했으나 마침내 남의 부귀를 앞당기고 제 목숨을 해치고 말았으니, 하늘의 뜻이 어디에 있는지 알 만하다. 하춘해와 유성희는 앞서거니 뒤서거니 서로 의지하여 그 이름을 이루었으니, 이 어찌 사람이 도모해서 할 수 있는 일이겠는가! 저 왕겸과 유이숙 또한 의기로써 서로 감발한 사람들이다. 고니가 소리를 내면 뱁새가 목을 빼고 발돋움하며, 두약[56]이 꽃떨기를 흔들면 콩잎이 향기에 젖으니, 이것이 만물의 이치다. 하물며 구름이 구름을 따르고 말 울음소리에 다른 말이 호응하는 것이야 더 말할 나위가 있겠는가! 비록 그러하나 화씨 가문이 덕을 견고하게 세워 오지 않았다면 쉽게 떨쳐 일어나지 못했을 것이다.

56. 두약杜若　생강과에 속하는 향초. 여름에 흰색 꽃이 핀다.

작품 해설

   ***   한국 고전소설사에서 장편소설은 17세기 후반에 처음 등장했다.『창선감의록』倡善感義錄은『구운몽』九雲夢에 뒤이어 나온 초기 장편소설이다. 서포西浦 김만중金萬重(1637~1692)이 1687년경 창작한『구운몽』과 달리『창선감의록』은 작자와 창작 시기가 모두 확실치 않다. 그동안 작자로 가장 유력하게 지목되어 온 인물은 졸수재拙修齋 조성기趙聖期(1638~1689)인데, 조재삼趙在三(1808~1866)의『송남잡지』松南雜識 중 다음 기록 때문이다.

나의 선조 졸수공拙修公(조성기)의 행장行狀에 다음의 기록이 있다.
"대부인(조성기의 모친)께서는 고금의 역사서와 전기傳奇에 대해 널리 듣고 익히 알지 못하는 것이 없었으며, 만년에는 누워서 소설 듣는 것을 좋아하셨다. 그래서 소일거리에 보탬이 되도록 공께서 옛이야기를 가져다 부연하여 몇 책을 만들어 올리셨다."
세상에 전하는『창선감의록』·『장승상전』張丞相傳 등의 책이 바로 그것이다.

일단 조성기의 후손 조재삼이 100여 년 동안 가문에서 전해 오던 이야기를 옮긴 것처럼 읽힌다. 그런데 행장 인용에 이어지는 구절에서 "세상에 전하는"으로 번역한 "世傳"은 '대대로 전하는'이라는 의미로도, '세상 사람들이 전하여 말하기를'이라는 의미로도 해석될 수 있다. 전자의 해석이 옳다면 위의 기록은 집안 대대로 전하는 책에 관한 증언이 되지만, 후자의 해석이 옳다면 사정은 전혀 달라진다. 후자의 해석에 따를 때 마지막 문장은 "세상 사람들이 전하기를 『창선감의록』・『장승상전』 등의 책이 바로 그것이라 한다"라고 번역되므로 조재삼 역시 다른 사람들로부터 전해들은 풍문을 옮긴 것에 불과하기 때문이다. 이러한 문제가 남아 있기에 『창선감의록』의 작자를 조성기로 확정하는 일은 아직 조심스럽다.

　　　··· 『창선감의록』은 창작 이후 20세기 초까지 대단한 인기를 누린 작품이어서 200여 종의 이본異本을 가지고 있다. 그중 고본古本이자 가장 오류가 적은 선본善本으로 꼽히는 것은 국립중앙도서관 소장의 한문 필사본이다. 본서는 이 책을 저본으로 삼았는데, 이 한문본의 서두에는 다음의 기록이 실려 있다.

내가 근래 담병痰病이 있어 요양하느라 가만히 누워 집안의 부녀자들더러 여항의 한글소설을 읽게 하고 들었다. 그중 『원감록』寃感錄이라는 것이 있었는데, 원한에 따른 보응이 뼈가 시리도록 참혹했으나 선을 행한 자는 반드시 창성하고 악을 행한 자는 반드시 패망하는 내용이어서 사람들을 넉넉히 감동시켜 착한 일을 권장하고 악한 일을 징계하는 바가 있었다.

민간에 유행하던 한글소설『원감록』이 존재하는 상태에서 작자가 이 이야기를 듣고 윤색을 가하여 다시 한문으로 개작한 것이 오늘날의 한문본『창선감의록』이라는 내용으로 이해된다. 한글본『원감록』이 최초의 원작인지, 혹은 한문본 원작의 번역인지에 대해서도 아직 확실한 증거가 없다. 다만『창선감의록』은 다수의 연구를 통해『구운몽』과『남정기』南征記(사씨남정기)의 영향을 받아 성립했고『소현성록』을 비롯한 후대의 한글 장편소설에 큰 영향을 끼친 점이 인정되므로 17세기 말에서 18세기 초 사이에 창작된 것으로 추정된다.

　　　　　• • •『창선감의록』은 가정 내 갈등, 정치 대립, 애정 장애의 문제를 정교하게 얽어 만든 작품이다. 정치 대립은 당대에 유행하던 중국 역사소설의 구도와 유사하고, 애정 장애의 경우 명말청초明末淸初에 유행한 재자가인소설才子佳人小說의 영향이 감지된다. 처첩 갈등을 비롯한 가정 내 갈등을 소재로 삼은 점도 특별히 새로울 것은 없다. 각각을 떼어 놓고 보면 흔한 갈등 구도에 흔한 소설 형식이라 할 수 있으나,『창선감의록』은 셋을 솜씨 있게 결합하여 새로운 효과를 빚어냈다.

　　우선 역사적 배경을 철저하게 재구성하여 사실성이 크게 강화되고, 애정 장애의 저변에서 정치적 대립이 서사를 이끌어 감으로써 사건 전개에 박진감이 더해졌다. 다시 여기에 가정 내 갈등과 그 해결 과정을 주요 제재로 삼는 '가문소설'家門小說의 형식이 정치적 대립을 다루는 역사소설의 형식과 결합하면서 한층 일관되고 첨예한 갈등 구조가 만들어졌다. 가정 갈등의 특정 측면을 조명하면서 정치 대립을 배경으로 삼는 방식은『남정기』에서 이미 시도된 것이었으나,『창선감의록』에 이르러 가정 갈등의 면모가 한층 다채로워지고 정치적 대립 또한 더욱 구체적 형태를 갖추었다.

『구운몽』이래의 한국 고전장편소설은 대개 중국을 작품 배경으로 삼았다.『구운몽』은 9세기 전반 당나라 문종과 무종 재위기를 배경으로 삼았다. 그러나『구운몽』의 서사는 실제 역사 전개와 특별한 관련을 맺고 있지 않으며, 역사적 실존 인물도 등장하지 않아서 작품의 시대 배경과 서사 전개 사이의 관계를 찾기 어렵다. 반면『창선감의록』의 경우 16세기 명나라 세종 때의 실존 인물이 대거 등장해서 주인공의 적대자나 조력자 역할을 맡으며 실제 역사적 배경과 상당히 밀착된 시공간 속에서 서사가 펼쳐졌다. 이 점 중국의 연의소설演義小說(역사소설)과 일부 유사해 보이지만『창선감의록』은 핵심 주인공이 모두 허구적 인물이라는 점에서『삼국지연의』와 같은 연의소설과 큰 차이를 보인다. 이를테면 남주인공 화진과 그 부친 화욱은 허구적 인물이지만 그 선조는 실존 인물인 명나라의 개국공신 화운으로 설정했다. 또 다른 주인공 유성희와 조역 하춘해 역시 허구적 인물이지만 각각 실존 인물인 개국공신 유통해의 후손, 명나라 세종 때의 실존 인물인 하언夏言의 아들로 설정했다. 윤여옥·윤옥화·남채봉·진채경 등의 주역들과 조녀·범한·장평 등의 주요 악역은 완전히 허구적 인물이다. 반면 선량한 조력자인 서계·해서·임윤·곽박·척계광, 적대자인 간신 엄숭·엄세번·조문화·언무경·구란·풍보 등은 모두 실존 인물이다. 명나라 세종 때를 배경으로 삼아 실존 인물의 후예로 설정된 허구적 인물, 당대에 활동했던 실존 인물, 완전히 허구적인 인물을 고르게 배치하고, 당대의 정세를 반영한 실제의 역사적 시공간을 배경으로 삼아 역사상 실재한 정치 대립과 가상의 갈등(허구적인 인물과 실존 인물의 갈등, 혹은 허구적인 인물 간의 갈등)을 솜씨 있게 결합했으니, 현대소

설의 개념과는 다소 차이가 있으나 일종의 '대체역사'代替歷史를 만든 셈이
나. 후대의 나수 상편소설이『창선감의록』의 예들 따라 역사상의 한 시기
를 작품 배경으로 설정하고 허구적 인물의 활동 반경에 실존 인물과 실제
사건을 적절히 배치하는 방식을 거듭 채택한 점에서『창선감의록』의 '대
체역사' 수법은 우리 고전장편소설의 창작 방법 발전에 큰 영향을 끼친 것
으로 평가된다.

　　　• • • 『창선감의록』은 정치적 대립을 먼 배경의 갈등 구도
로 잡고, 가족 갈등 및 애정 장애 쪽에 무게중심을 두어 재자가인才子佳人에
해당하는 선인善人 집단이 가문 안팎의 악인들을 이겨 내고 행복에 이르는
과정을 서사의 뼈대로 삼았다. 이 작품에는 당대까지의 대표적인 소설에
한 번씩은 등장했던 모든 갈등 관계가 집대성되어 있다. 가족 내에서 벌
어지는 부부 갈등, 부자 갈등, 형제 갈등, 처첩 갈등, 계모와 전처 소생의
갈등, 동서 갈등이 모두 들어 있고, 국가적으로는 충신과 간신의 정치적
대립, 외적과의 대립까지 담았다. 역사소설(정치소설)의 핵심 요소인 충
신과 간신의 정치적 대립, 애정소설에서 자주 활용되는 남녀 주인공과 그
들의 결연을 방해하는 인물의 선악 대립은 낯설지 않은 설정이다. 그러나
선인과 악인의 대립이 가족 갈등과 정치 대립 모두에 개입하여 매개 역
할을 하면서 가정 안팎의 갈등이 서로 호응하게 만든 점이 새로운 발상이
다. 가정 내 갈등을 다루면서 가정 밖의 악인이 가정 내의 악인과 합세해
위기 상황을 만든 것은『남정기』의 창안으로 보이는데,『창선감의록』은 이
를 한층 발전시켜 갈등의 범위를 최대한 확장하고 가정 안팎의 모든 갈등
을 더욱 복잡하게 전개했다.

한편『창선감의록』은 당대에 존재하던 거의 모든 갈등을 한 편의 작품 안에 담아내면서『구운몽』·『남정기』와 비교할 수 없을 정도로 많은 인물을 등장시켰다. 핵심적인 남녀 주인공 화진과 남채봉을 필두로 이들 못지 않은 비중을 가진 주역과 주요 악역, 그 밖의 수많은 조역이 곳곳에 배치되었는데, 다수의 개성적인 인물이 저마다 독립적인 이야기의 주인공 자격을 갖추었다 할 만큼 드라마틱한 스토리를 지녔다. 수많은 인물이 등장하여 저마다의 사연을 펼치다 보니 자연히 작품의 편폭이 크게 확대되어 마땅하다. 그러나『창선감의록』의 분량은『남정기』의 2배,『구운몽』의 1.5배 정도여서 주요 등장인물의 수를 고려할 때 작품 분량이 많이 늘어났다고 할 수 없다. 그 원인은 개별 인물들의 이야기를 효율적으로 결합한 작자의 구성 능력에서 찾을 수 있다.『구운몽』은 양소유와 여덟 여성의 이야기를 하나하나 이어 붙이는 형식을 취한 반면『창선감의록』은 다수의 주인공이 저마다 주도하는 스토리를 동시에 펼쳐 나가되 갈등의 파생·전이·중첩을 통한 복합적인 갈등 구도 설계를 통해 최소한의 서사 분량으로 짜임새 있게 스토리를 전개했다.

화욱과 화춘의 부자 갈등이 심씨와 화진의 모자 갈등 및 화춘과 화진의 형제 갈등을 낳고, 화춘과 임소저의 부부 갈등이 임소저와 조녀의 처첩 갈등으로 옮겨 갔다. 애초의 설정에서부터 친인척 관계 또는 정치적 동지 관계로 묶여 있던 선인 집단은 엄숭을 대표자로 삼는 악인 집단과 정치적으로 대립하며 목숨을 위협받을 만큼 극단적 갈등 상황에 놓였다. 하나의 갈등이 또 하나의 갈등으로 옮겨 가는 과정이 반복되면서 기존의 갈등과 새로 파생된 갈등이 동시에 진행되었다. 나란히 진행되던 몇 갈래의 갈등이 작품의 후반부에 이르면 범한·장평 등의 악인을 매개 장치로 삼아 가정 내 갈등과 정치 갈등이 자연스럽게 결합되면서 화진과 엄숭을 각각의 정점으로 하는 선악의 대립으로 단순해진다. 다수의 수역 인물이 이끄는 개별 스토리를 갈등으로 엮고, 갈등의 파생과 중첩을 통해 개별 서사를 동시에 진행하다가 갈등 구조를 통합하는 방식이 대단히 매끄럽다.

『창선감의록』의 효율적 서사 전개는 무엇보다도 작자의 주도면밀한 구상에 힘입은 바 크다. 역사적 시공간을 배경으로 등장인물 개개인의 시간을 정밀하게 계산하고 중국 지리에 부합하도록 공간 이동까지 정교하게 고려한 점, 복잡하게 늘어놓은 갈등을 극단까지 전개한 뒤 한 치의 착종도 없이 작품을 마무리한 점, 악인의 음모와 그 반작용을 중심으로 흥미진진한 플롯을 창조한 점, 연의소설의 전투 장면을 흥미롭게 변주하여 서사 속에 녹여 낸 점, 생동감 넘치는 인물(특히 악인 캐릭터) 형상화에 성공한 점 등이 그 대표적 사례다.

　　　··· 『창선감의록』은 '충·효·열'의 지배 이념, 그중에서도 특히 '효'를 선양하고자 하는 교설적 메시지를 매우 강하게 담았다. 작자는 효과적인 메시지 전달을 위해 성인聖人과 성녀聖女의 형상을 만들었다. 『창선감의록』에서는 거의 모든 갈등이 첨예하게 극단까지 치닫도록 설계되었다. 그리하여 주인공은 몇 차례나 죽음의 문턱에 서야 하지만, 그럼에도 남녀 주인공들은 악인의 모해를 받는 과정 내내 유가儒家 경전이나 윤리 교과서에만 존재할 것 같은 성인·성녀의 언행으로 일관했다.

『창선감의록』에서 가장 근본적인 가치는 '효'다. 효의 덕목 아래 핵심 주인공인 화진과 윤옥화·남채봉은 심씨 모자가 주는 온갖 혹독한 시련을 묵묵히 견뎠다. 효의 가치는 남녀의 애정에 초점을 두어 서사를 진행하는 중에도 부각되었다. 『창선감의록』은 『구운몽』이나 애정소설의 대표작과 달리 애정 관계(혹은 부부 관계)보다 부자 관계가 '오륜의 핵심'임을 거듭 강조했다. 이를테면 진채경은 아버지가 조문화의 혼인 요구를 거부하다 미움을 사 유배 가게 되자 윤여옥과의 결혼을 단념하며 이렇게 생각했다.

> 나는 박명한 여자라서 부모님께 화를 끼쳐 부모 잃은 슬픔을 안고 살며 영원히 천하의 죄인이 될 뻔했다. (…) 앞으로는 부모님 슬하에 머물며 나를 보살펴 길러 주신 은혜에 조금이나마 보답하고, 부모님이 세상을 떠나시는 날에 나 또한 목숨을 끊고 함께 지하로 돌아간다면 내 죄를 거의 씻을 수 있을 것이요, 그렇다면 내 소원을 이루는 것이다. 부부의 도리가 아무리 큰 인륜이라 해도 부모에 견주어 보면 오히려 가벼운 법이야.

진채경은 부자 관계를 부부 관계의 위에 두었는데, 남녀의 애정을 가장 중요한 가치로 삼는 애정소설과는 전혀 다른 발상이다.

진채경 이상으로 '효'를 체현한 인물은 화진이다. 화진은 효의 실천을 통해 부자 관계의 모범을 보이고자 했다. 심씨와 화춘의 모진 박해를 입다가 결국 불효의 누명을 쓰고 유배지에 도착한 화진의 모습은 이러했다.

> 화진의 효성은 하늘로부터 나온 것이고 우애 또한 타고난 본성인지라 밥상을 앞에 두면 어머니 심씨가 생각나고 좋은 경치를 보면 형이 그리웠다. (…) 화진은 눈물을 삼키고 큰 한숨을 쉬며 말했다.
> "내가 만일 어머니와 형님에게 하루라도 환심을 살 수 있다면 그날 죽

는다 해도 여한이 없다! 그 밖의 부귀영화며 처자식과 누리는 즐거움은 모두 가을 구름이나 부평초처럼 부실없을 따름이다."

이 때문에 화진은 촉 땅에 머문 지 1년이 되었으나 남채봉에게 생각이 미칠 겨를이 없었다.

화진은 아내 남채봉이 죽은 줄로만 알고 있다가 유배지로 떠나기 직전에야 비로소 남채봉이 목숨을 건져 사천성 어딘가에 머물고 있다는 소식을 들었다. 그러나 화진은 유배지인 사천성 성도에 머무는 1년 동안 남채봉을 생각할 겨를이 없었다. 자신의 생명을 위협했던 심씨와 화춘을 향한 그리움 때문이었다. 부자 관계 앞에서 부부 관계는 하찮은 것이라는 생각을 강조하기 위한 설정이다.

　　　　** *　전대의 소설에서 특별히 강조된 바 없던 '효'의 덕목을 작품의 중심부에 두기 위해 『창선감의록』에서 끌어온 모범은 순임금이다. 작품 속에서 몇 차례나 비견되듯이 화진은 순임금의 현신現身 같은 존재다. 순임금의 고사를 그대로 적용해 보면 심씨와 화춘은 각각 순임금을 죽이려 했던 아버지 고수瞽瞍와 아우 상象에 대응된다. 화진의 아내를 둘로 설정한 것도 낯설지 않다. 두 아내 윤옥화와 남채봉은 순임금의 비妃인 아황과 여영에 대응되기 때문이다.

그런데 순임금과 아황·여영의 고사를 끌어온 데서 다시 '일부다처'의 문제가 제기된다. 『창선감의록』에서 화진의 두 아내 윤옥화와 남채봉은 지음知音 관계를 맺고 있는데, 『구운몽』에서도 유사한 관계가 확인된다. 『구운몽』에서는 정경패와 가춘운, 계섬월과 적경홍, 정경패와 난양공주를 각각 지음 관계로 묶어 이들이 '자발적으로' 양소유 한 사람에게 시집가는 것으로 설정했다. 기녀를 제외한 나머지 여성들은 여성 사이의 '자발적인' 합의가 먼저 이루어진 뒤 부모의 추후 승인을 받는 형식을 취했다. 반면『창선감의록』의 윤옥화와 남채봉은 처음부터 가부장 윤혁의 뜻에 순종한 결과 일부다처를 받아들였다. 윤혁은 친딸인 윤옥화와 양녀인 남채봉을 한 사람에게 시집보내려는 생각을 품었다. 윤혁의 아내 조부인은 대번에 순임금과 아황·여영을 떠올리고, 사랑하는 두 딸에게 각각 훌륭한 남편을 얻어 주는 것이 마땅하지 않냐고 물었다. 윤혁은 이렇게 대답했다.

대현군자라면 세상에 두 사람이 나란히 나올 수 없는 법입니다. 지금 만일 채봉이만 군자와 짝을 지어 주고 친딸 옥화를 버린다면 이는 인정에 가깝지 않은 일이고, 친딸만 짝지어 주고 채봉이를 버려둔다면 이는 죽은 내 벗을 저버리는 일이 아니겠습니까?

세상에는 순임금 같은 성인이 한 사람밖에 나올 수 없으므로 두 딸을 한 사람에게 시집보내야 한다는 말이다. 처음에 당연한 물음을 던졌던 조부인은 오히려 큰 깨달음을 얻고 윤혁을 칭찬하며 그 일부다처 논리를 수용했다. 사실 윤혁의 발상은 지음 관계의 여성이 자발적인 합의에 의해 한 사람에게 시집간다는 설정에 비해서도 궁색한 것이지만, 작품 안에서는 화진 부부를 순임금과 아황·여영의 후신으로 설정한바, 그 맹점이 크게 부각되지 않았다.

한편 진채경이 조문화의 핍박을 피해 남장을 하고 길을 떠났다가 백련교에서 백경 남매를 만나는 장면도 흥미롭다. 진채경은 혼약을 이룰 수 없는 처지가 되자 정혼한 윤여옥 행세를 하며 윤여옥과 백소저의 혼약을 대신 맺어 두었다. 여성이 '사발석으로' 사기 내신 나는 여성을 연인의 배필로 천거하는, 새로운 일부다처 합리화 방식이다.

진채경은 백소저가 윤여옥의 배필감이라 여기고 "선비는 본래 자기를 알아주는 사람을 위하여 죽는 법"이라며 윤여옥의 혼약을 대신 맺었다. 훗날 윤옥화와 남채봉은 진채경의 이런 결정을 『삼국지연의』에 빗대어 "서서徐庶가 와룡臥龍(제갈공명)을 천거한 뜻"이라고 해석했다. 이 대목에서 남녀 관계, 혹은 부부 관계가 군신 관계로 치환되었다. 애정소설 전통에서 이런 발상은 대단히 낯선 것이다. 남녀 관계를 주군과 신하의 관계로 파악하는 순간 일부다처는 하등 이상할 것이 없게 되었다.

       * * *   화진은 한국 고전소설사상 최초의 도덕군자형 남주인공이다. 화진은 『구운몽』의 양소유에게서 영웅적인 능력과 다재다능함만 그대로 물려받았을 뿐 다정다감하고 유머러스한 성격과 끝없는 애정 욕구는 계승하지 않았으니, 양소유의 자유분방한 파격에 대한 반동反動으로 만들어진 형상이다. 그러나 『창선감의록』의 작자가 화진과 대조적인 양소유의 성격을 완전히 부정한 것은 아니다. 양소유의 다정하고 유쾌한 성격은 윤여옥이 물려받았다. 도덕군자 화진이 등장하는 장면에서 엄중하고 심각한 분위기 속에 교훈적 메시지가 강조된다면, 자유분방한 호걸형 인간 윤여옥이 등장하는 장면에는 늘 발랄한 생기가 넘치며 아기자기한 재미와 통쾌함이 가득하다.

여주인공들은 『구운몽』에 비해 규범적 성격이 한층 강화되었다. 인고忍苦의 상징이라 할 윤옥화를 맏언니 자리에 두어 예교禮教의 모범으로 삼는 한편, 강직한 남채봉에게는 오랜 수난 속에서 차츰 단련되어 가는 성녀^聖女의 형상을 부여했다. 적극적이고 진취적인 성격의 진채경 역시 미래의 남편이나 시댁 어른 앞에서 보이는 모습은 조신한 요조숙녀의 전형이다. 재치 있고 발랄한 면모가 일부 부각되기도 하지만, 여주인공들은 기본적으로 충·효·열의 지배 이념과 유교 예법을 완벽히 구현하는 규범적 인간형의 범주 안에 놓여 있다.

『창선감의록』의 여주인공 중 가장 중심에 놓인 인물은 남채봉이다. 세 여주인공 모두 큰 시련을 겪지만 특히 채봉은 가장 극단적인 수난을 겪으며 성녀의 지위에 올랐다. 채봉의 수난은 처음부터 예정된 것이었다. 채봉의 집에 관음보살 화상畵像을 부탁하러 온 여승 청원은 아홉 살 난 채봉의 얼굴에서 앞날의 운명을 읽고 경악했다. 곧이어 채봉의 아버지가 엄숭을 탄핵하다가 가족 모두 유배 길에 올라 동정호를 건너던 중 엄숭이 보낸 자객을 만나 채봉과 몸종 계영만 간신히 목숨을 건졌다. 그런데 채봉이 겪는 모든 시련은 전생의 원업冤業으로 인한 것이었다. 채봉이 절망에 빠져 자결을 결심했을 때 상군湘君(아황)이 보낸 선녀가 나타나 채봉의 액운을 예고했다.

부인은 전생의 원업으로 한때의 액운을 겪지만 10년 뒤에 부모와 상봉하여 영화와 안락이 무궁할 것이니, 부디 귀한 몸을 돌보시고 무익한 슬픔을 거두시기 바랍니다.

채봉은 "속세에서 화식火食하는 사람의 상相"이 아니라거나 "하는 일마다 신이해서 본래 이 세상 사람이 아니"라는 평가를 듣는 등 천상 존재의 후신임이 거듭 암시되었다. 「운영전」과 「숙향전」이 그렇듯 고전소설에서는 이런 경우에 천상계 존재였던 주인공이 죄를 짓고 인간세계에 유배 왔다는 설정이 동원되지만, 채봉에 대해서는 천상계에서 지은 죄에 대한 언급이 전혀 없다. 천상계에서 아무런 잘못도 범하지 않은 주인공이 왜 인간세계로 내려와 시련을 겪도록 예정되어 있는지 설명할 논리가 필요하다. 하늘이 정한 운명을 전하는 역할을 맡은 여승 청원의 해명이다.

부인은 천지 오행五行의 정수를 홀로 얻으신 여자 중의 성인으로, 장차 아황과 여영의 덕을 이어 규방의 교화를 크게 밝히실 것이므로, 모든 신들이 호위해서 요망한 귀신이 해를 끼칠 수 없습니다.

청원에 의하면 채봉은 성녀가 될 운명이다. 아황과 여영을 비롯한 모든 신들이 채봉을 돕는 이유는 채봉이 아황과 여영의 덕을 이어 세상의 모든 규방 여성들을 교화하는 책무를 지녔기 때문이다. 천상계에서 범한 잘못이 없는 채봉이 현세에서 시련을 겪어야 하는 까닭은 다음과 같다.

예로부터 시련과 재앙을 겪지 않고 도에 통달한 성인은 없었습니다. 우리 석가세존께서는 설산에서 고난을 겪으셨고, 공자께서는 진·채 땅에서 곤경에 처하셨지요. 부인이 아무리 청명하고 빼어난 자품을 지녔다 해도 항상 안락한 데 거처하며 아무런 위기도 겪지 않는다면 부인의 기이한 능력이 널리 드러나기 어려울 겁니다. 그렇다면 후세 사람들은 부인의 존재를 알 수 없지요. 이 때문에 하늘이 부인을 격려하여 덕을 이루게 한 뒤 부인의 덕을 온 천하에 드러내고자 하는 겁니다. 그런 까닭에 옛사람들은 화복에 때가 있고 영욕이 한결같지 않음을 알아 풍상을 많이 겪을수록 담이 더욱 굳세졌습니다.

채봉은 석가와 공자 같은 옛날의 성인처럼 그 덕을 만천하에 드러내기 위해 하늘이 선택한 존재, 곧 선민選民이다. 채봉이 겪는 현재의 시련은 악인의 음모에 의한 것이지만 실은 하늘이 성인을 단련시켜 그 덕을 세상에 알리기 위해 마련한 시험 과정이다. 아황과 여영의 후신인 채봉이 성취해야 할 덕은 효·열의 가치이며, 화진까지 아울러 생각해 보면 화진과 채봉은 충·효·열의 가치, 곧 유가 지배 이념을 체현하고 있는 인물이다. 이들은 하늘의 선택을 받은 존재이기에 심각한 위기에 처할 때마다 천상계의 도움을 받아 위기를 모면했다. 수많은 악인이 끊임없이 주인공을 극단적인 시련으로 내몰았지만 하늘의 선택을 받아 선을 체현하고 있는 주인공은 마침내 승리하도록 예정되어 있다.

　　　···『창선감의록』은 모든 일이 하늘의 뜻에 따라 예정되어 있고 수난을 겪은 착한 주인공이 마침내 행복에 이른다는 점에서 고전소설 특유의 평범한 운명론(숙명론)에 입각한 작품처럼 보인다. 그러나 『창선감의록』에서는 운명론에 선민의식選民意識이 깃든 '사필귀정'의 논리를 더한 점이 특징적이다. 주인공이 체현한 충·효·열의 지배 이념이 승리하리라는 굳건한 믿음 속에 '선민' 주도의 지배 체제를 정당화하는 기득권 옹호의 논리가 창안된 것이다. 이 점은 비판적 시각에서 살펴볼 필요가 있다.

사필귀정의 결말에 이르면 악인의 징치를 통해 '권선징악'의 메시지가 분명히 전달되어야 한다. 그런데 이 악인의 징치 과정에도 선민의식이 개입되어 있다. 극단까지 치달았던 선악 갈등이 해소되는 과정에서 선인과 악인의 경계가 모호해지고, 납득하기 어려운 기준에 의해 처단과 화해의 대상이 결정되었다.

『창선감의록』의 결말부에서 개과천선한 대표적 인물은 화춘과 심씨다. 화춘은 처음부터 악인의 형상과 우인愚人의 형상을 동시에 지닌 측면이 있으나, 심씨는 작품 곳곳에서 악녀의 면모를 유감없이 보여 주었다.

> 심씨는 난향과 계향을 시켜 빙선을 붙잡아 오게 한 뒤 발을 구르며 욕을 해댔다.
>
> "천한 계집 빙선이 감히 흉한 마음을 품고 도적놈과 한데 붙어 장자長子의 자리를 빼앗을 궁리를 하고는 먼저 정실 어미를 없애려고 천한 종년 취선과 치밀하게 모의를 했느냐?"
>
> 빙선은 정신이 아득해 말없이 구슬 같은 눈물만 줄줄 흘렸다. 심씨는 또 화진을 불러 마루 아래에 무릎을 꿇리고 철여의로 난간을 때려 부수며 큰 소리로 죄를 물었다.
>
> "천한 네놈 진은 성부인의 위세를 빙자하여 선친을 우롱하고 적장자의 자리를 빼앗고자 했다. 하지만 하늘이 악을 돕지 않아 일이 어그러지자 도리어 요망한 누이, 흉악한 종년과 함께 불측한 일을 꾸몄으렷다?"

이랬던 심씨가 작품 중반부에 이르러 갑자기 근본 심성은 악하지 않은 인물로 돌변하면서 개과천선의 길로 들어섰다.

한편 몰락한 사족 출신으로 추정되는 범한·장평은 반성 없는 악행을 저지른 끝에 처참한 죽음을 당했다. 그러나 세상 모든 악의 근원으로 설정되었던 엄숭은 전혀 다른 대우를 받았다.

> 하루는 옥천산 서호에서 (…) 서로 돌아보고 즐거워하며 잔을 띄워 마시는데, 문득 거친 베옷을 입고 짚을 꼬아 만든 허리띠를 띤 이가 희끗희끗한 머리에 구부정한 걸음걸이로 산골짝에서 내려오는 것이 보였다. 윤혁이 바라보고 눈물을 흘리며 말했다.
> "승상의 고달픔이 심하군요!"

30년 재상을 지내며 전횡을 벌이다가 몰락한 엄숭의 초라한 모습이다. 이 자리에서 엄숭은 눈물을 흘리며 사죄했고, 엄숭에 의해 혹독한 참화를 당했던 남표 일행은 "우리가 이미 속세 밖에 묻혀 사는 사람이 됐으니, 예전의 은혜와 원한을 따져 무엇 하겠습니까"라며 엄숭을 용서하고 술자리에 앉혔다.

적대 세력에 대한 포용의 태도는 긍정적으로 해석할 여지가 있으나, 포용과 처벌의 대상을 가르는 기준이 모든 존재에게 균일하게 적용되지 않았다는 것이 이 작품의 문제점으로 지적될 수 있다. 심씨와 화춘은 화진의 가족이고, 엄숭은 윤여옥의 장인이다. 엄숭의 아들 엄세번에 대한 호감 어린 묘사도 같은 맥락에서 이루어진 것으로 보인다. 여장한 윤여옥에게 깜빡 속아 넘어간 엄세번이 끓어오르는 욕정을 억누르며 안달하는 모습에서는 순진함이 느껴져서 독자가 오히려 악인에 대해 동정심을 품게 될 지경이다. 이처럼 악인 중 상층 사족의 일원으로서 선인 집단과 친인척 관계를 맺고 있는 이들은 화해의 대상이어서 아무리 큰 악행을 저질렀다 해도 용서받았다.

상층의 악인에게 사죄의 기회를 주고 이들을 적극적으로 포용한 반면 하층의 악인은 끝내 용서와 화해의 대상에서 배제되어 가혹한 징벌을 면하지 못했다. 몰락한 사족 출신으로 그 아비가 행상을 했다는 악인 조녀 역시 처형당하고 말았다. 앞서 조녀의 악행을 방조하거나 부추겼던 심씨가 처형을 앞둔 조녀에게 사람을 보내 조녀의 죄를 하나하나 따져 묻게 했는데, 이에 대해 조녀는 다음과 같이 항변했다.

원수 어른(화진)이 나를 죽이신다면 내가 기꺼이 받아들이겠지만, 심 부인은 나를 꾸짖을 수 없소. 부인의 아들이 예를 안다면 아무리 내가 음탕하게 집적였던들 어찌 그가 제 발로 담장을 넘었겠소? 부인이 현명해서 참소하는 말을 받아들이지 않았다면 내가 어찌 임씨를 무고할 수 있었겠소? 남부인(채봉)이 정숙한 부인인 줄 부인이 알고 있었으면 왜 손수 매질을 하고 중문 밖 행랑채에 가두었소? 부인이 한림 부부를 친자식처럼 여겨 사이를 두지 않았다면 아무리 내가 재앙을 일으킬 마음을 가졌다 한들 어찌 편승할 수 있었겠소? 부인의 아들이 단정한 벗을 사귀고 안팎을 엄하게 단속했다면 내가 누구를 좇아 달아날 수 있었겠소? 뚫린 구멍에 바람이 들고 썩은 고기에 벌레가 생기는 법이오. 부인의 집이 어지럽지 않은데 나 혼자 어지럽혔겠소?

심씨의 질책을 들은 조녀는 도리어 심씨와 화춘의 못된 마음이 있었기에 주변 악인의 개입이 가능했던 것이라며 심씨의 예전 과오를 조목조목 짚었다. 심씨의 급작스러운 개과천선이 무리한 설정이라고 보아 불만을 느낀 독자라면 이 대목에서 약간의 통쾌함을 느낄 정도로 조녀의 진단은 예리하다. 그러나 조녀는 끝내 사죄의 기회를 받지 못한 채 처형당했다. 반면에 후안무치한 처사로 망신을 당한 심씨는 이후 아들 며느리의 극진한 효도를 받으며 최고의 영화를 누렸다.

『창선감의록』이 내세운 포용과 배제의 기준은 이처럼 상하 계층 간에 심각한 편향이 존재한다. 이렇게 볼 때 『창선감의록』에서 제시한 이상적인 유가 질서는 배타적인 '사족 이기주의'와 '가족 이기주의'에 입각한 '그들만의 세계'로 귀결될 수 있다. 『창선감의록』작자의 빼어난 서사 역량에 힘입은 소설적 성취는 그것대로 소중하지만 작품 저변에 놓인 배타적인 '사족 중심주의' 또한 후대 장편소설 전개에 심대한 영향을 미쳤다는 점에서 기억해 둘 필요가 있다.*

* 이 글은 『17세기 한국소설사』(알렙, 2016)에 실린 내용을 요약 수정한 것이다.